JN097571

私は スカーレット

I AM SCARLETT

MARIKO HAYASHI

上

林 真理子

A Story Based on
Gone with the Wind
by Margaret Mitchell

小学館

私はスカーレット　上

装幀　鈴木久美
装画　千海博美

本作は、マーガレット・ミッチェルの小説『風と共に去りぬ』を、
著者が主人公の一人称視点で再構成したものです。

・〔 主な登場人物 〕・

スカーレット・オハラ（ハミルトン）……物語のヒロイン。ジョージア州にある大農園タラの農園主の長女。人を惹（ひ）きつける美貌と激しい気性の持ち主。深い緑色の瞳を持つ。物語が始まる一八六一年では十六歳。

アシュレ・ウィルクス……スカーレットが恋い焦（こ）がれるウィルクス家の長男。ヨーロッパの芸術や文化を愛する夢見がちな青年。

メラニー・ハミルトン（ウィルクス）……謙虚さと慈愛の心を持つ聡明な女性。いとこのアシュレと結婚。アトランタで叔母と暮らす。愛称はメリー。

レット・バトラー……チャールストンの名家出身だが、家から勘当されている。商才があり独自の哲学を持つ不思議な男。

✦ジョージアの人々

〈オハラ家〉

ジェラルド・オハラ……スカーレットの父。アイルランド移民で裸一貫から大農園の主（あるじ）に成り上がった。タラの主人。

エレン・オハラ……スカーレットの母。フランス貴族の血を引く慎み深い貴婦人。父はピエール・ロビヤール、母はソランジュ・ロビヤール。

スエレン・オハラ……オハラ家の次女。気が強くスカーレットと仲が悪い。

キャリーン・オハラ……オハラ家の三女。優しい性格で信仰心が篤い。

マミイ……エレンが実家から連れてきた使用人。スカーレットの乳母として世話をやく。

ポーク……オハラ家の使用人頭。

ディルシー……オハラ家の使用人でポークの妻。ネイティブ・アメリカンの血が流れている。

プリシー……ポークとディルシーの娘。アトランタでスカーレットに仕える。

サム……オハラ家の農園でリーダー格の使用人。愛称はビッグ・サム。

スラッタリー家……オハラ家で雇われている白人たち。

ジョナス・ウィルカーソン……オハラ家の奴隷監督の白人の男。

ウィル・ベンティン……タラにたどり着いた義足の脱走兵。上流階級出身ではないが利発で生活力があり、戦後、スカーレットを助ける。


〈ウィルクス家〉


ジョン・ウィルクス……大地主・ウィルクス家の主。アシュレらの父。

ハニー・ウィルクス……アシュレの妹。

インディア・ウィルクス……アシュレの妹。

〈タールトン家〉

スチュワート・タールトン、
ブレント・タールトン……………………血の気の多い双児（ふたご）の兄弟。いずれもスカーレットに想いを寄せる。

タールトン夫人……………………………大地主・ジム・タールトンの妻。名馬に目がない。息子は他にトーマス、ボイド、娘はヘティ、ランダ、ベッツィ、カミラ。

〈カルヴァート家〉

レイフォード・カルヴァート、
ケード・カルヴァート……………………大地主・カルヴァート家の兄弟。スカーレットの幼友達。

キャスリン・カルヴァート………………カルヴァート兄弟の妹。

カルヴァート夫人…………………………もともとは子供たちの家庭教師だった北部出身の女性。

ヒルトン……………………………………カルヴァート家の奴隷監督の白人の男。

〈フォンテイン家〉

グランマ・フォンテイン…………………大地主・フォンテイン家の七十代の女主人。毒舌家だがスカーレットを評価してもいる。夫は医師。息子の嫁や孫の嫁（サリー）らと住む。

ジョセフ（ジョー）・フォンテイン、
トニー・フォンテイン、
アレックス・フォンテイン………………スカーレットの幼友達の兄弟。

サリー・フォンテイン……………………ジョセフ・フォンテインの妻。生家はマンロー家。

〈マンロー家〉…………………………………大地主。末娘はアリス。

◆アトランタの人々

〈ハミルトン家〉

チャールズ・ハミルトン……………メラニーの兄でスカーレットの最初の夫となる。ハーバード大学出身。

ピティパット・ハミルトン…………アトランタに住むチャールズとメラニーの独身の叔母。愛称はピティ。

ヘンリー・ハミルトン………………チャールズとメラニーの叔父。ピティの兄。

ピーター……………………………ハミルトン家の執事。

ウェイド……………………………スカーレットとチャールズの間の息子。

〈ミード家〉……………………アトランタ在住のミード医師とその妻。長男はダーシー、次男はフィル。

〈メリウェザー家〉……………アトランタに住む実力者の妻・メリウェザー夫人。娘はメイベル。

〈エルシング家〉………………アトランタに住む実力者の妻・エルシング夫人。娘はファニー、息子はヒュー、娘婿はトミー・ウェルバーン。

〈ホワイティング家〉…………アトランタに住む実力者の妻・ホワイティング夫人。

フランク・ケネディ………………スエレンの婚約者である中年の男性。

ベル・ワトリング…………………アトランタの娼館の主でレットの友人。

1

私はいわゆる南部美人、というのではないかも。

しとやかで、優雅なことが必要とされる、南部の美人じゃない。

けれどもいったん私に夢中になると、男の人たちはそんなことにまるで気づかなくなる。そしてたいていの男の人たちは私に夢中になるから、私はこのあたりでいちばんの美人ということになっている。

私の顔はちょっとエラが張っているけれども、みんなそんなことを気にしやしない。私の目の素晴らしさを讃えるだけだ。

姉妹の中で私だけが深い緑の瞳を持っている。そのまわりを濃い睫毛が縁どっているから。男の人の前では、時々まばたきすればよかった。そして、微笑んでエクボをつくる。するとたいていの男の人が、あえぐようにささやくのだ。

「ああ、スカーレット、君はなんて美しいんだろう……」

だけど今、目の前にいるタールトン家の双児だけは違う。まだ私に告白してはいない。理由は二つあって、双児はいつも一緒に行動していたこと、そして私たちは幼なじみで、じゃれ合っていた時期が長すぎたということ。

後から聞いた話だけれども、去年の夏、ちょっとした集まりで私に出会った二人は、とても驚いたという。あのお転婆（てんば）のスカーレットが、いつのまにかとても魅力的なレディになっていたからだ。それまで会っていなかったわけではない。それなのにどうしてあの夏の日まで、自分たちはスカーレットの素晴らしさに気づかなかったのだろうかと兄弟はとても不思議がったんだって。

理由は簡単だ。私が決めただけのこと。この双児も、私の賛美者にしてみせるって。だからいつものように笑いかけて、まばたきをした。すると兄のスチュワートも、弟のブレントも私にまとわりつくようになったのだ。どちらかが出しぬかないために、いつも二人で。

一八六一年、四月のその日のことは一生忘れないと思う。私の人生が大きく変わった日だ。でも、私はそのことに何も気づいてはいない。いつものように、タラのテラスの日陰でのんびりと座っていた。遅い午後の陽（ひ）が斜めに庭に差し、新緑の中でいっせいに真白い花をつけた、ハナミズキの木を照らしていた。双児が乗ってきた馬は、屋敷に続く道につながれていて、その足元では何匹かの猟犬がたわむれていた。平和で穏やかな、タラと呼ばれるうちの農園の昼下がりだった。

私は新しいモスリンのドレスを着ていて、その花柄の緑色は、私の瞳と同じ色だった。スカートをふくらませるためのパニエの上には十二ヤード（十一メートル）の裾（すそ）がたっぷり波うっていたから、双児は踏まないようにとても気遣っていてくれた。

私のウエストは十七インチ（四十三センチ）だ。コルセットできつく締めつけているといっても、このあたりの三郡の女たちの中でもいちばんの細さを誇っていた。ウエストをきゅっと締めているから、その分胸が強調される。私は十六歳にしてはとても豊かなふくらみを持っていた。そして腕も胸元もマグノリアの花のように白い。

こんな私に恋をしない男の人がいると思う？

タールトン家の双児は、私の両脇に座り、私への称賛に満ちた視線を送っていた。彼らもそう悪くない。このあたりでタールトン家の双児といえば、ハンサムなことで知られていた。身長は六フィート二インチ（百八十八センチ）もあり、乗馬で鍛えたたくましい体を持っていた。陽気で傲慢（ごうまん）なところも私ととても気が合う。勉強が大嫌いで、あまりものごとを深く考えないところも私と同じだった。二人は私より三つ上の十九歳だ。

彼らのママは、

「いつかあの娘をめぐって、銃で射ち合うんじゃないか」

と心配しているらしい。あのママは、私のことが大嫌いなのだ。大切な息子のどちらか一人が、私に奪われないかと心配している。だけど、そんなことはあるはずがない。私はただこの二人とふざけ合うのが好きなのだから。

二人は昨日、ジョージア大学を放校になったばかりで、そのことをジョークの種にしていた。大学を追い出されたのはこれで四度めだ。ヴァージニア大学、アラバマ大学、サウスカロライナ大学も、彼らを見放したのだ。驚いたことに、彼らの二人の兄も、弟たちを追い出した学校にはいられないと、実家に帰ってきてしまった。タールトン家の息子たちは、揃（そろ）いも揃って勉強が大嫌い。笑ってしまうくらいに。

そういう私も、一年前に女学校を卒業してから本に触れたことはない。本なんか読んで何が楽しいんだろう。世の中はこんなに面白いことに満ちているのに。どうして昔の人のことを知らなくてはならないんだろう。

私は彼らにちょっとお説教じみたことを口にする。もちろん本気ではない。話の流れというもの。

「どこの大学も長続きしないなんて、どういうこと。これじゃあ一生卒業は無理ね」

「卒業出来なくたって、どうってことないよ」

ブレントは言った。

「どっちみち、学期が終わる頃には、こっちに戻ってこなくちゃいけないしさ」

「えっ、どうして」

「戦争だよ。決まってるじゃないか」

彼はその言葉をとても楽しそうに発音した。

「いつ戦争が始まるかわからないっていう時に、僕たち兄弟が大学にじっとしていられると思うかい」

「戦争なんかあるわけないでしょう」

私はすっかり腹を立てた。

「みんな口で言ってるだけよ。もうじきワシントンに行ってる使節団がリンカーンと話し合うのよ！　それから、えーっと……」

それ以上のことはうまく説明出来ない。いずれにしても私の大嫌いな話題だった。

「リンカーンとは合意するに決まってるのよ。北部人（ヤンキー）は私たちが怖くて仕方ないんだから、向かってこられるはずがないじゃないの」

そして私は声を張り上げ、こう宣言した。

「戦争なんてありっこないし、私はもうその話にはあきあきしてるの。だからもうこれでおしまい」

ところが今日に限って、双児は私に反抗した。男というのは本当に戦争が好きで仕方ないのだ。

「スカーレット、もちろん戦争はあるんだよ」

スチュワートがおごそかに言った。

「いくら北部人たちが僕らを恐れているからって、戦わないわけにはいかないさ。世界中から臆病者の烙印（らくいん）を押されるからね。いいかい、僕ら南部連合は……」

私はついに癇癪（かんしゃく）を起こした。

「今度、戦争って言葉を口にしたら、私はもう家に入ってドアを閉めるわよ。この頃、うちに訪ねてくる人たちもね、朝から晩まで、州の権利がどうした、サムター要塞だ、リンカーンだ、何だって、もううるさくてイヤになっちゃうわ。お父さまたちばっかりじゃなくて、男の子たちまで戦争と騎兵隊の話をするから、パーティーに行ってもちっとも楽しくないわ。本当に、あと一ぺん、戦争って口にしたら、私、本当に家に入っちゃうからね」

とにかく私は、自分が中心になれない会話が心の底から嫌い。戦争なんて話題は、私がいちばん苦手とするものだ。もうこれ以上、口にしないでほしい。

双児は顔を見合わせて、もうこれで戦争の話はやめようというように頷き合った。

「それよりも、明日のウィルクス家のバーベキューパーティーの話をしましょうよ」

ウィルクス、という名前を発音するたび、私の胸には甘やかなものがわき上がる。それは絶対に目の前の二人に気づかれてはならない。いや鈍感ということにかけて、この二人にかなう者はいないから大丈夫だろうけど。

「明日は雨が降らないといいわね。このところ雨が多いでしょう。バーベキューをテラスの中でするぐらいつまらないことはないもの」

「明日は絶対にいい天気だよ。ほら、見てごらん。あの夕陽。あんな赤いの見たことがないもの」

スチュワートが指差し、私たち三人は赤く染まった地平線を眺めた。そこはどこまでも続く私のお父さまの綿畑だった。ジョージアのこのあたりは赤い大地だ。もう畑の畝づくりは終わっていて、種を蒔くばかりになっていた。

怖いぐらいに赤い大地。雨の後は血のように赤くなるし、乾燥すると煉瓦くずのように見える。お父さまはいつも言う。ここほど綿花づくりに適した土地はないのだ。この赤い土が、私たちに富と幸福をもたらしてくれるのだと。

私たちはなぜかいつまでも、その赤い土地に落ちていく赤い夕陽を見つめていた。もしかすると私たちは、何かを予感していたのかもしれない。

やがてテラスに座る私たちに、ひづめの音と馬具の鎖が揺れる音、黒人たちの笑い声が届いた。一日の畑仕事を終え、帰ってきたのだ。お母さまの声がする。黒人の子どもを呼んでいるのだ。屋敷の中から、召使い頭(がしら)が食器を並べる音がする。

私はお母さまから、

「もしタールトン家の方々を夕食にお招きするなら、早めに言って頂戴(ちょうだい)」

と言われていたことを思い出した。

私はちょっと迷う。夕食の席で彼らが、お父さまと戦争の話をしないとは保証出来ないからだ。

「ねえ、スカーレット、明日のことだけど」

ブレントが夕陽から目を離して、私の方を向いた。

「いくら僕たちが家を離れていたからって、ろくにダンスを踊ってもらえないなんてあんまりだよ。君だって全部の曲の約束をしてるわけじゃないんだろ」

このあたりの男の子が、私と踊りたがって競うことといったらあさましいほどで、みんな一曲でもいいからと懇願する。

「あら、約束しちゃった。あなたたちが帰ってくるなんて知らなかったんですもの。来るか来ないかわからない人を待って、壁の花になるなんていやだもの」

「君が壁の花だって」

双児は声を合わせて、げらげらと笑った。

「スカーレット、お願いだよ。最初のワルツは絶対に僕と、最後のワルツはスチュワートとね。それから夕食も僕たちと一緒にとってくれよ」

とブレントが言った。

随分図々しいわ、と私は思った。それってまるで私のフィアンセのようにふるまうことじゃないの。だけど双児というのは便利で、二人と仲よくしていれば、他の男の子たちの嫉妬も半分で済む。噂も立たない。

「考えておくわ」

つんとして私は答えた。

「約束してくれたら、秘密を教えてあげるよ」

スチュワートが意味ありげに笑いかける。

「秘密ですって？」

どうせこの二人の秘密なんてたいしたことはないはず。しかし知らないのは癪にさわる。

「スチュワート、それって昨日アトランタで聞いた話だろ。誰にも言わないって約束しなかったかい」

「まあ、そうだけど。どうせすぐにわかることだし」

スチュワートの方は、喋りたくてうずうずしていた。

「昨日、僕らがアトランタで列車を待っている時、ピティおばさんの馬車が通りかかってさ。ほら、アシュレ・ウィルクスのいとこのチャールズとメラニー兄妹の叔母さんだよ」

「ああ、あの人。私が今まで会った中で、いちばん頭の悪い人よね」

小柄な、いつもボンネットをかぶっている中年の婦人を頭にうかべた。アシュレ・ウィルクスとメラニーの家とは、親戚が入り組んでいるのだ。

「あのおばさんが教えてくれたんだ。明日ウィルクス家のパーティーで、婚約発表があるって」

「なあんだ」

私は肩をすくめた。

「そんなの知ってるわ。メラニーのお兄さんのチャールズ・ハミルトンと、アシュレの妹のハニーが結婚するんでしょう。あの二人が結婚するなんて、百年前からみんなが知ってるわよ。チャールズの方はあんまり乗り気じゃないらしいけど」

くすっと笑った。ハニーは平凡な顔立ちで背が低い。まるっきりサエないうえに、とても意地が悪い女だ。私のことが大っ嫌いで、いつもパーティーで無視しようとする。もっともチャールズの方も、色がやたら白い女の子みたいな人だから、お似合いと言えないことはないけれど。チャールズはこのところ、私にご執心で、そのこともハニーが私を憎む原因なのだ。

「違うよ。明日発表されるのは、チャールズの婚約じゃないよ。アシュレ・ウィルクスと、チャールズの妹、メラニーの婚約だよ」

その瞬間、あたりの風景が変わった。白く音のしないものになったのだ。何も聞こえてこない。聞きたくないと耳が拒否しているのだ。

「ピティおばさんの話じゃ、本当は来年まで発表を待つはずだったんだって。メラニーの体調がよくないんで。だけど戦争がいつ始まるかわからない、早くしようということで両家の意見がまとまったらしい。さあ、スカーレット。秘密を教えたんだ。明日は僕たちと一緒に夕食をとるって約束してくれよ」

「ええ、もちろん」

私ではない誰かが答えていた。

「ワルツも全曲?」

「ええ」

「それはすごいや。他の男たちが地団駄踏んで悔しがるぞ」

双児は何か言った。え、私は何か約束したんだろうか。よくわからない。

私はもう一度地平線を眺めた。夕陽は既に落ち、川向こうの背の高い木々が影絵のようだった。ツバメが庭を横切り、ニワトリと七面鳥、アヒルがぺたぺたとねぐらに帰ろうとしていた。

「アシュレが婚約する」

その言葉が甦(よみがえ)る。嘘(うそ)だ。私は心の中で叫んだ。そんなことが起こるはずはない。なぜならアシュレは、この世でただ一人、私に愛されているのだから。

2

タールトン家の双児（ふたご）は、まだ私の前にいる。空気が急に変わったことに気づいているものの、どうやって収拾をつけていいのかわからないのだ。

気分屋のスカーレットのことだ、すぐに機嫌を直して、自分たちを夕食に誘ってくれるはずと考えていたのだろう。ぐずぐずと明日のバーベキューや、その後の舞踏会について喋（しゃべ）っている。

だけどやっと気づいたようだ。私がまるっきり話を聞いていないことに。二人はかなり努力をした。ジョークを言っては笑わせようとした。が、それが全く無駄なことに気づいてしぶしぶと懐中時計に目をやった。

ふだんだったら、私はこう言っただろう。

「あなたたちって、こんな時間までうちのテラスにいて、それなのに夕ご飯を食べていかないって言うの？　まるでうちがあなたたちを追い出したみたいじゃないの」

だけど私はもうそんな言葉を口にしない。それどころか、私をこれほど深い困惑と不安に突き落とした二人を憎み始めている。

さっきまでのあのきらきらした午後は終わろうとしていた。

太陽は耕したばかりの畑に落ちて、川向こうの背の高い木々が、影絵のようにぼんやりと浮かんで見えた。

ツバメはさっと庭を横切り、ニワトリとアヒル、七面鳥たちがそれぞれのねぐらに帰ろうとしていた。

「ジームズ！」

スチュワートが大声で呼ぶ。しばらくすると双児と同じ年頃の黒人青年が、屋敷の裏から走って現れた。ジームズは双児の身のまわりの世話係で、どこへ行くのも一緒だった。犬たちを連れて馬の傍らへ走っていく。子どもの頃は双児の遊び相手だったけれど、十歳の誕生日に彼ら専属の奴隷として贈られたのだ。

私はジームズが馬を整える様子をじっと眺めていた。消えたのは音だけじゃない。見慣れたいつもの光景なのに、色彩が抜けて急に白っぽくなって見える。

双児は私にお辞儀をし、さようならの握手を求めた。

「それじゃあ、スカーレット、明日はウィルクス家に早めに行っているよ。そして君の来るのを待っているよ。だって一曲めから踊るんだから。バーベキュー中も君の隣りの席を確保しておかないとね」

彼らはとことん鈍感なんだと私は思った。ウィルクスという名前が、今の私にどれほどの痛みを与えるかまるでわかっていない。

「じゃあ、スカーレット、また明日」

彼らは馬に乗り、ジームズを従えてうちの前の杉並木を速歩(はやあし)で帰っていった。何度も何度も私に帽子を振り、大声で叫ぶ。

「スカーレット、約束は守ってくれよ」

「明日が楽しみだ」

陽気な声は遠ざかり、やがて聞こえなくなった。私はぼんやりとテラスに立って、双児が言ったことを整理しようと骨を折った。ものごとを深く考え、組み立てていくのは、私が大の苦手とすることだ。でも、しないわけにはいかなかった。

双児は確かにこう言ったのだ。

明日、ウィルクス家のパーティーで、アシュレとメラニーの婚約が発表されると。

「そんなわけないでしょう」

私は声に出して言ってみた。本当にそんなことがあるわけがない。

心臓が奇妙な鼓動をうち始めた。こんなことは本当に初めてだった。

世界が、自分の知らないところで大きく変わろうとしている。自分の願いとは別に、何かが起こる。こんなことってあるだろうか。

私はアシュレを愛している。彼も私を愛している。証拠はいくらだってあるのだから。本当だもの。

この二年間というもの、アシュレはいつも私をいろんなところへ連れ出してくれた。舞踏会やピクニック、魚釣りパーティーや裁判を公開する公判日(コートデイ)。そりゃあ、タールトンの双児や、ケード・カルヴァートや、フォンテインの兄弟と行くよりは多くはなかったけど、彼がうちの屋敷に来なかった週は一度だってない。

アシュレが他の男の子たちのように、何度もやってこなかったのは、すべて彼の慎み深い理性的な性格のためだ。

そう、あの日だってつい先週のことだ。夕暮れの中、フェアヒルから帰る途中、アシュレは私に言ったのだ。

「スカーレット、君に大切な話があるんだ。あまりにも大切すぎて、どう話していいのかわからない」

そう、彼は私に告白しようとしていたのだ。他の男の子のそれとはまるで違う。私もアシュレを愛しているのだから。子どもの頃にお母さまは教えてくれた。これは結婚の申し込みとなるのだ。あの時、私は夢みているようだった。子どもの頃にお母さまは教えてくれた。もしプロポーズされても、すぐに答えてはいけない。しばらく考えてからこう言うのだ。

「喜んでお受けいたしますわ」

だけどその時の私は、嬉しさのあまり、途中でイエスと言ってしまいそうだった。早く、早く、アシュレ。早く私を愛していると言って……。その時だ。彼はこうつぶやいたのだ。

「いや、今はやめておこう。もう君のうちに着いてしまった。時間がない」

それからこんな言葉を口にした。

「僕はなんて臆病な男なんだ」

そして馬に拍車をかけ、丘を駆け上がっていってしまった。

だけど私は幸福だった。アシュレはこのあたりに住む男の子たちとはまるで違う。とても繊細で紳士なのだ。突然のプロポーズで私を驚かせまいとしたのだ！

あの日のことを冷静に思い出している最中、突然ある考えに行きあたった。もしかしたらアシュレは別のことを告げようとしていたのではないか。メラニーとの婚約をあの時告げようとしたんじゃないだろうか。僕は従妹(いとこ)のメラニーと結婚しなくてはならないんだ。ごめんね……。

いや、そんなことはあり得ない。婚約だなんて嘘(うそ)に決まっている。

「アシュレ、アシュレ」

その名前を呼んでみる。涙が出てきそうだったけれどじっと我慢した。泣いたりしたらそれが真実になるような気がしたからだ。

二年前、私がアシュレに恋をした日のことがはっきりと浮かびあがる。彼は三年間の大旅行(グランドツアー)を終えて帰ってきたばかりだった。その挨拶(あいさつ)のためにお父さまのところへやってきたのだ。

ヨーロッパをゆっくりとまわるグランドツアーは、このあたりの地主の息子たちでも行くことがある。あのお馬鹿なタールトン兄弟でさえ、大学をちゃんと卒業したら、ヨーロッパに行っていいと親と約束していたのだ。しかしアシュレの旅行はとても長く、もう帰ってこないのではないかと噂(うわさ)になったぐらいだ。

前からアシュレにはそういうところがあった。本を何よりも好み、詩集や哲学書なんていうものさえ読んでいたのだ。その彼がパリやフィレンツェに魅了され、ずっと滞在しているのはわかるような気がする……などというのは、お父さまが誰かに言っていたことで、まだ十四歳だった私は、アシュレなんかにまるで興味はなかった。

それなのに、あの日の彼と会った時、私は言葉を失ってしまった。それほど彼は素敵だったのだ。

そう、今のこの場所。私はタラ屋敷のテラスに立っていた。彼は一人、うちの長い並木道を馬に乗ってやってきたのだ。王子さまのように。

灰色のブロードの上着を、ひだ飾りのあるシャツと合わせていた。幅広の黒いネクタイ、太陽の光を反射するほど磨き上げたブーツ、ネクタイピンのカメオに彫られたメデューサの頭……。私はあの日彼が身につけていたものを、すべて憶(おぼ)えている。これからだってひとつたりとも忘れることはない。

彼は馬を降り、広いパナマ帽の縁をさっと上げて、私に微笑(ほほえ)んだ。その不思議な微笑。このあたりの男たちの、にこっと歯を見せる笑い方とはまるで違っていた。なぜかさみし気なもの憂(う)い微笑みだった。お陽(ひ)さまはちょうど真上にあり、帽子をとった彼の金髪を照らしていた。本当に見事な金色だった。上の方があまりにも光って、まるで金色の縁なし帽をかぶっているようだった。

そして彼は、声をかけるのも忘れ、ぼうーっと見つめている私に向かって、こう言ったのだ。

「すっかり大人になったね。スカーレット」

そして私の手にキスをした。その動作の優雅だったこと。私は心臓が音をたてて壊れるかと思った。なんて素敵な人なのだろう。なんて美しい男の人なのだろう。

そして決めた。私はアシュレと結婚するのだと。

その後、私は彼と何度も会った。アシュレは私にいろいろな話をしてくれた。パリのオペラ座で聴く音楽がどれほど素晴らしいか。フィレンツェで見たヴィーナスのまなざし……。ちんぷんかんぷんでまるで面白くなかったけど、私は一生懸命に聴いた。それを熱心に語るアシュレの様子をじっと見たかったからだ。

そして彼が貴族の末裔なのは本当なのだと納得する。

私たちの住むこのジョージアは、チャールストンあたりの人たちからは田舎と思われていた。たいていがアイルランドやドイツなどから飢饉を逃れてやってきた移民だ。最初は丸太小屋に住んでいた。私たちの祖父母や父が、すぐに綿花で財をなし、優雅な屋敷に住み社交しているのを、

「アイルランドの貧乏人の子孫が、あっという間に成り上がり、貴族ごっこをしている」

と嗤う人たちもいるらしい。

けれども中には、政治亡命した貴族の血をひくと噂されていた人たちもいて、ウィルクス家もそのひとつだ。ここの一族は昔から変わっていると言われていた。馬を乗りまわすことや狩りよりも、音楽や絵を好むのだ。だからウィルクス家で行われるバーベキューパーティーや舞踏会は、どこの家よりも緊張を強いられるものだった。着ていくドレスにも気を遣う。

ウィルクス家には、お父さんの代から買い求めたヨーロッパの家具や絵画がたくさん飾られていた。図書室も立派で、ウィルクス家の蔵書は郡でいちばん、いいえ、南部でいちばんと言われている。立派な革表紙を背にして、アシュレはゲーテについて私に語る。

「ゲーテって誰なの？　時々チャールストンからやってくる行商人だったかしら」

なんて最初は茶化したことを言っていたけれど、この頃私はおとなしく聴く。ゆっくりと喋るアシュレに南部訛りはなく、やわらかく明瞭な発音だ。それはロンドンで受けたレッスンの

せいだという。英語を習うなんて信じられない。私たちは生まれた時からふつうに喋っていたんだから。

ウィルクス家の図書室では二人きりだ。だけどアシュレは他の男の子たちのように、キスをせがんだりはしない。告白をしようともしない。

それでも私は彼の心を疑ったことはなかった。アシュレは私に惹(ひ)かれている。それは目を見ればわかる。あたり前だよ。彼の瞳は私への賛美で溢(あふ)れている。

私は緑色の瞳でじっとアシュレを見つめる。他の男の子たちにするように、睫毛(まつげ)をしばたたかせたりはしない。そういうありきたりのことは、彼には通じないだろうとわかっていたから。

「ねえ、ゲーテについて、もっと話して頂戴(ちょうだい)」

私は彼にねだる。するとアシュレは、とても美しいロマンティックな言葉を口ずさむ。だけどそれは今、まるっきり憶えていない。私は本を開く彼の横顔が好き。ページをめくる時の彼の指が好き……。

といってもアシュレは、メラニーの兄さんのチャールズのように、なよなよした男じゃない。乗馬だって、賭(か)けごとだって、狩りも彼はひととおりのことはこなした。それもとても上手に。そんなに夢中になっていないくせに、乗馬なんかこのあたりいちばんの乗り手だ。だけど彼の望むもののほとんどは図書室の中にあり、もっと欲しいものはヨーロッパの土地にあるのだ。

そして私も彼の欲しいもののひとつに決まってる。私には確信があるもの。

メラニーと結婚するんですって。とんでもない。笑ってしまう。大人はみんな彼女を誉(ほ)める。

南部美人（サザンベル）の典型だと。つまりつつましやかで賢く、いいコだということ。でも私に言わせると、ただおとなしいつまらない女だ。顔だって平凡でどうということもない。広い額の上に、髪を真中で分けている。お母さまと同じひっつめ髪。だから年よりもずっと老けて見える。私より ひとつ上の十七歳だけど、二十歳（はたち）を過ぎたおばさんみたい。そう、私と比べものにならないぐらいさえない女なのだ。あんな女とアシュレが結婚するわけがない。絶対にあり得ない。彼が愛してるのは私なの。私にはわかる。でもなぜ、彼女と婚約しようとしているんだろう。ああ、意味がわからない。深く考えるのは苦手だ。だけどこれはちゃんと解決をしなきゃ。

その時、床板を鳴らしてマミイが近づいてきた。私はあわてて組んだ脚と、頬杖（ほおづえ）をついていた手を元に戻した。なにしろマミイは、おそろしく勘がいいのだ。子どもの時から育てているから、私のことをすべて知っている。私だけでなく、マミイは、オハラ家の人間はみんな自分が首根っこを押さえていると信じている。家族の秘密は自分の秘密。隠すなんていうことは許されなかった。もし隠したりしたら大変なことになる。お母さまの前に引き出されて、洗いざらい喋らなくてはいけなくなるのだ。

マミイが近づいてきた。真黒い肌は、ぴかぴかしている。マミイの故郷のアフリカ象のように大きい。一滴も白人の血が混じっていないからだ。ここ南部にも混血の黒人は何人かいる。雇い主が女奴隷に手をつけた結果で、お母さまは、

「雇い主がそんなことをするなんてとてもおぞましいこと」

と怒っているけど。

ああ、とにかくマミイは、本当に大きくて、かなり威圧感があるということ。昔はお母さま

のお母さま、ソランジュお祖母(ばあ)さまの小間使いだった。ソランジュお祖母さまは生粋(きっすい)のフランス人で、そのことをどれほど誇りに思っていただろう。生涯フランス訛りのヘタな英語を使っていた。とても意地悪な人で、マミイにもつらくあたったという。マミイは最初お母さまの小間使いとして、サヴァンナからやってきた。お母さまがお父さまと結婚したからだ。そして私が生まれたから、マミイにとって私は孫のようなものだったのだろう。私のことが可愛(かわい)くてたまらないんだけど、その分厳しい。ガミガミ言う。

「スカーレットさまのようなはねっ返りは見たことがない。私がちゃんと抑えつけておかなければ」

　というのが口癖(くちぐせ)だった。

　あれーとマミイは大きな声をあげた。

「タールトン家の紳士方はお帰りになったのですか。どうして夕食にお誘いしなかったのですか。お二人の分も用意するように、ちゃんとポークに言っていたんですよ」

　ポークというのは、お父さまの従者で、執事(しつじ)のような役割をしている。

「だって二人とも戦争の話ばかりでつまらないんだもの。夕食の間中、あれをやられたらたまらないわ。二人が喋り出したら、お父さままでリンカーン大統領がどうのこうの言い出すに決まってるもの」

「そんなことは、あなたが言うことじゃないんですよ。それにまたショールもかけないで。夕方から冷えてくるってあれほど言ったじゃありませんか。肩を出していると夜気(やき)にあたって熱病をもらうんですよ。さあ、早く中にお入りください」

だけど、そんな気分にはならない。このままテーブルについて、スープと豚肉を食べるなんて。

「だって夕陽があんなに綺麗(きれい)なのよ。もうちょっと見ていてもいいでしょう」

「夕陽なんて毎日出てますよ。さあ、家の中に入るか、それともショールをかけるか」

私は後者を選んだ。マミイは二階の召使いに、お嬢さまのショールを持ってくるようにと怒鳴った。

その時私はとても重要なことに気づいた。

お父さまが今日どこから帰ってくるかだ。ポークの妻のディルシーは、ずっとウィルクス家の女中頭(がしら)をしている。お父さまは夫婦が離れているのを不憫(ふびん)がって、今日彼女を買い取りに行ったのだ。そう、ウィルクス家に。そうだわ。お父さまならわかる。アシュレとメラニーが結婚するという話が本当かどうか。真実を確かめなくては。もしかするとあれは、タールトン兄弟のいつもの軽いジョークだったかもしれない。どうかそうあってくれますように。

「私はもう少しここにいるわ」

マミイに告げた。

「お父さまを待つの。お父さまはもうじき帰ってくるはずですもの」

私はテラスの階段を降り、並木道へ向けて歩き出した。二人きりの時間が欲しかったからだ。夕陽を見るようなふりをして、私は私の人生でいちばん大切なことを知ろうと心に決めた。

3

私が大嫌いなもの。

それは考えることと、焦(じ)らされること。

たとえそれが最悪のことだって、本当のことがわかるまでじりじりしながら待っているのは耐えられない。

アシュレとメラニーが結婚するかどうか。私はそれを知っているに違いないお父さまを、テラスに戻って待つことにした。

落ち着こう、落ち着こうと思っても、心がうまく動いていかない、という感じ。こんなことは初めてだった。私は呼吸を整えながら道の向こうを見つめた。

いつものようにうちの農園に、静かな黄昏(たそがれ)が訪れようとしていた。さっきまで赤く燃えていた地平線は、夕陽(ゆうひ)が落ちて静かな薄紅色に変わっていた。空はいつのまにかコマドリの卵のような淡い青緑色になっている。

川の向こうの丘の上では、ウィルクス家の白く高い煙突が、まわりの木の影にだんだん見えなくなってきている。小さく光っているのはランプの灯(あか)りだ。あそこからお父さまは帰ってくるはずなのに、まだ姿が見えない……。

私はお父さまのことが大好き。おそらく郡中探しても、私ぐらい父親が好きな娘はいないだろう。三人の息子が生まれてすぐに死んでしまったから、お父さまはまるで私を男の子のように扱った。仲よしの私たちの間では〝協定〞が出来ているほどだ。それはそれぞれの秘密を守ること、そして嘘をつかないこと。

お父さまは私が、夕方遅くまで男の子とテラスでお喋りをしていても、決してお母さまやマミイに告げ口をしなかった。その場で小言を口にしても。

その代わり私も、お父さまが馬で柵を越えてもお母さまに言いつけたりはしない。柵を越えるのはとても危険なことと、お母さまは許さないのだ。だってお父さまは年をとっている。もう六十歳のお爺さんだ。

どうしてこんなに年をとっているかというと、アイルランドからたった一人でやってきて、無我夢中で働いていたから。あの頃、イギリスの圧政に苦しんでいたアイルランドから、たくさんの移民がアメリカに渡ってきたというのを、女学校の時に習ったような気がするけれど忘れてしまった。歴史の時間なんか興味なかったから。

お父さまは、先にアメリカにやってきて、雑貨屋を開いていたお兄さんたちのところに身を寄せた。お父さまは言う。あの頃のアメリカというのは、アイルランド移民にとても優しかったと。どちらもイギリスに苦しめられていた過去を持つ。

お父さまはお酒と賭けごとがとても強かった。ある日、お父さまは南部の大農園主と夜通しポーカーをして、ポークを手に入れたのだ。ポークは今もうちにいる、お父さま付きの従者だ。他の農作業に携わる奴隷とはまるっきり違う。ピカピカした黒い肌は綺麗だし、ものごしに威厳があった。お父さまはポークを自分のものにしたことで、紳士への道を歩み出したわけ。

この後のことを、お父さまはあまり話したがらない。私が知っていることは二つ。お父さまはある時から、南部の大農園のオーナーになることを夢みるようになったこと。そして、それをポーカーで手に入れたということ。だけどかなりフェアなやり方だ。恥ずべきことは何もない。


お父さまはある夜サヴァンナの酒場で、一人の紳士と知り合った。彼はこう語ったそうだ。十年以上前のこと、州政府はネイティブ・アメリカンから譲り受けた、ジョージア中部の広大な土地を抽選で分配した。紳士は抽選に当たり、その土地を手に入れたものの何もいいことがなかった。収穫出来るようになった頃、屋敷が火事で焼け落ちてしまった。あそこはまさに呪(のろ)われた土地だ。もう早いところ手放してしまいたいと。

お父さまは偶然その時、かなりの大金を持っていた。お兄さんたちから預った売り上げ金だ。お父さまはニコニコしながら紳士に持ちかけた。これをすべてチップにするから、賭けをしないか。あんたは土地の所有権を差し出してくれればいいと……。

そしてお父さまは勝ったのだ。何ひとつずるいことをしたわけではない。お父さまはその土地を切り開き、お兄さんたちから借りたお金で農作業用の奴隷を買った。綿花をつくるために。

やがてお父さまはこの土地をタラと名づけた。

タラってどういう意味？　聞いてもお父さまは教えてくれない。

お父さまは聞けばたいていのことを話してくれたけれど、このタラという土地の名前の由来と、お母さまとのなれそめは絶対に話してくれなかった。

二人は娘の私が見ても、まるっきり釣り合いが取れていない夫婦。お父さまのことは大好きだけれど、さえない外見なのは本当だもの。五フィート（百五十二センチ）のチビで、ものすごいがに股。アイルランド人特有の赤毛で、鼻も口も大きかった。それにひきかえ、お母さまはすらりと背が高い。お父さまはお母さまの肩までしかなかった。

そして、これは重要なことだけれど、お母さまはまだ三十二歳なのだ。信じられる？　お母さまは二十八歳も離れた、自分よりずっと年上の男と結婚したのだ。

妹のスエレンが、ケネディというおじさんに熱をあげていて、私はとても信じられないんだけど、あの人だって二十数歳ぐらいの年の差。お母さまは十五歳の時に、四十三歳の男の人と結婚したのだ。

私だったらとても考えられない。もし今、そんな求婚者が現れたら、ゲラゲラ笑い出してしまいそうだ。こんな話をすると、お母さまがとても貧しい家の娘のようだけれど、正反対だ。お母さまの家は、サヴァンナきっての名家で、お祖父さまの名前はピエール・ロビヤール。そう、フランスからやってきた誇り高き一族だ。だから今でもお母さまが喋る言葉にはフランス訛りがある。そんな名家の令嬢と、大農園主となったものの、アイルランド移民のお父さまとの結婚は、それこそ奇跡のようだ。

だから今でも、お父さまはお母さまに頭が上がらない。まるっきり。

「オハラさま……」

お母さまはお父さまのことをそう呼ぶ。このあたりでは、夫に敬語を使うのはそう珍しいことではない。敬語を使いながらお母さまは命じる。

「どうか、馬で柵を越えるのはおやめください。あなたさまはよく酔っぱらって馬にお乗りになります。それがどれほど危険なことか、どうかよくお考えください」

並木道から、こちらに向かってくる馬の姿が見えてきた。お父さまだ。この勢いでは柵を越えるに違いない。だけどももちろん私は黙っている。告げ口をしないのは暗黙のルールだったし、お父さまとは重要な話があるのだから。


やっぱりそうだった。馬は苦もなくひらりと柵を飛び越え、お父さまは歓声をあげた。そして馬から降りると、よしよしと首を叩いた。

「お前は郡でいちばん、いや、州でいちばんの名馬だ。本当に素晴らしい」

お父さまは自分の馬だけでなく、すべてのものに優しい。いつもガミガミと怒っているようで、誰からも好かれるのは、その優しさがすぐ伝わるからだ。お父さまが奴隷たちの小屋にやってくると、みんな大喜びする。

「何だ、その汚れた顔は。お前なんか奴隷商人に売ってしまうぞ」

などと言いながら、お父さまが黒人の子どもの頰を軽くつねる。すると相手はキャッキャッと笑い出す。お父さまが決してそんなことをしないのは誰でも知っているからだ。お父さまは奴隷をいっさい売らないし、ムチで叩いたのは一度きりだ。今回だって離ればなれになった家族を一緒にしようと、うちの奴隷の妻をウィルクス家に譲ってもらいに出かけたのだ。

「お前ほど賢い馬は見たことがない。さあ、たっぷりとエサを食べて、もうおやすみ」

お父さまが、アイルランド訛りで馬に語りかけるのがおかしくて、私はつい笑い声をたててしまった。

「何だ、お前はそこにいたのか」

お父さまは馬の手綱(たづな)をはずし、私に近づいてきた。そして可愛(かわい)くてたまらない、という風に私の頬をつねった。

「お前までわしを見張ってたのか。スエレンみたいに母さんに言いつけようとするのかい」

そんなことを私がするはずがないとわかっているのに、お父さまは怒ったふりをする。私は黙ってお父さまのネクタイを直してやった。お父さまから、強いバーボンのにおいとミントの香りがする。それだけではない。もっと近づくと革と馬のにおいもする。そして私は、お父さまのことが大好きだと心から思う。背は低いし、髪は白髪だ。鼻は丸っこくて美男というのとはほど遠い。だけどお父さまは優しくてまっすぐな人だ。そのことを人に気づかれるのが耐えられず、すぐに怒鳴りまくるけれど。

「お父さま、去年膝を壊したばかりじゃないの。それなのにまた同じ柵を越えるなんて、私、信じられない」

お父さまはフンと鼻を鳴らした。

「骨を折ろうと折るまいとわしの勝手だろ。お前こそ、こんなところで何をしているんだ」

「お父さまを待っていたのよ」

私は自分の腕をお父さまの腕にからめる。こんな風に恋人のようなしぐさをすると、お父さまがヘナヘナになるのを知っているからだ。

「ディルシーのことはどうなったの？」

彼女はお父さまの大切な従者、ポークと結婚をして娘を一人産んでいる。

「ああ、買った。とんだ散財だった。ディルシーと娘のプリシーとで三千ドルもしたよ」

「まあ、三千ドルですって」

「ジョン・ウィルクスはタダ同然でいいと言ったのだが、そんなことをしたら、わしがジョンの友情につけ込んだようだからな」

ジョン・ウィルクスは、アシュレの父親だ。まるで性格が違っているのに、お父さまと仲がいい。ああ、奴隷の売買じゃなくて、私の結婚のための話し合いだったら、どんなによかっただろう。

「プリシーまで買う必要はなかったのよ」

プリシーならよく知っている。頭の悪い小ずるい娘である。うちに連れてきたって、何の役にも立たないだろう。まさか小間使いをしていた娘を、農作業に使うわけにもいかないし。

「お父さまがあの子を買った理由はただひとつ。ディルシーに頼まれたんでしょう」

お父さまはすっかりうろたえてしまった。図星だったからだ。笑ってしまう。

「だったら何だっていうんだ」

居直ってきた。

「ディルシーを買ったところで、わが子恋しさに毎日泣かれたらたまったもんじゃない。全くもう二度とよその奴隷との結婚は認めんぞ。金がかかって仕方ない」

機嫌が悪いふりをしたお父さまは、私の腕をぐいとひいた。

「さあ、スカーレット、夕食だ」

だけど私はぐずぐずしていた。いちばん肝心なことを何も聞いていないのだ。

「オークス屋敷の皆さんは、元気だった？」

遠まわしにアシュレのことを尋ねたのだが、お父さまに通じるはずがない。

「ディルシーの件がまとまった後、ベランダでみんなでラム酒を飲もうということになったんだ。ちょうどアトランタから帰ってきたばかりの客が来ていた。あちらは、戦争がいつ始まるかと大変な騒ぎだそうだ」

また始まったと、私はため息をつく。お父さまはこの話題が大好きなのだ。このまま続くと、本当に大切なことが聞けなくなってしまう。

「それよりも、明日のバーベキューパーティーのこと、何か言ってなかった？」

「そういえば、何か言っていた。えーと、名前をなんと言っただろうか。昨年パーティーに来ていた、あの優しい娘……アシュレの従妹（いとこ）の……おお、そうだ、ミス・メラニー・ハミルトンだ。彼女と兄さんのチャールズがもうアトランタから来ていたぞ」

「メラニー、やっぱり来ていたの!?」

心臓が音をたてる。さっきタールトン兄弟が口にした情報、

「明日のパーティーで、アシュレとメラニーの婚約が発表される」

が実現に近づいたことになる。

「ああ、メラニーはしとやかで本当にいい娘さんだ。さあ、早く行こう。母さんが探しに来るぞ」

私はとてもそんな気分にはなれない。このまま夕食の席につくなんて。そして私は、いちば

ん肝心なことを口にした。

「アシュレもいたの？」

そのとたん、お父さまは腕をふりほどいて私の顔をまっすぐに見た。こういう時、お父さまの目は鋭さを増す。

「お前はそれを聞きたくて待っていたんだな。だったらどうしてそんなにまわりくどい聞き方をするんだ」

今度は恥ずかしさで私は泣きたくなる。お父さまにこのことを知られたくなかった。だけど心のどこかで、お父さまに打ち明ければどうにかしてくれるという、甘えた気持ちがあったのも事実だ。アシュレのお父さんと私のお父さまとは、隣り同士でとても仲よしなのだもの。

昔、お父さまがこのタラにやってきた時、ウィルクス家はもう大きな屋敷を構える名家だった。けれども何の差別もなくお父さまを受け入れてくれたのだ。

「お前はアシュレにもてあそばれたのか。結婚しよう、とでも言われたのか。え？」

お父さまは私を睨むように見る。

「いいえ」

と私はかぼそい声で答えた。

「そうだろうな。この先も絶対にあり得んな」

ひどい、いくらお父さまでもひどい。慰めてくれるかと思ったのに。私はいつもの癖で、相手の胸をどんどんと叩こうと手を上げた。しかしお父さまの方がはるかに力が強い。私の手は空でつかまれる。

「もう何も言うな。さっきジョン・ウィルクスから聞いた。アシュレはメラニーと結婚する。明日発表するそうだ」

ああ、やっぱりと、私はその場にくずおれそうになった。十六年生きてきて、これほど衝撃的なつらいことは初めてだった。それなのにお父さまは大声で怒鳴る。私は叱られることは何もしていないのに。

「まさかお前は、自分が笑い物になるようなことをしていないな。どんな男だって手に入れられるというのに、好きになってもくれない男を追いまわしたりしていないな」

私はほんの少しだけれど誇りを取り戻すことが出来た。

「追いまわしてなんかいない。ただ、ちょっと驚いただけ」

「嘘つくんじゃない」

お父さまの顔が元に戻った。そして私の顎をいとおしそうにつまむ。

「お前はまだ子どもなんだ。男の何たるかが何もわかっていない」

「私は十六よ。子どもなんかじゃない。お母さまがお父さまと結婚した時は十五歳だったじゃないの」

「お前は母さんとは違う」

確かにそうだ。お母さまは完璧だ。この大農園の女主人としても母親としてもだ。でも私だって結婚すれば、きっとうまくやってみせる。みんなが考えているような、ただの我儘娘ではない。

「タールトンの家の息子の、どっちかと結婚しろ」

突然お父さまが言った。

「双児だからどっちでも構わないだろう。二つの農園が一緒になったらたいしたもんだ。あそこの父親とわしとで、大きな屋敷を建ててやろう」

「タールトンの双児なんてまるっきり興味ないわ」

腹が立ってきた。首を大きく横に振る。

「家なんか欲しくないいし、農園なんて関係ないもの。私はただ……」

「アシュレと結婚したいんだろ」

お父さまは微笑(ほほえ)んでいた。優しい悲し気な微笑み。

「だけどアシュレとでは幸せにはなれん」

「そんなこと、わかんないじゃないのッ」

「スカーレット、結婚っていうのは、似た者同士がして、初めて幸せになるんだ。わしらとウィルクス家の人たちとは違う」

「違わないもの」

「いや、お前だってとうに気づいているはずだ。連中は変わってる。生まれついての変わり者だ。ニューヨークやボストンまで、オペラだの絵を見に行く。オペラなんて、お前知ってるのか。知らないだろう。それからお前が大嫌いな本が、連中は大好物だ。フランスやドイツから本を取り寄せて読みふける。毎日静かに座って、本を読んで夢を見てるんだ。ここらの男が、狩りやポーカーをしている時にね」

「アシュレだって狩りをするわ。乗馬だって得意よ」

私は必死だ。お父さまを味方につけようと決めていたから。

「ああ、あいつは何でも出来る。ポーカーもうまい。しかし心はそこにはないんだ」

「心がなくてもいい。アシュレは私が変えてみせる。きっと変えてみせるもの」

「無理だ」

お父さまは私の腕を自分の腕に再びからめた。

「お前は泣いてるじゃないか。さあ、現実をちゃんと見つめろ。アシュレをお前は到底理解出来ない。諦めるんだ。代わりに別の男と結婚しろ。そうしたらこの土地は、お前とその男のものになるんだ」

「私、いらない。土地なんていらないの」

私はお父さまの腕をふりほどいた。こんな赤っちゃけた土地なんて、私にとって何の価値もない。それなのにお父さまは私に継がせようとしているんだ。

「お前、本気で言っているのか」

お父さまの声があまりにも低く静かで、私はいつものように「そうよ」と返すことが出来ない。

「この世でただひとつ。価値あるものは土地だけなんだ」

ああ、お父さまは根っからのアイルランド人なんだと思う。

「いいか忘れるな。土地だけが汗を流す価値があり、戦う価値があるものなんだ」

お父さまの言葉をもう私は聞いていない。私は決心する。

アシュレだけが、本当にアシュレだけが、この世でただひとつ戦う価値があるもの。もうお父さまはあてにならない。私は一人で戦う。
そして必ず彼を手に入れてみせるのだ。

4

その日の夕食は、上の空だった。ずっとアシュレのことを考えていたから。お母さまがいたら、いつもの私と違うことに、きっと気づいてくれたに違いない。けれどもお母さまはスラッタリーの家に病人が出たとかで、夕食の時間にも帰ってこなかった。

全く、あの貧乏白人のスラッタリーったら。いつもお金がなくなったり、病気になるとお母さまに助けを乞うのだ。

白人のくせにあんなに貧しいって、いったいどういうこと？　この南部では努力すれば多くの人が一代で富と名誉を得られる。うちのお父さまのように。だけどスラッタリーは、怠け者のうえにお酒が大好き。うちの農園を手伝ったりという、半端仕事しかしていない。だからしょっちゅう、彼の奥さんや娘たちは、うちのお母さまに泣きついてくるというわけ。

でもそれも仕方ないことかもしれない。このあたりを見渡しても、うちのお母さまぐらい、思慮深くて優しい女の人はいないのだから。もの静かだけれども、屋敷や農園を完璧に切りまわし、困った人がいるとすぐに手を差し伸べる。

うちのマミイは、

「お嬢さまが、奥さまの血を百分の一でも受け継いでいたら」

とため息をつく。そうだったら、素晴らしい南部女性になれるのだと言う。自分でも認めていることだけれども、私の気質はほとんどと言っていいぐらい、お父さまから受け継いだものだ。激しく荒々しい血。だから子どもの頃はよく癇癪を起こして、マミイに叱られた。

そして十三歳の時に言われたのだ。

「中身は仕方ないから、外見はせめてうまく隠しおおしてくださいよ」

つまり、愛らしくてしとやかなレディのふりをしろということ。

「運のいいことに、お嬢さまの顔は、お父さまには似ていません。お母さまにそっくりです。ですからうまくごまかしてくれれば、男の人はいくらでも寄ってきますよ」

本当にそのとおりだった。言いたいことをぐっと抑えて、睫毛をしばたたかせたり、

「あら、本当なの？　知らなかった」

と驚いたふりをすれば、男の子たちはすぐに私に夢中になる。だけどお芝居しているだけではつまらないので、十四歳になる頃から、少しずつ本当の私を出してみることもした。ちょっと我儘を言ったり、気分屋のところを見せる。するとどうだろう、男の子たちは私の心を得ようと、気も狂わんばかりになってくるのだ。

もっとも早いうちから、女の子たちはこういう攻略に気づいていて、徹底的に私のことを嫌った。女学校にいた時も友だちが一人もいなかった。妹たちだって、すぐ下のスエレンは、私のことを好いてはいない。

だけどそれが何だっていうんだろう。女友だちなんて、ただの退屈しのぎの相手じゃないの。いつもひそひそと秘密を打ち明け合ったり、つまらないことに一緒に笑ったりするだけの仲。

そんなことに時間を費やすなら、男の子たちと恋の駆け引きをしたり、乗馬や狩りの話をしたりする方がずっといい。

だけど私はもうそんなことはどうでもよくなっている。私が欲しいのはアシュレだけなのだ。だけどそのアシュレが、明日婚約を発表するという。いったいどうしたらいいんだろう……。

「お姉さまったら」

テーブルの隣りに座る妹のスエレンが、苛立った声をあげた。

「スープのお代わり、頼んだのに」

今夜は私がお母さまの代わりに、女主人の役をしなくてはいけなかったのだ。料理がちゃんと配られているか。足りないものはないか。デザートのプディングはちゃんとふくらんでいるか……。いつもお母さまは夕食の食卓に気を配り、楽しく温かい時間にしてくれていた。だけど今夜は最悪だ。私はアシュレのことでそれどころじゃなかったし、お父さまはウィルクス家で聞いた、サムター要塞の話を大声でしている。相手が聞いていようと聞いていまいと、自分の喋りたいことだけ喋りまくるのがお父さまの流儀だ。

「だから北部人が攻めてきたら、もちこたえることが出来るかどうかが肝心なんだよ。わが南部同盟ももうそろそろ決断しなきゃいかん」

こぶしでどんどんテーブルを叩いたりする。私はうんざりするどころか、悲しくなってきた。こんな時、お母さまなら上手に話を切り替えてくれるのに。

早くお母さま、帰ってきて……。アシュレのことを打ち明けるつもりはなかった。なぜなら、アシュレは明日従妹のメラニーとの婚約を発表することになっている。そんな彼に私が死ぬほど恋い焦がれていて自分のものにしたい、と言ったら、お母さまはどんなにショックを受けるだろう。きっと深く悲しむに違いない。ただ私は、こんなにつらい今、お母さまに傍にいてもらいたかった。あの目でじっと見つめられ、

「私の可愛い娘、どうしたの……」

と手をとってもらえばそれでいいのだけれど……。

その時、馬車の近づいてくる音がした。

「お母さまだわ」

私は思わず立ち上がったが、その音は玄関の前を素通りして、裏庭の方に行ってしまった。

やがてたくさんの黒人たちの楽しそうに喋る声が聞こえてきた。

「いったい何が起こったの？」

とスエレン。

お父さまの従者のポークが、遠慮気味に部屋の中に入ってきた。いつものきちんとした態度ではなくて、ちょっと照れているのがわかる。

「旦那さま、あなたさまにお仕えする、新しい女の召使いが到着しました」

「新しい召使いの女だと。わしはそんなものを買ったおぼえなどない」

お父さまがわざと知らん顔をする。

「いいえ、旦那さまは買ってくださいました。私のために」

ポークのこんな顔を初めて見た。いつもはくすっとも笑ったこともないのに。喜びのあまり白い歯を見せたままだ。

「花嫁がお礼を申し上げたいと言っております」

「いいだろう。連れてこい」

お父さまがさっき、ウィルクス家に行って譲ってもらった女だ。ポークとの間に子どもをつくっていたのであるが、ずっと別々に暮らしていた。今日からうちの屋敷で働くことになる。

「ディルシーです」

ポークが誇らし気に言った。ディルシーはとても背が高くて威厳に溢れていた。普通の黒人とは違う顔つきだ。赤みを帯びた肌に、高い頬骨。ネイティブ・アメリカンの血が流れているらしい。不思議な魅力の顔つきだ。ポークが好きになったのもわかる。

「旦那さま、お嬢さま方、お食事中失礼します」

低い声はよく響いた。

「私と私の娘を買ってくださったこと、いくらお礼を申し上げても足りないぐらいです。私を買おうという人は、他にもいたかもしれませんが、私が悲しがるだろうと、娘まで買い取ってくれる方はいませんでした。旦那さま、本当にありがとうございます。これから一生懸命、お仕えさせていただきます」

むむっと、お父さまはうなった。決まり悪くてどうしていいのかわからないのだ。ディルシーは私の方を向いた。

「スカーレットさま、あなたさまが私の娘も買い取るように、お父さまにおっしゃってくださったと聞きました。なんとお慈悲深いこと。心からお礼を申し上げます」

そんなの嘘だ。お父さまは、自分がいい人だと思われるのが嫌で、私の名前を使ったのだ。

だいいち、私はこのポークの娘、プリシーなんてまるっきり気に入ってない。ポークが時々連れてきていたから知っているが、十二歳にしては小ずるくて、それなのに頭が悪いっていうまるっきり役に立たないコ。鳥のような細い脚で、母親がしたんだろう、一本一本丁寧に編まれ、紐で結ばれたたくさんの三つ編みが、ぴんぴん頭からはねていた。何ごとも見逃さないぞ、という風な抜けめのない目をしているくせに、わざと何もわからない、という風にとぼけた表情をつくっているのも気に入らない。

「この子をどうか、お嬢さま付きの召使いにしていただけませんかね」

「ありがとう、ディルシー。でも結構よ」

私は言った。本当にいらないもの。

「私には、マミイっていう、子どもの頃からめんどうをみてくれている乳母がいるのよ」

「でもお嬢さま、マミイはもう年でしょう」

本人が聞いたら、怒りで卒倒しそうなことを口にした。

「よい乳母でしょうが、お嬢さまはもうお年頃ですから、若い召使いが必要です。このコは、ウィルクスさまのところで、一年以上インディアお嬢さまにお仕えしてきました。髪結いも上手に出来ます」

インディアと聞いて私の胸は騒ぐ。彼女はアシュレの妹なのだ。兄さんに似ず、不器量で性格が最悪。だけどもしかすると、将来私の義理の妹になるかもしれない。何かつながりがあった方が得だろう。たとえ、こんな気がきかなそうな女の子でもね。

ありがとう、と私は言った。でも即答はしない。これは南部の女のたしなみである。後でマミイとも相談してよく考えると言った。だけど、お父さまの大切な従者、初めて手にした奴隷、ポークの娘だ。野良仕事にまわされることはないだろう。

ポークたち一家が去り、夕食も終わった。お父さまは揺り椅子に腰かけ、うとうとしている。お母さまがいないことを除けば、いつもと同じ静かな夜があった。末の妹キャリーンは本を読んでいる。たぶんイギリスの小説だ。あんなものを読んでいったい何が楽しいんだろう。

スエレンの方は刺繡(ししゅう)をしている。私たちは幼い時、ひとつずつ木の箱をもらった。それはいつか嫁ぐ日のために、リネン類やハンカチを少しずつ集めるためのものだ。そうしたものに、自分の手で縁飾りや刺繡をしていくのが、このあたりの娘たちのならわしだ。スエレンはこの手仕事が大好き。今も枕カバーに、マーガレットをひと刺しひと刺し描いているところだ。きっと恋人のことを考えているんだ。ケネディとかいって、さえないおじさん。おそらく生まれて初めて求愛されて、スエレンは舞い上がってしまったんだろう。

私は違う。この郡に住むたいていの男の子は、私に恋をしている。お父さまの言うとおり、私は誰だって選べるのだ。だけど、だけど、ただ一人の人が別の女と結婚するというのだ。いったいどうしたらいいんだろう……。

私は顔を上げた。車輪がきしむ音がして、お母さまの御者(ぎょしゃ)への静かな声がした。

「チャーリー、遅くまでご苦労さま」

レモンバーベナのかすかなにおいと共に、お母さまが部屋に入ってきた。私たちはわっと駆け寄った。お母さまはとても疲れていたようだけれども、

「遅くなって申しわけありません」

とお父さまにまず軽く頭を下げた。

「赤ん坊は洗礼を受けたのか」

「ええ、キリスト教徒としてちゃんと天に召されました。エミーも助からないかと思いましたが大丈夫でした」

それだけで私はすぐにわかった。スラッタリーの娘のエミーのお腹が大きくなっていたのは、この土地のちょっとした話題だったのだから。私生児を産もうなんて、そんなおそろしいことがよく出来るものだと思う。父親は誰なのか、私は聞きたくてたまらなかったけれど、お母さまは許さない。黙って自分のロザリオを取り出した。死んだ子どものために祈るのだ。

お母さまにずっと付き添っていたマミイは、腹が立ってたまらない、という風にどしどしと床板を踏み鳴らしながら部屋を出た。そして台所に向かって叫んだ。

「ポーク、料理女(クッキー)に火をおこすように言っとくれ。奥さまはまだ何も召し上がっていないんだよ。ひと口もね」

そして家中の者に聞かせるためとしか思えない〝ひとり言〟を口にした。

「全くあのくず白人のために、何かしてやるなんて無駄なんだよ。感謝の心もないろくでなしだ。まともな白人だったら、とっくに奴隷の一人や二人は抱えていただろうにさ」

マミイはもう家族のようなものだから怖いものなしだ。お父さまもやれやれ、という顔をしたが怒らない。お母さまのために椅子をひいて座らせた。お母さまはぐったりと腰をおろしたが、そんなことはお構いなしに私たちは話しかける。まず長女の私から。

「明日の夜、ウィルクス家の舞踏会で着るドレスのレースがはずれそうなの。直してくださらない？」

そして図々しい次女のスエレンはとんでもないことを言い出した。

「お母さま、お姉さまのドレス、私のよりずっと素敵なの。私のピンク、まるで似合わない。着るとお化けみたいよ。だからお姉さまと私のドレス、とり替えちゃダメ？　だってお姉さまは、ピンクだって似合うんだもの」

末っ子のキャリーンはずっとしおらしい。

「お母さま、明日の夜は私もダンスの時間まで残っていい？　私だってもう十三歳なのよ」

お父さままで加わる。

「みんな、静かにしろ。大切な話をお母さまとするんだ。エレン、さっきアトランタから戻った者から聞いたんだが、あっちではもう戦争の話でもちきりなんだ。チャールストンの連中も、もう北部人には我慢出来んと」

お母さまは微笑(ほほえ)んで、まずはお父さまへの答えから始めた。

「良識あるチャールストンの方々がおっしゃるなら、それが正しいかもしれませんね」

「いいえ、キャリーン、来年になったらね。来年には舞踏会に残って、大人のドレスも着られるわよ。その時には、ピンクの頬のあなたにどんな素晴らしい時間が待っていることかしらね」

「ドレスを持っていらっしゃい、スカーレット。お祈りが終わったら直してあげるわ」

そしてスエレンには、ちゃんとお説教をしてくれた。

「スエレン、そういう言い方は好きではありませんよ。あなたのピンク色のドレスも素敵だしとても似合っているわ。スカーレットのドレスがスカーレットにとても似合っているようにね。でも明日の夜は、私のガーネットのネックレスを貸してあげましょう」

スエレンはお母さまの背にまわり、勝ち誇ったようにべーっと鼻に皺を寄せた。私は口惜しくて仕方ない。だってあのネックレスは私が借りようと思ってたのだもの。私は思わずお返しに舌を突き出した。

私はこの妹が大嫌い。何かといえば私と張り合おうとする。そしてそれがかなわないとお母さまに言いつけるのだ。スエレンの顔はお父さまに似ている。四角い顔で鼻が丸っこい。私のとがった小さな鼻とは大違いだ。だからあんなおじさんでも、恋人が出来て舞い上がっているわけ。

お母さまがお父さまと話している間に、マミイが料理を並べ始めた。うちの料理女はとても腕がいい。あっという間にいくつもの皿が並んだ。黄金色に焼けたビスケットに、鶏むね肉のフライ、サツマイモにも切れ目が入り、そこからバターが溶け出していた。

マミイはテーブルの横に仁王立ちしている。お母さまの手が少しでも止まったら、無理やり口に押し込もうとしているように。この迫力に負けて、お母さまは無理やり食べものを押し込んでいるようだ。お母さまはとてもほっそりしていて、マミイは「もっと食べなきゃ」といつも文句を言っているのだ。

その最中もお父さまはずっと喋り続けていた。

「北部人どものインチキにはもう我慢の限界だ。奴隷解放と言いながら、彼らのために一ペニーも払わない気なんだよ。こちらが損するだけだ。そもそもリンカーンが……」

珍しくその言葉をお母さまが遮った。

「もう十時になりました。そろそろお祈りの時間にいたしましょう」

お父さまは不服そうだが、お祈りと聞いて黙った。置き時計がゴーンゴーンと時を告げた。

「キャリーンはとっくに寝ている時間だわ。マミイ、私の祈禱書を持ってきて。ポーク、ランプをお願い」

ポークは、ランプのチェーンに手をかけ、ゆっくりとそれを下に引き下ろした。テーブルの上にまばゆい光が降り注ぎ、私たちは全員床にひざまずいた。屋敷内で働く召使いたちも集まってきた。

祈りを唱えるのはお母さまの役目だ。

「主よ、われらを憐れみたまえ。天上の御母、聖マリア、罪人なるわれらのために、今も臨終のときも祈りたまえ」

私はその最中もアシュレのことを思っていた。もうじきベッドに行く。そして朝が来る。朝が来ると、ウィルクス家のパーティーがあり、そこでアシュレとメラニーの婚約が発表される。ああ、神さま、どうか私を憐れんで。そして救って……。

その時、ひとつのある考えが、まるで天啓のように私の中にひらめいた。

――そうだわ、アシュレは私が彼を愛してるなんて夢にも思っていないんだわ――

あまりにも突然の考えに、私はあっと声をあげそうになった。

そうよ、そうなんだ。私は彼にそんなそぶりを少しも見せなかった。他の男の子にしたように気のあるふりもしなかった。だから彼は私のことを諦めていた。このあたりの男の子たちみんなが崇拝する私が、自分のことを愛しているなんて、思いもしなかったに違いない。そうだわ、彼は知らなかった。

だったら教えてあげればいいことじゃないの！　私は喜びのあまり体が震えてきた。こんな簡単なことに、どうして気づかなかったのかしら。そっと神さまが教えてくれたんだわ。

私と結婚出来ないと思って、家族を喜ばせるためだけに、あんな退屈なメラニーと結婚しようとしている。可哀想なアシュレ！　まだ間に合う。そうよ、まだ間に合うわ。明日私が教えてあげる。

このスカーレット・オハラが、あなたを愛していることを。

お母さまが唱えた。

「充ち満てるマリア、私たちのためにお祈りください」

私も祈る。私のためだけに。神さま明日、どうか私の願いをかなえてください。

5

その夜、私はなかなか眠れなかった。だって作戦を練っていたから。今までいろんな計画を立てたことはあったけれども、こんなに大きなものは初めてだ。たぶん私の人生を大きく変えるようなこと。

明日、お父さまの言うとおり、私は誇り高くふるまおう。誰よりも華やかに陽気にパーティーで過ごそう。いつだって私は、男の人たちの中心にいるけれども、明日はわけが違う。男という男、すべての心を奪うのだ。

その中には妹スエレンの恋人の、ぱっとしないおじさんのフランク・ケネディとか、恥ずかしがり屋のチャールズ・ハミルトンも入れるつもり。いつもだったら鼻もひっかけないレベルだけれども、明日は取りまきの中に入れてあげてもいい。なぜならすべての男が私に夢中になる光景が必要なのだ。そう、ミツバチが巣箱のまわりに群がるようにね。

アシュレもきっとそわそわするはず。あたり前だ。あんな魅力のないつまらないメラニーなんかと腕を組んでいるよりも、遠まきにでも私のそばにいる方がずっといいに決まっている。その時私には二重にも三重にも男の人が取りまいている。あたり前よ、このあたりでいちばん美しい娘なんだもの。

彼はきっとがっかりするだろう、私に近づけないことに。そしてつくづく私の価値を知る。

「なんて素晴らしい女性なんだろう。スカーレットは」

そうしたら私の出番だ。チャンスを見て、二人きりの時間をつくる。そして彼に教えてあげるのだ。

「こんなにみんなにあがめられている私だけど、本当に好きなのは、あなただけなのよ」

私はもちろん南部の淑女だから、そんなにはっきりと口にしたりはしない。しかしちゃんとわかるように話を持っていくつもり。

彼の絶望は歓喜へと変わる。ああ、その顔が見えるようだ。そしてこう言うに違いない。

「スカーレット、どうか僕のものになってほしい。僕と結婚してくれ」

私は驚き、そして哀し気に問う。

「だけどあなたは、メラニーと今日、婚約を発表するんでしょう?」

「メラニーは従妹（いとこ）で、親が決めたことなんだ。どうして君と比べられるだろう。こんな幸福が手に入れられるのに、どうして別のものを手にすることが出来るんだ。出来るはずはないさ」

そしてこう言うのだ。

「ああ、スカーレット、婚約を発表する前でよかったよ。もう僕は君のものなんだ。教えてくれてありがとう。この後、二人でどこかへ逃げるんだ」

この寸劇を自分の中でつくり上げ、私はセリフさえつぶやいた。

「間に合ったのね、アシュレ。私はあなたのものなのよ」

本なんか大嫌いで、キャリーンみたいに小説なんか読んだことがないのに、言葉がいくらでも出てくる。不思議。でもきっとこれらの言葉は現実になる。明日私は彼の腕に抱かれ、前の晩に予行演習をしたことを懐かしく思い出すだろう。

——明日はウィルクス夫人になるかもしれないんだわ——

私は自分で自分の肩を抱いた。計画はもう計画じゃない。今のはもう想像じゃない。確実にやってくる未来。

だって今まで、私が望んだことでかなわなかったことは何ひとつないんだもの。


ゆっくりと目を覚ました。

四月にしては暖かい日だった。黄金色の光が、私の部屋のカーテンごしにまぶしく降り注いでいた。クリーム色の壁、ワインのような艶(つや)を持つマホガニーの家具、水玉模様のラグ、いつもと同じものが目に入ってきたけれど、私は違う目で見た。

何日か後、私はきっとウィルクス夫人として、自分の部屋を眺めるんだ。そしてこの部屋を出ていくことを、ちょっぴりさみしく思ったりするんだろう。

窓を開けた。もう夏の気配がする。ジョージアでは、春の終わりと夏のはじめが入りまじる。やわらかく暖かい空気が流れ込んできた。花の香り、小さな葉をつけた木々や、掘り起こされたばかりの赤い土の湿ったにおい。

窓の外に目をやれば、並木道の両脇のラッパスイセンが見える。無数の花をペティコートのように大地に広げたカロライナジャスミンの金色。窓のすぐ下では、マグノリアでの居場所をめぐって、マネシツグミとカケスが何やら争っている。

よかったわ。雨じゃない。

なんて素晴らしいお天気。すべてのものが私を応援してくれているようなそんな朝。

私はふり返る。ベッドの上には昨日用意したドレスの箱が置かれていた。それは亜麻色のレースの花綱(はなづな)飾りがついた、青リンゴ色の波紋絹布(ウォーターシルク)の舞踏会用のもの。バーベキューの後、女たちはいったん軽い午睡(ごすい)をとって、これに着替えるのだ。

もしかするとこれは着ないかも。

ぞくぞくするような予感がした。だってバーベキューの最中、私はアシュレにあのことを教えてあげる。彼は言うだろう。舞踏会の前に二人でどこかに逃げ出そうと。一度決まった婚約を破棄するにはそれしかないのだ。たぶんジョーンズボロあたりに、二人で馬車で向かうんだもの。

肝心なのはこのドレスじゃない。アシュレの心をかき乱すバーベキューの時のドレスなんだ。私はクローゼットの中から、とっかえひっかえドレスを取り出し、胸にあて、放り出すということを繰り返した。だけどどれもダメ、決定的じゃない。

長いピンクの飾り帯がついた、薔薇色(ばらいろ)のオーガンジーのドレスは、私によく似合う。だけど昨年の夏、メラニーがオークス屋敷に遊びに来た時に着ていたもの。いくら鈍感な彼女だって憶(おぼ)えているはず。もしかしたら誰かに言いふらすかも。メラニーはいい子だってみんなが言うけれども、女っていうのは油断ならないもの。

パフスリーブの黒の綾(あや)織りのドレスは、レースのプリンセスカラーがついていて、私の白い肌をひきたててくれるはず。だけどどうしたって老けて見える。それに、いかにも純情可憐(かれん)を絵に描いたようなメラニーは、よくこんなドレスを着ているのだ。隣りに来られたら、私が不利になるかもしれない。

ラベンダー色の縞模様のモスリンは裾に幅広のレースが縫い込まれていて、とても綺麗なんだけど、私の肌の色に合わない。なんだかしっくりこない一着。

私はコルセットとペティコート姿で立ちつくしていた。本当にいったいどうしたらいいの。こんなに迷うのは初めてだ。

私は最後に緑色の格子柄のドレスを取り出した。緑色は私の瞳の色と同じだし、白い肌をひきたててくれる。私のラッキーカラーと言ってもいい。これを着ると私の瞳は布が反射してエメラルド色になると、ある男の子がせつなげに語ってくれたものだ。だけど胸のところにはっきりわかる油じみがある。ブローチで隠せる位置だけど、目ざといメラニーが気づくかもしれない。

クローゼットに残っているのは、普段着の木綿のドレスと、舞踏会用のもの、それから昨日着ていた緑色の花柄のドレス。タールトン兄弟は見てたけど、彼らなんかに二度めのドレスと思われてもどうということはない。本当に私に似合う最高のドレス。

でも、困ったことがある。夜会用のものなので衿ぐりが大きく開いているし、袖も小さなパフスリーブがついているだけ。午前中のバーベキューパーティーなら、長袖か半袖で、衿が首元にあるものでなければならないだろう。

だけどそんなルールが何だっていうんだろう。人に見せて恥ずかしい胸や腕を持っているわけじゃない。鏡の前で横向きに立ち、私は自分のバストのラインをうっとりと眺めた。コルセットで押し上げた形のいい胸。私ぐらいの年のコだと、絹のひだ飾りを胴着の裏に縫いつけて、バストを豊かに見せようとするんだけど、私にはそんな必要がなかった。ああ、脚を見せられないのが残念。この世の中にどうしてペティコートとかスカートがあるんだろう。女学校の体操の時、私がブルマーから脚を見せると、私のことを嫌っている同級生たちもみんな口々にこの脚を誉めそやした。

「なんて綺麗なの、なんて長いの」

今頃、彼女たちが私のウエストを見たら、嫉ましさに卒倒したかも。私のウエストはたった十七インチ（四十三センチ）なんだもの。

「マミイ、マミイ」

私は大きな声で呼んだ。いつもなら大声を出すのははしたないことと叱るお母さまは、燻製所で料理女といるはず。だからさらに声を張り上げる。

「マミイ、マミイったら！」

やがてマミイの重たい足音が階段を上がってくるのが聞こえた。

「全く、私が二階まで飛んでいけると思っているのかね」

ぶつぶつ言っているマミイの手には、湯気の立ちのぼるお盆があった。その上にはバターがたっぷりのった大きなサツマイモが二つと、シロップがしたたるソバ粉のパンケーキ、グレーヴィーソースの中で泳いでいる分厚いハムがのっていた。

思い出した。オハラ家の掟を。ここのうちの娘は、パーティーに出かける前はお腹いっぱい食べなければならない。パーティーでものをつまむのは、とても行儀が悪いとされているから。

「いらない。台所に持っていって」

「いいえ、お嬢さま、食べていただきますよ」

マミイはこういう時、絶対に引き下がらない。

「いらないったらいらない！　そんなことより早くこっちに来て、コルセットを締めてよ。もう時間を過ぎてるのよ。さっき私を送ってく馬車が玄関に着いた音がしたもの」

「まあ、そうおっしゃらずに、ひと口でも召し上がれ。スエレンさまも、キャリーンさまもさっき全部食べられましたよ」

「そりゃ、そうでしょ」

私はフンと鼻を鳴らした。

「あのコたちと一緒にしないで。まだほんの子どもなんだから。カルヴァート家のパーティーでは、無理やりお腹に詰め込まされたもんだから、はるばるサヴァンナから氷に入れて運んできたアイスクリームを、ひと口しか食べられなかったのよ。今日は、食べたいだけ食べ、楽しむだけ楽しむのよ」

私は何かわけのわからないものに対して、すごく腹が立っていた。私の運命の日になろうとしている朝、サツマイモを食べさせようとする習慣というやつにだ。

「お嬢さま、このマミイにはそうはいきませんよ」

マミイがぎょろりと睨むと本当に怖い。

「オハラ家ではまともな食事をさせていないと、お嬢さまが世間の笑い物になるのを、私が黙って見ているわけにはいきません。いつも私が言っているとおり、レディというのは小鳥ほどしかものを食べないものなんですよ。ウィルクス家のパーティーで、野良仕事の女のように無遠慮に手を出して、がつがつ食べるようなことは断じて許しません」

「あら、お母さまはレディだけど、食事はちゃんと食べるわ」

「結婚したら話は別ですが、奥さまがお嬢さまの年頃の時は、決して人前でものを召し上がりませんでした」

「そうかしら」

私はちょっとマミイに意地悪をしたくなる。と同時に、今日の私の行動をちょっと暗示するようなことも言いたくなる。

「このあいだのバーベキューパーティー、ほら、マミイが病気で何も持ってきてくれなかった時。私はお腹が空いてもりもり食べていたの。そうしたらアシュレは言ったわ。健康な食欲を持った女性を見るのはいいな、大好きだって」

「でもアシュレさまは、お嬢さまに結婚を申し込まれたわけじゃないでしょう」

心臓が止まるかと思った。何て嫌なことを言うんだろう。マミイは何かを知っているんだろうか。まさか……。

「ウィルクス家の使用人たちが言っていましたが、メラニー・ハミルトンさまほどのレディを見たことがないと。あの方はこのあいだ、アシュレさま、いいえ、インディアさまを訪ねていらした時、滞在中ほとんど何も召し上がらなかったそうですよ。人前ではビスケットひとつ口にしなかったとか」

いったいマミイはどこまで知っているの？　まさか私の心に気づいているわけじゃないはず。

私は彼女の黒くピカピカ光る顔を見つめる。が、何の策略もない単純で善良そうな顔つき。たぶん私に、メラニーのようにしとやかになれということなんだと気づく。

「わかったわよ。食べればいいんでしょう。でもその前にコルセットを締めて」

私は苛立った声をあげる。細いウエストをつくるために、バターたっぷりのサツマイモを食べなきゃならないなんて……。

マミイはにっこりと笑う。私が負けるといつもそうだ。

「はい、はい、わかりましたよ。それでお嬢さまは、今日は何をお召しになるんですか」

「あれよ」

私が緑の花柄のモスリンのドレスを指すと、たちまちマミイの目が吊り上がった。

「あれはダメです。午後三時をまわるまで、胸や腕を出してはいけない決まりです。それに日盛りに肌を出すとソバカスが出来ますよ。お嬢さまがサヴァンナの浜辺でつくったソバカスを、私がこの冬中バターミルクを擦り込んで、ようやく消したのをお忘れですか」

「いい、マミイ。着替える前にお母さまに告げ口したら、ひと口も食べないからね。着ちゃったら、こちらのものよ。もう着替える時間はないんだもの」

私は毎日、マミイとこうした攻防戦を繰り広げている。だけど今日は特別だ。私は絶対にこの緑色のモスリンを着たいのだもの。このドレスでなければダメ、アシュレを私のものにすることは出来ない。私はマミイの顔をぐいと見つめる。思いっきり口角を下げて。

「わかりました」

マミイが負けた。

「どこかにつかまって、息を止めてください」

私はぐっと気をひき締めて、ベッドの柱につかまった。息を思いきり吸い込む。苦しい。でも私に群がる男たちとアシュレの姿を思いうかべ、じっと耐えた。

「お嬢さまほど細いウエストの娘はいません」

私の美しさは、実はマミイの自慢なのだ。赤ん坊の頃から育ててくれたのだもの。

「スエレンさまは、二十インチ（五十一センチ）以下にしようとすると、すぐに失神してしまいます」

私はやっと息をした。

「失神なんて、私はしたことないわよ」

「だけどたまにはしてもいいんですよ。特に殿方の前ではね。お嬢さまのように、ヘビやネズミを見ても、へいちゃらというのはよくありませんよ。そういう時は……」

マミイのお説教にいらいらしてきた。

「私はね、お嫁の貰い手なんていくらでもいるの。わざと悲鳴をあげたり、失神する必要はないの。もう出かけるわ。さあ、ドレスを着せて」

おお、怖い、と言いながらマミイはドレスをふわりと着せかけ、後ろのホックを留めてくれた。

「いいですか、お嬢さま、日盛りの時は必ずショールをかけてくださいよ。さあ、約束です。ドレスを着たのですから、おイモを食べてください。胸のところにナプキンをかけて。バターが落ちてきますからね！」

マミイにかかっては、私はほんの子どもなのだ。今日私が婚約するのを知ったら、マミイはどんな顔をするのかしら。私はしゃっくりのように込み上げてくる笑いを抑えるのに苦労した。

ウィルクス家に行く馬車に私たち姉妹三人は乗っていた。御者(ぎょしゃ)のトビーの隣りの席には、箱に入った私たちの着替え用のドレスが積まれていた。そのうち一着は、たぶん無駄になると思うけれど。馬車の横には、狩猟馬(しゅりょうば)に乗ったお父さま。べろべろに酔っている。奴隷監督のジョナス・ウィルカーソンに解雇を言い渡したからだ。それがつらくてお酒を飲んだに決まっている。使用人たちのひそひそ話で、私は昨日死産だったエミー・スラッタリーの私生児の父親が、ジョナスだということを知った。お父さまとお母さまは、曲がったこと、ふしだらなことが大嫌い。あのクズ白人のジョナスなんかどうだっていいと思うんだけど、きっぱりとやめさせたのだ。しかしそのことが気になり、お父さまは浴びるほどブランデーを飲んだのだ。お父さまは大きな声で、アイルランドの民謡を歌い始めた。だんだん機嫌がよくなっていく。今日は近隣の男の人たちが集まってくるので、大好きな戦争の話が出来るからだ。

お父さまは私たちに向かって、

「わが美しい娘たちよ」

なんて呼びかけ、《緑が野に》という歌を歌い始めた。歌う、っていうよりもがなりたてた。

「恥ずかしいったらありゃしない」

小さな日傘を差したスエレンは、ぷんと横を向いたけれど、私は少しもそうは思わない。お父さまみたいに、憎めなくて無責任なお人よしっているかしら。

私はお父さまへのいとおしさでいっぱいになる。大好きな大好きなお父さま。私のこの幸せをお裾分けしてあげたいぐらいだ。太陽は暖かで優しく、目の前にはまばゆいジョージアの春が広がっていた。道沿いに茂る黒イチゴの低木を、やわらかな緑が覆っていた。むき出しの花崗岩は、チェロキーローズのつるをまとい、まわりをスミレで囲まれていた。丘の上ではハナミズキの白い花が輝き、そこだけ雪が残っているようだ。花盛りのリンゴの木の下を通ると、あたりは芳香につつまれる。

——今日がどんなに美しい日か、一生忘れないわ——

私はそう思った。

だって今日が私の結婚記念日になるかもしれないんだもの。アシュレと二人、駆け落ちをするから。本当の結婚は、アトランタから司祭を呼んでからのことになるだろうけれど。

お父さまのヘタな歌が続く。お父さま大好き。生きていることが大好き。私は今生きていることが嬉しくて幸せでたまらない。

私はこの日のことを、一生忘れないだろう。

6

アシュレの家、オークス屋敷のバーベキューは、このあたりでは有名だ。

毎週のように、いろいろなところでバーベキューパーティーが開かれるけれど、ウィルクス家ぐらい、おもてなしの心がわかっているところはないから。

あるおうちは、女主人が肉を焼くにおいが嫌いといって、屋敷から四分の一マイル（四百メートル）も離れたところでバーベキューパーティーをする。陽ざしを遮るところがまるでない野原で。信じられる？

そこへいくとウィルクス家の心遣いは本当に素敵。長い組み立て式のピクニックテーブルは、いちばん涼しい日陰に設置され、上等のリネンのクロスがかけられている。ベンチが好きでない人たちのためには、屋敷から運び出された椅子やクッションがそこいらに置かれている。ヒッコリーの薪のにおいと、豚肉と羊肉をあぶるにおいが、あたりに霧のようにたちこめるのだ。巨大な鉄の大釜には、バーベキューソースやシチューがぐつぐつ煮えていて、これは本当においしそう。

でも私は食べるつもりはまるでなかった。コルセットを強く締め上げていることもあるけれど、今日は私の運命が決まる日なのだもの。串ざしにしたお肉を食べる気分になんか、とてもなれないのはあたり前のこと。

それにしてもウィルクス家が住む、オークス屋敷の美しいことといったらどうだろう。私はうちも大好きだけれど、やはりオークス屋敷にはかなわないと思う。ヨーロッパの文化をよく知っている人たちが建てた家なのだ。白い壁、円柱と広々としたベランダは、このあたりではちょっと見られないもの。左右対称の大きな建物には、優雅さと威厳があった。

私は今日、この屋敷をいつもとまるで違う目で見ている。たぶん近い将来この屋敷の女主人となる私。ウィルクス夫人と呼ばれる私。そう考えるだけでドキドキした。

弧を描いて屋敷正面に続く広い道は、馬や馬車から降りてくる人たちでごったがえしていた。みんな大げさに挨拶（あいさつ）をかわしている。どこの家でも同じだけれど、パーティーとなると張りきる奴隷たちが、鞍（くら）や馬車の引き具をはずそうとやっきになっていた。

新緑の芝生の上では、白人も黒人も一緒になって子どもたちがはしゃぎまわっている。客間では年配の女たちが集まり、扇でせわしくあおぎながら、噂話（うわさ）に夢中だ。決して誇張ではなくて、郡のすべての人たちが集まっていた。

まず目につくのは、私と仲よしのタールトン家の四人の息子とその父親。カルヴァート家の二人の息子、レイフォードとケードも、金髪の妹のキャスリンと一緒だ。カルヴァート家のお母さんは後妻で北部人（ヤンキー）だった。みんなそのことを忘れていない。そして他にもたくさんの人が、次々と馬車から降りてきて、屋敷ははちきれんばかり。アトランタやメイコンからやってくる人たちもいた。

そんな中、みんな恋人の姿を探して必死だ。私の妹スエレンをエスコートしようと、フランク・ケネディがあわててやってきた。信じられる？　ケネディは四十歳のおじさんなのだ。やせっぽちで神経質で、トウモロコシみたいな顎髭をはやしてる。スエレンはどうしてこんな男と腕を組んだり出来るんだろうか。

そして玄関のところには、アシュレの妹、ハニー・ウィルクスの姿も。だけどハニーも、その姉のインディアも、魅力というものがほんのこれっぽっちもありゃしない。不器量で顔色が悪くて髪が少ないの。前にタールトン兄弟のママが話しているのを聞いたことがある。こういうのを近親結婚のさわりというらしい。ウィルクス家は昔からいとこ同士の結婚をくり返した結果、子どもの出来がよくないのだそうだ。それも女の方が。アシュレなどとてもハンサムだし、英国の大学を卒業するほど頭がいい。しかし妹たちがみんなサエないうえに性格が悪いのは、やはり近親結婚のせいだというのもあながち間違いではないと私は思う。今、インディアは、スチュワート・タールトンに夢中だった。だけど今、彼は私に夢中。でもこれはどうしようもないこと。恨むなら私じゃなくて、いとことばかり結婚をしてきたご先祖さまを恨んでほしい……。

とにかく私は、オークス屋敷の庭をずんずん歩きながらアシュレの姿を探した。早くしなくっちゃ。早く私の気持ちを伝えなきゃ。婚約を発表する前にするから、そんなに時間がない。それなのに、スチュワートとブレントのタールトン兄弟が私めがけてやってきた。嫉妬というこ とを知らないマンロー家の女の子たちが、駆け寄ってきて私のドレスを誉める。

「スカーレットって今日も本当に綺麗。どうやったらあなたみたいになれるのかしら」

もうお母さんのお腹にいる時から違うんだから仕方ないんじゃないの、という言葉を私はぐっと我慢した。さっきから私を見つめる視線に気づいたから。

男の人ならば、私を見つめるなんて珍しくも何ともないのだけれど、私が思わず見返したのは彼がまるで知らない男だったからだ。年は三十五歳くらいだろうか。背が高くてたくましい体つきをしている。こんなに肩幅が広く、筋肉がついている男の人を見たことがなかった。白い絹のシャツがはちきれそうだ。それでいて下品ではない。野性的なのだけれど、良家に育った人の品がある。目と目が合うと、男はいかにもおかしそうに笑いかけた。短く切り揃えられた黒い髭の下から真白い歯がのぞいた。物語の中の海賊みたいだと私は思った。何かとても大胆なことをしでかしそう。

——このあたりの人ではないわ——

でもどこの誰だかまるで見当がつかない。

とても目立つ。ひと目見たら忘れられない容貌と身のこなしだ。本当にいったい誰なんだろう。その時誰かの声がした。

「レット！　レット・バトラー。さあ、こちらへ。みなさん、ジョージアで最も面白い男を紹介しよう」

レット・バトラーですって。その名前は聞いた憶えがある。何かスキャンダラスなことと結びついているような気がするんだけど……。

——でも、今はそれどころじゃないの——

あわてて頭を振った。一刻も早くアシュレを見つけなくてはならない。

そうかといって、今日のパーティーで一人ぼっちでうろうろしているなんて絶対にイヤ。私はさっきからまとわりついているスチュワートとブレントに言った。

「ちょっと二階に行って髪を直してくるわ」

それから彼らを喜ばせるひと言を。

「あなたたちはここで待っていて。他の女の子のところへ行ったら承知しないわよ」

彼らは嬉しそうに頷いた。

階段を上がる途中でまたインディアに会った。私のことを見張っているのかしら。可哀想なインディア。髪と睫毛の色素がなくて、強情な性格の証の突き出た顎をしている。それだけで充分悲惨なのに、もう二十歳の嫁き遅れなのだ。北部人たちはどうなのか知らないけど、南部で二十歳といったら安売りするしかないハイミスということになる。それなのに彼女は、まだスチュワート・タールトンが好きでたまらない。だけど彼ときたら、このうちに来ても、ずっと私のことを追っかけまわしているのにね。

私は彼女のことが可哀想になり、すごく優しく丁寧に話しかけた。好きな人じゃないけど、私の義妹になるかもしれないんだから。

それからまた階段をのぼり始めると、

「ミス・オハラ、ミス・オハラ」

と私を呼ぶ声がする。みんな私のことをスカーレットと呼ぶ。こんな風に呼ぶのは、よそから来た人だわ、と思ったらやっぱりそうだった。アトランタからやってきたチャールズ・ハミルトン。そう、メラニーのお兄さんだ。

メラニーは全然綺麗じゃないけど、お兄さんは美青年といってもいいかもしれない。やわらかな茶色の髪を白い額に垂らしている。髪と同じ茶色の瞳がとても綺麗。洋服もしゃれていて、からし色のズボンに黒のコート、ひだ飾りのあるシャツに、流行の幅広の黒いネクタイをしていた。

彼はおずおずと私に手をさしのべた。

「あなたにお目にかかれて、本当に嬉しいです」

私のことが好きで好きでたまらないと、その顔に書いてあった。アシュレのことで気持ちが高揚していた私は、こうしたウブな男をからかわずにはいられない。手を握りしめ、甘い声で言った。

「ああ、チャールズ・ハミルトン、あなたなのね。本当にハンサムさん。アトランタからわざわざ私の心をかき乱しにやってきたんでしょう」

彼は真赤になり口をもごもごさせた。とても嬉しそうに。

そう、思い出した。この人、ハニー・ウィルクスと結婚するんだったんだ。ウィルクス家とハミルトン家とは、いとこ同士で結婚する決まりなのだ。アシュレとメラニー、アシュレの妹のハニーと、メラニーの兄、チャールズ。何て気の毒なんだろう。アシュレはもちろんだけれど、チャールズだって美男子の部類だろう。それをインディアと同じく、色素の薄い、まるっきり綺麗でもなく魅力もないハニーと結婚させられるなんて。

でもチャールズ、大丈夫。この近親結婚の悪しき習慣は、私とアシュレとできっと断ち切ってみせる。そう、今日のうちにね。

私は何だか楽しくなってきた。そう、いくら私と関係ない男だからといって、あのハニーと結婚させるものか。私は彼を不幸から救ってあげよう。

「いい、チャールズ。私が戻ってくるまで、あなたちゃんとここで待っていて。バーベキューはあなたと一緒に食べに行くんだから。他の女の子に声をかけたりしないで。私、やきもちやいて泣いちゃうかも」

ペラペラといくらでも言葉が出てくる。私は気分が昂(たかぶ)っていたし、ひとつ大切なことがある。今日は男性をいっぱいはべらせなければならない。アシュレがそれを見て嫉妬するぐらいに。

「どこにも行かないよ……」

すっかり本気になっているチャールズは、かすれた声を出した。これで少なくとも私のまわりには、タールトン兄弟と、このチャールズがいることになる。もちろんもっと来させるつもりだけれど。

「じゃ、本当に待っていてね。私、すぐに戻ってくるから」

私はたたんだ扇で、チャールズの肩をぽんと叩(たた)いた。まるで女王さまがするみたいに。それから階段をのぼりかけて、またあの男に気づいた。レット・バトラーって呼ばれた男。すぐそこに一人で立っていたのに、どうして気づかなかったんだろう。私たちの会話を聞いていたに違いない。

レット・バトラーはにやっと笑った。とても意地悪そうな笑い方。それから私をゆっくりと見た。それはいつも私が男の子たちから受ける視線とはまるで違う。無遠慮に私の全身をなめまわすのだ。

――何て失礼なの――

私は腹が立ってきた。

——まるで私のシュミーズの下までお見通しっていう顔だわ——

それがどういうことなのかまるっきりわかっていないのに、私は直感的にそう感じたのだ。

二階に上がり、私たちの着替えのために用意された寝室に入った。ベッドの上には、みんなのショールやひざかけが置かれている。キャスリン・カルヴァートが鏡の前で一人奮闘していた。唇を嚙(か)んで少しでも赤くしようとしているのだ。彼女はまあまあ可愛(かわい)い方。飾り帯には薔薇(ばら)の生花があしらわれていておしゃれだ。

「ねえ、キャスリン」

私はドレスの胸元を上にひっぱり上げた。あの男が見つめていたと思うと、そうせずにはいられない。

「下にいた、あのレット・バトラーとかいういやらしい男は誰なの」

「いやだ、知らなかったの?」

キャスリンは隣室を気にしながら教えてくれた。

「あんな人が屋敷に来て、ウィルクスおじさまはお嘆きよ。たまたまジョーンズボロのケネディさんのところに、綿花を買いに来ていたのよ。そしてケネディさんについてきたのね」

ケネディさんっていうのは、そう、スエレンの年とった恋人。

「あの人、何が問題なの」

「社交界を追放されているのよ」

「まあ」

「あの男ぐらい評判が悪い男はいないのよ。彼はチャールストンの出身で、おうちはあそこでも指折りの名家よ。だけどチャールストンで彼を知らない人はいない。もちろん悪い意味でよ。あの人は陸軍士官学校を除籍処分になったんだから。それどころか、一人の女の子の人生をめちゃくちゃにしたのよ」

「え、それってどういうこと」

「彼ね、チャールストンのある女の子を遠出に連れ出したの。ちゃんとした家の娘なら、付き添いもなしに、男性と二人きりで出かけるはずないんだけれど、とにかく二人はひと晩戻らなかった。そして朝、歩いて帰ってきたのよ。途中で馬が暴れて逃げ出して、馬車が壊れたうえに、道に迷ったんですって。その後どうなったと思う？」

「わからないわ。早く話して」

私はわくわくしてきた。お母さまのしつけのおかげで、スキャンダルを聞くこととも無縁だったのに。

「その娘と結婚するの、拒否したのよ」

「まあ！」

「彼、こう言ったそうよ。何もしていないし、結婚しなければならない理由がわからないって。彼女のお兄さんが彼を呼び出した。そうしたら、頭の空っぽな女と結婚するぐらいなら、銃で撃たれた方がましって言ったそうよ。それで二人は決闘することになった。そして彼はお兄さんを撃って死なせてしまった。それでチャールストンの人たちからは、全く相手にされなくなったってわけ」

ふうーんと私はつぶやいた。本当に不思議なんだけれど、あの感じの悪い男にちょっと尊敬の気持ちを持ったのだ。決闘してまで好きでもない相手とは結婚しない。そういうのは、とても勇気あることだもの。

バーベキューが始まった。私は屋敷裏の大きな樫の木の下に座った。そこは日陰になっていて、木もれ日が私の白い肌をすごく綺麗に見せるはず。ふわっとドレスの裾をふくらませて座り、ひだ飾りやフリルを目立たせた。もちろん緑色のモロッコの革の靴をちらっとのぞかせることも忘れない。私はウエストも細いけれど足もとても小さい。

まわりには七人の男がいた。本当ならここにいるほとんどの若い男が、私のまわりに来たいはずなんだけど、この人数が限界と知っているから。だけど一人去ったらと、みんな隙を狙っている。

あたりは笑い声や人々のざわめき、肉を焼くにおいと濃厚なグレーヴィーソースのにおいに満ちていた。時々風向きが変わって煙が人のいる方に行くと、女たちは大げさにシュロの葉をぱたぱたと振った。

女の子たちは、恋人と並んで長いベンチに座っている。私も最初はそこに座っていたのだけれど、左右一人ずつしか男の人がやってこられない。だからテーブルから離れて、木の下に移動したっていうわけ。

向こうには結婚した女たちが固まって座っていた。南部ではどんなに若くても、結婚したとたん、ひとくくりにされ、おばさんやおばあさんの仲間に入れられるのだ。十七歳のアリス・

マンローまで。彼女は初めてのつわりに苦しんでいる。もしかすると、私も来年ぐらいにはあの中に入るのかしら。ちらっとその考えが頭をかすめたけど深く考えない。つまらなそうなことを想像するのは苦手なのだ。

本当のことを言うと、私はまるっきり食欲をなくしていた。計画によると、男の子に囲まれちやほやされている私を、アシュレは横目で見ることになっている。そして私という女の人気ぶりと存在を知るのだ。

ところがどうだろう。アシュレは私にまるっきり近寄ってはこない。さっき挨拶に来たけれど、その傍(そば)にはメラニーがいるではないか。彼の肩までしかない、あの小さなメラニーが。

彼女は本当に細くて小さい。いかにも体が弱そう。ドレスだってまるでお母さんのを借りてきたみたい。量の多いくせっ毛を、ぴっちりネットにつつんでいるから、顔がまるっきりハート型になっている。幸せそうじゃないハート型だ。茶色の目は大きすぎて、人見知りっていうよりも、おびえている感じ。つまり、ちっとも美人じゃない。可愛いって言う人はいるかもしれないけど、絶対に美人じゃない。だけどメラニーは、立ち居ふるまいが落ち着いていて、びっくりするくらい大人びている。私よりひとつ上の十七歳にはとても見えないぐらい。

さっき挨拶をかわした時、私は一瞬で彼女の着ているものの品定めをした。さくらんぼ色のサテンの飾りひもをつけた灰色のオーガンジーはまあまあってとこ。やっぱりさくらんぼ色のリボンが垂れた黄色い帽子もまあまあ似合っている。こんなにおしゃれをしているっていうことは、やっぱり……いや、いや、あのことを考えるのはよそう。

「またお会い出来て嬉しいわ。スカーレット」

メラニーははにかんだように言い、私に微笑みかけた。私は相手が自分のことを本当に好きかどうかに敏感だ。特に若い女の子だと手にとるようにわかる。メラニーには、ハニーやインディアのような、ひやりとした感じはまるでない。本当に私のことを好きみたいだ。私はもしかすると、半日後に、この優しそうな女の子をすごく苦しめるかもしれない。でも仕方ない。こんな青白い小さな女と、はつらつとして魅力的な女と、男の人はどっちを選ぶと思う？　答えは決まっている。

アシュレを見た。他の人たちと離れて、メラニーと二人きりで何か静かに話している。私の大好きな、あのもの憂げな表情をメラニーだけに見せている。

やがてメラニーは頷く。嬉しそうに、彼女の頬が時おり染まると、なんてことだろう、とても美しくなるのだ。傍目にも、彼ら二人は本当に恋人同士だった。

早くしなきゃ。早くアシュレと二人きりにならなくちゃ。メラニーに得点を与えちゃいけないのだ。アシュレ、私を見て。こんなに男の人たちに囲まれている私を。

7

その日の午後、バーベキューパーティーの最中、樫（かし）の木陰にいた私は、まるで絵の中から抜け出してきたみたいだったと思う。

そう、オークス屋敷のいろんなところに飾ってある、イギリスやフランスの絵。美しい女が、白や桃色の素敵なドレスを着て野原やバルコニーで座っている。そこにはたいてい、一人の紳士がいて彼女に話しかけている。流行しているモチーフなんだろう。

私が絵の女と違っているのは、取りまきの男の人が一人じゃなくて、十人近くいたこと。みんなあさましいぐらい、私の歓心を買おうと必死だった。

さっきちょっと親切にしてあげた、メラニーの兄、チャールズ・ハミルトンはすごい勘違いをしてしまったようだ。私の右隣りに陣どって、いくらタールトン家の双児（ふたご）が追いはらおうとしてもぴくりとも動かなかった。片方の手に私の扇を持ち、もう片方の手には手つかずのままで食べる気は全くないお肉の皿を持っている。

許嫁（いいなずけ）とされるハニーが、あちらで泣きそうな顔をしていても知らん顔。目を合わせようともしない。こんな優しそうな男の子でも、こんな残酷なことが出来るんだと、私はちょっとびっくりしてしまった。

それよりも驚いたのは、フランク・ケネディだ。私の気をひきたくて、食べものや飲みものをせっせと私のところに持ってくる。

「あら、フランク。あなたってなんて優しい人なのかしら」

私はそのたびにごほうびの言葉を投げかけるのだけれど、そうだからって私の妹をあんなに無視出来るものかしら。おかげで妹のスエレンは、じっと私のことを睨(にら)みつけている。お母さまがこれを見たらどう思うだろう。淑女はどんな時にも感情をあらわにしてはいけないって、いつもおっしゃっている。しかもここは、郡中の名士が集まっているパーティーなのだ。

末っ子のキャリーンが、密かに熱をあげているブレントも、今は私にべったりだ。フォンテイン兄弟と私のまわりに立ち、隙(すき)あらば隣りに座ろうと目を光らせていた。

だけど笑ってしまうのは、マンロー家の姉妹だ。本来は気のいいコたちなんだけど、私があまりにも多くの男の子たちをはべらせていることに、ついに我慢が出来なくなった。そしてフォンテイン兄弟を取り戻そうと策を企(くわだ)てた。いっせいに、わざとらしくレースの日傘を手にとり、

「もうお腹いっぱいだわ。トニー、薔薇園(ばらえん)を見に行かない？」

と兄弟にねだったのだ。私だったらこんなみっともないことはしないけれど仕方ない。彼女たちは三人かかっても、私一人の魅力に遠くおよばないんだもの。

この様子をアシュレは見ていてくれるだろうか。少し離れたところで、メラニーとじっと話し込んでいるけれども、私の方に視線を走らせたりはしない。

だけどちゃんとわかっているはず。私がどれほど他の男たちにあがめられ、憧れられている

かちゃんとわかったはず。

——このバーベキューが終わったら、チャンスはあるわ——

私は考える。

バーベキューパーティーが終わると、夜の舞踏会に備えて女たちは昼寝をすることになっているのだ。そこで私はアシュレと二人きりになることが出来る。そして私が彼を愛していることを告げるのだ。そうしたら、すべてが変わる。彼は驚き、そして歓喜し、私のものになる。もうメラニーなんかどうでもよくなるだろう。

私は自分の計画に興奮し、それを隣りに座っているチャールズにぶつけずにはいられない。だっていちばん近くに座っていたし、あのメラニーのお兄さんなんだもの。

——ごめんなさい。私はあなたの妹をすごく不幸にすることになると思うの——

私は瞳に力を入れて、チャールズを見つめる。まるで彼に恋したみたいに。

「チャールズ……あなたがアトランタから来てくれて、私がどんなに嬉しいか、わかってくれるかしら……」

彼の目がさっと輝く。光を持つ。男の人が私に恋をする瞬間だ。一時間後、アシュレもこんな目になってくれなくては。私はたぶん予行演習をしたんだろう。

そう、その時私はチャールズをすごくえこひいきしていた。これには他の男の子たちも不平を隠さない。だってチャールズはよそ者だったし、恥ずかしがり屋のすぐ頰(ほお)が赤くなる男の子として、タールトン兄弟なんかは馬鹿にしてたんだもの。だけど仕方がない。とにかく私は、ドキドキする気持ちを誰かにぶっつけずにはいられなかったんだもの。

午後二時をまわり、太陽は空の真上に来た。みんなお腹がいっぱいになり、気だるさと眠気に身をまかせ始めていた。いつものパーティーのように、のんびりとした休憩がやってくるはずだった。男の人たちはちびちび食後酒を飲んだり、椅子に座ってうたたねをする。そして娘たちはドレスやコルセットを脱ぎ捨て、夜に備えて午睡(ごすい)をとるのだ。

その時、その甘ったるいだらけた空気を裂(さ)いたのはお父さまだった。お父さまの大きな声が屋敷中に響きわたった。アシュレのお父さま、このウィルクス家の主人と激しく言い争っている。

「北部人(ヤンキー)との平和的解決を神に祈るだと。馬鹿なことを言うもんじゃない。平和的解決なんて今さら出来るわけないだろう。今こそ南部は力を見せる時なんだ。これ以上侮辱を受けるもんか。我々は自らの意思で連邦を脱退したと示さなきゃならん」

ああ、お父さまったらと、私は舌うちしたくなる。男の人たちの心に火をつけたのだ。みんな戦争の話をしたくてしたくてたまらなかったのに、女性が多いパーティーなので我慢していた。それがお父さまの言葉で、爆発してしまったのだ。

今まで眠気と闘っていた男の人たちはいっせいに立ち上がり、こぶしをふるい始めた。腕を大きく広げ、声を張り上げる。

「そうだ、今こそ南部が立ち上がる時なんだ」

「北部人の泥棒野郎、目にものみせてやる」

「リンカーンから、俺たちはどんなめにあわされたか、忘れるものか」

「サムター要塞から撤退すると誓っていながら、あいつらは平気で嘘(うそ)をつく」

本当にやめてよと、泣きたくなってくる。男の人たちは心の底から戦争の話が大好き。ここで討論が始まれば、アシュレは参加しないわけにはいかないだろう。

「今日は、ご婦人方がいっぱいいらっしゃる。戦争の話はちょっと遠慮していただきたいと、パーティーの前にお願いしていたはずだが」

主催者のウィルクスさんの言葉も、もう誰も聞いていない。タールトン兄弟のパパ、ジム・タールトンさんが大きな声で言った。

「アシュレ、まだお前の意見を聞いてないぞ」

イギリスに留学し、この郡きっての知識人である彼の言葉を、みんなが聞こうとしていた。ちょっと待っててと、アシュレはメラニーに優しく言い、立ち上がった。

ああ、やっぱりハンサムだわ。こういう時も堂々として知性に溢(あふ)れている。

「もちろん、このジョージアが戦うとなったら、僕だって運命を共にする」

その口調は、今まで私が聞いたことがないぐらい力強いものだったけれど、その後は意外だった。

「だが、僕も父と同じで、北部人たちがこのまま僕たちをほうっておいてくれれば、そうしたら戦わずに済むと思っているんだ」

私でさえ、ちょっと弱気だわ、と感じたぐらいだ。男たちはざわざわし、顔を見合わせている。

「ああ、そうだ。わかっている。確かに僕らは侮辱(ぶじょく)された。虚(きょ)をつかれた。突然攻撃を仕掛けてきたのは彼らだ。しかしもし僕たちが北部人の立場で、彼らが分離独立しようとしたらどうだろう。やっぱり同じことをしようとしたんじゃないか」

やめてよ、アシュレ。私は叫びたくなる。どうして他の人と違うことを考えるの。違うことを口にすると、このままではまるで北部人の味方をしているみたいではないか。他の人たちの怒りを買ってしまう。

「こんな風にいきり立つのはやめようじゃないか。戦争をしたがるのは賢いことじゃない。この世界の不幸のほとんどは、戦争によってひき起こされるんだ。そしていざ終わってみると、その戦争がいったい何だったか誰もわからない」

まさに一触即発だった。アシュレが騎兵隊に入り、どれほど勇敢か知られていなかったら、何人かの男たちは彼に殴りかかっていたに違いない。

その時、陽除(ひよ)け棚の下で、フェイエットヴィルから来た老人が、杖(つえ)を持ってゆっくりと立ち上がった。

「戦争？　戦争だって？　戦争のことだったら、このわしが話してあげよう。わしは経験者だからな」

みんなはあっけにとられ、そして押し黙った。この前の戦争って、いったいいつのことなんだろう。私は必死に歴史の授業で習ったことを思い出そうとした。独立戦争？　まさか、そう、昔、ネイティブ・アメリカンとの大きな戦争やメキシコまで行った戦争があったんじゃなかったっけ。

老人は耳が遠いぶん声が大きく、その迫力にみんなしんとしてしまった。

「血気はやる若者たちよ。わしの話を聞きなさい。戦争などしたがるものではない。わしはセミノール戦争も経験し、メキシコでも戦った。お前さん方は戦争の何たるかを知らない。美しい馬に乗り、娘たちに花を投げられ、英雄として帰還するものと思っているんだろう。それは違う。まるっきり違う。戦争というのは飢えることだ。じめじめした場所で寝て、はしかや肺病にかかって苦しむことだ。そうでなければ腹をくだす。赤痢になって垂れ流しになる。戦争というのは、軍服のまま垂れ流しになり……」

女たちはいっせいにうつむいてしまった。

「お祖父さまを連れてらっしゃい」

老人の娘らしい中年の女性が、あわてて傍に立っていた若い娘に言った。

「日増しに呆けていくのよ。今朝だってとんでもないことを言い出したし」

それであたりには、やれやれという苦笑がわき起こり、また討論が始まった。さっきよりもずっと興奮した男たちを、女たちが取り囲んでいる。頼もし気に、いたわし気に……。南部の女たちはいつだってこうだ。決して男たちの話に口をはさんだりはしない。政治や戦争の話なんか、大嫌いでよくわからないふりをする。

そうした中、私の目は一人の男をとらえた。木によりかかり、ポケットに手を入れている。口は〝へ〟の字に結ばれ、いかにもつまらなそうだが、目だけは愉快そうに時々まばたきする。いかにも不遜でこちらを馬鹿にしている態度だ。そう、レット・バトラーっていう人だった。チャールストンの名家に生まれたのに、スキャンダルによって追いはらわれた男だっけ。

タールトン兄弟の兄の方が、こぶしを震わせ叫んだ。

「あんなやつら、一ヶ月あれば叩きつぶせるさ。僕ら紳士が北部人と戦えば、たった一ヶ月、いや、一戦で終わるに決まっている」

その時だ、

「紳士諸君、ちょっとよろしいかな」

レットが前に進み出た。そう、チャールストンの人特有の抑揚のない口調。それだけでまわりの人たちはいらついたのだけれど、一応みんな礼儀をもってこのよそ者を迎えた。

「あなた方の中に、南北境界線より南、すなわちこちら側に、大砲工場がひとつもないことを考慮された紳士は何人いらっしゃいますかね。南部に製鉄所がきわめて少ないことを考慮された方は？　我々は一隻の軍艦もありません。皆さんがものともしない北部人艦隊にかかれば、港という港は一週間で封鎖される。そうなれば綿花の輸出は出来ませんが、もちろんここにいらっしゃる紳士諸君は、そういうことをよくご存知ですよね」

わあ、なんて皆を馬鹿にしているんだろう。そう思ったのは私だけではないだろう。数人の若者がいきり立って、前に進み出た。その時、ジョン・ウィルクスさんが何気なく、すばやくこうした男たちの隣りに立った。自分の招待客に失礼がないようにという態度なのだ。だけどそれをいいことに、レットの饒舌(じょうぜつ)はやまない。

「我々南部人の問題は、まともに旅をしたことがないということでありましょう」

ここで白い歯を出してにやりと笑った。

「もちろん、ここにいる紳士の皆さんは、旅の経験が充分におありでしょう。ヨーロッパ、ニューヨーク、フィラデルフィアで何をご覧になりましたか。ホテルや美術館、カジノを見て、やはり南部がいちばんだ、南部が素晴らしいと思ってお帰りになったはずです」

ここまではまあよかった。

「私はこの数年北部で過ごし、あなた方が見てこなかったものをたくさん見てきた。製鉄所、造船所、鉄鉱山、炭鉱、そして何よりも、食料とわずかな金欲しさに、いくらでも北部人のために戦う移民たちを、私は見てきたんですよ。南部の紳士諸君、われわれにあるのは、ただ綿花と奴隷と傲慢(ごうまん)さだけでありましょう。たった一ヶ月で叩きのめされるのは私たちかもしれません」

男の人たちは怒りのあまりざわめいた。私も頭にかっと血がのぼった。

――なんて失礼な男なの。なんてこと言うの――

だけど、だけど認めたくなかったけれど、レットの言っていることは間違っていないと、私の心の中のどこかが叫んでいた。だってこのあたりで、私は工場なんか見たこともない。鉄なんて遠いどこかからやってくるものだと、ここにいるほとんどの人たちは思っているはずだ。だけど、この男の傲慢なもの言いは許されるはずはなく、楽しいパーティーの雰囲気は台なしになってしまった。これが私の計画を狂わさなけりゃいいんだけど。私はそのことばかり考える。

そしてみんなの刺すような視線の中、彼はかかとをかちりと合わせ、優雅な儀礼的な礼をした。舞踏会で女性をダンスに誘うように。それはまるで、「腰抜けのみなさん、ごきげんよう」と言っているように見えた。

彼が去ると、男の人たちはみんな一ヶ所に集まり騒ぎ始めた。さっきまで私の機嫌をとろうと必死だったタールトン兄弟やケネディでさえ、私から離れこぶしを震わせている。

「なんて失礼な男なんだ。無知にもほどがある。南部の財をもってすれば、大砲も銃も思いのまま手に入ることを知らないのだ」

「誇りというものを持たない人間は、なんていくじなしなんだ！」

いつのまにかまわりには誰もいなくなった。チャールズ・ハミルトンを除いては。まわりの喧騒（けんそう）をよそに、彼はぴったりと私に体を寄せてきた。これじゃ恋人同士だ。

「ミス・オハラ……」

彼はささやいた。スカーレットとは呼ばない。だってそんなに親しくないのだから。

「僕はもう決めているんです。いざ、戦争になったらサウスカロライナへ行って、そこの騎兵隊に入る。僕の親友のウェイド・ハンプトン氏が軍隊を組織するっていう話なんです」

だからどうしたっていうのだろう。どうぞ気をつけてね、と私に言ってもらいたいの？　たぶんもうこれっきり会わないはず。だから私は心を込めて、じっと彼を見つめてあげた。

「もし、僕が出征したら、そうしたら、あなたは悲しんでくれますか。ミス・オハラ」

「ええ、それはもう……。毎日枕を涙で濡（ぬ）らすわ」

もうじき戦争に行く人なんだもの、このくらい言ってあげなくては。

「あなたのために、毎晩三回は祈りを唱えるわ」

本当に戦地では気をつけてね。もう会えないかもしれないけれど。兵隊になる人に、このくらいの優しさをあげるのが南部の淑女というものだわ。

そしてチャールズは大きく深呼吸した。

「ミス・オハラ、僕は君を愛してるんだ。君は僕が今まで会った誰よりも美しい。愛らしくて優しくて、いきいきしている。どうか僕と結婚してくれないだろうか」

びっくりした。だってチャールズは、ここの土地の人ではない。会ったのは四回めぐらいだ。親しく話をしたのは初めて。私の隣りに座るという特権を得たのも初めて。それなのにどうしてプロポーズしたりするんだろう。はっきり言って身のほど知らずだ。

私は彼を見つめる。茶色の瞳の、内気そうな綺麗な男の子。私が彼に持っている気持ちはそれだけだ。だけどきっぱり断ったりはしない。お母さまにもよく言い聞かされている。男の人から結婚を申し込まれたら、まずありがとうと言うこと。そして少し考えさせてほしい、と言うこと。きっぱりその場で断るのは、男の人の面子をつぶすのだということを、もう私は知っている。私にプロポーズしたのは、チャールズが初めてではないし。

「ハミルトンさん、そのお話は光栄ですけど、急なお話だから、どうお答えしていいのかわからないわ……」

他人行儀に言ったんだけど、彼はそれを緊張ととったみたい。

「いつまでも待つよ。お願いだ、ミス・オハラ。希望を捨てなくていいと言ってくれ」

「そうね……そりゃあ。じゃあ、また」

私は急いで立ち上がった。いつまでもこんな勘違い男にかまってはいられない。アシュレがやっとメラニーから離れたのだ。バーベキューパーティーだけで帰る年配の客や子ども連れを送るために、彼は玄関に向かった。

もう時間がない。午後の舞踏会でたぶんアシュレはメラニーとの婚約を発表するだろう。彼に愛を打ち明けるのは、今しかないのだ。娘たちはにぎやかに二階の寝室に入り、昼寝の準備を始めた。やがて雨戸が閉められ、寝息が聞こえ始めるこの時間、私はアシュレを自分のものにするのだ。

玄関に近い図書室の扉が開いていた。私は足音を忍ばせて中に入る。召使いたちに見つからないようにしなくては。そしてここでアシュレを待つ。玄関から戻る彼を呼びとめる。

他の男に求婚されたばかり。どんな男でもプロポーズはプロポーズ。体が火照(ほて)っている。それが私に勇気を与えてくれている。さあ、スカーレット、運命の時。

8

ウィルクス家の図書室は、昼間なのに薄闇（うすやみ）が漂っていた。

ブラインドを閉めているからだ。私はあたりを見わたす。なんてたくさんの本。むずかしそうな本の背表紙がこれだけ並んでいると、とても陰気な感じがする。怖い夢の背景みたい。

本を読む人たちって、全く何を考えているんだろう。理解もしたくないし、近づきたくもない。たった一人アシュレを除いて。

そう、ここにある大きな背もたれと幅の広い肘（ひじ）かけのついた椅子は、アシュレ専用のもの。彼はここに座って、何時間も本を読むから。背の低い椅子とビロードのクッションは、アシュレの妹たちのもの。ハニーもインディアも、ウィルクス家の人たちは本が大好きなのだ。けれども彼女たちは、本から何も学んでやしない。思いきり性格が悪いものね……。

関係ないことをあれこれ考えようとするのは、私がとても緊張しているから。私はドアを後ろ手に閉め、大きく深呼吸した。

勇気を出すのよ、スカーレット。

昨夜、何度も練習したことを、ここで言えばいいことなのだ。

――本当のことを言うわ、アシュレ。あなたのことを愛しているの。本当よ――

他にもいろいろ考えていたはずなのに、思い出せるのはそれだけ。

——本当のことを言うわ、アシュレ、あなたのことを愛しているの。本当——

ああ、マリアさま。思い出したこれらの言葉を、ちゃんとはっきり言えますように。そしてこれによって、私の運命が変わりますように。勇気に見合うだけのものはどうかお与えください。

私にとって珍しいことだけれども、本気で祈り十字を切った。

その時だ。

「スカーレットじゃないか」

心臓が止まるかと思った。アシュレが廊下に立ち、ドアの隙間(すきま)からこちらを見ている。人の気配を感じてドアを開けたのだ。こんなことってあるのかしら。まるで奇跡(きせき)みたい。アシュレのことを待っていたけれど、これほどすんなりいくなんて。

彼は私の大好きな穏やかな笑みを浮かべていた。

「いったい誰から隠れているんだい？　チャールズかい、それともタールトン家の双児かい？」

やっぱり見てたんじゃないの！　喜びと勝利感は、私をさらに大胆にする。アシュレは、私がたくさんの男の子に囲まれていたのをちゃんと見ていたんだ。メラニーとの話に夢中になっていたわけではなかったんだ。

アシュレは部屋に入ってきた。そしてささやくように私に問うた。

「どうしたんだい？」

そうしながらアシュレは私の手を握った。私を見つめる。そうよ、そうなのよ。間違いない。

彼も私を愛してたんだ。

「なにか僕に打ち明けたい秘密でもあるのかい」

なんてこと。彼は私から言わせるつもりなんだ。でも仕方ない。私は言うわ。憶えているただひとつの言葉を。

「ええ、私はあなたを愛しているの」

一瞬世界が止まったかと思った。

遠く聞こえるざわめきも消え、図書室の薄闇の中で、私たちは見つめ合った。もうじきアシュレは私を抱き締める。そしてキスをするはず。そうよ、そうよ、もうじき。

なのにアシュレは、私をじっと見つめたままだ。何という目をしているんだろう。私は呆然としてしまう。そうだわ、ずっと前、お父さまがこんな目をしていたことがあったっけ。可愛がっていた馬が脚を骨折して撃ち殺さなくてはならなくなった時。今、どうしてそんなことを思い出したんだろう。アシュレ、早く私を抱き締めて。そしてキスをして！

だけどとても優しく静かな声がした。

「君はまだもの足りないのかい」

子どもをなだめるような、からかうような口調。わかっているのは、キスをする直前の男の人の声ではないということ。

「今日、この屋敷に集ったすべての男の心をつかんだっていうのに、どうしても全員分集めなきゃ、気が済まないのかい？　僕の心なんか、もうとっくに君のものじゃないか。いちばん最初に奪ったはずだろ？」

何なんだろう、これって。これって何なの。アシュレは今、すべてのことをジョークにしようとしている。大人の男らしくふるまおうとしている。私は昂然と顔を上げた。こんなの許せない。

「アシュレ、アシュレ、こんな時に人をからかわないで。あなたの心は本当に私のものなの？私は本当にあなたを愛し――」

驚いた。彼はキスの代わりに、自分の掌で私の唇をふさいだ。これ以上言葉を発しないように。

「スカーレット、言っちゃダメだよ。それは君の本心じゃないだろう」

私は思いきり力を込めて、私の唇から彼の手をふりはらった。私の唇はキスされるためにあるもの。言葉を遮られるためじゃない。

「私はあなたを愛してるの」

もう一度はっきりと言った。そう、アシュレ、あなたも私と同じように勇気を持って。

「あなただって、私のこと好きでしょう、そうでしょう」

本当は愛してるでしょう、と言いたかったけれど、少し熱量を下げてあげたのだ。

「ああ、好きだよ」

彼は抑揚のない声で言った。それからもっと信じられないことも。

「でもスカーレット、このままここで別れて、お互い今言ったことはなかったことにしよう」

「嫌よ」

即座に答えた。

「そんなこと出来るわけないでしょ。あなたは私と結婚したくないの？」

したいんでしょう。さあ、はっきり言いなさい。だけど彼は肩をがっくりと落とした。

「僕はメラニーと結婚するんだ」

まさか、私が今聞いていること、現実じゃないわよね。

「今夜、父がみんなに婚約を発表するんだ。そしてすぐに僕たちは結婚する。君に言うべきだったけれど、君もわかっていると思っていた。まさか君が……。僕はてっきりスチュワートと」

「でも、私は今、あなたが好きと伝えたわ」

そうよ、アシュレ。あなたはもう真実を知ったの。勇気を出して。引き返すことなんか出来ない。事実アシュレは、もう一度私の手を握った。とても強く。

「スカーレット、どうしたらわかってもらえるんだろう。君はあまりにも若くて、考えることを知らない。結婚がどういうことかもわかってない」

「わかってるわ。とにかく私はあなたを愛してるの」

それでいいじゃないの。結婚なんてしてみてわかるもんでしょう。

「愛だけじゃ幸せな結婚は出来ない……」

気づくとアシュレは遠い目をしている。私の手を握っているのに、どうしてキスしないの。キスをすればすべてが変わるのに。情熱というものに身をまかせれば、ものごとはうまくまわり始めるの。だけど自分からキスは出来ない。愛の告白は出来ても。

「いいかいスカーレット。僕たちみたいにかけ離れていては、結婚がうまくいくはずがない。

君は男のすべてを欲しがる女だ。身も心も魂も。すべてをだ。そのすべてを得られなければ、君はみじめになる。君はいつか、僕の愛する本や音楽を憎むようになる。一瞬でも君を僕から遠ざけるものを、君はきっと深く憎むようになるはずなんだ」

何を言っているのかわからない。私はこういうまわりくどい言い方が大嫌いなのだ。だから私は尋ねた。

「メラニーを愛してるの？」

まさかね。だけどアシュレは、違うともそうだとも言わない。ただとても苦し気につぶやいた。

「スカーレット、スカーレット」

まず私の名を呼んだ。

「どうしたらわかってもらえるんだろう。彼女は僕と似ているんだ。僕と同じ血が流れていて、お互いに理解し合える。結婚は似た者同士でなければ出来ないんだよ。だから……」

馬鹿みたい、と私は叫んだ。似た者同士の結婚ですって。そんなの、何百年も前の話じゃないの。

「あなたは言ったわ。自分の心はとっくに私のものだって。あなたはろくでなしよ。最低よ」

本当に愛しているのは私。それなのに私と結婚する勇気がないなんて。

「確かに僕はろくでなしだ。君に理解してもらえないことはわかっていた。だけど男なら、君を好きにならずにいられるはずがない。君は僕にないものを持っている。君は激しく人を愛せるし、自然でありのままに生きることが出来る……だけど」

私の苛立ちは、いつしか怒りに変わっていた。何だろう、このまわりくどいもの言いは。私を愛しているとだけ言えばいいのに。

「どうして言わないのよ。この臆病者！　あなたは私と結婚するのが怖いだけじゃないの。あなたはあの女を選ぶの？　本当に？　はい、か、いいえしか言えないあの頭の悪い女を」

「メラニーのことをそんな風に言わないでくれ」

さらに頭に血がのぼった。

「いいえ、言うわよ。私にそんなことを言えた義理なの。この臆病者！　ろくでなし！　結婚すると思わせぶりなことをしていたくせに」

「ちょっと待ってくれよ」

彼は目を大きく見開いた。

「もっと冷静になってくれ。僕が一度でも君にそんなことを言ったことがあっただろうか」

確かにそのとおりだった。アシュレは私を熱いまなざしで見つめていたけれど、求婚はおろか、告白したことさえなかった。もしかすると、すべてのことは私の独り合点だったんだろうか……。

そんなことはもうどうでもいい。肝心なことは、私が愛していると言っているのに、彼はそれに応えてくれないということ、そして他の女と結婚すると言っているということ。

恥ずかしさや自己嫌悪、屈辱感、絶望、いろいろな感情がごちゃまぜになり、私は我を忘れた。

「この最低男！　私は死ぬまであなたのことを許さないから！」

手が勝手に動いて彼の頰を思いきりひっぱたいていた。しばらく沈黙があった。

アシュレの男にしては白い頰に、くっきりと私の手の痕があった。そして彼は中世の騎士のように、私の手をとり甲にキスをした。気づくと、静かに部屋を出ていく彼の後ろ姿が見えた。

私は一人残された。すべて終わってしまったんだということだけがわかった。すべてうまくいくはずだったのに、今私が手にしているのは、深い後悔と息も出来ないほどの屈辱だけだ。

こんなことってある？

生まれて初めて愛を打ち明けたのに、こんな風に拒絶されてしまったのだ。この私が拒まれた？　もうおしまいだ。私の人生も何もかも。

いたたまれない衝動にかられ、私はテーブルの上にあった小さな花瓶を手にとった。そしてそれを思いきり力を込めて、暖炉に向かって投げつけた。花瓶はソファの背をかすめて大理石の炉にあたり、ぱきんと音をたてて砕けた。

その時だ。

「ちょっとこれはやりすぎだな」

ソファの向こうから声がした。私は驚きのあまり声が出ない。あのレット・バトラーが、寝そべっていたソファから立ち上がったのだ。いかにもおかしそうに、わざとらしい大げさなお辞儀をした。

「せっかくいい気分で昼寝していたのに。邪魔されて、とんでもない喧嘩を聞かされたうえに、まさか命の危険にさらされるとはね」

ああ神さま、何てこと。生まれて以来最悪の侮辱を受けていたのに、それを人に聞かれていたなんて。しかもその相手がこんな悪名高い男だなんて。私は何とかこの場を打開しようと思いきり威厳を保ち、つんと肩をそびやかした。

「レットさま、そこにいらっしゃるなら、初めにおっしゃるべきじゃないかしら」

「なるほど」

大きく頷いたが、口元はおかしくてたまらないというようにゆがんでいる。

「ですが、勝手に入っていらしたのはそちらの方ですよ。僕はここなら誰にも邪魔されずに静かに過ごせるかと思ったのですがね」

この男のおかしさを噛み殺した、わざとらしい慇懃無礼な態度に、私は再び怒りが込み上げてきた。

「盗み聞きするような人間は最低よ。紳士じゃないわ」

「ごもっともです」

彼はついに歯を見せて笑った。

「そしてお嬢さん、君も淑女じゃありませんね。だけど、ミス・オハラ、あなたはまれに見る精神の持ち主ですよ。感服したよ。君ほどの女性をそれほど惹きつける魅力が、あのお行儀のいいウィルクス君にあるかどうかは見落としてしまった。それにしても、彼は本当にいくじがないね。聞いていてがっかりしたよ」

「あなたなんか、彼のブーツを拭く資格もないくせに！」

彼はついにくつくつと声をたてて笑い出した。殺せるものならこの男を殺したい。私は心の底からそう思いながら、ひと言も発しないで図書室から出ていった。

あまりにも急いで階段を上がったので、踊り場に着いた時は立ちくらみを起こしそうになった。息を吸い込もうにもコルセットがあまりにもきつい。でもここで失神して倒れたりしたら、みんなはどう思うだろう。あのレット・バトラーとか、大嫌いな女の子たちはいい気味と思うに違いない。

そう思うとやっと気分が落ち着いてきた。忍び足で廊下を歩いた。私も女の子たちの昼寝の部屋にたどりつこうと思ったのだ。ウィルクス家では、夜の舞踏会にそなえて、六つの寝室を若い女性たちに提供してくれていた。みんな下着姿になり、ベッドに雑魚寝するのだ。

ドアノブに手をかけた時、ハニー・ウィルクスのひそひそとささやく声が聞こえてきた。

「今日のスカーレットときたら……」

私ははっとしてそこに立ちすくんだ。

「あんな手の早い女の子は、見たことも聞いたこともないわ」

その後もっと低い声がした。メラニーの声だ。

「まあ、ハニー、そんな意地悪なことを言うもんじゃないわよ。スカーレットは、ただ陽気で無邪気なだけよ。私はとても魅力的だと思ったわ」

私はわなわなと震えてきた。この私が、どうしてメラニーなんかに庇われなきゃいけないの。だけどハニーはまだ続ける。

「メラニー、あなたは何も見えてないんじゃないの。スカーレットは、自分の妹の恋人のケネディさんにも色目を使って、チャールズにもヘンなそぶりを見せたのよ。だけど知ってるでしょう。チャールズと私はもう……」

「そうなの⁉」

いくつもの声が興奮して聞き返した。

「でも誰にも言っちゃダメ。まだ内緒なのよ」

くすくす笑う声やため息が聞こえ、メラニーが言った。

「ハニー、あなたが私のお義姉（ねえ）さんになるなんて、なんて素敵なの」

「私、義理の姉になるのが、スカーレットだけはごめんだわ」

あれはヘティ・タールトンの声だ。タールトンの双児の兄弟の妹。

「でもね、彼女はスチュワートと婚約したのも同然なのよ」

「あのね、私だけは知ってるわよ」

もったいぶってハニーが言った。

「一人だけスカーレットが本気の相手がいるの。それは私の兄、アシュレよ」

やめてよーと悲鳴が起こり、私は恐怖と怒りとで体が冷たくなっていくのがわかった。ハニーは馬鹿だけれど、へんに勘のいいところがあるのだ。夕方にはその噂（うわさ）は、すっかりあたりに広まることだろう。

メラニーの声があたりに響いた。もうささやき声じゃない。

「ハニー、それは違うわ。そんなひどいことを言ってはダメよ。彼女が可哀想」

「何言ってるのよ、当然の報いよ。スカーレットが今までしてきたことといえば、ただみんなをひっかきまわして、他の娘の恋人を奪っただけ。彼女はそれが趣味なの。インディアからスチュワート・タールトンをとり上げたのはあなたも知ってるでしょう。どうしようもないぐらい性格の悪い女なのよ」

もう家に帰ろう。泣きながら思った。皆から好かれていないと思っていたけれど、ここまで嫌われていたとは。明日までにはいい笑い物になる。アシュレにふられた哀れな娘だと。

廊下を歩きながら私はまた考えた。いいえ、逃げるもんか。ここで逃げたら、みんなは私のことを格好の噂の種にするだろう。ここに残って、すべての男を虜にして皆をうちのめしてみせる。私に意地の悪いことを言ったあの女たちを。

寝室に戻ろうと心を決めた時、向こうからチャールズが小走りでやってくるのを見た。ひどく興奮している。

「ミス・オハラ。今、ジョーンズボロから知らせが来ました。リンカーンがついに義勇兵を招集しました。ついに戦争が始まるんです」

私の大嫌いな戦争が始まるなんて。今日はなんて呪われているんだろう。

「スカーレット、僕を待っていてくれますか」

私は彼を見つめた。お金持ちで綺麗な男の子。もし彼と結婚すればと私は考える。アシュレにさっきのことは、私のちょっとした気まぐれと思わせることが出来る。それからもうひとつは、あの、私にひどいことをしたハニーを完璧にうちのめすことが出来るんだ。私がチャールズと結婚したら、彼女にはもう二度と恋人は出来ない。一生皆の笑い物だ。

それだけでも私はチャールズと結婚してもいいと決心した。

「待つなんてイヤよ」

「えっ」

「早ければ早いほどいいわ」

チャールズなんか愛してはいなかった。アシュレとハニー、この兄妹二人を苦しめることが出来ればそれでよかった。

9

めまぐるしい、っていう言葉があるけれど、私のあの二ヶ月をどう言ったらいいんだろう。私はあっという間に花嫁になり、そしてあっという間に未亡人になった。

それだけじゃない。びっくりしている間に、私は何と母親にまでなってしまったんだ！

全く私はどうかしていた。アシュレに告白し、そして拒否されたショックで、ほとんど何も知らないチャールズのプロポーズを受け入れてしまったのだ。私に意地悪ばかりしているアシュレの妹ハニーが、チャールズと婚約したようなことを言いふらしていたので、そのあてつけもある。

馬鹿馬鹿しい子どもじみた強がりだったけれど、あの時は本気だった。何よりも私は、アシュレに受け入れられなかったことに耐えられなかった。チャールズとすぐに結婚すれば、「あなたを好きだと言ったことは冗談だったんだから」ということになる。私の自尊心はそうでもしなかったら守られなかったはずだ。

「スカーレット、もっとよく考えなさい。婚約してからそんなに早く結婚するなんて聞いたこともありません」

お母さまは反対した。南部では若い娘は婚約が決まると、一年かけて結婚の準備をする。食器やリネン類を揃えたり、住むところを考える。何といっても、心を込めてウェディングドレスの準備をしなくてはならない。それなのに私は、そういうことをすべてすっとばして、婚約して一週間めに式を挙げたのだ。

「四月三十日じゃなきゃイヤ。絶対にその日にするの」

私は言いはなった。なぜならアシュレとメラニーの結婚式が、五月一日に決まったからだ。一日でも早く私は結婚したかった。独身のままでアシュレの式に出席するなんてとても耐えられない。

お父さまは私の結婚に大賛成だった。チャールズの家は大金持ちの名家だったし、南部の女はそうでなきゃいけないと言うのだ。

もうじき戦争が始まる。北部のへなちょこ兵士なんか、南部が本気でかかれば一週間で降伏するだろう。だけど戦争が始まれば、すべてのしきたりが変わるだろうから、その前に結婚するのはいいことだと言うのだ。とにかく戦争に行く前に結婚しようと、我も我もとみんな争うようにして式を挙げ始めた。

私の突拍子もない結婚式なんて、ふつうの時だったら、お母さまは必死で止めただろう。だけどもう世の中がそうなっていたんだから仕方ない。

毎日アトランタやヴァージニアの戦線をめざして、北に向かう軍用列車が走っていく。緋色や淡い青、緑色の新品の華やかな軍服に身をつつんだ、見るからに上流階級の青年たちの部隊もあれば、アライグマの帽子をかぶっている労働者風の部隊もあった。軍服を着ない部隊も。共通しているのは、ほとんど訓練もしていなかったし、たいした銃や砲弾も持っていなかったということ。ただ興奮して、自分たちが勝つものだと信じていた。まるでピクニックにでも行くみたいなお気楽さだった。

だけど仕方ない。誰も戦争というものを知らなかったんだから。そして十六歳の私も、結婚というものをまるで知らなかった。

四月三十日、私はお母さまのウェディングヴェールとドレスに身をつつんだ。

「時間があれば、新しいレースを使ったのに」

お母さまは本当に残念そうだった。お母さまは私よりほっそりしているから、胸のあたりがちょっときつかったけれど、どうということはない。ウエストはもたついたから糸でつまんだ。昔風のハイネックのドレスは私にとてもよく似合ったと思う。何百という蠟燭(ろうそく)に照らされた私は、とても綺麗(きれい)だったはず。

ドレスを着て降りていく私を、階段の下で親族が待つ。その中にメラニーと腕を組んだアシュレの姿を見た。いつものように静かな穏やかな顔をしている。

――これは夢よね――

本当にそう思った。

――どうして私が、アシュレの前でアシュレ以外の人と結婚式をしているの。私は悪い夢を見ているのよね。そうよ、これは夢なの。深く考えちゃ駄目。これは夢なんだから――

しかし夢じゃなかった。私は教会のヴァージンロードをお父さまと歩き、チャールズと誓いのキスをした。何も感じなかった。それよりも式が終わって、アシュレが私の頰(ほお)に唇をつけた時、私は心臓が止まりそうになった。アシュレとの初めてのキス。でもそれは親族となった証(あかし)

の親愛の儀式。メラニーはささやく。

「嬉しいわ、スカーレット、これで本当の姉妹になれたのね」

私の代わりに、チャールズとメラニーの叔母、大金持ちのピティパット・ハミルトンが失神した。

私は「夢だ、夢だ」とつぶやきながらすべてのことを深く考えまいとした。意識の外に追い出そうとした。

だけど現実はやってきた。疲れ果てた私がベッドで横になっていると、そこに寝巻姿のチャールズが現れたのだ。私はすんでのところで悲鳴をあげそうになった。

何なのよ、これって！

結婚した男と女が、一つのベッドに寝ることは知っていた。でもこんなの、絶対にイヤ。だって私はチャールズのことを好きでもないし、よく知りもしない。ちゃんと話をしたのは今から二週間前のバーベキューパーティーの日だ。それなのにどうして、図々しく私のベッドに入ってくるの⁉　まるで当然のことのように。

私は叫んだ。

「それ以上近づいたら大声出すわよ。本当に許さないわよ。来ないで。あっちに行っててよ」

チャールズはおとなしく、部屋の隅の椅子で夜を明かした。こう言って。

「可愛(かわい)いスカーレット、本当に怖がっているんだね。僕はちゃんと待つよ。でも僕はもうじき出征するんだけれど……」

そんなこと知ったことじゃないわ。

次の日は最悪だった。南部では結婚二日めは、よそゆきのドレスでおめかしすることになっている。私はそれを着て、アシュレとメラニーの結婚式に出た。すべては昨日の私の式と同じだった。出席している人も同じ。

「合同結婚式にしましょうよ」

というメラニーの提案を、もちろん私は断ったからだ。

メラニーはとても高価そうな、だけど簡素なウェディングドレスを着ていた。青白い小さな顔が幸福に輝いているのを私は見た。そして寄り添うアシュレもずっと微笑んでいる。

もうアシュレは行ってしまった。そして本当に、私は追いかけることが出来ない。だって私は他の男と結婚したから。

なんて私は馬鹿だったんだろう。いくら後悔してもしたりないくらい。それなのに私は、絶対に不幸だと思われたくなかった。一日前に結婚した私がどんなに幸せか、アシュレとメラニーに見せつけようと必死だった。だから笑い踊り、皆に喋りかけた。あのハニーにさえもね。

「まあ、スカーレット」

メラニーは私の手をぎゅっと握った。

「兄と結婚してあなたは本当に幸せなのね。私もきっと幸せになるわ」

その夜、私の思惑も、昨夜何があったかもすべて知っていたマミイが、黙って私のドレスを脱がせてくれた。そしてチャールズがまた恥ずかしそうに近づいてくるのを見た時、私はわっと泣き出した。

私は永遠に愛する人を失ってしまった。強がりとつまらない企みとで、好きでもない男と結婚し、私の人生はとり返しのつかないことになっている。その悲しみで、私はつらい。だから涙がいくらでも出てくる。

私は慰めてもらいたかった。だけど慰めてくれる相手は、私の不幸の原因のチャールズしかいなかった。私は黙って泣き続け、チャールズはずっと私の肩を抱いて慰めてくれた。そしていつのまにかそういうことが始まったのだ。

もっとぞっとするかと思ったけれども、不思議なことにそれほどでもなかった。そしてそのことは、チャールズが戦争に行くまで一週間毎晩続いたのだ。私はその時に新しい命を宿したらしい。

戦争さえなければ、私たちは何日もかけて郡中を結婚の挨拶のためにまわり、お祝いの舞踏会やバーベキューパーティーぜめにあっただろう。新婚旅行に出かけ、新婚の妻のためのドレスもいっぱいつくって、親しい家で祝宴を開いてもらったはず。だけど結婚式から一週間後、チャールズは入隊のために出発し、二週間後にアシュレが出征した。もちろんアシュレが戦争に行くことの方が、はるかに悲しく心配な出来事だった。

アシュレはメラニーと一緒に、タラの屋敷に挨拶にやってきた。ボンネットをかぶったメラニーがべったり横にくっついていて、私はろくに話も出来なかった。そのくせ、メラニーはアシュレにこう言うのだ。

「あなた、スカーレットにキスを。スカーレットは私のお義姉さんなのよ」

彼は身をかがめ、唇を私の額にあてた。

こんなことってある？　チャールズが戦争に行っている間、私は実家にいることになっていた。私は以前どおりタラ屋敷のホールに立ってアシュレはそこにいる。それなのに、こんなにも多くのものが変わってしまった。もう元には戻らない。アシュレは私にキスをする。それは額に。他の女にうながされて。こんなことってある？

それから五週間というもの、チャールズはサウスカロライナから毎日手紙を書いて送ってきた。それがある日ぱったり来なくなり、電報が届いた。チャールズは死んだのだ。それも戦って倒れたのではなく、はしかをこじらせて肺炎になったんだ。

死んでしまったことは可哀想だと思うけれど、それ以上のことは何も感じない。だって、彼が私の夫だったのは一週間だけだったんだもの。悲嘆にくれる、なんていうことは不自然だ。夫がいなくなったのだから、私はまた元のスカーレットに戻れると信じた。娘の時みたいに、ふわふわに広がるドレスを着て、パーティーに出かける。そして男の子をはべらせるのだ。

それなのにどうだろう、信じられないことが起こった。私は妊娠していたのだ。

こんなことってある？　私とチャールズが同じベッドにいたのは、たった七晩だったんだ。それなのに身籠る（みごもる）なんて……。ふつう赤ちゃんなんて、一年後ぐらいに出来るものではないだろうか。

これは何かの間違いだ。私はまだ十六歳なんだもの。子どもなんか欲しくない。結婚は本当に軽はずみでしたけれども、一応は私が望んだことだ。だけど私は、子どもが欲しいなんて一度も思ったことがない。それなのにどうしてこんなことになるんだろう。愛してもいない男と結婚した罰なんだ。私は泣いて泣いて、子どもなんかいらない、と叫んだ。しかしお母さまもマミイさえも本気にしなかった。私がチャールズの死のショックと、妊娠した驚きとで興奮しているると思っているみたい。

「最初の子どもの時は、誰でもそうなのよ、スカーレット」

お母さまは私を抱き締めてくれた。

「私もあなたを産んだ時は十七歳だった。不安で不安で毎晩泣いたものだわ。だけど生まれたあなたを見たら、すべてがふき飛んだの。こんなに愛する者が現れたなんて、神さまに感謝したわ。母親ってみんなそんなものよ」

しかしお母さまの言うことは間違っていた。七ヶ月後、男の子が生まれて、ウェイドと名づけられた。だけど少しも可愛いと思わなかった。いつもぴいぴい泣いてばかりいる。私はおっぱいだけあげて、あとはマミイにあずけた。

お産はらくちんで、私の体はすぐに戻った。だけど気持ちはまるで戻っていなかった。うまく言えないんだけど、出口のない霧の中に閉じ込められているみたい。楽しいことは何もなく、気分はふさがる一方。みんなは、私がチャールズを愛していて、その死が耐えられないのだと考えていた。それはまるっきり違う。日がたつにつれ、アシュレの私への拒否の言葉、そしてメラニーとの結婚式の様子が、はっきりとした記憶になり、私を苦しめるのだ。

――アシュレは、もう本当に私のものじゃないの⁉――

こういう時は他の男の子と、馬鹿話をしたりダンスをすれば、少しは気が晴れるんだろうけど、まわりには誰もいなくなった。楽しくて若い男の子たちは、みんな戦地に行ってしまったのだ。タールトン家の四人の兄弟も、カルヴァート家の二人も、フォンテイン家やマンロー家からも私の崇拝者たちは誰一人いなくなった。残っているのは女性と年寄りばっかり。誰もがひたすら編み物と縫い物をして過ごした。そして男たちがいなくなった農園で、奴隷たちを指揮して綿花やトウモロコシを育てるつまらない日々。

それよりもっとひどい出来事が私を待っていた。未亡人っていう肩書きをつけられたのだ。未亡人はずっと黒ずくめの格好をしなくてはならない。リボンもレースもついていない、お婆(ばあ)さんが着るみたいな黒。黒い帽子にはへんてこなヴェールをつける。それから笑い声をたてたり、楽しそうに話してもいけないんだって。私は一度、兵站(へいたん)部隊の少尉にブランコをこいでもらい、庭でキャッキャッと声をあげた。その時のお母さまの怒ったことといったらない。

「あなたは未亡人なのよ。身を慎みなさい。してはいけないことがあるんです」

私が暗くふさぎ込んでいると、それではいけないと叱(しか)るくせに、ちょっと楽しそうなことをすると激しく怒る。これってとても理不尽なことだと思わない?

何度でも言うように、私がチャールズと暮らしたのはたったの一週間。その一週間前に初めてまともに口をきいたんだから、つき合ったのはたった二週間ってわけ。それなのにどうしてこんなめにあわなきゃいけないんだろう。結婚は悪夢だったけど、ものすごく早く終わってくれた。それなのにこれから私はずうっと未亡人って呼ばれ、こんな格好をしなきゃならない。この地獄から逃れる道はたったひとつ。再婚することなんだけど、そういう相手は子だくさんのおじさんってことに決まってる。何なの、これっていったい何なの? 私はこのまるっきり可愛くない赤ん坊と、黒い服を着てひっそりと生きていけっていうの?

私はだんだん元気をなくしていった。食事をする気にもなれない。お医者さまはすっかり勘違いして、お母さまにこう言ったようだ。

「ご主人の死を受け入れられないんです。こういう心の病によって、ご主人の後を追うように亡くなる女性は少なくないんですよ。注意しないと」

お母さまは震え上がり、お医者さまと相談の結果、私を転地療養させることにした。そんな時に、チャールズの叔母さん、ピティパット・ハミルトンさんから、手紙が届いた。ピティ叔母はぜひ私にアトランタに来てもらいたいと言うのだ。メラニーはアシュレが戦地に行っている間、実家に戻っていたから、広大な屋敷にピティ叔母と二人で暮らしていた。ピティ叔母の兄にあたるメラニーとチャールズの叔父のヘンリーさんは、叔母さんとそりが合わず、とっくに家を出ていた。チャールズとメラニーが子どもの頃にお母さんは亡くなっている。

「もしスカーレットが傍にいてくれたら、私たちはどんなに心強いでしょうか。私もスカーレットの可愛い坊やにとても会いたいの」

ピティ叔母はあまり好きじゃない。大金持ちのちょっと変わったおばさん。弱々しくて頭が悪く、すぐに失神する。メラニーにいたっては大嫌いと言ってもいい。それでも私はアトランタに行ってもいいかなあと思い始めた。タラにはもう一刻もいたくない。私は故郷のタラが大嫌いになっていたんだ。皆の監視が強く、笑い声ひとつたてられないところ。だけどアトランタは、タラと比べものにならないぐらいの都会だ。すべてが大目に見られるに違いない。

私は息子と息子の乳母にしたプリシーを連れ、アトランタに旅立つことにした。プリシーは嘘ばっかりつく、まるっきり使えないコ。だけど、今は綿花の増産で忙しく、こんなコぐらいしか連れてこられなかったんだ。

一八六二年の五月、私は鉄道で北に向かった。アトランタが近づくにつれて、私は胸がわくわくしてきた。

アトランタはまだ若い街だ。私が生まれた年に出来たばかり。だけどその後、鉄道四路線をつなぐ街として大発展を遂げている。今は人口が一万人だけれど、もっともっと増えるはずだ。他の古い歴史ある街の人たちは、アトランタを見下しているけれど、ここは何て魅力的なところなんだろう。古いものと新しいものとが混ざり合って活気に満ちている。だけど道路がひどいぬかるみなのには閉口する。雨が降るといつもこうなるらしい。車輪をとられて馬車が何台も立往生している。それでも列車で運ばれてきた負傷兵や荷物を積むために、馬車はひっきりなしに通っていく。御者（ぎょしゃ）は大声をあげ、ラバは後ろ足を上げて跳びはねていく。

私は汽車の乗降台に立っていた。私の傍には息子を抱いたプリシーがいる。まるっきり気のきかないプリシーにじゃけんに抱かれて息子がぐずり出した。うるさい、と私は叱った。前を見る。

——この街には楽しいことが待っていそう——

何とかして喪服を脱ぎたい。そしてダンスをしたい。この街なら、私を未亡人と知っている人はほとんどいないはずだもの。

10

アトランタ。南部いちの大都市。

私はすぐにこの街が気に入った。新しいものがひしめいていて騒がしく、そしていきいきしている。街全体がハチの巣みたいにぶんぶんとせわしない。

私はもちろん、お父さまやお母さまがいるタラが大好きで、大切な故郷と思っているけれど、あそこは退屈すぎた。娘時代はいろいろ楽しいこともあったけれど、今の私は未亡人。しかも小さな子どもがいる。

これってどういうことかというと、一年中喪服を着てひっそりと暮らさなくてはいけないということ。子どもの成長だけを楽しみに、家の中で刺繍（ししゅう）や編み物の手仕事をしたり、本を読んだりして過ごす。私がこんなことを我慢出来るわけがない。だから私は、メラニーとピティ叔母さんのいるアトランタに行くことにしたんだ。

そもそも私たち南部の人間は、親戚のうちに遊びに行くのが大好き。一ヶ月や二ヶ月の逗留（とうりゅう）はあたり前。クリスマスに出かけていって、次の年の夏に帰ることも珍しくない。滞在していたうちで、初めての子どもや次の子どもを産むことだってよく聞く話。

どこの屋敷も大きく、部屋はいくらだってあった。そして使用人もいっぱいいるから、お客はいくらでも遠慮なく過ごすことが出来るのだ。いいえ、私はお客じゃない。今回ちゃんと確認したことなのだけれど、亡くなったチャールズは、この屋敷を半分私名義にしてくれていたんだ。それどころかいくつかの商店や倉庫、駅前の土地を遺してくれて、私はかなりのお金持ちになっていた。今まで私は現金なんて持ったことがない。欲しいものはお母さまが買ってくれたし、そもそもタラにお店なんかなかったんだもの。ところがどうだろう、私の銀行の口座には、チャールズが遺してくれた多額のお金だってある。アトランタには、素敵なドレスや帽子も売っていた。だけど私はずうっと喪服のままでいなきゃいけない。まだ十七歳だっていうのに。

それでも私はアトランタに来て、ぐっと元気を取り戻した。チャールズが死んでから一年間は、何をしていいのかわからず暗くつらい日々を過ごしていたけれど、この街は見るところもいっぱいだ。

アトランタは以前から鉄道を通じて、商業の街として栄えていたけれど、今は南軍の最重要都市になっている。北ヴァージニア軍とテネシー西部軍が、鉄道によって結ばれ、兵器工場も多くつくられた。野戦病院の基地ともなり、前線のために食料や物資を集める補給地にもなっている。発展ぶりは、毎日散歩していても見飽きない。

英国人やドイツ人といった外国人たちも、ふつうに街を歩いている。南部の兵器製造を指導するためにやってきたんだって。南部の港という港は、今や北軍によって封鎖されている。それをかいくぐって銃や大砲を運ぶのは困難で、だから南部は自分の力で兵器をつくらなくてはいけない。だから大急ぎで外国人を招んで指導してもらっているというわけ。今、工場は次々と建てられ、煙突からの煙がアトランタの空を灰色に変えていた。夜だって工場は休まない。兵器をつくったり、北部人（ヤンキー）に破壊されたレールや貨車をつくり直しているんだ。鉱夫がみんな戦地に行ってしまい、鉱山も閉鎖になった。だから鉄が不足しているということだけれど、私たちは何とかなると思っていた。だって南部はこんなに豊かで、兵士は愛国心に満ちている。北部人は報奨金を出して、世界中から兵士を集めている。お金につられて何千人っていうアイルランド人やドイツ人がやってきたっていうことだけれど、そんな人たちが何の役に立つんだろう。お金で雇われた人たちに、これっぽっちも愛国心はないはず。

そしてこんな風に兵器工場や鉄道のこと、北部人のことを話してくれるのは、ピティ叔母さんに仕えるピーターだ。チャールズはよく私に言っていたっけ。

「ピーターぐらい頭のいい奴隷を見たことがないよ」

彼は街を見物する私の矢継ぎ早の質問にもちゃんと答えてくれる。

「いいえ、あれは店ではありません。封鎖対策局です。南部連合の綿花を買い取って、チャールストンやウィルミントンの港からこっそり積み出し、代わりに兵器を運んでくる外国人商人が、ここに滞在する時の世話をするんです」

そう、私との短い結婚生活の間、チャールズはよくピーターの話をしたっけ。ピーターはチャールズのお父さんがメキシコ戦争に出征した時、ちゃんと従（つ）いていった。そして大きなケガをしたお父さんを介抱したのだ。命の恩人と言ってもいいというチャールズの言葉に私は驚いた。奴隷のことを「命の恩人」なんて言う人に初めて会ったからだ。

チャールズの両親が次々と亡くなった後も、全く役に立たないピティ叔母さんに代わって、チャールズとメラニーのめんどうをみたのもこのピーターだったそうだ。チャールズのお小遣いの額を決めたのも、州立大学ではなくハーバードを卒業するように勧めたのも、この黒人の大男だなんて信じられる？　タラでは奴隷は、農業をするか家の中で召使いをするかぐらい。後見人のような役割をする奴隷がいるなんて、やっぱりアトランタは都会だ。

ピーターは私にも命令する。マミイにそっくりの口調で。

「スカーレットさま、ご挨拶なさい。メリウェザーさまとエルシングさまが会釈していらっしゃいますよ」

二人の年とった女性が服地屋の前に馬車を停めていた。中に入るのがめんどうくさいようで、中から店員がロール状の綿生地をかかえてきて二人に見せている。すごい権力だ。彼女たちにホワイティング夫人を加えた三人がこの街の女ボスというわけ。それぞれが自分の所属する教会を司祭ごと支配していて、しょっちゅうバザーだのピクニックを企画している。ピーターが言うには、ジョージア州、サウスカロライナ州、ヴァージニア州三州のそれなりの家については、家系図がちゃんと三人のおばさまたちの頭に入っているんだって。

タラの大農園の娘といっても、あのおばさまたちにかかっては「フン」というものだろう。だいいちお父さまはアイルランドの移民で、私のうちの家系図なんて存在しないんだもの。だけどチャールズは違う。ハミルトン家はアトランタきっての名家だった。だからみんな彼の未亡人である私に対してとても親切なんだ。

「あなたにはぜひ、私の病院に来てほしいと、ピティとも話していたのよ」

メリウェザー夫人はピティ叔母さんの親友で、会ってすぐに約束させられた。だけどミード夫人やホワイティング夫人のところに行ってはダメよと。何のことかわからないけれど、にっこり笑って承諾した。私は昔からこういうところがある。年とった女性にちゃっかり取り入る術を知っていた。苦手なのは同世代の女の子。みんな私と張り合おうとする。そしてとても私にかなうわけがないとわかると、無視したり意地悪したりするのだ。だけどここアトランタでは、誰もそんな人はいない。あたり前だ。私は未亡人で、黒い服に黒いヴェールをかぶっている。自分たちの敵ではないというわけ。私はもうそういう対象じゃないってことを、彼女たちからの優しい微笑や、歓迎の言葉から察した。

信じられる？　私はまだ十七歳だっていうのに。

毎週どこかで南軍の資金援助のためのパーティーや舞踏会やバザーが開かれる。それ以上に多いのが結婚式。みんな大急ぎで式を挙げようとしていた。花婿はたいていグレーの軍服に金色のモールをつけている。花嫁は海上封鎖破りの密航船が持ってきた、東部からの美しいドレス。仲間たちが頭上に軍刀をかざしてつくったアーチをくぐり、これも密航船が持ってきたシャンパンでお祝いするのは見ものだったけれど、どこにも私より美しい花嫁なんていなかった。私の時なんか、ウェディングドレス姿で現れた時、みんな驚嘆の声をもらしたもの。

私はアトランタに着いてすぐ、病院の奉仕に駆り出されることになった。これについてはやはり、アトランタ社交界の重鎮、ミード夫人が仕切っていた。

「病院婦人会」というのがあって、各病院の看護を担当する。医師を手伝い、包帯や寝衣をつくるというかなりの重労働だ。夫のミード医師が誰からも信頼される立派な人で、病院を仕切っている。だけど立派すぎて私はちょっと苦手かも。

それよりもピティ叔母さんの兄、ヘンリー・ハミルトンさんとの方がずっと気が合った。この人は変わり者として有名で、屋敷の近くのホテルで一人暮らしをしていた。背が低く太っていて、もしゃもしゃの銀髪がトレードマークだ。ヘンリー叔父さんは、臆病ですぐ失神する女が大嫌い。そう、ピティ叔母さんのことを本当にいまいましく思っているのだ。

だから正反対の理由で、叔父さんは私のことが大好きになった。

「あんたは見かけは愚かしくしているが、中身は空っぽじゃない」

と言うんだけれど、これって誉め言葉だと思う？　とにかく叔父さんと私は大の仲よしになった。叔父さんは私の財産を含めて、ハミルトン家全体の管財人だった。この財産はやがてすべて私の息子ウェイドのものになるんだって。

「成人する頃には、ウェイドは大金持ちだ。このアトランタの街の成長を考えれば、二十年後、資産価値は十倍になるんだからな。彼は、わが一族のただ一人の男子なんだ」

だから私とウェイドは、ずっとここアトランタで暮らさなくてはいけないと力説する。私はチャールズの実家で暮らし始めたことで、ほんのちょっぴり彼のことを理解した。ハーバードを出ているのに、どうしてあんなに内気で自信がなかったのか。お父さんのいかめしい軍人の血はまるっきり残らず、ピティ叔母さんに育てられ、理解者はあの妹のメラニーだけだった。ピティとメラニーぐらい、世間知らずの〝お嬢ちゃん〟はいないから、彼もあんな風な青年になったわけだ。

そう、メラニー。私がピーチツリー通りの屋敷で暮らすにあたって、いちばん心配したのはメラニーのことだった。彼女が私にどうのじゃなくて、私が彼女に耐えられるかどうかっていうこと。出征中とはいえ、メラニーはアシュレの奥さんなんだもの。そのことを私が我慢出来るかどうか不安だったんだ。メラニーは日に何度か、アシュレの名を口にする。

「もう二週間もアシュレから便りがないの。いったいどういうことなのかしら……」

そしてメラニーは私の不機嫌なくもり顔に気づく。

「ああ、スカーレット、ごめんなさい」

メラニーは私を抱き締める。

「あなたにはもう、便りをくれるチャールズはいないのね。それなのに私ったら無神経なことを言って……」

メラニーは完全に誤解していた。そしてその誤解のまま、おいしいケーキをさし出し、馬車での遠出を勧める。私をまるで赤ちゃんのように甘やかしてくれるのだ。

メラニーといえば、青白い顔で生気にとぼしく相変わらずさえない女。ところがこのアトランタでは、すごい人気があるからびっくりだ。若い女の子たちは、何かというとメラニーのところに相談にやってきたし、あのうるさがたのおばさまたちでさえ、何かとメラニーを頼りにした。

私はメラニーと一緒に、週に四回病院に出かけた。別に行きたくて行ってるわけじゃない。ミード夫人の「病院婦人会」とやらに組み込まれてしまったからだ。

髪をタオルで巻き、首から足の先まで暑苦しいエプロンで覆(おお)った。そこにあるのは死と悪臭だけ。肉の腐ったにおいが、病院の入口から鼻についたし、ハエや蚊やブヨがぶんぶんと飛んでいた。横たわる男たちはみんな臭く、ひどい傷口をさらしていた。私は一週間もしないうちにこの仕事が大嫌いになった。心の中でだけだけど、みんな早く死んでしまえばいいとさえ思った。

裸の男たちを見ることになるので、介護の仕事は結婚前の娘たちにはさせられないんだって。それで既婚の女たちの仕事になる。私はシラミのたかった体に触れ、意識を失った患者の口に指を突っ込んで、何か喉に詰まっていないかを確かめ、手足を失った切り株のような体に包帯を巻き、化膿した肉からウジ虫をつまんだ。

本当にイヤでイヤで涙が出てきた。それなのにメラニーは、においもウジ虫も少しも気にしない。素っ裸の男の世話も平気でした。いつのまにかミード医師の助手のようにもなり、先生が壊死した肉を切り取る横でたらいと道具を持って控えていた。その後でこっそりリネン室で吐いたりしていたけれど、そんな様子はみじんも見せない。患者たちの前では常に優しく、思いやりに溢れた介護を続けた。負傷兵たちは、メラニーのことを「天使」と呼んでいた。それには私もちょっと憧れていたけど、そのためにはニコニコしながらウジ虫をつままないとね。私なんかには絶対に出来ないけど。

そう、療養病棟にまわしてくれたら、私は「天使」になれたかもしれないのに。そこは回復を待つ兵士たちの病棟。ハンサムで育ちがよく、魅力的な男たちがいっぱいいる。私はそちらの方に行きたかったのに、若い娘たちが担当することになっている。包帯を巻いたり、慰めの言葉を口にして、彼女たちは誰かの「天使」になった。どんな不器量な娘でも、必ず伴侶を見つけられた。

戦争中でも恋はいろいろなところにころがっていた。それなのに私はそれを手に入れることが出来ない。夫なんかとっくに死んでしまったというのに。なんて不公平なんだろう。

真夏のある日、未だかつてないほど大きな舞踏会が開かれることになった。病院への寄付を募るために、バザーも行われるのだ。

屋敷の窓から眺めていると、若い娘や兵士たち、付き添いの中年女性たちを乗せた馬車や荷馬車がひっきりなしに通っていくのが見えた。舞踏会の会場を飾るための草や小枝をとりに行きがてらのピクニックだ。

先頭の荷馬車には、力仕事をするための体格のいい奴隷が四人集まっていて、バンジョーとハーモニカで曲を演奏していた。思わず踊り出したくなるような陽気な曲。みんなゲラゲラ笑っていた。馬車には昼食とスイカを入れたカゴがうずたかく積まれていた。若い娘たちは涼し気な木綿のドレスを着て、薄手のショールとボンネット、日傘で肌を守っていた。中には療養病棟で見かけた兵士もいる。若い女の子の隣りに座り、ずうっと笑わせていた。これから森の中で昼食をとり、スイカ割りをして楽しい半日を過ごすんだ。

家の前を通る時、みんなが窓辺にいる私に手を振ってくれた。私もそれにかえしていたがすぐ奥に引っ込んだ。なぜなら涙が溢れそうだったから。私以外のみんながピクニックに行く。それから私以外のみんなが、ピクニックからそのままバザーと舞踏会に行く。この街に残っているのは、私とピティ叔母、メラニーという不幸な人ばっかり。誰もが舞踏会に行きたいなんて思わなかったろう。

でも私は行きたかった。行きたくて行きたくてたまらなかった。

今夜のバザーのために、私は一生懸命頑張ったんだ。街中の誰よりも、靴下も赤ん坊の帽子も、ショールもマフラーも編んだし、レースだって何ヤードも編んだ。茶碗に絵付けをしたし、六枚のクッションカバーに、南部連合旗を刺繍したのも私。昨日はくたくたになるまで、埃っぽい倉庫で、売店の屋台を黄色やピンクの綿布で飾りつけた。そう、あの三婆たちに、まるで奴隷のようにこき使われたのだ。それどころか、家に帰ってからも、ピティ叔母と料理女が、福引の賞品のスポンジケーキをつくるのを手伝わなくてはならなかった。おかげで指に二つも火ぶくれをつくってしまったのだ。

それなのに、いざお楽しみが始まるという時、慎み深く身をひかなければいけないなんて。こんな不公平なことってある？　私だけが損をしてる。早々に死んでしまった夫を持ち、二階でギャーギャー泣きわめく赤ん坊を持たされたのだ。

そのうえピティ叔母がすごい勢いで階段を上がってきて、

「寝室の窓から、みんなに手を振るってどういうつもり？」

と叱った。ここが私の寝室だなんて、いったい誰が知っているっていうんだろう。

「メリウェザー夫人は、ここがあなたの寝室と知っています」

「ええ、そして男性全員に言いつけるんだわ、あの意地悪ばあさん！」

ついに私は本音をもらし、それがきっかけとなって、わっと泣き出してしまった。こんな生活、本当にイヤ。楽しいことなんか何もない。ケガ人のウジ虫をつまむ生活……。

その時、メラニーが飛び込んできたのだ。そして私の肩を抱いてベッドに座らせる。

「スカーレット、泣かないで。チャーリーがどれほどあなたを愛していたか、思い出してね。

それにあなたには可愛(かわい)い息子だっているのよ」

この女、また勘違いしてると思ったら、涙がひっ込んだ。メラニーったら、どうしてこんな生活を我慢出来るの？　どこへも行かず、何も楽しまず、死んだ兄のために喪服を着続けている。メラニーだってまだ十八歳なのに、私はとても理解出来ない。

二人が部屋を出ていった後、私は枕を抱き締めて横たわった。そう、娘時代と同じように。そしていろんなことを考えた。

メラニーが、こんな生活に耐えられるのはあたり前だわ。だって彼女は昔からお堅い面白味のない女の子で、まるっきりもてなかった。だから昔を懐かしく思い出して、悲しい気分になることはないんだもの。

それに……と私はつぶやいた。

メラニーにはアシュレがいるのよ。

アシュレ、アシュレ……この世でいちばん価値のあるもの。メラニーはそれを持っている。だけど私には何もない。誰もいない。私の人生はもう終わったも同然なんだ。十七歳で喪服を着てこのまま生きたまま死んでいくんだわ。

私は再び激しく声を出して泣いた。涙はとめどなく流れてきて、私は一人ぼっちだとつくづくわかったんだ。

11

舞踏会に行けない自分のことを、まるでシンデレラのようだと思った。

私はそれまで下働きだけをさせられて、皆が楽しむ夜は、ずっと留守番をしなくてはいけないんだ。シンデレラがそうだったように、私も悲しくてずっと泣いていた。

ピティ叔母さんとメラニーは別として、私をお城に行かせない意地悪な女は二人いる。この街の女ボス、メリウェザー夫人とエルシング夫人が、未亡人は行っちゃいけないと目を光らせている。楽しいことはいっさいしないで、喪服を着ておとなしくしてなさいと言っている。だけど信じられないことが起こった。この二人が魔法使いみたいに、私を舞踏会に誘ってくれたのだ。

ボンネル夫人なんて、私はまるっきり知らないけど、子どもたちがはしかにかかったんだって。それからマクルーア家のお嬢さんが、急にヴァージニアに招ばれていったんだって。とにかく急に人手が必要になって、ピティ叔母さんとメラニーは駆り出されることになったんだ。たぶんついでに私も。

私はとび上がるほど嬉しかったのに、メラニーったらぐずぐずしている。

「でも私たちは、チャーリーが逝ってまだ……」

「そんなことわかってるわ」

エルシング夫人は、いつものノーと言わせない口調だ。

「でもこれは南部連合のためよ。私たちの病院のためなのよ」

しかしメラニーはまだ首を縦に振らない。私はすぐに承諾したいところなんだけれど、話の流れでそうはいかなかった。メラニーがいつのまにか、この家の代表みたいになっているんだもの。

「もろもろお役に立ちたいのは山々ですけれど、もっと他の可愛(かわい)いお嬢さんたちがいらっしゃるじゃありませんか」

メラニーは自分だって十八歳なのに、そんなおばさんみたいなことを言う。

「今どきの若い娘(こ)が、役に立つもんですか」

メリウェザー夫人がふんと鼻を鳴らした。

「売店を受け持つのを嫌がるのよ。兵士たちと踊れないし、せっかくのドレスを見せびらかせないから。全くあの封鎖破りのせいだわ」

その時、あのレット・バトラーの名前が出て、私はドキッとした。

「あのバトラー船長、ドレスやレースの代わりに、もっと病院の必需品を運んできて欲しいわ。いくら儲(もう)かるからって、ドレスを大量に封鎖破りすることないわよ」

私たち南部の港は、北部人(ヤンキー)に妨害されている。砲弾を怖(おそ)れぬ者たちが、その包囲網をかいくぐって船に物資を積んでくるのだが、レット・バトラーもその一人のようだ。

「さあ、ピティ、すぐに腰を上げて。事情が事情だから、みんなもわかってくれるはずよ。それにあなたたちの売店は、ずっと奥にあるから、皆に見られることもないわ」

「そうよ、お手伝いしましょうよ」

私が声を出したので、みんながびっくりしてこちらを見た。それでわかった。誰も私が行くと思っていなかったということを。手伝って欲しいのは、ピティ叔母さんとメラニーの二人だったんだ。誰も未亡人になったばかりの私が、舞踏会に行くとは思っていなかったみたい。

「私は病院のためなら、何でもしようと思っているんですもの」

私はうんとしおらしく言った。病院なんかどうでもいいけれど、都会の舞踏会を一度でいいから味わってみたいんだもの。

「ねえ、メラニー、お手伝いしましょう。私たち二人でいれば安心でしょう。ねえ、メラニー、病院のために少しでもお役に立つなら、喪中の私たちが行ってもいいんじゃないかしら」

「そうよ、スカーレットの言うとおりだわ」

メリウェザー夫人は大きく頷(うなず)いた。

「新しいベッドや薬を買うために、病院はお金をいくらでも必要としてるの。死んだチャーリーも、きっとそのことを望んでいるはずよ」

こうして私は舞踏会に行くことに成功したんだ。


アトランタ史上最大といわれる舞踏会は、本当に素晴らしかった。

昨日までがらんとした屋内演習場だったのに、花と月桂樹の枝で飾りたてられていた。そしておそらく街中から集められた燭台(しょくだい)で何千というろうそくのあかりがゆらゆらと揺れている。

アトランタっていう街は、女性が本当にすごいと感心しないわけにはいかない。婦人会が中心になって、これだけのことをやりとげたのだ。バーベキューだけのタラのパーティーとは大違いだわと、私は目を見張る。

高く設けた演奏スペースなんて、芸術的といっていい。南部連合の垂れ幕で覆われていて、ゼラニウムや紫陽花、ベゴニア、キョウチクトウの植木鉢がかこんでいる。その上には、南部連合のデイヴィス大統領と、副大統領でジョージア州知事のアレクサンダー・スティーヴンズの大きな肖像画があった。私たちの敬愛する二人。北部人のリンカーンとかいう男よりも、ずっと立派な顔だとみんなは思っている。

やがて楽団がやってきてワルツを演奏し始めた時、私は息が止まりそうになった。

ワンツースリー、ワンツースリー、ワルツってなんて美しいのかしら。久しぶりに間近で音楽を聴く。ああ、なんて楽しいの……。体が勝手に動き出す。

だけど私はやっぱりシンデレラのままだった。ドレスもガラスの靴ももらえず、喪服のままで売店に立っていなくてはならないんだもの。

ホールはたちまち若い娘たちでいっぱいになった。みんな夏のドレスを着て、ひらひらと蝶のように舞う。レースのストールを無造作に腕に垂らし、スパンコールがちりばめられたのや、白鳥の羽毛の扇をベルベットのリボンで腕に結んでいる。

黒い髪の娘たちは、たいてい真ん中でシニヨンにし、金髪の娘たちは巻髪を垂らしていた。

私は知っている。レースもドレスも、封鎖破りをしてヨーロッパから運んできたとても高価なものなのだ。だからそれで自分を飾りたてるのは、北部人の暴力に決して動じない南部に生きる女の誇りなんだって。みんな髪やサッシュに花を飾っている。それはやがて兵士の軍服の胸ポケットにしまわれることになる。

その夜、舞踏会に集まった兵士たちは、みんなハンサムで素敵だった。軍服はまだ汚れてはおらず、ボタンはピカピカに光り、胸の金モールは輝いていた。病院で見知った顔もある。歩ける兵士たちはみんな、松葉杖(まつばづえ)をついてここに集まっていた。一時休暇中の兵士も、鉄道や郵便に携わる兵士も、今夜の舞踏会にやってきたみたいだ。

やがて太鼓が鳴り響き、喝采が起こった。ラッパと共に入場してきたのは、華麗な軍服姿の州防義勇隊と州兵たちだ。彼らがいっせいに敬礼する様子は本当に凛々(りり)しかった。ホールはまたたくまに人で溢(あふ)れるほどになった。娘たちのにおい袋や、男たちのオーデコロンやポマードのにおい、ろうそくのにおいでむんむんしている。ざわめきが大きなうねりとなる頃、楽団の曲ががらっと変わった。《ボニー・ブルー・フラッグ》だ。その場にいた人たちはみんな合唱し始めた。

「我らはこの国で兄弟のように育ってきた
血と苦労を宝にして自由のために戦おう
万歳、万歳
南部よ万歳
うるわしい青い旗
そこにきらめくひとつ星、万歳」

背中でメラニーのソプラノの声を聞いた。ふだんはおとなしいくせに、こういう時はやたら感激して張り切るのだ。ふり向くと泣いているではないか。

「ごめんなさい。兵士の皆さんが、あまりにも誇らしくて……」

隣りにいた中年の女たちも、歌い終わったとたん興奮してこんなことを言い合っていた。

「もうじき戦争は終わるわ。間違いないわ。北部人は私たちの前に跪(ひざまず)いて許しを乞(こ)うのよ」

ラファエル・セムズ提督が率いる南部連合海軍が、近いうちに北部人の砲艦を蹴散(けち)らすはず。そうしたら英国が南軍に加勢することになっている。なにしろ南部の綿花が入らなくなり、英国の工場はお手上げになっているんだから。そもそも英国は下品な北部人が嫌いなのだ。上品な南部を仲間と考えているのだ。

そうよ、そうよ。こんな素晴らしい軍隊が負けるはずがない。なんて幸せな私たち……。そこにいた女たちは、誇りと喜びとで恍惚(こうこつ)の表情を浮かべていた。そう、コウコツ！

こんなにたくさんの人たちの中、歓喜の涙を流す人々さえいるのに、私の心は冷めている。ああ、どうして私は他の人と同じになれないんだろう。どうして連合と旗と《ボニー・ブルー・フラッグ》に感動して、こんな顔になれないんだろう。

だっておかしいと思わない？

みんな必ず勝つことを信じてる。大義だとか愛国心だとかを叫んでいる。だけど私たちの生活は物に不自由していて、絹だとか薬なんかは手に入りにくくなっているんだ。戦争で死んだ人もいるし、病院は血とうめき声でいっぱいだ。本当に南部のことを思うなら、名誉がどうのこうの言う前に、さっさと戦争を終わらせるべきだと思わない？

そのとたん、私はしまったと思った。このパーティーでそんなことを考えているのは私だけなんだ。もし私の心の中を誰かに悟られたら大変なことになる。

「この女は、とんでもないことを考えている。病死した兵士の未亡人のくせに！」

たちまち袋叩(ふくろだた)きにあうだろう。

ああ、私ってどうして、こんなにみんなとかけ離れているの？　自分よりも戦場にいる人たちのことを想像して、泣くことの出来る女性たち。私には出来ない。私の考えていることといったら、一日も早く戦争が終わって、昔どおり緑色のシフォンのドレスをいくらでも買えるようにして欲しいっていうことだけ。

だけどそれって、本当に間違っているのかしら……。

とにかく私はその広いホールでひとりぼっちだった。私だけが皆と感じてることが違うんだもの。

そう、私はここで少しも楽しくはなかった。最初のうちは、こんな華やかな場所に出られてとうきうきしていたのだけれど、だんだんいらついてきた。

なぜって？　この私がまるっきり無視されているんだもの。

ダンスが始まった。若い娘たちは兵士たちと踊り、はしゃぎまくっている。男性の数がだんぜん多い。その夜、アトランタ中の娘たちが集(つど)っていて、彼女たちを兵士が取り囲んでちやほやしていた。どんなに不器量な娘でもだ！

あの不格好な赤毛の娘、ウエストなんか百センチもありそうな女も、美男子の兵士と手を取り合って踊っている。お猿みたいな顔をして笑ってる。

　断言してもいいけど、このホールで私よりも綺麗な女はいなかった。それなのに、私は売店の後ろに立ち、いない者ということになっている。喪服を着ていて、家にはぴいぴい泣く赤ん坊がいるからだ。私はまだ十七歳なのに。

　私はいつのまにか、カウンターに頬づえをついていた。会場ではメリウェザー夫人の娘、メイベルがみんなの注目の的だ。青りんご色の薄地モスリンのドレスは、スカートの幅が広いから、彼女のウエストの太さがごまかせる。クリーム色のフランス製のレースがたっぷりと使われているけれど、あれは北部人の砲撃をかいくぐって、チャールストン港に運ばれたもの。メイベルの得意そうな顔ときたら、バトラー船長じゃなくて、自分が封鎖をかいくぐってきたみたい。

　私があのドレスを着たら、どんなに似合っただろう！　あのぶっといウエストの女じゃなくて、この私が着るべきものなんだ。あの緑色は私の色なのよ。私の瞳の色と同じだから。私の真白い肌と、十七インチのウエストに合うから。

　それなのに私はこの黒い服を着ている。喪が明けたって、着るのは灰色とかのくすんだ地味な色ばっかり。

　そもそも女ってものすごく損に出来てる。この会場にも結婚した女性たちが何人かいるけれど、隅の方に座り、にこにこしながらダンスを見ているだけ。私と同じような年齢の人も多いけれど、おばあさんたちと一緒くたにされている。たまにダンスをしても、ステップを間違えそうなじいさんの相手になるだけ。もし派手なドレスを着て、若い男と踊ったりしたら、たちまち非難の的になるからだ。考えてみると、考えてみなくたって、私たちが本当に楽しくて幸せな時期なんて、ほんの一、二年なんだ。たちまち人妻となって、いろんな規制がかかる。私みたいにいかに男の人たちを惹きつけるか、うんと知恵をつけたって、あっという間に使えなくなってしまう。

ああ、タラにいる時の私がどんなに賢かったか、本に書きたいぐらいだわ。

これぞと思う男の子がいたら、思わせぶりに笑い、相手が何がおかしいのとやってきたらしめたもの。答えをはぐらかしておけば、いつまでも私のまわりをうろうろしている。そして相手はやっきになり、何とか二人きりになろうとする。そして彼がキスしようとすると、すごく驚いたり、傷ついたふりをする。彼は謝る。レディに失礼なことをしたと必死に謝る。だけどたまにはキスをさせてあげることも大切。私にもっと夢中になるものね……。

その時、音楽が変わった。私の大好きな《ジョニー・ブッカー》！　軽快なテンポでステップを踏む。

踊りたかった。どうしようもないぐらい踊りたかった。タラの舞踏会で、私とこの曲を踊りたくて、男の子たちが争っていたあの日。それはついこのあいだのことだったのに。私の脚はちゃんとステップを憶えているのに。私ももしかすると、体を動かしていたかもしれない。視線を感じてそっちの方を見た。その男は高級な黒ラシャのスーツでがっしりと肩幅のある体をつつんでいた。ひだ飾りのいっぱいあるシャツも最近ちょっと見ないほど高級なもの。あのレット・バトラーだと気づくのに時間がかかった。彼はまっすぐに私を見た。おかしみと意地の悪さが混じったあの目だ。でも熱っぽい視線。喪服を着ている女に対して、まるでふさわしくないものだった。彼はわざとらしく深々とお辞儀をするとこちらにやってきた。

「ミス・オハラ……いや、ミセス……。あなたが未亡人になっていらっしゃるとは……」

この時だけは殊勝に頭を下げた。

「それにしても私のことを憶えてくださっているとは思いませんでしたよ」

憶えてたんじゃない。私に向けて微笑む男がいたんで、ついにっこり笑いかけただけ。まるで男の人に不自由しているみたいですごく口惜しい。それなのにメラニーがふり返った。メラニーは単純だから、彼がバトラー船長とわかって大喜びだ。メラニーはレットに、私の結婚と夫の死、自分の結婚について説明した。彼は私の夫に対して丁寧な悔やみを口にした。そのわざとらしいことったらない。この男は私が夫をまるっきり愛していないことに気づいているんだもの。バトラーはメラニーに何か買いたいと申し出た。

「それならば、この枕カバーはいかが。こちらに連合旗を刺繍したものがありますわ」

彼にそんなものは必要とは思えないが、三枚も買っていった。

その合間に音楽は終わり、ミード医師が立った。

「皆さん、婦人会の方々に深い感謝を申し上げようではありませんか。ご婦人方の愛国心と疲れを知らない努力が、この雑然とした演習場をかぐわしい庭園に変え、このバザーに大きな収益金をもたらしてくれました」

大きな拍手が起こった。

「皆さんにレット・バトラー船長をご紹介しましょう。この一年にわたって、海上封鎖を突破し、今後もわれわれのために医療物資を運んでくれる勇猛果敢な方であります」

さらに大きな拍手が起こった。ふん、私はだまされない。彼はそれで大儲けしているんだから。

「そして皆さまにお願いがあります。灰色の軍服を着て、戦地に立っている若者たちに比べれば、とるにたらないほどの小さな犠牲です。皆さま方が今、身につけているものを差し出していただけないでしょうか。金は溶かされ、宝石は売られ、私どもの医療物資を買う資金になるのです」

いい気味だと私は思った。アトランタ中の女がめかしこんで、いちばんいい宝石を身につけてやってきていた。それを差し出さなきゃいけないんだもの。喪中で本当によかった。

だけどほら、コウコツとしている女たちは、嬉々として宝石をはずし始めた。ブレスレットをとり、イヤリングを耳からはずした。お互い後ろにまわり、ネックレスの金具をいじり、ブローチを抜いている。エルシング夫人の娘、ファニーは、「ママ、これいいでしょう」と尋ね、夫人はもちろんと頷いた。それはずっしりと重たい純金に小粒の真珠がはめ込まれたもの。きっと先祖から伝わったものに違いない。

彼女たちがまわってくる籠に宝石を入れるたび、大きな拍手と歓声が起こる。みんなバッカみたい。ああ、喪中で本当についていた。さっきまで私だけが損をしてると思っていたけれど、そうじゃなかったんだわ。

若い兵士が私とレットの前にやってきた。レットは無造作に金の葉巻ケースを投げ入れた。男の人の持ちものは、女と違って外から見えるわけじゃないのに、やっぱり景気がいいんだわ。兵士は私の前にも立った。

「ごめんなさい。私は今、喪中なので……」

と手を振った時、自分の左手の結婚指輪が目に入った。チャールズが買ってくれた幅広いもの。私はこれをはめてくれた彼の顔を思い出そうとした。けれどもうまくいかなかった。こんなの、本当にいるの？　私の中で誰かが問うている。

「ちょっと待って」

私は叫んだ。

「これがあるわ」

私は案外あっさり抜けた指輪を、金色の小山の上にほうった。だって本当にもういらなかったし、指輪なんてファニーの髪飾りに比べれば小さいし。

それなのに、メラニーは、

「ああ、スカーレット！」

と叫んだ。本当に感動しているんだ。

「あなたは本当に立派だわ。ふつう出来ることじゃない。ちょっと待って。私のこれも！」

そして自分の結婚指輪を抜いたのだ。こちらは本物の愛の証（あかし）なのに……。信じられない。

「あなたが勇気を示してくれたから、私も出来たの」

「なんてうるわしい行為でしょう」

レットが感にたえぬようにささやいた。

もちろん私のことを見抜いて、馬鹿にしてるんだ。

愛してもいない夫の結婚指輪なんて、いらなかったんだろうとその目は語っていた。

12

レット・バトラーは私の傍(そば)から離れない。口惜(くや)しいことに、その時私はかなり退屈していた。だって男の人は誰も、喪服を着て売店に立つ私に話しかけてはこない。だからつい、大嫌いなあの男を受け入れてしまったわけ。

「ご主人はだいぶ前に亡くなったの？」

彼は神妙な声で尋ねた。

「ええ、もうだいぶたつわ。一年前ね」

「じゃあ、忘却のかなたっていうわけだ」

忘却という言葉にものすごく意地の悪い響きがあって、私はむっとした。

「結婚生活はどのくらい続いたの？　いや、失敬。ずっとこちらの方に足を向けなかったんで、事情がわからないんだよ」

「二ヶ月よ」

自分でもその単語が、まるで悪ふざけのようだと思った。二ヶ月、そうよ、たった二ヶ月のことがこの結果よ。私は未亡人になり、家のゆりかごには赤ん坊がいる。

「なんていう悲劇なんだろう」

彼は悲し気に首を振ったが、私と同じことを感じているのはすぐにわかった。ああ、いまいましい。こんな男、すぐに追っぱらいたいんだけど、私に話しかけてくるのはこの男だけだし、アシュレとのことを見られている。あまり怒らせたくはなかった。

「前から思っているんだが、こんなことはインドのヒンドゥー教のサティーと同じだよ。とっても残酷なことなんだよ」

「それって何？」

「インドでは、死者は埋葬ではなくて火葬される。夫が死んだ時、妻は一緒に身を焼かれるんだ」

「そんな怖いこと、あるわけないじゃないの」

私は叫んだ。

「警察は止めないの？」

「止めやしないよ。夫と共に死ななかった妻は、社会からつまはじきにされる。村から出ていくしかない。だけど僕に言わせれば、サティーの方がまだ情があるね。残された妻を生き埋めにする、わが南部の素晴らしき風習に比べればね」

「ひどいわ。生き埋めにされているなんて」

しかし私はその言葉に衝撃を受けていた。そう、この喪服。踊ることはもちろん、笑うことも許されない日々。確かにこれって生き埋めだもの。私はずうーっと土の中ってこと。

「強気の君だって、社会の鎖にしばりつけられているしね。メラニーから聞いたけれど、売店に立つ者が足りていれば、今夜はここに来られなかったんだろう。いくら君でも、喪中にパーティーに来る勇気はないだろうし」

「あたり前だわ。それは亡くなった私の夫を無視することになるもの。まるで私が夫を愛してない……」

私はそこでやめた。この男の前でそんな綺麗ごとを言っても仕方ないと思ったから。

「あなたって本当に意地が悪いわ」

ため息をつくと、レット・バトラーはにやっと歯を見せずに笑った。私も思わず噴き出してしまったのだが、その時気づいてしまった。私とレットが楽しそうにしているのを、眉をひそめて見ている年配の女たちに。

でもそれが何だっていうの。私はダンスもしないで、ずうっとここに立って働いているんだもの。知り合いの男性が来て、ちょっと私を笑わせていたとしても、それがいったい何だっていうの。あなたたちは、若い妻を火葬場に追い込もうとしているインドのおばさんみたい。

「君は立派だよ。さっきも夫からの指輪を何のためらいもなく供出したんだからね」

しかしどこまでも嫌味な男だった。ちくりちくりとこちらを刺激してくる。

「かの有名なバトラー船長からお誉めいただくなんて、とても光栄だわ」

「どうして本当のことを言わない」

彼は私にだけ聞こえる、押し殺した声で言った。

「お前なんか、ろくでなしの最低男で、紳士でも何でもないと。さっさと目の前から消えろと」

確かにそうだったけれども、私は彼がここから去ることを望んではいなかった。彼がいなくなったら、人のダンスを見るだけのつまらない時間があるだけ。私はうんと芝居がかって言う。

「どうしてそんなことおっしゃるの。私はあなたがとても名高く勇敢で、南部のために尽くしているのを知っているわ」

「君には失望したよ……」

失望？　それってどういう意味なの。

「あの愉快な出会いがあって、花瓶を投げつけられて、僕はやっと勇気ある娘に出会ったと思ったよ。他の馬鹿な娘とは違う。自分の思うことをちゃんと言葉に出すことが出来る娘と思っていたが、今の君は違う。思っていることを口にする勇気がないじゃないか」

「まあ、何てこと」

怒りのあまり胸がきりきり痛んだ。この私としたことが。話し相手がいないばっかりに、この男を追っぱらわずつい手の内を見せようとしたんだ。

「だったら言わせてもらうわ。ちゃんと教育を受けた紳士だったら、こんな失礼なことを出会って二回めの女に、ずけずけ言うかしらね。あなたなんか、ただの育ちの悪いひねくれ者よ。自分のちっぽけな船が、ちょっと北部人（ヤンキー）の包囲網を破ったからって、ここに来てえらそうなこと言って。それから大義のために一生懸命やっている私たちを馬鹿にして……」

「ストップ、ストップ」

バトラーは今度は歯を見せて笑った。いったい何ていう人なの。

「最初は正直でなかなかよかった。だけど大義なんて言葉を持ち出すのはいただけないなあ。僕はそんな言葉、とっくにへきえきしてるんだ。それは君だって同じだろ」

「どうして私が⁉」

　こんな風に人の心を見透かす男って、本当に嫌だ。

「僕にとって封鎖破りはビジネスで、金儲けの手段だ。儲からなければすぐにやめるね」

「ふん、思ったとおりの欲得だけの男ね。北部人と同じだわ」

「まさにそうだよ。その北部人に金儲けを手伝ってもらっている。このあいだも、船をニューヨーク港のどまん中に突っこんで、荷物を積んできたばかりだ」

「嘘でしょう！」

　信じられない話だ。

「そんなことしたら、たちまち北部人に砲弾を浴びせられるわ」

「本当に君たちは何も知らないんだな」

　また私の大嫌いな笑いを浮かべた。

「砲弾が飛んでくるわけがないだろう。彼らの中にだって、南部連合にものを売って稼ごうという連中はいっぱいいる。僕は船をニューヨーク港に入れ、北部人の会社から品物を買って、そしてこっそり出航する。それでも危険な時は、途中のナッソーあたりに行って、爆薬や砲弾、それから女性方のスカートを直接買いつけてくるんだ」

「本当に北部人って、お金に汚いのね」

　私たち南部連合の人間だったら、絶対にそんなことはしない。敵に物資を売るなんてこと。

「まっとうな商売をして、金を得ることがいけないことかね。百年もすればどっちでもよくなってくるさ。結果は同じだよ。どうせ南部連合は敗れることはわかっているんだからね」

「敗れる！　私たちが？　まさか」

この男は何を言ってるの。もうじき北部人は私たちに許しを乞うことになっている。そうしたら戦争は終わることになってるんだから。でも、と私はさっき感じたざらっとした気持ちを思い出した。絶対に勝利を信じてこぶしを上げていたここにいる人たち。封鎖破りで買ったドレスを着て、薬や食べ物に不自由しているくせに、南部が勝つことを絶対信じている人たちを、さっき私は冷たい目で見ていたんじゃなかったっけ……。いけない。こんな男の挑発にのってしまって。こんなことを考えること自体、南部の一員として許されないことなんだもの。

いつのまにかバトラーは私の前から去っていた。私は一人残され、やり場のない思いから小さく体を震わせていた。

「二人で何を話していたの」

メラニーがやってきた。心配そうに眉をひそめている。

「メリウェザー夫人が、ずっとあなたたちのことを見ていたのよ。夫人がどんなことを言うかわかっているでしょう」

ああ、わかっているわ。わかっていますとも。あのインドの婆さん！

「メリウェザー夫人なんか、勝手に言わせておけばいいわ。あんな意地悪婆さんのために、頭が悪い若い女のふりをするのはまっぴら。それにね、私はバトラー船長みたいな育ちの悪い田舎者ともう話をする気もないんだし」

「まあ、スカーレット、何てことを言うの。目上の人に意地悪婆さんなんて……」

お説教なんてまっぴらと腹が立ったけれど、ちょうどタイミングよくミード医師がまた壇上に上がった。

「みなさま、先ほどは大切な宝石や金製品を差し出していただき本当にありがとうございました」

どうということはない、という大きな拍手が起こった。

「さて、紳士淑女のみなさま、これから私がご提案することにショックを受ける方もいると思いますが、これもすべて病院のため、病院で介護されている兵士のためだということを忘れないでいただきたい」

いったい何が起こるのかと、みんなはいっせいにおし黙った。それどころか、じわりじわりとステージのまわりに集まる。ミード先生の言い方がふつうじゃないんだもの。

「これからダンスが始まります。一曲めはリール。二曲めはワルツです」

リールは南部に伝わる私の大好きな踊り。みんなで手をつないでぐるぐるまわる。ああ……。

「そのあともポルカ、マズルカ、ショッティッシュ、それぞれ短いリールを間にはさんでダンスは続きます。さてこのパートナーをめぐって、静かな戦いが行われていることは周知の事実です。そこで……」

先生はちょっと額の汗をぬぐった。それから年配の婦人グループに向かって、目で許しを乞うた。

「紳士諸君、あなたが望むパートナーと踊りたいなら、その淑女を競り落としていただきましょう。私が競売人となり、収益はすべて病院の資金といたします」

扇の動きがぴたりと止まった。その次に、わあーという兵士たちの歓声があがった。それが軍服を着ていない男たちにも伝わり、若い娘たちが悲鳴のようなかん高い声をあげる。キーキー、めんどりみたいに。

「何なの、これ。まるで奴隷の競りみたいだと思わない？　ふつうだったらこんなこと、絶対に許されないわよね」

メラニーの声を私はちゃんと聞いていない。口惜しい。本当に口惜しかった。これって私のためにあるような催しじゃないの！

私がもう一度スカーレット・オハラに戻れたら、あのフロアに立つことが出来れば。青リンゴ色のドレスを着て、深緑色のベルベットのリボンを胸に垂らしていたら。ヴェールなんかとっぱらって、黒い髪にマグノリアの花をさしたら、私はダンスの先頭に立っていた。男たちが目の色を変えて値段をつり上げていたはず。争いだっていくつも起きたわ。

なのに私はここに座ってなきゃならない。そしてファニーやメイベルが、アトランタ一の美女としてリールをリードするのを見るんだわ。こんなことってある！

ちんけな兵士が早くも名乗りをあげた。

「メイベル・メリウェザー嬢に二十ドル！」

メイベルに二十ドルですって！　五ドルがいいとこよ。それなのに彼女は顔を赤くしてファニーの肩にもたれかかり、くすくすと笑い始めた。まだ承諾はしない。こんなのって、私レベルの女にだけ許されることじゃないのかしら。

ああ、誰か私を見て。ここに本当の美しい娘、ダンスのうまい魅力的な女がいるのよ。たった二ヶ月しか結婚していなかったのに、生き埋めにされている女が。

そんな私の悲しみとはうらはらに、競りはすごいことになっていった。うちの娘にそんなことはさせられないと、メリウェザー夫人は大声で抗議していたのだが、メイベルの値段がどんどんつり上がり、ついに七十五ドルとなると黙ってしまった。その様子がおかしいと、若い兵士や娘たちがみんな笑っている。

誰もがこの競りに夢中になっていった。男たちはみんな手に手に南部連合の紙幣を握りしめ声をはり上げていく。若い娘たちは自分の名前が呼ばれるたび、「イヤよー」「恥ずかしいわ」「助けて」なんて叫んでいるけど、みんな嬉しさのあまり顔がキラキラしている。私は嫉ましかった。そう、口惜しいだけじゃない。はらわたが煮えくり返るぐらい嫉妬していた。ついこのあいだまで、私はどんな娘よりも価値があったはずなのに。

でも私は、こんなこと全然気にならないわ、という風に、カウンターに肘をついてつんとしていた。

馬鹿な男たちと馬鹿な女たち。こんなつまんない女に何十ドルも払って……。

その時、私は確かに私の名前が呼ばれるのを聞いた。

「チャールズ・ハミルトン夫人に百五十ドル。金貨で」

そのすごい金額と名前に、ホールがしんと静まり返った。私はぼんやりと口を開けてあたりを見わたした。みんなが私を見ていた。

ミード先生が壇上から身をかがめて、レット・バトラーと話しているのが目に入った。たぶん私は喪中なので、ダンスは無理だと話しているのだろう。承服しかねますね、という風に彼は肩をすくめていた。

「他にお好みの美女はいませんかな」

誰もが黙っているので、先生の声ははっきりと聞きとれた。

「いいえ」

レット・バトラーは平然と、そしてきっぱりと言った。

「ハミルトン夫人を」

その時、私の体を一本の光が走った。喜びのあまり背筋が痺(しび)れていくのがわかる。だーい嫌いな男だけど、今私を地中から救い出してくれようとしている。

「ですからそれは無理なんですよ」

ミード先生は苛立(いらだ)ち始めた。

「ハミルトン夫人が承知するはずがありません」

考える前に、私の体が「いいえ」と叫んでいた。

「いいえ、お受けしますわ！」

勢いよく椅子からはね上がった。嬉しくてそうせずにはいられない。ああ、もう一度踊れるんだわ。そして私は百五十ドルというアトランタ一の価値をつけられた。みんなが私に注目している。こんな美人がいたのかという驚きの表情をしている。そう、私はここにいたの！　ずっといたんだから！　もう何を言われたって構わない。私は踊りたいの。本当に踊りたいんだもの。

私はつんと顎(あご)を上げて売店を飛び出し、カスタネットのようにヒールを鳴らしてフロアに出た。メラニーのびっくりした顔も、メリウェザー夫人のグループの卒倒寸前の顔も、でもいちばん私の気分を上げたのは、不愉快そうに顔をしかめる若い女たち。そうよ、私、スカーレット・オハラは、いつもまわりの女たちに、〝負け〟を宣告していたのよ。

フロアに立つと、レット・バトラーが人々の間を通って、私の前に現れた。いつものあの不敵な意地悪気な笑いを浮かべてる。それでも構わなかった。今の私は、たとえ相手がエイブラハム・リンカーンだって、喜んでダンスをしただろう。

リールが始まる。まずパートナーに膝(ひざ)を向けてお辞儀をする。私はにっこりと微笑(ほほえ)んだ。どう、この笑顔、百五十ドル以上の価値はあるでしょう。

やがて《ディキシー》の曲が流れ出した。踊りながらささやく。うきうきしていた。

「よくも私にこんなことをさせるわね。バトラー船長」

「だけど親愛なるハミルトン夫人、君はどう見ても踊りたがっていたよ」

「人前で私の名前を言うなんて」

「断ることも出来たはずだよ、ハミルトン夫人」

「それは病院のためよ。あれだけの額を言われれば、自分のことばかり考えていられないわ。やめて……」

レットがいかにも楽しそうに笑い出したので私は注意した。

「みんなが見ているわ」

「連中は何をやっても見るさ。君も僕ぐらい悪名高くなればいい。そうすれば、すべてのことがどうでもよくなってくるからね」

「そんなのまっぴらよ」

「いやいや、人の信用なんてものは、一度失ってみると、それがどれだけ重荷だったかわかるんだ」

曲はワルツに変わった。私はうっとりとして気が遠くなりそう。ああ、なんて素敵なの。だけどレットはあまりにもきつく私を抱き過ぎてるわ。彼の髭が頰にあたりそう。

「バトラー船長、そんなにきつく抱かないで。みんなが見てるわ」

「誰も見ていなかったらいいのかい」

「バトラー船長、あなたは我を忘れてるわ」

「君のような女性を腕に抱けば、どんな男だって我を忘れるさ」

そして彼は耳もとでささやいた。

「君は今までこの腕に抱いたなかで、最も美しい踊り手だ」

私はその時わかった。私がいちばん飢えていたのは、ワルツでもみんなから注目されることでもなかった。男の人からのこういう言葉だったんだわ。

楽しくて楽しくて、この時間が永遠に続けばいいと思う。

「次にダンスを踊れるのは、いったいいつになるかしら。何年後かしら」

「数分後だよ。次の競りも君を落とすよ。五、六曲は他の男にチャンスをくれてやってもいいが、最後のダンスは譲らないよ」

大っ嫌いな男なのに、甘い言葉が心にしみとおっていく。ああ、これを幸せって思っちゃいけないいんだろうか。

13

私は確かに未亡人だ。喪服を着て、家の中でじっとしていなきゃいけないのはわかっている。でも舞踏会に出たのだって、そもそもが急に人手が足りなくなって用事を言いつけられたんだ。それに踊ったのが何だっていうの。バトラー船長が、私と踊る権利を高いお金で買ったんだもの。その夜いちばんの途方もない値段でね。私はものすごく貢献したはず。南軍と病院のために頑張ったんだ。

それなのに、どうしてこんなめにあわなきゃいけないんだろう。

次の日の朝、私はそれこそ髪を逆立てているピティ叔母さんと、黙りこくっているメラニーを前にしていた。

「スカーレット、今、あなたがどんなことを言われてるのかわかってるの？　あなたがとんでもないことをしたって、アトランタ中はもう噂でもちきりよ」

「何を言われたって構わないわ。私はすごくお金を稼いだのよ。あのパーティーに出てた誰よりもね」

「お金が何だっていうの！」

叔母さんはキイキイ声でわめいた。

「あなたが踊っている姿を見て、私は目を疑いましたよ。チャーリーが死んでまだ一年もたっていないのよ。それなのに、あのバトラー船長ときたら、あなたを見世物にしたのよ」

そうか。彼とのダンスをそんな風に見る人もいるのね。くだらないわ、と私は腹が立った。でも叔母さんはしつこい。

「あの男は本当に怖(おそ)ろしい人よ。ホワイティング夫人は、ご主人がチャールストンの出身だから教えてくれたの。バトラー家は名門なのに一族の面汚(つらよご)しだって。チャールストンの社交界からも締め出されているっていうのよ。女性に手が早くて、どこかのお嬢さんととんでもないスキャンダルを起こしたっていうじゃないの」

「叔母さま、私にはあの方がそんなに悪い方だとはとても信じられません」

メラニーが静かに口をはさんだ。

「ちゃんとした紳士に見えます。これまでだってどれほど勇敢に、私たち南部のために封鎖を破ってくださったことか」

「そんなの、お金儲(かねもう)けのために決まってるじゃないの」

私は踊っている最中、彼から聞いた言葉をそのまま伝えた。

「お金のためにやってるって、自分で言ってたわ。どうせ南部連合は負けるんだから、その前に稼げるだけ稼ぐって。なんでも密航ビジネスで百万ドルは入ってくるって」

まさか、と二人は口をあんぐりさせた。だけど、

「多くの人間がわかっていないが、社会を築く時だけでなく、その崩壊からも大稼ぎ出来るんだ」

という彼の言葉は伝えなかった。そんなことを聞いたら、ピティ叔母さんは卒倒してしまうものね。

私だってこの言葉の意味がよくわからない。ただ感じるのは、今まで私をしばりつけていた古いものが、もうじきなくなってしまうだろうということ。

「私は家に閉じ籠もっているのなんてうんざりだわ。ゆうべのことで、さんざん言われているんなら、もう何を言われても怖くないもの」

そう、それはバトラー船長が私をそそのかした言葉。あまりにも、今の私にぴったりだ。

「まあスカーレット、お母さまが何て思われるか」

その時、ピティ叔母さんが大きなため息をついた。お母さま！　お母さまですって。いやよ、お母さまだけには知られたくない。でもアトランタからタラまでは二十五マイル（四十キロメートル）も離れているんだ。そんな簡単に伝わるはずはないと私は心を静めた。

「そうだわ、ヘンリーに手紙を書きましょう」

ピティ叔母さんはよろよろと立ち上がった。

「頼りたくはないけど、わが家でただ一人の男性なのよ。だから彼からバトラー船長に抗議してもらいましょう。ああ、チャーリーさえ生きていてくれたら……。いいこと、スカーレット、もうバトラー船長のような男と、二度と口をきかないでね」

むっとした。私がしたことって、そんなに悪いことなの？　男の人とダンスをしたことで、どうしてこんな大ごとになるの？

おまけにメラニーが近づいてきて、後ろから私を抱き締める。

「ダーリン、怒っちゃダメ。あなたが昨日したことはとても勇気がある素晴らしいことなの。あなたは病院のためにやったたって、私にはわかってるわ。もし誰か何か言う人がいたら、私がちゃんと話すわ。ピティ叔母さま、泣かないで。スカーレットはまだほんの赤ちゃんなのよ」

思いきりウザいことを言い始めたからたまらない。メラニーっていつもいいコぶるんだけど、それは勘違いによるものだからうまく反論出来ないんだ。

でもたまにはいいことも言う。

「それに叔母さま、私たち三人は少し悲しみにひたり過ぎているのかもしれないわ。これからはたまには、パーティーにも行きましょうよ。戦時中は他の場合とは違うのよ。そうだわ、まだ隊に戻れない入院患者さんを、このうちにお招きしましょう。スカーレット、元気を出して。あなたがチャーリーを愛していたのは、みんな知ってるんだから」

メラニーには本当にいらいらさせられるけれど、これはいいアイデアだわ。このアトランタには、ちょっとケガしたぐらいの素敵な士官がうようよしているんだもの。彼らの熱いまなざしを受けるのは、どんなにか退屈しのぎになるだろう。

それにしても、うんざりする光景が始まった。ピティ叔母さんはしくしく泣き出し、メラニーはしきりに慰める。

「叔母さま、スカーレットは悪くないのよ。どうかそれをわかってあげて」

この女にだけは庇ってもらいたくないわ。いつもそう思う。庇ってもらえばもらうほど、私の中に何かが溜っていくみたい。私はあなたに庇ってもらうほどみじめじゃない！　私はあなたよりはるかに美しいし魅力的。あなたが私に勝っているのはただひとつ。アシュレを自分のものにしているということ。本当にそれだけ。それだけよ……。

　プリシーが封筒を持って勝手に入ってきた。

「メラニーさまにです」

「私に？」

　メラニーは封筒を開け、中の手紙を読んだ。おお、と片方の手で顔を覆（おお）った。

　ピティ叔母さんがまた叫んだ。

「戦死の知らせよ。アシュレが死んだんだわ！」

　そして手足をだらりとさせた。気を失ったんだ。

　アシュレの戦死公報！　私の体中の血が凍った。私も卒倒する寸前、メラニーの明るい声がした。

「違うわ、違うのよ。まあ、叔母さま、大変。プリシー、早く気付け薬を。私ね、感動して泣いてしまったの」

　そして封筒から金の指輪を取り出した。それはメラニーのものだわ、確か……。

「これを読んで」

　私は便箋（びんせん）を手に取った。黒く太い字でこう書いてあった。

「南部連合は、男たちが血を流しても、ご婦人たちに心の血を流させるほど困ってはおりません。どうか敬愛するウィルクス夫人、あなたへの敬意の証（あかし）としてこれをお受け取りください。そしてご自分のなさったことが、無駄になったとお思いにならないように。この指輪はその十倍の価値を持って買い戻されたのですから」

レット・バトラーと署名してあった。

「ねぇ、私の言ったとおりでしょう」

メラニーは涙をぬぐいながら、得意そうに笑った。

「私があの指輪を供出する時、はり裂(さ)けそうな思いになっていたってご存知なんだわ。本当の紳士でなければ、こんなことは出来ないはずよ。私はすぐにお礼の手紙を書いて、代わりに金のチェーンを贈りますわ。叔母さま、船長を日曜日の夕食に招待してくださいね。ちゃんとお礼を申し上げなければ」

なんてうさんくさい男なの、と私は思った。彼にとって、メラニーみたいな世間知らずの女にとりいるなんて、朝飯前のはず。だけど私にはわかるわ。うまくこの家に入り込もうとしていることを。そして本当のめあては私だってことを。なぜって、メラニーの結婚指輪は返して、私の指輪はまだあの男の元にある。彼は私が再び結婚指輪をするのがイヤなんだ。随分みえすいたことをするわ。私はすっかり機嫌を直していた。


しかしやっぱり、私のことはお母さまに伝わったらしい。長い手紙が届いた。アトランタの住民は、南部一噂好きでお節介と聞いていたけど本当にそのとおりだったわ。あの舞踏会は月曜の夜だったのに、今日木曜日には、もうお母さまからの手紙はここアトランタに配達されたんだ。ピティ叔母さんじゃない。だって彼女は、私の家に知られることにすごくおびえていたし、私を失いたくないんだから。きっとメリウェザー夫人だわ。あのイヤな婆(ばあ)さんたら。

「あなたの行いを耳にして、母はいても立ってもいられない思いです」

大切なお母さまをこんなに嘆かせるなんて、なんて意地悪な告げ口婆さんなの。

「ああいう男の人は、あなたの若さと無知をいいことに、あなたを見世物にして、みんなの前であなたの顔に泥を塗るんです。ミス・ピティパットはいったい何をしていらしたんでしょうか。あなたを預かっている義務があるというのに」

私はピティ叔母さんがちょっと気の毒になった。お母さまからの手紙と知って、しんから不安気な顔をしている。そもそもこんな子どもみたいな人に、私の監督が出来るはずがないんだから。

「あなたの今後については、お父さまのご判断にゆだねることにします。金曜日にアトランタにいらっしゃって、まずバトラー船長と話をつけるそうです。それからあなたを連れ帰ってくださいます」

もうこれ以上は読めなかった。お母さまが本気で怒ると、どんなに怖いかよく知っている。十歳の時、バターをたっぷり塗ったスコーンを妹のスエレンに投げつけた時のお仕置きを、まだ私は憶(おぼ)えているんだもの。

「お母さまは許してくれないかもしれない」

こんな大ごとになるとは思ってもみなかった。たかがダンスをしただけなのに。

「わ、わるい知らせじゃないわよね」

ピティ叔母さんが震(ふる)える声で尋ねた。

「お父さまが明日こっちに来るって。そして私を連れて帰るの」

「そ、そんなこと」

ピティ叔母さんはわっと泣き出した。

「スカーレットなしで暮らすなんて、私には出来ないわ。あなたはとってもしっかりしてるから、一緒にいてどれだけ心強いか。この街もへんな連中がうろうろしているのよ。メラニーと二人きりなんて、そんな……そんな……」

「そうよ、スカーレットをタラに行かせるもんですか」

メラニーさえ顔が真青になっている。

「今はここがあなたの家じゃないの。あなたがいなくなったら、私たちはどうすればいいの。私がオハラさんに言うわ。私たちにとって、スカーレットは本当に必要な人だって」

私はメラニーがくどくどと、お父さまに懇願している姿を想像してぞっとした。自分が心を込めて話せば、どんなこともかなうと信じている人間って、私は本当に苦手なんだ。

そして本当に金曜日の夜、お父さまがやってきた。ピティ叔母さんは、その時本当に熱を出して寝込んでいた。だから私とメラニーだけで相手をしなくてはならなかった。

夕食が始まった。お父さまはずっと無口なまま。メラニーだけがいつもよりずっと饒舌だ。

「タラのことをいろいろお聞きしたいの。インディアやハニーはなかなか手紙をくれないんですもの。おじさまなら何でもご存知よね」

インディアとハニーは、アシュレの妹。これまた意地の悪い姉妹で、私は大嫌い。二人は元気だよとお父さまは言って、別の知り合いの結婚式の話をした。式は何とか挙げることが出来たものの、二日めのドレスがなかったんだって。

「二日めのドレスがないんですって⁉」

メラニーと私は驚いた。結婚二日めは素敵なドレスを着てお披露目をするのが南部のならわしだ。そのドレスがないなんて、南部は本当に貧しくなっているのかしら。

「タールトン家の双児（ふたご）は、今ジョージアに戻ってきている」

そう、あの双児。二人揃（そろ）って私に夢中だった。お父さまはどちらか一人が、私と結婚してくれればいいと願っていたはず。双児のうち、兄のスチュワートは膝（ひざ）に、ブレントは肩に銃弾を受けて、今静養のために故郷に戻っている。だけどすぐに軍隊に戻るらしい。私たちと北部人（ヤンキー）とが違うところは、その愛国心だ。

私たちは南部のことを心から愛していて、南部のためにはすべてを投げ出すつもりだ。だけど北部人の兵隊は、ほとんどがポーランドやアイルランドからの移民だ。みんなお金めあてに軍隊に入る。だから愛国心なんかこれっぽっちもないと、みなが語っている。

「タールトン家の双児は、そりゃあ勇敢に戦って、軍の特報で紹介されたぐらいさ。どんな手柄だったか忘れたが、ブレントは今や中尉さんだ」

あの、馬と女の子にしか興味がなく、どこの大学からも放校された二人がと、私はすっかり嬉しくなった。ああ、懐かしいわ。ついこのあいだまで、タラのわが家のベランダで、べったり私の傍（そば）にいた双児たち。ハンサムで背が高い陽気な二人。

ところが私の感傷をお父さまが突然ぶち壊した。

「そうそう、お前さんたちをあっと言わせるニュースがあるぞ。スチュワートが、オークス屋敷の娘とつき合っているらしい」

「まあ、ハニーなの、それともインディアでしょうか」

メラニーは興奮して聞く。

「ミス・インディアの方じゃなかったかな」

器量が悪い方のインディアと!? 私とは比べものにならない娘じゃないの。いくら私がいなくなったからって、あまりにもひどい。他に選択肢がなかったんだろうか。

「それからブレントは、タラに通いつめている。さあ、結婚かどうなるか」

私は口がきけなかった。私がチャールズと結婚すると告げた時、二人は荒れて荒れて、決闘もしかねなかったのに。早くも恋をしてるとは。一人は私の大嫌いな女、一人は私の大嫌いな妹。

「でもスエレンは、フランク・ケネディさんと結婚するものだとばかり思っていました」

メラニーの問いに、お父さまは意外なことを口にした。

「いや、スエレンは相変わらずフランク・ケネディとぐずぐずやっている。そうじゃない。奴(やつ)が通ってくるのは、うちの末娘に会いにだ」

「キャリーン、あの子はまだ子どもじゃないの!?」

やっと声が出た。甘ったれのチビで、いつもお母さまにくっついてる。

「いや、お前が結婚した時より、ひとつ下ぐらいだ」

十五歳になっていたのだ。私の知らない間に。

「それとも、昔の恋人を妹にやるのがそんなに口惜(くや)しいか」

お父さまはニヤッと笑い、こういうあけすけな会話に慣れていないメラニーは赤面した。食事の間、お父さまは勝手に喋(しゃべ)り続ける。この戦争のために、南部の裕福な地主たちが、どれだけ過酷な税金を要求されるか、南部のジェファーソン・デイヴィス大統領がどれだけ無能かということを延々と喋り続けた後、食後のポートワインと、私と二人きりになることを求めた。

心配そうにメラニーが出ていったとたん、お父さまは大声で私を叱りつける。

「お前はここで、大層立派なふるまいをしてくれたそうだな。ついこのあいだ未亡人になったばかりだというのに、もう別の夫をつかまえようとしているのか」

「お父さま、声が大きいわ。召使いたちに聞こえます」

「構うものか。奴らだってわが家の恥を知っている。可哀想に母さんは夜も眠れず、私は人様に顔向けも出来ん。こんな不名誉なことがあるか。いや、ダメだ。今回ばかりは泣いても許さないぞ」

だけど本当に私が泣き始めると、お父さまはおろおろし始めた。

「わしはお前という娘をよく知っている。お前は夫の通夜でも、他の男に媚を売るような女だ。だが仕方ない。好きでもない男と、ほんのはずみで結婚したんだからな。今日の説教はもう終わりだ。これからバトラー船長とやらに会わなくてはならない……。泣いても無駄だ。明日は必ずお前をタラに連れて帰るからな！　そう泣くな、お前に土産を持ってきたぞ。美しい絹だ。こんな上等品はこのアトランタにもないだろう。もう泣くのはやめて、明日はタラに帰るんだ」

その日の夜、私はまるで眠れなかった。私の人生というものについて、ずっと考えていたからだ。

チャールズと結婚して、あっという間に未亡人になったのは、とてもついていなかった。それに数回しかそういうことをしていないのに、赤ん坊まで生まれてしまったんだ。だけどアトランタに来ることが出来たのは、確かについていたかも。だってまるっきり新しい世界が開けたんだもの。

もしあのままタラに住んで、アシュレとは無理だったとしても、タールトン兄弟のどちらかと結婚していたらどうだろうか。お母さまのように地味なドレスにひっつめ髪をして、ずっと家を守らなくてはならなかった。楽しみといっても、せいぜいがバーベキューとダンス。そういうものだと思って、私はタラで主婦となったろう。けれども私は都会というものを知ってしまった。列車が到着する大きな駅。通りは人と馬でごったがえしている。イヤなお婆さんはいっぱいいるものの、社交界の大きさは、タラなんかと比較にならない。戦時中でもしょっちゅう舞踏会や晩さん会は開かれているのだ。素敵な男たちもいっぱいいる。私も喪服を脱いだらああいう場所に行けるんだ。

このまま家に帰り、お母さまに会う。それを考えるとぞっとした。お母さまはきっと悲しい顔で私を見るだろう。お母さまにそんな顔をされるなんて、死んだ方がまし。そして私は札つきの未亡人ということで、タラでも仲間はずれにされるかもしれない。そのうちに妹とタールトン家のブレントが結婚する。そういうのを見ながら、私はずっと田舎で暮らさなきゃいけないわけ？　絶対にイヤ……。

「タラには帰りたくない」

はっきりとそう思ったとたん、私はダンスの時のバトラー船長の腕を思い出した。そんなにきつく抱かないで、と言ったのに彼は平気だった。

「君のような女性を腕に抱けば、どんな男だって我を忘れるさ」

もしタラに戻ったら、あんなことは二度と起こらないだろう。二度と。

何度も寝返りをうつうち、静かな通りの向こうから音が近づいてくるのがわかった。かすかな音だったけれど、奇妙に懐かしい。私はベッドを抜け出し、窓辺に立った。星もまばらな空の下、通りは深い闇に包まれていた。

やがて音ははっきりと聞こえる。車輪の音と馬のひづめの音。そして人の声。私は微笑んだ。このアイルランド訛りのヘタな歌は、お父さまのものだったからだ。

馬車の黒い大きな影が、屋敷の前で停まった。ぼんやりと人影が浮かび上がる。もう一人誰かいた。門のかんぬきを開ける音に続いて、今度はお父さまの声。

「いいか、次はロバート・エメットに捧げる歌だ。お前さんもこのくらいは歌えないといかん。わしが教えてやろう」

ああ、あの歌ね、と私は思い出した。アイルランドのために死んだ英雄の歌。お父さまが大好きな歌。

「また別の機会にしましょう、オハラさん」

まあ、バトラー船長じゃないの。お父さまは今夜、彼に抗議をしに行ったはず。言いたいことは言うと息まいていたんだわ。帰りが遅いので、どこかで一杯飲んでいると思っていたけれども、まさかバトラー船長だとは。

それにしても、お父さまはものすごく酔っている。

「私が歌うのを黙って聞け。さもないと撃ち殺すぞ。このオレンジ党員」

「いや、オレンジ党員ではありません。チャールストン人ですよ」

「似たようなもんだ。いや、ずっとたちが悪い。あそこには義理の姉が二人もいるんだ。妻の姉たちなんだが、とんでもない上流の気取り屋さ。アイルランドから渡ってきたわしのことなんか、洟もひっかけやしない。そうだ、もう一度、アイルランドの歌を歌おう……」

やめてよ、お父さま。私はあわててガウンに手を伸ばした。でもこんな格好で出ていくわけにはいかない。バトラー船長がいるんだから。

お父さまは門にもたれ、いきなり歌い始めた。本当は美しく悲しい歌なんだけど、酔っぱらったお父さまの声だと牛がうなっているみたい。


「詩人は戦争に行ってしまった。

彼はきっと死んでしまうはず。

父親の形見の剣を差し、ハープを背負って」


やがてピティ叔母さんとメラニーの部屋で、気配がした。二人ともさぞかし驚きおびえているんだろう。彼女たちはこういうがさつな男の人に慣れていない。ウイスキーで酔っぱらって、大声で歌う男なんて身近にいなかった。都会の上流家庭でひっそりと生きてきたんだもの……。

やがて控えめなノックが聞こえた。叔母さんとメラニーだ。やっぱりここは私が行くしかない。私の父親なんだし、召使いたちに酔ったお父さまを見られたくはなかった。さぞかし田舎者と思うだろう。もしかするとお父さまは暴れるかもしれない。

　私はガウンを首元まできっちり合わせ、ろうそくを持って急いで玄関ホールに向かった。ドアの鍵を開けると、ほのかなあかりの中にバトラー船長の姿が浮かび上がった。本当にどきりとした。ガウン姿なんて、まるで裸を見られたみたいだ。

　一方彼はいつもどおり完璧なおしゃれな格好をしていた。胸のひだ飾りさえ乱れていない。お父さまは今の歌で力尽きたようだ。ぐったりと彼の腕にもたれていた。帽子はどこかでなくしてしまったようで、白く硬い髪はくしゃくしゃになっている。シャツにウイスキーのしみがあるのが、暗い中でもわかる。

「君のお父さんだよね」

　バトラー船長の目がおかしそうに光っていた。そうしながら、私を鋭く見つめる。まるで私がどんな寝巻きを着ているか一瞬で見透かすみたい。私はこんなぶしつけで強い視線にあったことがない。

「二階まで連れていこうか」

「結構よ。そこの長椅子の上に寝かせて」

「ブーツを脱がそうか」

「必要ないわ。家でもその格好で寝ることがあるから。それよりも早く行って」

「ではまた、日曜日のディナーで」

　彼は私を馬鹿にしている時の癖(くせ)で、思いきり丁寧にお辞儀をして帰っていった。

　次の日の早朝、階下に降りていくと、お父さまはソファに座っていた。頭を抱えてとても落ち込んでいる。あたり前だ。あんな醜態を人の家でさらしたんだから。

「大層ご立派なふるまいだったわ、お父さま。あんな時間に帰ってきて、大声で歌を歌ったんだから。近所中の人が起きたわね」

「わしは歌を歌ったのか」

「歌うも何も二曲もね」

「何も憶えておらん」

「お父さまが憶えていなくても、この界隈の人は一生憶えていると思うわ。ピティ叔母さまもメラニーもね」

「なんてことだ」

お父さまはうめいた。

「ゲームを始めた後の記憶がまるでないんだ」

「ゲーム？」

「バトラーのやつ、ポーカーなら誰にも負けないと言うんだ。だから……」

「いくら負けたの？　お財布を見て」

私は命じた。お父さまは抗うことなく上着から財布を取り出した。中身は空っぽだった。

「五百ドル！」

お父さまの声は震えていた。

「お母さんに何か封鎖破りの品でも買おうと思って持ってきたんだ。それなのに、ひと晩ですってしまった！」

その時、私の中にいいアイデアが浮かんだというわけ。ものすごく怒っているふりをした。

「五百ドル！　信じられないほどの大金ね。でも私はそれどころじゃない。お父さまのおかげで、もう街を歩けないわ。ピティ叔母さまだって、メラニーだって、親戚ということだけで何か言われるかもしれないわね」

「うるさい、うるさい」

困惑のあまり、お父さまは白い髪をたてがみのように振る。まるで老いたライオンみたい。

「わしの頭は破裂しそうだ」

「バトラー船長みたいな人とお酒飲んで酔っぱらって、大声で歌を歌って、有り金全部持っていかれるなんてね」

「あの男は紳士にしては、ポーカーが強過ぎる。あれは……」

私はここでとどめをさした。

「お母さまは何て言うかしら」

「お前！」

お父さまは顔を上げた。子どもみたいにおびえていてすごくおかしい。

「母さんには何も言わないだろうな。心配させるだけだからな」

私は何も答えず、ちょっと肩をすくめてみせた。

「考えてもみなさい。あの優しい母さんがどれだけ傷つくか」

「お父さまこそ考えてみて。お父さまは私が家名に泥を塗ったとか言うけど、私は兵士のみなさんのために少しでもお金をつくりたかっただけよ。ちょっとダンスをしただけ。酔っぱらったお父さまとは違うわ。それなのにひどいこと言われて、ああ、何だか泣けてきちゃう。タラに帰ったら、お母さまに、どっちが悪いかちゃんと聞いてもらうつもりよ」

「やめろ、やめてくれ」

「だってお父さまが」

「わかった、わかった。もう気にしなくていい。遠く離れたところにいたから、父さんは何もわかっていなかったんだ」

「でも、私を家に連れて帰るんでしょう」

「連れ帰るものか。あれはただの脅しだ。だから昨夜のことは母さんに黙っていてくれ」

「じゃあ、タラに帰ってお母さまにちゃんと言ってね。あれは婆さんたちのやっかみだった。誤解だったって」

「お前は全く変わっていないな」

お父さまはため息をついた。そう、タラにいた時も、私たちはしょっちゅういろんな取り引きをしていたんだっけ。

お父さまの願いで、〝迎え酒〟のブランデーを取りに行きながら、私はクスッと笑んだ。これでアトランタにいられる。私はもうじき喪服を脱ぐ。そうしたらふつうの娘のように、兵士たちとピクニックに行くんだもの。パーティーにも出かけよう。

私はその時ふと気づいた。昨夜のことはみんなバトラー船長が仕組んだことじゃないかしら。そんなことを考えながら、私はすぐに眠りについた。

そしてそんな呑気(のんき)な日々はすぐに終わった。戦争はもうじき私たちに襲いかかろうとしていた。

14

もう誰も、

「あと一回勝てば戦争は終わる」とか、

「北部人（ヤンキー）は腰ぬけだ」

とは言わなくなった。

戦争はまだ終わらない。喪服を着る女はどんどん増え、オークランド墓地の兵士の墓は、日に日に増えていく。

街からビスケットやロールパン、ワッフルが消えていった。肉屋に牛肉はほとんどなくなり、あるのは豚や鶏（とり）ばっかり。

北軍（ヤンキー）による港の封鎖はさらに厳しくなって、紅茶、コーヒー、絹、コロン、雑誌や本といったものは今や贅沢品（ぜいたくひん）だ。私なんか今年になってから、一枚もドレスを新調していない。この頃はたいていの家で、埃（ほこり）をかぶっていた織機を屋根裏部屋から持ち出していた。自分たちで布を織るためだ。そうしてそこらにピーナッツバター色の手織り布を見るようになった。女性も子どもも兵士も、黒人も、みーんなこの貧乏ったらしい布でつくった服を着ている。あの誇り高い南部連合の、グレーの布はどこかに消えてしまった。

私がボランティアで通う病院では、とっくにキニーネやアヘン、クロロホルム、ヨードが不足していた。リネンや包帯だって使い捨てなんてとんでもない。私は毎日、バスケットに山のような包帯を詰め込んで帰り、うちに帰って洗たくをした。アイロンだってちゃんとかける。召使いにやらせずに、この私がちゃんとやった。タラにいた頃は、すべてをお母さまとマミイにまかせていたこの私が。

誰にも言ったことはないし、もし知られたら大変なことになるけれども、私は戦争がわりと気に入っていた。楽しい、といってもいいかもしれない。

だって今までの古くさい価値観やつまんない礼儀作法がすっかり消えてしまったんだから。夫のチャールズが死んでからの一年間は、本当に退屈だった。そう、レット・バトラー船長が言った、インドの女みたい。インドの女の人は、夫が死ぬと一緒に焼かれてしまうんだって。確かに私は精神的には、死んだ女みたいだったかも。好きでもない男が死んだからって、喪服を着てずうっとおとなしくしていなければならなかったんだから。アトランタに来ても、つくろいものをするか読書をするかの毎日だった。本なんか大嫌いだから、本当につまらなかった。

ところがどう？　戦争が激しくなるにつれ、未亡人でも一年たてばふつうにふるまえるようになった。そのとたん、若い兵士たちがうるさいほど寄ってくる。

あなたの家を訪ねていいかとか、あなたのような美しい人に会ったことがないとか、言うことはタラにいた時と同じなんだけど、違っていたのは、死がすぐ隣りにあったため、男の人たちの告白がものすごく切実だったこと。

「あなたのために戦い、あなたのために死ぬことは光栄です」

と言われて手にキスされると、本当に胸が締めつけられる。こういうの、嫌いな女がいる？もちろんアシュレのことを忘れたわけではない。私は時々メラニーの部屋に忍び込んでアシュレの手紙を読んでいた。もしタラのお母さまがこのことを知ったら、驚きと怒りで死んでしまうだろう。手紙は私にはよくわからないことばかり。二人で読んだ本とか、二人で語った夢がどうのこうの。アシュレは戦地にいるのに、戦争が目に入らないようだ。相変わらずぼんやりとしたむずかしいことばかり語っている。でもそれがアシュレらしくて、私は手紙をぎゅっと抱き締めた。

私は本当に、本当に彼のことを愛している。

でも他の男の人から、

「どうかこの戦争から帰ってくるまで待っていて欲しい。そして私の妻になって欲しい」

とささやかれるのとは話は別。私は結婚する気はこれっぽっちもないけど、久しぶりに聞く愛の告白やプロポーズは、やっぱり好き。すごく楽しい。

そう、そう、戦争のおかげで、アトランタ、いいえ南部の社交界もすごくゆるくなってきた。今は紹介状なんかなくても、男の人が気に入った女性の家を訪れることが出来る。そして二人の気が合えば、手をつないで街を歩くことも平気だ。

あのうるさ型のメリウェザー夫人は娘たちに、結婚するまでは、キスもいけないと教えていたらしい。だけど娘のメイベルは、義勇隊の兵士としっかり抱き合ってキスをしていた。そして母親のメリウェザー夫人が部屋に入ってきても、まるっきり恥ずかしがらなかったんだって。兵士はその場でプロポーズしたらしいけれど、夫人はなかなか許さなかったっていう。

だってそれまでの南部のしきたりでは、何ヶ月もかけて何回も結婚を申し込む。娘たちは最初の二回ぐらいは断り、うんと相手をやきもきさせたうえで、やっとオーケーするのがエレガントとされた。

だけど今、そんな悠長なことは言ってられない。男の人はすぐに戦地に行き、そのまま死んでしまうかもしれないんだから、すぐに結婚を申し込む。女の子たちだって、母親にいくら言われていても、一回めのプロポーズにわっと飛びつく。だからあちこちで、カップルがいっぱい出来上がったわけ。

メリウェザー夫人は、自分の娘の結婚話に激怒し、

「もう南部もおしまいよ。こんなけじめも礼儀もない世の中になって」

と言いふらし、まわりのおばさん連中は、

「すべては戦争のせいよ」

とため息をつく。

でも私にとって、こんなにエキサイティングな日々はなかった。戦争が永久に続いてもいいと思うぐらい。食べ物やドレスさえちゃんと手に入ればね。

だって病院の傷ついた兵士たちはみんながみんな、私に恋した。ちょっと包帯を替えてやったり、顔を洗ってあげるだけで、もう私に夢中になった。ここアトランタでは、未亡人はもう珍しくも何ともない。ふつうの女として扱ってくれる。

一年前の喪に服していた時とまるで違う。私はまた元のスカーレットに戻ったみたいだ。本当は結婚もしなかったし、チャールズも死ななかったし、子どもも産まなかった。

そう、あれはなかったことと考えれば、私は元の娘に戻れるわけ。息子のウェイドは、乳母や召使いがちゃんとめんどうをみてくれているので、何の心配もいらない。ほうっておいてもすくすく育っていく。

　私はこの頃パーティーに出てダンスをしまくった。時々は兵士と馬車で出かけ、ちょっとしたキスぐらいはさせてあげる。そう、パーティーの準備に行く人々を、窓から眺めて羨ましさのあまり、泣き出したことが嘘みたい。ついこのあいだのことなのにね。

　そして時々はタラに帰って、お母さまに甘えた。お母さまはすっかり痩せていてびっくりした。戦争のために南軍からいろいろな要求があり、お金や綿花を供出するためにわが家はてんてこまい。お父さまもとても忙しそうだ。二人の妹たちも自分のことにかまけている。スエレンは、もうあのフランク・ケネディと婚約したようなもの。戦争が終わったら結婚するんだって。あんなおじさんの、いったいどこがいいのかしら。キャリーンは、やっぱりブレント・タールトンとつき合い始めていて、彼に夢中だった。タールトン兄弟といえば、ずうっと私にまとわりついていたから、かなり面白くない。そんな頃合いを見はからったように、アトランタのピティ叔母さんとメラニーから手紙が来る。

「早く帰ってきて。あなたがいないと家がまわっていかないの」

　私はこの手紙を見せたうえに、自分は病院で介護という大切な用事があるんだと嘘をついた。一日も早く、私のとりまきとダンスをしたいなんて、言えるわけがない。

　お母さまは私を抱き締めた。

「ちゃんと話をする時間が取れなかったわね。あなたがうちの小さな可愛い娘だっていうことをちゃんと確かめたかったのに」

私も言う。

「私もお母さまの小さな娘よ」


一八六二年の秋はこんなふうに過ぎた。

お母さまには内緒にしていたことがもうひとつある。それはレット・バトラーと時々会っていたということ。

彼は他の男の人たちとはまるで違う。三十代半ばというおじさんだから、私をまるで子どものように扱う。馬車でドライブに連れ出したり、ダンスパーティーやバザーに一緒に出かけるけれど、他の男の人たちみたいにガツガツしていない。その代わり、よく私を怒らせる。

私が頭にカッと血がのぼり、言葉も出てこないさまを、とても愉快そうに見つめるのだ。そんな時、いつも私は思う。

――本当にみんなが言うとおりだわ。生まれはいいらしいけど、下品で粗野な男。紳士じゃない男ともうつき合うのはやめよう――

それなのにレットは、しばらくするとまたアトランタに現れ、表向きには、ピティ叔母さんを訪ねてくる。お土産をいっぱい持って。そして今や貴重なボンボンの箱を、私に捧(ささ)げるように渡してくれるのだ。

私をお姫さまのように扱うかと思えば、小さな駄々っ子のようにからかうのが彼のやり方だ。レットのことを、

「なんて素敵な人なの」

と騒いでいる若い娘がいっぱいいるけれどそうかしら。確かに――レットはとても体が大きいけれど、身のこなしは優雅だ。おしゃれなことはこのうえなく、戦争中というのに、白い絹のシャツにピカピカのブーツを履いている。彼がしばらくやってこないと、どうしているのかしらと心配でたまらない。彼の馬がピティ叔母さんの屋敷に着いたとたん、私は胸がドキドキしてすぐにでも階段を駆け降りたくなる。そのくせ彼に会うと、すぐにぷんとふくれたり、憎まれ口をきいてしまう。

私は彼に恋しているんだろうか。

まさか。私にはアシュレがいる。アシュレ以上に愛することが出来る男の人は、この世にはいない。

私はレットに、いちばん恥ずかしいところを見られている。そう、私の告白を退けたアシュレに激怒して、花瓶を投げつけたところに彼は居合わせたのだ。あんな無礼な男だけれど、彼を完全に拒否出来ないのは、あの秘密を握られているっていう気持ちがあるせいかもしれない。

とにかくレットは、私たちの屋敷によくやってくるようになった。

「女所帯の家にしょっちゅう来られても……」

と最初はぶつぶつ言っていたピティ叔母さんだけれど、彼のプレゼント攻勢にすぐにやられてしまった。叔母さんはサプライズの贈り物が大好き。レットは近頃では手に入らなくなった絹糸やヘアピン、ボタンといった女たちがいちばん欲しがっているものを持ってくる。

「あの人のことはさっぱりわからないけど……」

叔母さんはため息をついた。

「でも、あの人が心の底で女性を敬っている、というのを感じさせてくれさえすれば、とても魅力的な感じのいい男性だと思うわ」

叔母さんはなかなか鋭いかも。そこへいくとメラニーなんか本当に甘い世間知らずだから、レットのことを完璧に信じている。彼ぐらい思いやり深い紳士はこの世にいないと思っているから始末に負えない。

そういうメラニーに対して、レットは本当に優しく礼儀正しくふるまう。メラニーの毛糸巻きの手伝いさえする。私には……そうじゃない。彼の私を見る、あのあつかましい視線ときたら。ドレスの下の体を知っているといわんばかりだ。とにかく私は、あの男は、嫌い。傍にいてもいいけど、愛することなんか出来やしない。

そう、あの秘密を知っているくせに、私に図々しく近づいてきているのだから。そして私が何かのきっかけでアシュレの名前を出すと、本当に感じの悪い皮肉な笑いを浮かべる。だけどメラニーが、アシュレのことを自慢すると、ものすごく思いやり深い的を射た言葉を口にするのだ。

「そうですとも、ウィルクス夫人。あなたのご主人ほど、知性と勇敢さとをあわせ持った方は、他にいるものではありません」

なんだか私はその光景を見ていると腹が立ってくる。そして二人きりの時につい口に出してしまった。

「私とメラニーとじゃ、比べものにならないわ。それなのにどうして、彼女にばっかり優しくするのかしら」

言ったとたん、しまったと思ったけれどもう遅い。

「それって妬いていると思ってもいいのかな」

にやにやしている。

「ふざけないで。そんなんじゃないわよ」

「また希望が打ち砕かれたな。まあ、いいだろう。僕がウィルクス夫人に優しくするのは、そうする価値があるからだよ。あの人ほど誠実で優しくて、無私の女性に会ったことがないよ。あの若さですべての美徳を持っている。それなのに君は、彼女の素晴らしさに気づいていないね。彼女こそ本当のレディなんだ」

「私はレディじゃないって言いたいわけ?」

「その点に関しては、最初に会った時に合意していなかったかな」

また笑う。そう、あの花瓶を投げたウィルクス家の図書室のことを言っているんだ。本当にいらいらする。あんなことはずっと昔のことで、私はすごく大人になっている。充分にレディだと思う。それなのに、
だって。

「君が別に変わったとは思わないよ」

「今だって自分の思いどおりにならなければ、花瓶をぶっつけることなんか平気だろうさ。目下のところ、全部自分の思いどおりになっているから、骨董品を壊すことはないだろうがね」

私がいろんな男の人と、恋愛ごっこをしているのを知っているんだ。

「あなたって最低の悪党よね。本当に最低」

「そんなことを言えば、僕がカッとなるとでも思っているのかい。期待にそえなくて悪かったね。確かに僕は最低の悪党だ。それがどうした。ここは自由の国で、悪党になりたければなったって構わないんだぞ。本当のことを言われて怒るのは、君みたいな偽善者だけだよ」

そして彼は「マイ・ディア・レディ」と私に微笑みかけた。

「君は心が真黒けのくせに、それを隠そうとするんだな」

私はわなわなと震えたけど、なすすべがなかった。大きな声で抗議したかったけれどそれは出来ない。だって私の心が真黒けって間違っていないもの。メラニーの机を開けて、アシュレの手紙を盗み読みしている私。そうよ、レットは私のことを全部知っている。なのにどうして、こんな心が真黒けの女に近寄ってくるのか、私にはわからない。いったい私に何をしたいの。どうして私に跪かないの。本当にわからないことばかり。そして会えば腹が立つことばかりなのに、私は彼から離れられない。本当に不思議な仲だ。

口惜しいことに、レットはいつのまにかアトランタ一の有名人になっている。彼は大酒と「女性とのトラブル」が原因で、陸軍士官学校を〝除籍処分〟にさせられたことは皆が知っている。彼はチャールストンの名家の令嬢と婚約していたのに、それを破ったために彼女のお兄さんと決闘した。そしてお兄さんを殺してしまったんだ。これも誰もが知っている彼のストーリー。

その後、彼はお父さんに勘当され、無一文で家から叩き出された。二十歳の時だった。それから彼は一八四九年のゴールドラッシュでカリフォルニアに流れつき、そこから南アメリカとキューバに渡った。

これまたチャールストンの社交界からもたらされた情報によると、女性がらみのいざこざがたえず、発砲騒ぎを何度も起こしている。中央アメリカの革命家たちのために銃の密輸もしたし、ギャンブルにかけてはプロらしい。

実は私たちジョージア人は、大の賭博(とばく)好き。賭(か)けごとで身を滅ぼした身内を持たない家庭は、まず一軒もないといってもいいぐらい。ギャンブルに負けて、お金や土地、奴隷を失った人が、どこの一族にも一人はいる。そう、私のお父さまが最初の農園を手に入れたのも、ポーカーで勝ったからだ。賭けに負けてすべてを失ったとしても、まだ紳士ということになる。だけどプロのギャンブラーとなったら話は別だ。まっとうな人間じゃないっていうこと。

封鎖破りっていう南部連合への貢献がなかったら、レットはアトランタの上流の人々に受け入れられなかったはず。みんな愛国心にかられていたから、南部のためになる人間だったら、たいていのことには目をつぶるようになっている。

レットっていう人は、ものすごい強運に恵まれているらしく、彼の船は一度も沈んだことがない。四隻の船は腕ききの水先案内人によって、闇夜(やみよ)に乗じてチャールストンやウィルミントンから船出する。そしてバハマの首都ナッソーやイギリス、カナダに綿花を運ぶのだ。帰りは大切な軍需物資を運んでくるから、皆はレットに一目置かざるを得ないっていうわけ。

特に女たちの彼を見る目は熱い。荒馬を乗りまわし、お金をかけた流行の最先端の服を着ている。今はどんな人だって、つぎのあたったものやすり切れたものを着ているというのに。彼は細かいチェックや市松模様のズボンをはいていて、女の私よりずっとおしゃれだ。

彼はこのセンスと財力とで、あのアトランタ一のうるさ型、メリウェザー夫人さえ籠絡(ろうらく)したんだからすごい。夫人の娘、メイベルが例のキスした相手と結婚することになったんだけど、ウェディングドレスにする白いサテンなんて、もう南部に一ヤードもありはしない。そうかといって誰かに借りようにも、アトランタ中のサテンのウェディングドレスは、もうすべて軍旗に変わってしまっている。メイベルはわんわん泣いたんだって。わかるような気がする。いくら戦争中だといっても、結婚式の時は白いサテンのドレスは着たいもの。少しも結婚なんかしたくなかった私だけれど、それでも式の時に美しい白いレースのドレスを着たら少しは気が晴れたことを思い出した。

でもメリウェザー夫人は、メイベルを激しく叱(しか)ったらしい。戦時下の花嫁は、手織りのドレスこそふさわしいと。だけどあんなヘンなピーナッツバター色のドレス、誰も着たくないはずと、私はちょっとメイベルに同情したくらい。

そしてびっくりすることが起こった。メラニーからこの話を聞いたレットは、何ヤードもの白いサテンとレースのヴェールを英国から持ちかえった。メイベルのために。そして結婚祝いとして贈ったのだ。メイベルは喜びのあまり、レットにもう少しでキスをするところだったらしい。メリウェザー夫人は、有難さ半分、困惑半分、というところだったかもしれない。それでもお礼にレットを夕食に誘い、それでアトランタでの彼の地位は決まったといってもいい。

そのままでいけば、レットはアトランタ一の人気者になっただろう。だけど彼はそんなに単純な男じゃない。皆からの尊敬と、しぶしぶながらの好意をしっかりと手に入れたとたん、彼の中のあまのじゃくな部分が次第に暴れ始めた。私たちの大切な南部連合のことを見下すような態度をとり、自分はすべて金儲け(かねもう)のためにやっている、なんてことを平気で口にするようになったんだ。今まで皆に認められようと殊勝な態度をとっていたのに、突然の変わりように、みんなは最初困惑し、次に激しく憎悪するようになった。

私は最初から、レットがこういう人間だということをよく知っていた。彼がものすごく礼儀正しい時は、相手を馬鹿にしてからかっているんだし、封鎖破りも愛国心からなんかじゃない。お金が儲かるしそれが面白いから。彼の意地の悪さというのは天下一品で、実に巧妙に人に残酷な罠(わな)をしかける。その人が恥をかくようにしむけるのだ。

そしてとうとう事件は起こった。エルシング夫人が負傷兵のために催した音楽会でのことだ。その夜、屋敷は休暇中の兵士や病院の入院患者、義勇隊の兵士たちで溢(あふ)れかえっていた。もちろんアトランタの名家の婦人や娘たちも出席している。みんな兵士を楽しませるために、何かするように義務づけられていた。

次々とピアノや歌が披露され、私はメラニーと二重唱を歌った。その後は仮装してポーズをとり、大喝采を浴びた。その夜のパーティーの主役は私だった。喪服を着ているけど、いちばん魅力的で綺麗(きれい)なのはやっぱり私。

レットはちゃんとこのことを見ているのかしらと、私は彼の姿を探した。遠くで彼が議論しているのを見た。あたりには緊張した沈黙が漂っている。州兵の軍服を着たウィリー・ガイナンが怒りに充(み)ちた声でこう言っていた。

「つまり、こういうことですか。我々の英雄が命を捧げた戦いの大義は、神聖なものじゃないとおっしゃりたいのですか」

「そうですねえ、君がもし列車に轢き殺されたとしても、その死によって鉄道会社が神聖になるか、と問われたら違うような気がしますけれどねえ」

「レット船長……」

　相手の声はわなわなと震えていた。

「この屋敷に招ばれている最中でなかったら……」

「何が起こるかと考えると、体が震えてしまいますな。何といっても、君の勇敢さはそりゃあ有名ですからな」

　ウィリーは真赤になり言葉を失った。まわりの人たちは顔を見合わせる。ウィリーは健康でたくましい体をし、もう兵役年齢に達したけれどまだ前線に出たことがない。ひとり息子だったし、州を守る州兵だって必要なことはみんな知っている。だけどレットのせいで、士官たちの間から忍び笑いがもれた。私は腹が立って仕方ない。どうしてこんな場所で、人を侮辱することを言うのかしら。せっかくのパーティーが台なしじゃないの。

　ミード先生が近づいてきた。その顔には怒りではなく悲しみが浮かんでいた。

「君には神聖なものなど、何ひとつないのかもしれない。けれども南部の愛国者には、神聖なものがたくさんあるんだ。われわれの国土の自由を侵略者から守ることもそのひとつだし、ジョージアの州の権利を守ることもそのひとつだ。そして……」

　レットはけだるそうな顔で、先生の言葉を遮った。

「戦争とはすべて神聖なものですよ。戦わなければならない者にとってはね。戦争を神聖化しなかったら、わざわざ戦う馬鹿がどこにいるでしょうか。そして戦う間抜けどもに、どんな目標を掲げてみせようと、どんな崇高なことを言っても、戦争をする理由はひとつしかない。金ですよ。実際のところ、戦争はどれも金をめぐるつまらない喧嘩なんですよ。でもそれに気づいている人間はほとんどいない。安全な家にこもりきりの、政治家どもが口にする耳ざわりのいい言葉しか入ってこないんです。そのかけ声は、大昔だったら『キリストの墓を異教徒から守れ』、『教皇制を倒せ』だったりするでしょう。今はさしずめ『綿花、奴隷制、州権のために』ということですかね」

怖ろしい沈黙があった。そこにいた人たちは、怒りのあまり声が出てこないのだ。

レットはそういう人たちを前に、気取って大げさにお辞儀をしてドアに向かった。私はあわてて後を追おうとしたけれど、エルシング夫人に止められた。

「行かせなさい」

凜とした大きな声が、あたりを圧した。

「止めるんじゃありません。あの男は裏切り者よ。お金のために汚ない先物取引だってしてたのよ。私たちは今まで、あの毒へビを家の中に入れたりして、なんて馬鹿だったんでしょう」

レットはふり返り、茫然とする人々をおかしそうに眺めた。そしてもう一度深々とお辞儀をすると出ていったのだ。

レットは南部の女を見くびっていたと思う。あの人たちが怒るとどんなに怖いかを知らなかったのだ。

メリウェザー夫人にせっつかれてミード先生は行動を起こした。新聞に投書したのだ。戦争に乗じて、暴利をむさぼる悪徳商人を何とかしなくてはならないと。もちろんレットのことだ。この投書がきっかけとなって、新聞は一大キャンペーンを張った。

北軍によってチャールストン港が実質的に封鎖されてしまってから、今、船が入る大きな港はウィルミントンだけになった。そこに投機師たちは殺到し、船荷を買いつける。そして値上がりするまで押さえておくのだ。

物価はすごい勢いで上がり、日用品はどんどん不足していった。私たちは我慢するか、商人の言うとおりの高値で買うかのどちらかを選ばなくてはならなくなったのだ。

私はもちろん我慢したくなんかない。幸いチャールズの遺してくれた不動産は、毎月大きな利益を生んでくれたので、封鎖破りの信じられない値段のチョコレートやコーヒーを買いまくった。こんな風になるのは私だけではないらしく、みんなが競って贅沢品を欲しがった。明日になればまた物価が上がり、紙幣の価値が下がるだろう。そう思った人々は目を血走らせ、手持ちのお金を高い品々につぎ込んだ。

ウィルミントンと、ジョージア州の州都をつなぐ鉄道はたった一本だけだったから、輸送がとても間に合わない。貨車を待っている間に、何千樽もの小麦粉や何千箱ものベーコンが途中でダメになった。それなのに投機師たちが売ろうとするワインやタフタ、コーヒーはウィルミントン港に荷揚げされた二日後には、必ずリッチモンドに届くようだった。つまり商人たちは、日用品を押しのけて、ずっとお金になるものを運んでくるのだ。

そしてそれまで密かにささやかれていた噂は、今や公然と口にされるようになった。レット船長は自前の四隻の船で封鎖破りをし、その積荷を前代未聞の高値で売っているばかりか、他の船の積荷まで買い占めて、値をつり上げるために押さえているとか。ウィルミントンとリッチモンドに何十もの倉庫を持ち、そこに食材と衣類がぎっしり値上がりを待っているとか。

ミード先生の投書はこう締めくくられていた。

「封鎖破りという仮面をかぶり、私利私欲をむさぼる悪党たち。この人の形を借りたハゲタカどもに、最も正しき大義のために戦う人々の憤怒と復讐の鉄槌がくだることを祈っている。我らが息子たちが裸足で戦場に赴く時に、ハゲタカたちはぴかぴかのブーツを履いて、われわれの兵士たちが焚き火のまわりで身を震わせ、かびたベーコンをかじっている時に、彼らはシャンパンを飲み、高級なパテを楽しんでいる。どうしてこんなことに耐えられるだろうか。すべての南部人に呼びかける。ハゲタカどもを追いはらおう」

メリウェザー夫人がピティ叔母さんのところにやってきた。

「あの男を出入りさせているのは、もうこの家ぐらいよ。きっぱりと礼儀正しくこう言ってやりなさい。もうおいでいただくことはかないませんと」

私はむかついた。今まであんなに世話になっていながら、娘のウェディングドレスをつくってもらいながら、こんな言い方ってある？　おばさんたちは結集してレットを、この街から追放するつもりなんだ。でも何も言えない。また夫人を怒らせて、お母さまに告げ口されたら怖いもの。

だけど驚いたことに、メラニーが口を開いたんだ。

「私はまたあの方とお話しするつもりです。失礼な真似はしたくありません。うちにも来ていただくつもりです」

　顔は真青だ。夫人も叔母さんもぽかんとしている。

「船長は不作法です。あんなことを大声で言ってはいけません。でも、あれは……、アシュレも考えていることなんです。夫と同じ考えを持つ人を出入り禁止には出来ません」

　メリウェザー夫人は大きく深呼吸した。やっと息を吹き返したのだ。

「こんなひどい嘘を聞かされたのは生まれて初めてだわ。ウィルクス家には臆病者などひとりもいないはずよ」

「アシュレが臆病だとはひと言も言っておりません」

　すごい、メラニー！　メリウェザー夫人に立ち向かっている。

「バトラー船長と同じ考えでいると申し上げただけですわ。いつも手紙でそう書いてきていますす」

　ちらっと私の方を見たと思ったのは気のせいだったのかしら。あなたも同じ手紙を読んでいるからわかるでしょう、とその目は言っているようだった。正直に言おう。私はあの手紙の半分も意味がわからなかった。ただ愛の言葉がないか探していただけ。だけど手紙にはそんなことが書かれていたの？　メラニーだけにわかる言葉。メラニーとアシュレだけに通じる戦争の意味。

　その時、私は泣きたくなるほど嫉妬（しっと）にかられたんだ。

15

私は十八歳になった。

今、私の肌は張りがあって自分でもうっとりするほど。十六の時よりもずっと綺麗になっている。エメラルドにたとえられる、私の緑色の瞳もきらきらしているはず。だけどそういうのをヴェールで覆わなくちゃいけない。そして喪服を着ると、私は十歳以上老けてみえる。

もううんざりだ。もう二年近くこういうものを着ている。私はインドの未亡人じゃないけど、本質は変わらないんじゃないかしら。

私の喪の時はもう終わって、メラニーと一緒にいろんなところに行っている。戦争資金を稼ぐパーティーにも出るし、病院にも行って包帯巻きだの薬の整理をしている。それなのに、どうしてこんな効率の悪い喪服を着なきゃいけないんだろう。ヴェールは後ろに垂らすと、ボンネットからかかとまであるんだから。もう最悪。

だけど私は脱ぐことが出来ない。明るい色のドレスを着たら、すぐに街中の噂になる。そしておばあさんたちが目をつり上げるだろう。タラのお母さまに告げ口するのは目に見えている。お母さまを悲しませたくはない。絶対にそれだけはイヤ……。

そういう私を、いつもレットはからかう。レットはアトランタ中のつまはじき者となって、通りを歩いていても、みんなから無視されるほどだ。彼の挨拶にも応えない。

彼の訪問を受け入れていた家も次の年にはドアを閉ざした。一八六三年になっても、彼が出入り出来たのは、ピティ叔母さんの家だけ。もしメラニーがいなければここもダメだったろう。あのおとなしいメラニーが、メリウェザー夫人に立ち向かっていった時はびっくりした。

「夫と同じ考えの方を、拒否することは出来ません」

とか言っちゃって。アシュレとレットが同じ？　そんなことあるはずないじゃないの。

ピティ叔母さんは、街のおばあさんたちにいろいろ言われて、もうどうしていいのかわからない。おろおろしている。

「あんなに評判の悪い男なのよ。戦争を利用して私腹を肥やすハゲタカだって。それにあの人の目、本当に怖いの。あの人に見つめられると死ぬほど怖くなってしまう。ねえ、お願い、メラニー、スカーレット、あの男に言いなさい。もうこの家に来ないでくださいって……」

そのくせ、すごく魅力的な小さなプレゼントをもらうと、彼を締め出す意地がくじけてしまうのだ。

私はもちろんレットが来るのは大歓迎。だけどそんなことを知られるのは絶対にイヤだから、つい憎まれ口を叩くことになるのだけれど。そういう時、彼は本当に楽しそうだ。彼は私のことを「緑色の目の偽善者さん」と呼ぶ。

「君はどうして本当のことを口にしないんだい。アイルランド人は思ったとおりのことを言うんじゃないのか。本当のことを言ってみろ。時々は口を閉じているのが苦しくて、爆発しそうになるんじゃないのかい」

「まあね……」

私もしぶしぶ本当のことをうち明けた。

「大義だ、名誉の戦いだとか、毎日そんなことを聞いているとうんざりしちゃうもの。でもね、レット、本当に思っていることを口にしたら、誰も話してくれなくなるし、誰も踊ってくれなくなるわ」

「そりゃそうだ、ダンスの相手だけは何としてでも確保しなきゃなあ……」

彼はいかにも同情しているように深く頷いた。私のことをからかうのが楽しくてたまらないのだ。

「君の自制心の強さにはおそれ入るよ。とても真似出来そうもない。それにいくら都合がよくても、正義だ愛国主義だの仮面をかぶるのもごめんだね。といっても、あと一年ぐらいの辛抱だが」

「まあ、何てことを言うの」

私は叫んだ。

「もうすぐイギリスとフランスが、南部の味方になってくれるのよ。こんなこと、みんな知っているじゃないの」

「何たること、スカーレット。君は新聞を読んでいるんだな。これは驚いた。そんなものは二度と読むんじゃない。あれは人の頭を混乱させるためのものなんだ。いいかい、僕は一ヶ月前にイギリスにいた……」

レットは急に真面目な顔になった。

「いいことを教えてやろう。イギリスは決して南部連合を助けない。負け犬に手を差しのべない。それでこそ大英帝国だ。それに今、王座に就いているヴィクトリア女王さまは、ドイツの血をひいているから、えらく信心深いときてる。絶対に奴隷制度なんて認めないさ。南部の綿花が手に入らなくて、イギリスの工場労働者が飢えたとしても知ったことじゃない」

「フランスがいるわ、フランスは助けてくれる」

「とんでもない」

彼は首を横に振った。

「あのナポレオンの出来そこないの甥っ子は、メキシコを何とかしようとやっきだ。とても南部連合なんかに構っていられない。それどころか、アメリカのこの戦争は大歓迎だよ。南と北がいがみ合っている間は、自分がメキシコで好きなことが出来るからね」

そう、二十年前、アメリカとメキシコは激しく戦っていたんだと思い出す。地続きの国だもの。アシュレとメラニーのお父さま方は、この戦争で勇敢に戦ったんだ。そのおかげで、アリゾナやコロラド、ネヴァダっていうたくさんの西部の土地を手に入れたんだ。そう、私たちアメリカ人は、誇り高く勇気ある国民、今は南部人っていうただし書きがつくけど。

私はレットに嫌味を言う。

「そうそう、あなたって、あのウエストポイントの出身なのよね」

あの名門の陸軍士官学校はエリートの軍人を輩出するところで、頭がよくなければまず入学出来ない。レットって、口ではいろんなこと言ってるけど、最初はちゃんと国のことを考えていた、立派な青年だったたっていうわけ。

「今からでも遅くないわ。これから南部連合に入隊するべきだわ。そしてあなたの故郷チャールストンを守るの」

「馬鹿馬鹿しい」

彼は真顔になった。

「僕はそんな名誉なんてまっぴらだ。これは僕を追い出した社会制度をぶっ壊す戦いなんだ。それを早く見たいよ。さぞかし楽しいことだろうね」

社会制度って何？　彼はチャールストンの名家に生まれたのに、家から勘当された。それはいわゆる、下品な言い方をすると「手を出した」娘と結婚しなかったから。そんなことは許されることではない。だからその娘のお兄さんと決闘することになり、殺してしまったんだ。そういうのって、私は制度以前の問題だと思うんだけど……。

彼は私の心のうちをわかったに違いない。急にその話を始めた。

「僕はチャールストンの慣習に従わなかったし、従えなかったんだよ。チャールストンこそは、ザ・南部だ。南部の悪いところを後生大事に守っている。君も聞いていると思うが、例の噂の娘だ」

私は彼をじっと見つめる。なぜかこの話はちゃんと聞いておかなければと思ったのだ。

「事故が起きたから暗くなるまでに家に送り届けられなかった。ただそれだけの理由で、どうして退屈な馬鹿娘と結婚しなきゃいけないんだ」

私は深く息を吸い込む。

「僕の方が射撃の腕が上なのはわかりきっているのに、どうして血走った目をした兄貴に殺されなきゃいけないんだ。もし僕が紳士だったら、おとなしく殺されたかもしれない。そうしたらバトラー家の名誉は守られただろう。スカーレット、南部の生活様式は中世と同じだ。それなのにこんなに長く続いたのが不思議でたまらないよ」

その理由は私ならわかるわ。私たち南部の人間は、二代前まではみーんな移民だった。私の家の場合は、お父さまがアイルランドからやってきた。ヨーロッパのどこかの国で、ろくに食べることも出来ない貧しい人間たちが、夢を求めてこのアメリカにやってきた。そして真似したのは、かつて目にしていた故国の上流社会の人たちの生活。だからやたら形式ばって、仰々しくなっている。貴族の真似っこをしてきたんだから仕方ない。

あのチャリティ舞踏会で、私がレットと踊った時の騒ぎをよく憶(おぼ)えている。みんな卒倒するかと思うぐらいショックを受けていたっけ。他の娘とちょっとでも違ったことをすると、たちまち非難の的になる。

私だってこんなしきたりは大嫌い。だけど「もうイヤッ」と脱け出す勇気はない……。だって私はまだ、お母さまの小さな娘だし、このアトランタで生きていかなきゃならないんだもの。メラニーとピティ叔母さんを守り、一応あっち側の人間として生活を続ける。そしてアシュレの帰りを待つ……。

「スカーレット、君には正直なことを言っておこう。前にも言ったが、大儲(おおもう)け出来るチャンスは二つある。一つは国が出来上がる時、もう一つは国が滅びる時だよ。崩壊時には一気に金は動く。憶えておくといい」

この男は本当に南部連合が負けると思っているんだ。私は初めて恐怖を感じた。たぶん、それは正しいと、心のどこかで思っているからじゃないだろうか。

だから私は、精いっぱい強がりを口にした。

「役に立つご助言ありがとうございます。でも大丈夫、うちの父もそれなりのお金持ちなの。一生私が困らないだけのものはあるわ。それにチャールズの遺産もたっぷりとあるし」

レットはまた、あの不敵な笑いを浮かべた。

「たぶんフランスの貴族たちも同じことを考えていたんじゃないかな。断頭台に行く護送車に乗せられるその瞬間までね」

フランス革命。女学校で習った。それが終わったのは今から六十年以上前。遠い遠い昔の話だと思いたかった。


レットはそれからも、足しげくうちにやってきた。船に乗っていろんなところへ行くらしいけれど、荷物を積んでアトランタに帰ってくる時は、必ずここに遊びにくる。もっとも彼を受け入れているのは、このピティ叔母さんのところだけなんだけど。

久しぶりにやってきた彼は、まだ私が喪服とヴェールをつけているのを見て驚いた。

「わざわざメリウェザー夫人の真似をしようとしているんだね。君はもっと趣味がいいと思っていたのになあ。悲しくもないのに、悲しんでいるふりをするのは、君のプライドにもかかわるだろう。よし、賭け(か)をしよう。これから二ヶ月以内に、君の頭からそのボンネットとヴェールをはずして、パリ製の帽子をかぶせてみせるよ」

「そんな話しないで」

チャールズを愛していなかったのは確かだけど、レットのからかいの種にされるのはやはり可哀想過ぎる。

「ああ、見ていてくれよ」

レットはにやりと笑って出ていった。明日からウィルミントンに行くんですって。

それから数週間たった、とてもよく晴れた夏の朝だった。久しぶりに現れたレットの手には、大きな円い帽子の箱があった。叔母さんとメラニーは出かけていて、家には私しかいないのを幸いに、レットはさっそく開けてみせた。

なんて美しい帽子！　何重もの薄紙にくるまれて出てきたのは、今まで見たこともない新型のボンネットだった。深緑色のタフタでつくられていて、表地は淡い翡翠(ひすいいろ)色の絹。顎(あご)の下で結ぶ絹のリボンは、たっぷりと幅があってやっぱりエメラルドグリーン。そしてへりには形のいい緑色のダチョウの羽根があしらわれていた。

「かぶってみろ」

レットは私に命令したけれど、気にならない。とてもいとおしそうに、私に微笑(ほほえ)んでいたからだ。

私ももうとりつくろわなかった。とぶようにして鏡の前に立った。帽子を頭にのせ、イヤリングが見えるように髪を後ろにやった。そして絹のリボンを顎の下で大きく結んだ。

この帽子が似合うのは、アメリカ中探しても私だけだろう。なんて可愛(かわい)いの、なんて素敵なの！　われながらため息が出ちゃう。

「どうかしら」

後ろをふり向いた。レットの目を確かめるまでもない。私にうっとりと見惚(みと)れていた。

「ああ、レット。このボンネット、私が買うわ。このために全財産使っても構わないわ」

そう言いながら彼に近づいていった。この帽子は私へのプレゼントだと当然わかっていた。だけどそうやすやすと、彼の手に乗るものかと思う。買うと告げたのは、淑女のたしなみというものだ。

「もちろん君のボンネットだ」

彼はおごそかに言った。私の望んでいたとおりの口調。

「この色合いの緑を、君以外に身につけられる女がいるかい。君の目の色を、僕が憶えていないと思ってたのかい」

私と同じことを考えている。これはもう告白しているのと同じだ。

「本当に私のために買ってきてくれたの？」

「ああ、箱にリュー・ド・ラ・ペと書いてあるだろう」

パリの有名なお店らしいけど、そんなことはどうでもよかった。今いちばん大切なことは、二年ぶりに喪服用じゃない綺麗な帽子をかぶったこと。そして帽子をかぶった私が、魅力的かどうかっていうこと。

そして鏡の中の私は完璧だった。この帽子さえかぶっていれば、私は何だって出来る。どんな男の心だって私のものに出来る……。

でも私にはしなくちゃならないことがあった……。

「気にいらないのか」

「まさか。夢みたいに素敵よ。でもこの綺麗な緑色を黒いヴェールで隠して、羽根も黒く染めなきゃいけないなんて」

レットは無言で私の前に立った。そして長い指で器用に私の顎のリボンをほどいた。

「何をするの？　この帽子、私にくれるって言ったじゃないの」

「しかし、喪服用のボンネットに変えられちゃたまらないからな。他の誰かにあげることにしよう。緑の目をした淑女で、僕のことをよくわかってくれる女性にさ」

「そんなのダメ！」

私は大きな声で叫んだ。

「絶対にダメ。これが私のものにならなかったら死んじゃうわ。ああ、お願い、レット。意地悪しないで。これは私のものよね。私に頂戴(ちょうだい)」

「そして他の帽子と同じように、ぞっとする黒にするのかい。ごめんだね」

「絶対に色を変えたりしない。約束するから。だから私に売ってほしいの」

私はお母さまの言葉を思い出していた。キャンディとお花は構わないわ、ってお母さまはいつも言っていた。〝それと詩集、アルバム、コロンの小瓶までよ。たとえ婚約者からでも高価なものを受け取っては絶対にダメ。宝石や着るものはもってのほか。手袋やハンカチもいけません。そういうものを受け取ったら、男の人たちはあなたがレディではないと思って好き勝手なことをするのよ〟。

「ねえ、これっていくらするの」

「そうだなあ、南部連合紙幣なら二千ドルってとこかな」

「二千ドル！」

とんでもない値段にびっくりした。

「今は五十ドルしかないわ。でも来月になったら入ってくるはず」

「金はいらないよ。これは贈り物さ」

レットははっきりと口にした。そう、私へのプレゼントだと最初からわかっていた。もらってもいいような気がしてきた。だってこの帽子は私のためにあるようなものだし、レットはそのために持ってきたんでしょう……。でもお母さまが言っている。高価な贈り物をもらうと、男の人は好き勝手するって。

「私、五十ドル払うから」

「そしたらその金はどぶに捨てよう。それとも君の魂を救うためにミサをしてもらおうか。君の魂は何度かミサをしてもらう必要がありそうだし」

レットの憎まれ口に私の心は決まった。鏡の中の私を見る。ああ、なんて素敵。リボンの色と私の瞳の色はぴったり同じなのよ。鏡の中にレットの顔が入ってきた。

「いい？　紳士から受け取っていいのは、キャンディと花だけですよ……」

彼の口ぶりに私は思わず噴き出してしまった。どうしてこんなこと知っているの？

「本当にあなたって悪者よね。知恵がまわるんだから。こんな綺麗な帽子、自分のものにしたくない女がいると思う？」

レットは微笑んでいた。優しいんじゃない。半分私をからかっているような笑い。

「ピティさんにはこう言えばいいさ。タフタと緑の生地見本を渡して、ボンネットの絵を描いてみせたら、五十ドル巻き上げられたってね」

「いいえ、百ドルと言うわ。叔母さまは街中にふれまわるわ。みんな死ぬほど羨ましがって、私は贅沢過ぎると悪口を言われるはずよ」

でも男の人から、高価な贈り物をもらったと噂されるよりもずっといい。それはだらしない女ではない、ということになるもの。

「レットありがとう。でも高価な贈り物はこれきりにしてね」

「いや、僕はこれからも何か持ってくるつもりだ。僕がそうしたいと思う限りはね。今度はその帽子に似合う絹の生地を持ってこよう。だけど親切でやってるんじゃないぞ。ボンネットや絹で君をたらし込むつもりなんだ。忘れるなよ。僕がすることには必ず理由があるんだ」

彼の目が私の唇の上で止まった。いよいよキスをするつもりなんだわ。やっぱり男の人の考えることはみんな同じだ。とにかくまずキスをしたがる。だから一回めのキスをいつさせるか、女はうんと考えるわけだけど、今はさせてもいいかも。ここで拒んで帽子を取り上げる、なんてことはまさかあるわけないだろうけど、やすやすと受け入れていい気にさせるのもちょっとね……。でも仕方ないわ。この帽子をくれたんだもの。キスをさせてあげましょう……。

沈黙があった。そう、キスの前のあの静かな一瞬。だけどレットは私に近づいてこない。

どうしていいのかわからず、私はつんと肩をそびやかした。

「高価な贈り物は嬉しいけど、私にどんな見返りを期待しているのかしら」

「それは後でのお楽しみだ」

「でも、それで、私があなたと結婚すると思ったらそれはないわよ。絶対にないから」

ここまではっきり言っておかないとね。

レットの短い口髭の下で、白い歯がきらりと光った。

「おお、マダム、それは自惚れというものでありましょう。僕は君とは結婚するつもりはないね」

「それを聞いて安心したわ」

「君とだけじゃない。僕は誰とも結婚するつもりはない。僕は結婚に向いていない男だからね」

「でしょうね」

私はふんと笑った。

「私だったらあなたと結婚もしないし、キスもさせたくないもの」

「だったら、どうして唇をそんなおかしな形にしてるんだい」

私はあわてて鏡の方を向いた。確かに私は自分でも気づかないうちに、唇をすぼめていたんだ。キスを待ちかまえて……。

「もう、あなたなんか大嫌い」

腹が立って仕方ない。どうしてこの男の前だと、うっかり手の内を見せてしまうんだろう。他の男の人では通用することが、この男の前ではまるで歯が立たない。

「そんな癇癪を起こすなら、このボンネットを踏みつぶしたらいい。さあ、やってみろ。君が僕や僕の贈り物をどう思っているか見せてくれ」

「私の帽子に手を触れないで！」

本気で叫んだ。

「私の帽子に何かしたら、ただじゃすまないから」

後ずさりして、レットはそれを追った。私の手を握る。本当におかしそうに笑いながら。そう、たいていの場合、レットって私を見て笑ってる。

「ああ、スカーレット、君はなんて若いんだ。まだ子どもだよ。それを思うと胸が痛くなるほどだ。さあ、君のご期待どおりキスをしてあげよう」

彼は身をかがめ、その口髭が軽く頰(ほお)をかすめた。唇への本格的なものじゃなかったから、ほんのちょっぴりがっかりしたけど。

「さてと、これで君は淑女のたしなみを守るために、僕をひっぱたくのかな」

私はまた噴き出してしまった。この帽子のせいで、また私の評判は悪くなるだろう。でももうそんなことはどうでもいい。私はどんなことをしてもこの帽子をかぶりたかった。

私は知っているもの。このアトランタで、私より美しく魅力的な女はいないっていうことを。この帽子はそれをみなに知らしめるシンボルになるはずだって。


翌日、私は口いっぱいにヘアピンをくわえ新しい髪型と格闘していた。

リッチモンドから帰ってきたばかりのメイベルによれば、今あっちで大流行している髪型〝キャッツ・ラッツ・アンド・マイス〟というやつ。猫とネズミとハツカネズミという名前は、三つの巻髪をつくるのだが、これがとてもむずかしかった。でも絶対にうまくやってみせる。なぜって今日の夕食にレットがやってくるから。昨日ちゃんとキスをしなかった彼に、私はいらついていた。私は彼のことを少しも好きじゃないけど、彼のあののらりくらりした態度は許せない。もっとはっきりとした態度をとらせたいんだ。それは私に夢中になるっていうこと。レットは私の新しい髪型やドレスに敏感だから、何か工夫をこらさないといけないわけ。

巻髪をやっと二つつくり終えた時、私は階下の玄関ホールを走る足音を聞いた。えっ、メラニーなの？ でもどうして。メラニーはいつもしとやかにひっそりと歩くのよ。私はヘアブラシを持つ手を止めてそれを聞いた。やがて階段を一段とばしで上がってくる音。メラニーがドアを開けて飛び込んできた。

びっくりだ。いつもの彼女じゃない。頬が真赤で涙を流している。ボンネットがずり下がって、スカートの張り骨が激しく揺れてるわ。

「ああ、スカーレット！」

メラニーがベッドに座り込んだとたん、安物の香水のにおいがあたりに広がった。これっていったいどういうこと？

「ああ、スカーレット。私、もう少しで気を失うところだったの。叔母さまに言いつけるってピーターが脅すんだもの」

私と違って優等生のメラニーが、告げ口されるなんてあり得ない。

「いったい何を言いつけるっていうの！」

「私があの人と話をしたから……あの髪の赤い女の人。ベル・ワトリングっていう名前の人と」

「まあ、メラニーったら」

私は大声をあげた。こんなショックなことってある⁉

初めてアトランタにやってきた頃、あの女を見てびっくりした。髪を不思議な赤に染めていたから。街を案内してくれたピーターは、絶対にあの女を見ちゃいけませんよと言ったものだ。兵士を追ってたくさんの娼婦がこの街に住みつくようになったけど、その元締めなんですって。

上流の人たちが住む界隈に現れることはなかったけれど。街中で彼女を見かけたら、ちゃんとした女性は大急ぎで近くから離れることになっている。その悪名高いベル・ワトリングとメラニーが口をきいたなんて、ピーターが怒るのも無理はない。

「叔母さまに知られたら、きっと街中の人たちに言いふらすわ。私、どうしよう……」

メラニーはすすり泣いた。

「私が悪いんじゃないのよ。ただ、どうしても逃げられなかったの。だってそんなことをしたら失礼でしょう。スカーレット、私、あの人をとても気の毒だと思うの。そんな風に感じるのはいけないことなのかしら……」

そんなことはどうでもいいけど、メラニーが娼婦と話をしたなんて。娼婦っていったいどんな風なのか、私は興味津々だ。

「それで、それで、どんな用事だったの？　話し方は？　格好は？」

「文法は間違いだらけだったわ。でも品よくちゃんとしようと一生懸命頑張っているのはわかったわ。可哀想な人よ。病院から帰る時、ピーターも馬車も待っていなかったから歩いて帰ろうと思ったの。そしてエマソン家の庭のそばを通りかかったら、あの人、生け垣の陰に隠れていたのよ。そしてこう言ったの。『ミセス・ウィルクス、ほんのちょっとだけお話しさせて』

って……」

　そこでメラニーはハンカチで涙をぬぐった。

「どうして私の名前を知っていたのかわからないわ。逃げなくっちゃって思ったんだけど、スカーレット、あの人、とても悲しそうだったの。何かを訴えかけているように見えたの。黒いドレスとボンネットで、お化粧はしていなかったわ。あの髪を除けば、本当にちゃんとしてたの。それからね、話しかけちゃいけないのはわかってます。だけどあの老いぼれクジャクのエルシング夫人に話そうとしたら、病院から追い払われてしまったから、ですって」

「老いぼれクジャクっていうのは、いいセンスだわ」

　思わず笑っちゃった。

「笑わないで。少しもおかしくないわ。あの人はね、病院のために何かしたいって何度も申し出たんですって。私だってあなたたちと同じ南部人ですものって。スカーレット、私、本当に感動したのよ。これっていけないこと？」

「別にいけなくないわよ。それで、それで……」

「病院に奉仕に行く女性たちをずうっと物陰から見ていて、私がいちばん優しそうな顔をしていたんですって。だから呼び止めたって。お金をいくらか持ってきていて受け取ってほしいって。病院のために使ってほしいって。でもお金の出どころは、絶対に内緒にしてほしいって。それで私の手の中にこの汚いハンカチを押し込んだのよ」

　そのハンカチは薄汚れていて、安香水のにおいがぷんぷんした。中には硬貨が入っていて、二人で結び目をほどいた。金貨がひと握りあった。数えてみる。五十枚の金貨！

「ねえ、スカーレット、どう思う。あの人、何かの力になりたいと望んでいたのよ。神さまはたとえ汚れたお金でも気になさらないかしら。ねえ、スカーレット、どう思う？」

私はもう話を聞いていなかった。激しい屈辱感で体が震えていた。

その汚れた男もののハンカチには、イニシャルが刺繍されていたからだ。R・K・B。私はこれと同じハンカチを持っている。昨日レットが貸してくれたもの。今日返そうと洗たくをしておいた。そこにもこの〝R・K・B〟というイニシャルが入っていた。

つまり、こういうこと。レットはあのワトリングっていう卑しい女とつき合っている。あの女と一緒に過ごした後、平気で私のところにやってきていたんだわ。彼女のお金の出どころは、あのレットじゃないの。

あの男、なんて厚かましいの。男の人たちがこっそりそうした女の人のところへ通うのは知っている。でもそれは下品な育ちのよくない男に限ったことだと思っていた。

それなのに私のすぐ目の前にいて、しょっちゅう私のところにやってくる男が、娼婦と呼ばれる女とつき合っていたなんて。

ああ、いやだ。いやだ。

男の人はみんな汚らわしいわ。奥さんにさえあんなはしたない行為を強いるだけでも充分悪いことなのに。

私はチャールズとの短い結婚生活の間、そういうことを何回か数えるほどしたけれども、ちっともいいとは思わなかった。女は子どもをつくるために、仕方なくしてるんじゃないかしら。それなのに同じ行為を娼婦としてるなんて、レットって最低。もう顔も見たくない。

今夜、このハンカチを顔に投げつけて、もう二度と来ないでって言おうかしら。でも私がベル・ワトリングを知っていることがばれてしまう。私が娼婦という存在を知っていることがわかってしまう。

ああ、本当にどうしたらいいんだろう。

私は階下の台所へ、ピーターを探しに行った。今日のことを絶対にピティ叔母さんに言わないように頼むために。

夕食のために料理用コンロが勢いよく燃えていた。私は安香水のにおうレットのハンカチをその中に投げ入れた。たちまちそれは炎の中に消えていった。

私は本当にどうしたらいいの。

16

一八六三年の夏を、私たちはわくわくする気分で迎えた。だって戦争がもうじき終わりそうだったから。

その前の年の暮れ、南部連合はフレデリックスバーグで大勝したばかり。五月にはチャンセラーズヴィルでまたもや北軍をうち破った。

このあいだは北部の騎兵隊が、ジョージアに奇襲をかけようとしたんだけれど、敗けるような南軍じゃない。なんでも北軍は、アトランタとテネシーを結ぶ生命線である鉄道を寸断して、アトランタに攻め入ろうとしたんですって。アトランタは南部連合の要で、工場や軍需品の倉庫が集中している。それをすべて焼きはらおうとしたっていうから怖ろしい。もし勇敢なフォレスト将軍がいなかったら、南部は大変なことになっていただろう。でも大丈夫。将軍は敵のわずか三分の一の兵士で戦って、北軍全員を捕虜にしたんだ。

そしていよいよリー将軍がペンシルベニアに進攻することになった。

リー将軍！　リー将軍！　私たちの英雄。今夜こそ北軍との戦いに終止符をうってくれるだろうってみんな信じている。

今こそ北軍は思い知るはずよ。自分たちの国に戦火が拡がるってどういうことか。私たちは知っている。彼らが、ミズーリやケンタッキー、テネシー、ヴァージニアでどんなひどいことをしてきたか。彼らは占領地で家に火をつけ、牛や馬を奪い、男はみんな牢屋にほうり込み、そして女と子どもを飢えに苦しめるのだ。

アトランタはテネシー東部からの避難民で溢れかえっている。その人たちはみんな口々に言う。北軍の兵士が暴虐の限りをつくしていることを。

そうよ、北部ペンシルベニアも、テネシーと同じようにするべきなんだ。北部の街を焼き尽くさなきゃいけないんだ。それなのにリー将軍はペンシルベニアで、私有地に手を出してはいけない、軍規を破った者は死刑に処するって命令を下した。つまり掠奪してはいけないっていうこと。飢えた南軍の兵士が、勝手にパンや肉を奪って食べちゃいけないって。これにはみんなが怒りまくった。戦地でそこまで紳士面するなっていうこと。私もそう思う。北部の連中にそこまでしてあげることはないんだから。

七月のはじめ、ミード先生の長男ダーシーから手紙が届き、みんなの手から手に渡り、リー将軍への怒りをさらにかきたてることとなった。それは、

「お父さん、なんとかしてブーツを一足手に入れてもらえませんか」

という書き出しだった。

「もう二週間も裸足でいるけれど、新しいものが手に入る見込みがまるでないのです。こんなに大足でなかったら、他の連中と同じように死んだ北軍の兵士からひっぱがすんだけれど、僕と同じくらいの大きさの北軍兵士にまだお目にかかったことはありません。

僕たちはどこに向かっているのか今は何もわかりません。今日トウモロコシ畑を通って進軍

しました。見たこともないような広大なトウモロコシ畑です。このトウモロコシをつい掠奪しました。あまりにも空腹だったので。リー将軍には内緒です。しかしまだ熟してなくて、下痢が悪化してしまいました。下痢腹をかかえて歩くよりは、ケガをした足をひきずって歩く方がまだましかもしれません。お父さん、何とかしてブーツを手に入れてください。僕はもう大尉です。それなのに裸足で歩いています」

この手紙を読んで、私のまわりの人たちはみんな涙した。私もじーんとしてしまった。私もよく知っているハンサムなダーシー、金髪の青年。その彼が下痢のお腹をかかえて裸足で歩いているなんて、可哀想すぎる。

「でも、あと一度勝てば戦争は終わるのよ。そしてダーシーは帰ってくるのよ」

とミード夫人は目をうるませていたっけ。

だけど七月三日、北部前線からの電信が不意にとだえた。臆測が流れて、あと一勝すれば戦争は終わるという喜びは消え、恐怖が街を覆(おお)った。そして最悪のニュースが。長い包囲戦の末に、ヴィックスバーグが陥落したんだ。ってことは、これでセントルイスからニューオリンズにいたるまで、ミシシッピー川全体が北軍のものになったってこと。南部は西と東で分断されてしまったんだ。

アトランタの街は、不安と焦(あせ)りとで静かな暗い街になった。ただじりじりと太陽の光だけが熱い。女たちはいたるところに集まり、身を寄せ合っていた。「便りがないのはいい便りなんだわ」って、使いふるされた言葉でお互いを慰(なぐさ)め合った。

そしてあの噂(うわさ)が飛び交った。戦いに負けた。リー将軍は戦死したのだと。

静まり返っていた街は、突然動き始めた。みんな駅に群がる。それから電信局、新聞社の施錠されたドアの前に立った。声を出す人は誰もいない。みんな自分の夫や息子が、無事で生きているかそれを確かめようと詰めかけているのだ。

その日、私たちは馬車に乗ってデイリー・イグザミナー新聞社の前にいた。私たちっていうのは、私、メラニー、ピティ叔母さんのこと。叔母さんは興奮のあまり鼻をぴくぴくさせていた。メラニーは青白い顔を全く動かさない。日よけのパラソルの下、まるで彫刻みたいだ。とても暑い日だったけれど、私もここから動くつもりはなかった。だってここにアシュレが無事でいるかどうかの知らせが届くんだ。私が真先にそれを見るんだもの。

人混みの端の方で動きがあった。立っている人が道をあける。馬に乗ったレット・バトラーだ。本当にいい度胸をしている。この街で軍服を着ていない男は、老人と子どもくらいのもの。ぴかぴかのブーツを履(は)いて、真白のリネンのスーツを着たレットは本当に場違い。栄養たっぷりのつやつやした顔に、高そうな煙草(タバコ)をくわえている。この炎天下、すきっ腹で裸足で戦う南部の兵士のことを考えたことがあるんだろうか。

誰かが「山師」って叫んだけどあたり前だわ。みんなの憎悪が彼に集まろうとしている時、彼は私たちの馬車に近寄り、帽子のつばを上げた。そして大きな声をあげる、群衆に向かって。

「皆さんにお伝えにまいりました。先ほど本部に行きましたら、最初の死傷者リストが入ってきたそうです」

人々はざわめき始め、すぐにも新聞社の方へ走っていきそうになった。

「しかしリストは今、印刷中だそうです。もうしばらくこのままお待ちください」

「ああ、バトラー船長」

メラニーは叫んだ。目に涙を浮かべてる。

「わざわざ知らせに来てくださるなんて。なんてご親切なんでしょう」

レットは単に目立ちたがり屋で、ここぞという時にいいかっこをしたいだけ。いつもながらメラニーは、なんてお人よしなんだろう。

それからいくらもしないうちに、新聞社の窓が開き、刷りの束を持った手がぬっと出てきた。インクがにじんだ紙には、ぎっしりと名前が並んでいる。みんなそれを手に入れようと突進した。奪い合いが始まった。一枚を二人で争うあまり、びりりと破れる事態も起こった。あまりのすさまじさに、私たちは近づくことも出来ない。

「手綱（たづな）を頼む」

レットはピーターに向かって綱を放り投げると、ひらりと地面に飛び降りた。まわりを乱暴に押しのけて進んできたかと思うと、すぐに数枚を持ってきた。そして馬車のまわりにいる知り合いの女たち、ミード夫人、メリウェザー夫人、エルシング夫人に配った。もしかしたら愛する人の死を伝えるものかもしれないのに、レットは平気で手渡す。まるでピクニックのお知らせのように淡々と。でも女たちはそうはいかない。

「お願いよ」

メラニーがあえいだ。自分で読む勇気はないんだ。私はリストをひったくった。W……W……アシュレの苗字（みょうじ）・ウィルクスの始まりはW……神さま……。

「ウィルキンズ……ウィンゼビュロン……ああ、メリー、ないわ。アシュレの名前はないわ！」

そのとたんメラニーの目から嬉し涙が噴き出し、ピティ叔母さんは気を失った。私は喜びのあまり、キャーッと大声をあげそうになり、必死でおさえた。

神さま、あの人を見逃してくれて本当にありがとうございます。アシュレは生きている。死んでいない。ケガ人のリストにも入っていない。なんて素晴らしい……。

気づくと低いうめき声が聞こえた。振り返ると、ファニー・エルシングが母親の胸に顔をうずめていた。「家へ」と夫人が御者(ぎょしゃ)に命じる。きっと彼女の恋人が戦死したんだろう。

妊娠しているメイベルも、喜びを隠さない。

「メリー、メリー。ルネは無事よ、このリストに載っていない、生きているのよ」

このあいだ結婚したあの小男のことだ。

「ミセス・ミード……、まさか……」

メイベルの声が変わった。見るとミード夫人はうつむいたままだ。

「ミセス・ミード、ミセス・ミード」

名前を叫ばれても顔を上げない。けれど隣りにいるフィル少年の顔を見れば、何が起こったかはすぐにわかった。彼は泣くまいと歯を喰(く)いしばっているからだ。

ミード夫人はやっと顔を上げて、メラニーを見つめた。

「あのブーツはもういらなくなったわ……」

「ああ、そんな」

メラニーは叫び、馬車から降りてミード夫人のところに駆け寄った。そして夫人を抱き締める。

「お母さん、まだ僕がいるよ」

もうじき十六歳になるフィルがこぶしを震わせた。

「お母さんさえ許してくれれば、僕はすぐに入隊する。そして北軍を皆殺しにするんだ」

「フィル・ミード、お黙りなさい」

メラニーは夫人を抱き締めたまま、鋭い声で命じた。

「あなたまで戦場で死んで、それがお母さんのためになると思うの？　さあ、お母さんを連れて家に帰るのよ、急いで」

二人が去るとメラニーは私の方を向いた。今日の彼女はとても威厳があり、淡々と命令するのだ。

「スカーレット、叔母さまを家に送り届けたらすぐにミードさんのおたくに来て。バトラー船長、このことをミード先生に伝えていただけますか。今は病院にいらっしゃるはずです」

ミード先生はアトランタの保守派の会長といった存在で、私はとても苦手。病院の仕事を手伝っているけれど、メラニーと違って私は叱られてばかりいる。ミード夫人にいたっては、もう本当に私を目の敵にしている。しかし今は気の毒でならない。大切な長男を亡くしてしまったのだ。そのことを聞いた夫人は、どんなにつらいだろう。

馬車で帰る途中、私はもう一度手の中のリストを眺めた。アシュレが無事でいることがわかって、やっと他の名前を見る余裕が出てきた。なんて長いリストなの。でもアトランタの友人たちの名前を確かめないと……。

ああ、なんていうことかしら。カルヴァートの名前がある。私の幼なじみ。最初に私に夢中になった男の子。

「フォンテイン、ジョセフ！」奥さんのサリーが子どもを産んだばっかりなのに。

ああ、あまりにもひどいわ。つら過ぎる。でも続きを読まなくっちゃ……。

これ、まさかね。タールトンの名前が三つも載っているわけがないわ。そうよ、急いだあまり、誰かがタイプを間違えたんだわ。タールトンと打ってしまったんだわ。

でも三人のタールトンの名前はみな違い、三回同じタールトンと打ってしまったんだわ。どれもがよく知っている名前だった。

タールトン、ブレント　中尉
タールトン、スチュワート　伍長
タールトン、トーマス　兵卒
なんていうこと！　タールトン家の三人の兄弟は死んでしまっていた。

ブレントとスチュワート。陽気な脚の長い双児（ふたご）。いつも私の両脇にいて、一緒にふざけ合いダンスをし、どちらかの隙（すき）を見て私にキスした男の子たち。その彼らはもうこの世にはいない。

こんなひどいことってある？　嘘（うそ）よ、嘘よ、嘘に決まっている。でも戦死者リストに彼らの名前が……。

神さまはアシュレを殺さなかった代わりに、こんなひどいしっぺがえしをしていたのだ。

タールトン家の双児が死んだことで、私は私の青春が終わったことをはっきり知った。今、ここにいるのは戦争におびえる、一人の子持ちの未亡人なんだ。

「どうした、スカーレット」

レットの声に私は顔を上げた。馬車のすぐ傍（そば）に、馬に乗った彼がいるのをすっかり忘れていた。

「友人がたくさんいたのか？」

私はこっくりした。大嫌いなレットだけれど、素直に喋（しゃべ）っていた。

「故郷のほとんどの家で戦死者が出てるわ。それにあのタールトン兄弟も。双児だけじゃなくてもう一人亡くなっているのよ」

レットは静かに頷（うなず）いた。その目にはいつものようなからかいの色はない。

「だけどスカーレット、そのリストはそれで終わりじゃないんだ。これはまだ第一報で完成したものじゃない。わかっているだろうが」

もしかするともっと長いリストなら、アシュレの名前が載っているかもしれない。それにこのリストは今日で終わったわけじゃない。そして来週もさ来週も、この戦死者名簿は出るんだ。

「ああ、レット、どうして戦争をしなくちゃいけないの。北部が黒人のためにお金を払うっていう最初の条件を吞（の）めばよかったのに。いいえ、私たちがただで黒人を解放してもよかったのよ。こんなことになるなら、そっちの方がずっとましだったわ」

私はバーベキューパーティーが行われたウィルクス家の午後を思い出した。開戦だ、開戦だといきりたつ南部の男たちに対して、老人のひと言。

「戦争などしたがるものではない」

ああ、よくわかった。よくわかったから、もう終わりにしてちょうだい……。

「問題は黒人じゃないんだ、スカーレット」

レットは静かに言った。

「それはただの口実だ。いつだって戦争は必ずある。なぜって男は戦争が大好きだからね。女は戦争が好きじゃないが、たいていの男は好きでたまらない。女の愛もかなわないほどに」

私の耳にあのパーティーの日の、男たちの歓声が甦（よみがえ）る。

「南部連合、万歳！」

「戦争だ、戦争だ」

「北部人（ヤンキー）を叩（たた）きつぶしてやるぞ」

気づくとレットは、いつもの皮肉な微笑を浮かべていた。そしてつばの広いパナマ帽をちょっと持ち上げて、私に別れの抱擁をする。

「それじゃ僕は、ミード先生を探しに行く。息子さんの死を告げる役割が僕にまわってくるとは何とも皮肉だね。おそらく先生はそのことにまだ気づいていない。そして後で、自分の大嫌いな山師が息子の死を告げたことに、やりきれない気分になるだろうね」

クリスマスシーズンがやってきた。兵士たちは故郷に帰ってくる。こんな戦いの最中だけど、兵士たちは当然の権利のように故郷に向かうのだ。たぶん北部の兵士たちも。

私のアシュレも、二年ぶりに帰ってきた。といってもオークス屋敷にではない。今、彼の故郷は、メラニーが待つアトランタのピティ叔母さんの家なんだ。

彼はまるで別人のようになっていた。オークス屋敷にいた時は、一分（いちぶ）の隙もないしゃれた格好だったのに、今はつぎあてだらけの軍服だ。輝くようだった金髪は、太陽に焼かれて脱色した麻くずみたい。だけどアシュレは、千倍以上魅力的になっていたのだ。細身の色白の体は、陽(ひ)やけしてすっかり引き締まり、たくましくなっている。騎兵隊風の口髭(くちひげ)がよく似合っていた。

　二年前、彼がメラニーと結婚した時、胸がはり裂(さ)けそうになり、もう私の人生はおしまいだとさえ思ったっけ。しかし今考えると、あれは子どもがおもちゃを取り上げられた時の反応のようなもの。

　ずっと長いこと、彼のことだけを考え続けてきたから、アシュレへの思いはとぎすまされ、まるで結晶のようになっている。でも結婚をし、夫を失った私は、その結晶を、自分の胸の奥深くに隠すすべを知っている。そうでなかったら、どうしてこんな風にふつうにふるまうことが出来るかしら。

　本当のことを言うと、私はタラでクリスマスを過ごすつもりだった。だけどアシュレのことを聞いて計画を変えたんだ。

　だってアシュレと二年ぶりに会えるのに、どうして別のところに行くことが出来る？

　私はアシュレと同じ部屋にいるということだけでうっとりとしているんだもの。彼と離れていた間、たとえ戯(たわむ)れだとしても、他の男の人をハンサムだとか素敵と思った自分が信じられない。アシュレがこの世にいるのに、どうして他の男の口説き文句を聞いたり、キスを許したりしたんだろう。

　私はソファに座るアシュレを見つめる。彼の右隣りにはメラニー、左隣りにはインディアが座っている。オークス屋敷には帰れないからと、アシュレはお父さんと妹たちをアトランタに呼び寄せているのだ。

　ああ、アシュレの隣りに座り、腕をからめる権利があったら。彼の手を握り、彼のハンカチで喜びの涙をぬぐうことが出来たら。メラニーはそのどれもを恥ずかし気もなくやっている。誰はばからず、夫の腕にひしとしがみついている。

前だったらそんなメラニーに腹を立てたり、嫉妬したりしただろう。だけどもうそんなことはしない。私もとても幸福だったから。アシュレはあの戦死者のリストから逃れたのだもの。

私は時々頬に手をあてて、アシュレの唇を思い出している。

最初のキスを受けたのはもちろん私じゃない。まずメラニー。次はインディアとハニー、それからアシュレは父親を長いこと抱き締めていた。長いいろんな思いが籠もった抱擁。次はピティ叔母さん。叔母さんは興奮のあまり、足をばたばたさせていた。

それでやっと最後に私の番がまわってきたというわけ。彼は驚いたように私を見つめ、そしてこう言った。

「ああ、スカーレット、なんて綺麗なんだ」

そう言って私を抱き締め、頬にキスをした。天にも昇る気持ちって、ああいうのをいうんじゃないのかしら。ぼうっとなって、私へのキスは頬っぺたで、唇じゃないって気づいたのはずっと後だ。

でも大丈夫。まだ一週間あるのだ。二人きりになるチャンスをつくって、それとなくしかけてみよう。だって私がキスをしようとして出来なかったことはただの一度もないんだから。優しい言葉を口にし、ぼんやりとした上目づかいをしさえすればいい。ああ、私はアシュレとちゃんと唇のキスをするわ。そして私がずっとアシュレのことを愛していたと告げよう。そうしたら彼だって、考えを変えてくれるに違いない。メラニーみたいなつまらない女と、これから先ずっと一緒に暮らすことの意味を本気で自分に問うはず。

アシュレは二人の戦友を連れてきていた。とても感じのいい若者たちで、私に夢中になったのはすぐにわかった。もちろん私は気づかないふりをしていたけど。アシュレがいるからそれどころじゃないわ。

彼がその二人を駅まで送りに行った時、メラニーは私に言った。

「アシュレの軍服、あんまりよね。私は上着をどうにかしようと思うの。でもズボンをつくる布はないわ」

今やこのアトランタで、軍服用の灰色のウールは超貴重品だった。宝石よりも高い値がつく。あのピーナッツバター色のぶさいくな布地だって、この頃は不足していて、南軍の兵士は捕虜となった北軍の兵士の軍服を、クルミ染料で暗褐色に染め直している。ところがメラニーは、奇跡的に灰色のブロード生地を手に入れたのだ。しかしそれは上着をつくる長さしかない。

その生地の出どころを私は知っている。病院で介護していた若い兵士が亡くなった時、メラニーは髪をひと房切ってお悔やみの手紙と共に故郷の母親に送った。それをきっかけに文通が始まり、前線にメラニーの夫がいることを知った兵士の母親から、生地が送られてきたというわけ。おそらく封鎖破りのすごく上等の生地。死んだ息子のために、やっとの思いで手に入れたものだろう。

もちろん私もアシュレのために、クリスマスプレゼントを用意しておいたけれど、それは上着に比べればとても見劣りがするかも。フランネルでつくった小さな裁縫箱。中には貴重な縫い針とリネンのハンカチ、糸が二巻き、小型のハサミが入っている。私はこれを二人きりになった時に渡したいの。

だけど二人きりになれる時間なんてありはしない。メラニーがぴったりくっついていて片時も傍から離れなかった。あの私の大嫌いなインディアも、しょっちゅう兄の後をついてまわってる。アシュレのお父さまでさえ、息子と静かに語る時間がないほどなのだ。

夕飯の最中も、みんなはアシュレを質問ぜめにする。

「リー将軍を見たことがある？」

「テネシーってどんなところなの」

アシュレは戦争の話はしたくなさそうだったのに、皆につき合ってあたりさわりのないエピソードを手短に語った。肝心なことには触れない、という風に。

——早くみんな帰ってくれればいいのに——

私の願いが通じたのか、暖炉を囲んでいた人たちがあくびを始めた。アシュレのお父さん、二人の妹たちはホテルへ引き揚げていく。後には私とアシュレ、そしてメラニーとピティ叔母さんが残った。私たちはあかりを持つピーターじいやについて階段を上がる。

アシュレとメラニーは、ドアの前に立ち、私に告げた。

「おやすみなさい」

私は見た。メラニーの頬が赤くなるのを。とても幸せそうに目を伏せる。そしてアシュレが寝室のドアを開け、彼女を中に入れる。二人だけの場所だ。アシュレは私と目を合わせないようにして中に入る。

あのドアの向こうで、何が行われるか私は知っている。死んだチャールズと経験があるからだ。チャールズとのそれは少しも楽しくなかった。性急にことは終わった。それなのにメラニーはとても幸せそうだ。相手がアシュレだから。

妻ということだけで、愛されてもいないのにメラニーはこれからアシュレに抱かれるのだ。私は初めて激しく嫉妬した。やっとわかった。メラニーがいる限り、私は決してアシュレと二人、この寝室に入れないっていうことを。妻っていうことだけで、メラニーはアシュレをひとり占め出来るんだ。私はいつのまにか涙を流していた。

こんなのってある？

アシュレがヴァージニアに戻る日がやってきた。夢のように一週間はたってしまったのだ。私はこれからアシュレなしで生きる。だから思い出をいっぱいつくろうと思った。彼の笑い方、しぐさを、しっかり目に焼きつけた。彼のいない間、思い出を小出しにしてゆっくり嚙み(か)しめるのだ。

私は客間のソファに座り、アシュレのやってくるのを待っていた。最後の最後にやっと二人きりになれるチャンスが来た。メラニーは別れのつらさに耐えられないからと階下に降りてこないのだ。ピティ叔母さんも自分の部屋で、枕につっぷして泣いている。

アシュレはとても長いこと二階の寝室にいた。ドアは固く閉ざされ、泣き声もつぶやきも聞こえてこない。いったい何をしているのかしら。私の持ち時間が少なくなっていく。私はじりじりするような思いでソファに座っている。

やがて階段を降りてくる彼の足音が聞こえた。アシュレが現れた。新しい上着はちょっと寸法が狂っていたけれど、こんなハンサムな兵士を見たことがなかった。私の王子さまを私は誇らしく見つめる。

「アシュレ、列車を見送りに行っていい？」

「いや、やめた方がいい。駅には父と妹たちがいるから。それよりもここでさようならを言う君を憶えていたいな」

何でこんな言葉を今さら言うんだろう。どうして二人っきりの時間をつくってくれなかったの。いいえ、いろんなことを考えるのはやめよう。

「だったらやめておくわ。ねえ、アシュレ、プレゼントがあるの」

私の、餞別の品は長い黄色のサッシュだった。中国製の厚手の絹でつくられ、房飾りがたっぷりついている。これは半年前、レットからプレゼントされたストールを切り、たんねんに派手な刺繍を取り除いたもの。裁縫箱だけでは寂しいと思い直して徹夜でつくったんだ。我ながらいいアイデア。

「スカーレット、何て綺麗なんだ。つけてくれないか。このサッシュと新しい上着の僕を見たら、みんな顔色を変えて羨ましがるぞ」

私はサッシュをアシュレのベルトに巻きつけた。彼の体に触れる喜びといったら！

「とても綺麗だ。でもこれをつくるために、君は自分のショールかドレスを切ったんだろ」

「アシュレ」

喉の奥を押さえつけて、激しい言葉が出ないようにした。

「あなたのためなら何だってするわ」

心臓を切り取ってもいい、という言葉は呑み込む。

「本当かい？」

「もちろんよ」

「だったら僕のためにして欲しいことがある。僕の代わりにメラニーのめんどうをみてくれないかい」

え、どうして、私にそんなことを言うの。

「彼女はとても体が弱いのに自分では気づいていないんだ。人のために世話をしていつも疲れ切っているのに。あのとおり、とても優しくて臆病だ。そして頼りになる身内は君だけしかいない。ピティ叔母さんはあんな人だしね。メラニーは君をとても慕っている。それは兄の妻だからじゃない。本当の姉妹のように愛しているんだよ。スカーレット、もし僕が戦死したら、メラニーを頼むよ。約束してくれるよね」

私にはもう彼の言葉は耳に入ってこなかった。どうして僕のことを忘れないで、と言ってくれないの。どうしてメラニーのめんどうを頼むの？

「さようなら」

アシュレはとても静かな声で言い、ドアに手をかけてふり返った。その時、絶望は希望に変わる。とてもせっぱ詰まったまなざし。私の姿をすべてどんなことまで心に刻みたいと願うせつなげな視線。私は客間を駆け抜け、アシュレのサッシュの端をつかんだ。

「キスをして。お別れのキスを」

アシュレは優しく私を抱き締めた。唇と唇が触れる。私はアシュレの首に両手をからめ、きつくきつく抱き締めた。次の瞬間、アシュレの体が硬くこわばり、私の体は離された。

「だめだ、スカーレット、いけないよ」

かすれた声で言いながら、彼は私の両手首をぎゅっと握る。

「愛してるわ」

私は言った。

「今までずっと愛してたわ。世界中の誰よりも。他の誰かを愛したことなんか一度もない。アシュレ、私を愛してるって言って。そうしたら私はその思い出だけで生きていくから」

彼は何も答えなかった。そしてドアのノブに手をかける。

後には「さようなら」というつぶやきと、一陣の風だけが残った。私は泣いた。こんなつらく甘美な涙は初めてだった。

17

一八六四年の一月と二月のことは、一生忘れないと思う。

冷たい雨はやまず、風がずっと吹きすさんだ。暗く憂鬱な気分に、私はどうかなりそう。

ゲティスバーグとヴィックスバーグの敗北に加え、南部戦線の中央も激戦の末、北軍の手に落ちたのだ。これでテネシー州のほとんどは北軍のものになった。

だからといって、私たちが意気消沈しているわけではない。テネシーでの勝利に乗じて、ジョージアに攻め入ろうとした北軍を、南軍は勇敢に追いはらったんだもの。

私たちの気持ちは昂るばかり。ヴァージニアからアトランタ、そして北のテネシーに繋がる鉄道路線は、兵士を乗せた列車でいっぱいだ。兵士たちは食事も睡眠もとらず、戦場に着くやいなや戦闘を開始するんだって。だから北軍は、すぐに南軍に追いはらわれてしまったというわけ。

口惜しいけど北軍は優勢で、立派な将軍に率いられている。このことを否定する南部の者は誰一人いない。

だけどどんな将軍だって、我らのリー将軍に比べればどうってことはないだろう。この確信は絶対的なものだ。

「私たちは最後には勝つんだから」

というのは、南部の者の合い言葉のようなもの。

それにしても、今度の戦争の長いことといったらない。もう三年がたとうとしている。未亡人や戦災孤児たちが多くなるはずだ。

軍隊用の衣類や靴はもちろん、生活に必要なすべてのものが不足していた。バターが一ポンド三十五ドルなんて信じられる？

タラにいた時なんて、バターは召使いたちだってふんだんに食べていた。マミイは私が痩せ過ぎているからって、サツマイモにバターを落としたものをしょっちゅう食べさせていたっけ。

新しいお洋服なんてまるっきり手に入らない。私たちは着古したドレスにボロ布で裏をつけ寒さをしのいだ。それでも足りない時は新聞紙で補強した。ボール紙でつくった靴だって登場したんだから。

今やレット・バトラーの船だって、封鎖破りをすることは出来なかった。各港には北軍の船がぎっしりと停泊していたから。

お母さまから手紙が来た。お父さまは三年分の綿花を、工場の傍の倉庫に保管しているんですって。リヴァプールに持っていけば十五万ドルになるはずなんだけど、そこまで送るなんてまず無理。お父さまは家族や召使い、黒人たちをどうやって食べさせようか、この冬をどうやって越そうかと悩んでいるんだって。

ジョージアの地主たちはどこも同じらしい。綿は今までイギリスに輸出していたのに近づくことも出来ないんだから。そして生活に必要なものを持ち込むことも無理。

人の噂によると、食品や衣服をどこかに匿し値段をつり上げ、大儲けしようとしている人たちがいるらしい。みんなはハゲタカとか、人の生き血を吸うヒルとか呼んでいた。レットももちろんその一人だ。封鎖破りが危険だとわかると、さっさと船を売り払い、今では食料品の売買をしている。もう嫌われ者、なんてレベルじゃない。ピティ叔母さんでさえ、彼が来るのを拒むようになったもの。

だけどこんなに暮らしに困るようになっても、アトランタの人口は増えるばっかり。一万人だったのが二万人になっている。みんな着るもの、食べるものに困っても、この街にやってきて何かをしようとしている。兵士や軍需品がたえず行き来しているアトランタの街は、ぶんぶんと音をたてているミツバチの巣みたいだと私は思う。

私は古くなってところどころすり切れたドレスを着ている。靴だってつぎがあたっている。前だったら、こんなみじめな格好はイヤッ、って思ったかもしれない。

でももういい。全然気にならない。だって二ヶ月前に、アシュレにちゃんと綺麗な私を見てもらったから。

私を見た時の目、一生忘れない。そして最後に抱き締めてもらったこと、キスをしたことを思い出すと、それだけで私は幸せになる。とっておきのキャンディを取り出すようにして、それをいつまでもいつまでも味わうの。

あの人は私を愛してる。

もうそれは間違いない。はっきりと私に目で伝えていた。そしてキスもしたんだし。

かわいそうなメラニー。アシュレが本当に愛しているのは私なのに、それを知らないで彼のことを信じているんだもの。

アシュレは、たんにいきがかりでメラニーと結婚しただけ。どんなに後悔していることだろう。いま戦場にいる彼の心を占めているのは私なんだ。

そう考えると、何にも知らないおバカのメラニーが気の毒で、前よりもうんと優しく出来るようになった。

戦争が終わったら、きっとアシュレは決心してくれるはず。偽りの生活にピリオドをうち、私と結婚しようと思うだろう。でも離婚って出来るの？

うちのお父さまとお母さまは、すごく熱心なカトリック教徒。自分の娘が、離婚した男と結婚するのを許さないだろう。その前にものすごいスキャンダルになるはずだわ。私もアシュレも、すべての社交界から排除されるに違いない……。

私はキャンディをなめるように、まだ訪れてもいない悩みについて考える。これも幸せなひととき。

とにかく早く戦争が終わって、アシュレに帰ってきて欲しい。そして私の運命を変えて欲しいの。早く、早く……。

だけどそのキャンディは、ある日、こなごなに砕けたんだ。

三月、みぞれが降り続いていたある日、メラニーが突然私の部屋にやってきて言った。

「赤ちゃんが出来たの！」

驚きのあまり、ブラシを落としそうになった。ちょうど私はブラッシングをしていたところだったんだもの。

「ミード先生がおっしゃるには、八月か九月には生まれるんですって。ああ、スカーレット、私、嬉しくって嬉しくって。ウェイドがいるあなたが本当に羨ましかったの。アシュレの子どもが欲しくてたまらなかったんですもの」

後の言葉は耳に入ってこなかった。

アシュレが帰ってきたあの夜のことが甦る。二人の寝室の前で、おやすみなさいと、うつむいたメラニー。ちょっと恥ずかし気なとても幸せそうな顔。

あの寝室の中で、そういうことをしていたのね。私はアシュレに裏切られたような気持ちになった。こんな痩せっぽっちの青白いメラニーを抱いて、アシュレ、あなたは楽しかったの？まさかね。

私が声ひとつたてないのを、驚きのためと思ったんだろう。メラニーはベッドに座り、私の肩を抱いた。カビのにおいがする。メラニーも物置きからひっぱり出したドレスを着てるんだ。

「そりゃあ、びっくりするわよね。私だってまさかと思ってたんだもの。ねえ、スカーレット、どうやってアシュレに手紙を書いたらいいと思う？　直に会えればそんなに恥ずかしくないんだけど、手紙に書くって照れくさいわ……。でも知らせないわけにはいかないし……」

「何てことなの……」

やっとうめくような声が出た。大理石の化粧台をつかんで体をささえた。メラニーはまたそれを、全く違う風に解釈する。

「ああ、スカーレット、そんな顔をしないで。お産はそんなに大変なことじゃないって、あなたが言ってくれたじゃない。私の体のことを心配してくれるのね。そんなにおろおろして、スカーレット、あなたってなんて優しいのかしら」

　お願い、もうこれ以上喋(しゃべ)らないで。私は耳をふさぎたくなってきた。

　それなのにメラニーは、興奮のあまり、いつもの百倍ぐらい喋り続ける。

「ミード先生はおっしゃったの……、私って、その……」

　両手を自分の頰(ほお)にあて、一人で恥ずかしがっている。

「かなり狭いんですって。でもおそらくお産には問題ないだろうって。ねえ、スカーレット、あなた、妊娠したこと、自分で手紙を書いてチャーリーに知らせたの？　それともお母さまが書いてくださったの？　ああ、私にも母がいればね」

子どもがお腹にいるとわかった時、チャールズはとっくに死んでいた。私は彼の子どもなんか欲しくなかった。私が欲しいのはアシュレの子ども。戦争が終わったら、私がアシュレの子どもを産むはずなのに、どうしてこの女が横取りするの。

「黙ってよ！」

　もう私は我慢出来なかった。

「もう黙ってったら！」

　それなのにこの馬鹿女は、またもや違う風にとった。

「ああ、スカーレット、私ってなんて馬鹿なのかしら。人間って幸せ過ぎると、まわりが見えなくなるのね。あなたにチャーリーのことを思い出させてしまったわ。本当にごめんなさい」

「黙ってて欲しいわ」

私はやっと冷静な気分を取り戻した。そうよ、まだ本心をさらしちゃいけないんだ。ここで取り乱したらまずいことになる。

「そうよね、ごめんなさい。ウェイドが生まれた時、チャーリーはもうこの世にはいなかったんですもの」

メラニーは目に涙を浮かべている。

「スカーレット、私を許してね」

そして私がドレスを脱ぐのを手伝おうとしたんだけど私は拒否した。私の下着姿を見られたくなかった。ウエストは昔どおり細くって、胸はずっと大きくふくらんでいる。私の真白い肌。綺麗な線を描く胸元。メラニーの貧相な体なんかと比べものにならない。私の方がずっとずっと魅力的。それなのに、アシュレはメラニーの方を抱き、メラニーのお腹には彼の子どもが宿っている。

こんなことってある？

私はもうこの現実に耐えられそうになかった。そもそも私は、生まれてこのかた嫉妬なんかしたことがなかったのだもの。まわりの女の子の中でいちばん綺麗で、男の子たちが群がってきていた。お父さまは大きな農園主で、お母さまはみんなに尊敬されているレディ。他の女の子たちから、イヤというほど嫉まれてはきたけれど、私はそういう気持ちを持ったことがない。それなのにどう？　メラニーが私の人生に入ってきてからというもの、ずっと黒くねばっこいものが私の心の中にへばりつく。そしてそれはどんどん強くなっていき、もう耐えられそうもなかった。

メラニーと同じ家に暮らし、彼女のお腹が次第にふくらんでいくのを見るなんて、こんな拷問あるかしら。

そう、タラに帰ろうと私は決心する。戦争が激しくなってきたからと理由をつければいいことだ。

そして朝起きても、私の気持ちは変わらなかった。朝ごはんを食べたら、すぐに荷づくりを始めよう。メラニーは、私のせいだわとぴいぴい泣き、ピティ叔母さんは例によって卒倒するだろうけど、私の知ったことじゃない。

気まずい朝食が始まってすぐのことだった。玄関の呼び鈴が鳴った。電報が届いたんだ。

「メラニーさまあてです」

ピーターの言葉にメラニーの表情が変わる。戦争が始まってこのかた、電報がいいことを伝えたことなんかない。発信人はアシュレの従者モーズだった。

「アチコチ捜シマワッタガ、見ツカラズ。戻ルベキカ」

意味はよくわからなかったが、悪いことが起こったということだけはわかった。私たちは恐怖で顔を見合わせる。朝食なんてとてもとれるはずはなく、そのまま馬車で街に出かけた。アシュレの上官の大佐に電報を打とうとしたのだ。ところが電信局に入ったとたん、向こうからの電報を受け取った。

「ウィルクス大佐、三日前ノ偵察任務ヨリ帰還セズ、行方不明。遺憾ナリ。再度連絡スル」

馬車の中で叔母さんは泣きじゃくっていた。私はぼうっとしてへなへなと席に座り込み、メラニーだけが背筋をまっすぐに伸ばして座っている。真青な顔をして。

やっと家に着くと、私はすぐに部屋に入った。テーブルからロザリオをつかみ、跪いた。そして祈ったんだ。

「神さま、これって私に罰をお与えになったんですか」

結婚している男性を愛し、その妻から奪いとろうとした。そしてあろうことか、子どもをみごもった妻を、激しく嫉妬して憎んだんだ。これで罰が下らなかったらどうかしている。神さまは私をこらしめるため、私がいちばん愛しているもの、そう、アシュレの命を奪ったんだ……。

その時、ドアが開きメラニーが入ってきた。顔にまるっきり血の気がなくて、ハート形に切り取られた白い紙みたい。

「スカーレット」

彼女は私に手を差しのべた。

「昨日、私が言ったことをどうか許して。だって私には、もうあなたしかいないんだもの。あ、スカーレット、私、わかるのよ。あの人は死んでしまったのよ」

いつのまにか私はメラニーを抱き締めていた。そしてそのまま二人でベッドに横たわった。しっかり抱き合いながら、私たちは泣き続けた。頬がお互いの涙でぐっしょり濡れた。

アシュレは死んだんだ。私のよこしまな心のために、神さまが罰を下したんだ。すべては私のせい。私があの人を愛したから……。

でもメラニーって気づかないんだろうか。不思議にも思わないんだろうか。自分の夫のために、私がこれほど泣いていることに。親戚だから、幼なじみだから私が泣いていると思っているのだろうか。

でももうそんなことはどうでもいい。アシュレは死んでしまったのだから。

「でもね、私のお腹の中には、あの人の赤ちゃんがいるのよ」

とささやいたメラニーを、私は許した。

だけど私には何もない。何ひとつありはしない。ただひとつを除いて。それは最後に見たアシュレの姿。キスをしたこと。私のことを愛していると確信を持たせてくれたあの表情。他には何もない。


メラニーは夫の死をしっかりと受け止めようとした。その姿はあまりにも立派で、彼女がまだ二十歳だということを忘れそうになる。メラニーは、大佐と何度も電報でやりとりした後、電信でモーズに送金をして、家に戻るように指示を出したんだ。

そして次の死傷者リストに、アシュレ・ウィルクスはこう書かれていた。

「行方不明——捕虜になったと推定される」

これはいったいどういうこと。行方不明でも死んだっていうことではないの?

私たちに喜びと不安とが、かわるがわるやってくるようになった。メラニーはほとんど電信局から離れないようになった。一刻も早く情報を知ろうと必死なのだ。

メラニーはつわりがひどくて、ほとんど何も食べられない。顔がむくみ、ミード先生からはベッドで安静にしているように言われているのに、まるで言うことを聞かないのだ。何かに憑かれたように、毎日電信局に通っている。夜は夜で、歩きまわる音が隣室から聞こえてきた。

思いつめたメラニーは、すごいエネルギーを与えられたみたいだ。体に障るのではと心配する気持ちにウソはないけれども、このままアシュレの子どもがどうかなるのも構わないかもと、ちらっと私は考えたりする。ごたごたでタラに帰ることなど、すっかりどこかにいってしまったけれど、やっぱりアシュレとメラニーの子どもを見るのはつらいもの。

そして電信局に通い始めて半月後、メラニーが馬車で帰宅した。レット・バトラーにつきそわれて。なんでも電信局で倒れた彼女を、レットが見つけて送ってきたんですって。

彼は軽々とメラニーを抱き、階段を上がって寝室まで連れていった。その間、ピティ叔母さんや召使いたちは、やれ毛布だの、気付け用のウイスキーだのと大騒ぎ。

枕にもたれかかったメラニーに、レットは尋ねた。

「ミセス・ウィルクス。お子さまがお生まれになるのですね」

そんなことを女性に聞くなんてものすごく失礼なんだけど、レットの口調は優しく本当に親身になってのものだった。彼はメラニーに語りかける時と私の時とではまるで違う。だからメラニーも、こっくり頷(うなず)いた。「ミセス・ウィルクス」と、親愛と尊敬をこめて発音するのだ。

「だったらもっとお体を大事にしなきゃいけません。こんなふうに心配したり、走りまわったりしては、あなたのためにもならないし、お腹の赤ちゃんにも障ります。もしお許しいただけるなら、ワシントンのつてを頼って、ご主人の行方を調べてみましょう。もし捕虜になられたのならば、北のリストに載っているはずですからね」

でも約束してくださいと、彼はにこっと微笑(ほほえ)みかける。彼がこんな顔をするなんてと、ちょっとびっくりするような笑顔。

「ご自分の体を大切になさると、神に誓って。さもないとお手伝いいたしませんよ」

「まあ、なんてご親切なの……」

メラニーは泣き出した。

「どうして世間は、あなたのことをあんなにひどく言うのかしら」

その言葉がかなり失礼なことに気づき、そのうえ妊娠を男性に指摘された恥ずかしさで、メラニーはまたしくしく泣き始めた。やっぱり体がふつうじゃないことと、今まで気を張りつめていたからだろう。そんなメラニーを、レットは優しく見つめていた。

そして彼は約束を守った。どんなコネを使ったかわからないけれど、アシュレの安否を確かめてくれたのだ。一ヶ月かけて。

アシュレは死んではいなかった！　負傷して捕虜になったんだ。そして今はイリノイのロックアイランド捕虜収容所にいるらしい。

「ロックアイランド！」

私たちは叫んだ。それは怖ろしい響きを持つ。あそこはとても過酷な場所だからだ。食料は乏しく、毛布は三人に一枚だけ。伝染病でバタバタ倒れる者が多く、ここに送られた兵士の四分の三は生きて帰れないという悪名高いところだ。メラニーは必死でレットに頼んだ。

「ああ、バトラー船長、どうにかならないものでしょうか。あなたのつてで、北軍の捕虜と交換してもらえないでしょうか」

〝あなたのつて〟でなんて、メラニーは大胆なことを口にする。そもそもアシュレの居場所を調べ上げたことだけでも、レットと北軍との深い関係がわかるというものだ。彼に何か頼むということは、北部人に通じている人に頼むということ。今は仕方ないとしても。

「リンカーンはいったい何を考えているんでしょうかね」

レットは唇をゆがめた。

「命令は下されました。捕虜交換は行われません。実は……、今までお話ししなかったんですが、ご主人には収容所を出るチャンスがあったのに、それを拒まれたというんですよ」

「そんな、まさか」

「いえ、本当です。北軍はネイティブ・アメリカンと戦う部隊のために人を集めていましてね。捕虜にした南軍の兵士にも声をかけているんです。忠誠の誓いを立て、二年間の兵役につけば誰でも解放されて南部に送られる。しかしご主人は拒絶したんです」

「どうしてそんなことしたのかしら」

思わず私は口走った。

「せっかくのチャンスじゃないの。とにかく誓って、収容所を出たらすぐに脱走して家に帰ればよかったじゃないの」

「よくもそんなことを言えるわね」

こちらを見たメラニーの目は、怒りでわなわなと震えていた。

「あの人がそんなことをすると思う？　卑劣な誓いを立てて南部連合を裏切って、それから北軍との約束も破るなんて。アシュレがそんなことをしたと聞くぐらいなら、ロックアイランドで死んだとわかった方がずっとましだわ。ええ、あの人がそんなことをするわけないでしょう」

まるで私がとてもずる賢い人みたいじゃない。でも何としてでも生きて家族の元に帰ろうと思うんだったら、誓うふりぐらいするべきよ。

レットを玄関まで送っていきながら、私は唇をとがらせた。

「あなただったら、あんなところで死にたくないから知恵をめぐらすでしょう。とりあえず入隊して、そのあと逃げたんじゃない？」

「もちろん」

レットは口髭の下に白い歯をのぞかせ、ふふっと笑う。メラニーにするのとは、まるで違う笑顔。不敵なイヤらしい笑いだ。

「そうでしょう。でもどうしてアシュレは誓いを立てなかったの」

「紳士だからさ」

彼は答えた。紳士っていう言葉に、こんなふうに皮肉と侮蔑を込めるなんて。全くレットっていう人は何を考えているのかしら。

レットはアシュレは生きていると伝えてくれたけれど、五月になる頃には私はかなり諦めの心境になった。なぜならばあれ以来、何の情報も入ってこなかったから。

だけどメラニーは違っていた。いつも自分にこう言い聞かせているんだって。

——あの人が死んでいるはずはない。なぜって、もしあの人が亡くなったら、きっと私にはわかるもの——

さわやかな五月の夕暮れだった。私たちの視線の先にはレットがいた。ピカピカに磨いた長いしゃれたブーツが見える。暗がりにゆったりと座っていた。その腕の中にはウェイドがいる。父親そっくりな恥ずかしがり屋のおとなしい男の子だけれど、なぜかレットにはなついている。訪ねてくる日は夜更かしをしてもいいことにしていた。それにしてもレットって本当に図々しい。招いてもいないのにやってきたんだ。

実は今夜はうちで夕食会が開かれることになっていた。エルシング夫人に泣きつかれたからだ。婚約者が戦死したので、娘のファニーが泣きくらしているというのだ。

私は反対した。ファニーのことなんかどうだっていいし、アシュレは生きているかどうかもわからない。それに食べ物だって、私たちが口にするものだけしかない。それなのにどうしてもお客さまを招くって、ピティ叔母さんは言い張る。

このところ年のせいか、急に頑固になってきた。ちょっと前までは私が強いことを言うと、おろおろしていただけなのに。

「アシュレは死んでしまったわけじゃないんだし……」

そう言ってる叔母さんこそ、アシュレが生きているはずがないと思っているくせに。

「とにかく私は夕飯に人を招びたいの。楽しい時間を過ごしたいのよ」

この集まりにメラニーもいい顔をしなかった。だって南部の習慣では、妊娠した女性は人に知られないように外に出ないことになっていた。人目につかないように暮らして、まわりの人たちも、見て見ないふりをするのが礼儀。赤ちゃんが生まれて初めて「おめでとう」ということになる。

でもメラニーは妊娠五ヶ月となり、つわりもおさまった。胸もぺったんこのまんまだし、ドレスのウエストを少し上にずらせば大丈夫かも。

そもそもこの夕食会は、一羽のオンドリがかかわっていた。肉がやわらかいメンドリはとっくにすべて食べてしまっていたから、がらんとした鶏舎の中、オンドリが一羽しょぼんと歩きまわっていた。叔母さんはいずれ老衰で死ぬんだから、近いうちに食べてしまおうと言い出したんだ。

そしてピーターがオンドリの首をひねると、叔母さんはこれを家族だけで食べるのはよくないと言い出した。まわりの友人たちは、もう何週間も鶏肉なんか食べていない。これをみんなで分け合おうというのだ。

鶏はたったの一羽。それなのに十人ぐらいで食べようなんて、タラではまず信じられない話だ。あそこでは、パーティーがあれば、何十羽というニワトリが絞められるんだもの。

でも年とったオンドリでも、料理女が一生懸命頑張ったおかげで素晴らしいものとなった。老いぼれた硬い肉を上手にローストしたんだ。グレーヴィーソースは、とろみをつけるための小麦粉がなかったけれども、我慢しなくっちゃ。

その代わりつけ合わせはたっぷり。玉ねぎで風味づけしたひき割りトウモロコシドレッシングにライス。干し豆はボウルにいっぱい。デザートはサツマイモのパイよ。

オンドリがオーブンの中で焼かれている間、ドアがノックされてレットが入ってきたわけ。招待していないのに。

今夜はアトランタのうるさ型たちがやってくる。まずいな、と思ったのに私が追い返さなかったのには三つの理由がある。

ひとつめはもちろん、アシュレの安否を確かめ、収容所まで教えてくれたことへのお礼。その収容所が最悪なところだったとしてもだ。

それからもうひとつは、レットが紙レースにくるまれた大きな箱を持ってきたこと。ボンボン菓子だわ。ボンボンなんてもう何年も口にしていない。今夜うちに来る人もそう、きっとみんな大喜びするに違いない。たとえレットが傍にいたとしてもね。

それから最後のひとつは、彼が賞賛の言葉を浴びせること。

「スカーレット、いつ見てもどうしてそんなに綺麗なんだい。まさにアトランタの花だよ」

嘘(うそ)に決まっている。着ているドレスなんて古びていて、ところどころつぎがあたっている。ずっとろくなものを食べていないから、顔だってやつれているはず。アシュレと会った時にすべての力を使い果たした私は、きっと十九歳っていう年よりも、ずっと老けてるにきまっている。

それなのに、

「スカーレット、君が相変わらず美しくいてくれることに、僕はどんなに元気づけられることか」

こんなことを言ってくれる男を、玄関先で追い返すことが出来る？　しかもボンボン付き。

それで私は、つい家の中に入れてしまったんだ。

18

せっかくオンドリが、命を捧(ささ)げてくれたというのに、その夜の夕食会は最悪なものとなった。そう、レットのせいだ。

食事の最中はまだよかった。

食後に、レットのお土産のボンボン菓子が出て、女たちはいっせいに歓声をあげた。ボンボンなんて何年ぶりだろう。

そして男の人たちが秘蔵のブラックベリーのワインを飲もうとしたら、

「これとご一緒に」

とレットが本物のハバナ産の葉巻を取り出した。信じられる？　極上の葉巻。これにはレットのことを「ハゲタカ」なんて言っている人たちもうなった。夢のようだ、とつぶやきながら、葉巻に火をつけて、あたりはあの独特のにおいに包まれた。そう、懐かしい贅沢(ぜいたく)なにおい。パーティーの後、男の人たちだけで集まって、葉巻や食後酒をやりながら、政治談議をするのが南部のならわしだった。

今は男の人たちも女性たちに合流する。だって若い男性はまるでいないんだもの。そして話題は戦争のことだけ。

みんなこんなに貧しく苦しい生活をしているのに、絶対に勝つのだと信じている。

「まあ、もうじき戦争は終わるだろう」

ミード先生が言った。

「軽く一戦交えれば、北軍どもはいちもくさんにテネシーに逃げ帰るに決まっている。フォレスト将軍が始末をつけてくれるはずさ。州境の山中にはジョンストン将軍が鉄壁のように立ちはだかっているんだ。我々は何の心配もしなくていい。ご婦人方もどうか心を安らかにして暮らすことだね」

私たちは深く頷く。ミード先生の言うことは絶対なんだもの。もちろん私は「あれ……」と思うこともいっぱいあるけれども、深く考えないようにしている。

戦争は、深く考えないことと、希望とが同じ意味を持つって知ってた?

その間、レットはずっと黙り込み、居眠りする私の息子に肩を貸していた。その口はずっと〝へ〟の字のまま、そしてついに堪りかねたように、その〝へ〟が大きく動いた。ミード先生が相手方の将軍を罵った時だ。

「シャーマンなんかに、州境を突破出来るわけがないだろう。ジョンストン将軍は絶対だ」

「しかし噂では、シャーマンの軍は、十万人を超えるそうです。もう援軍も到着したようですよ」

「それで」

ミード先生はレットを睨みつけた。先生は彼の葉巻に喜ばなかったたった一人の人。なんでお前がこの夕食会にいるのだという態度を崩さなかった。だけどそれをずっと抑えていたのは、ピティ叔母さんのうちだということと、客としての礼儀からだったんだ。しかし先生は、レットへの敵意をもう隠さなかった。

「それがどうしたっていうんだい」

「確か、そこにいらっしゃる大尉はこうおっしゃいました。ジョンストン将軍の軍はわずかに四万だと。先頃の勝利を知って、舞い戻ってきた脱走兵を入れてです」

「まあ、なんてことおっしゃるのッ」

ミード夫人がキーッと声をあげた。

「南部連合軍に脱走兵なんて一人もおりませんわ」

「これは失礼いたしました」

彼は私の大嫌いな、人を小馬鹿にしたようなへりくだった言い方をする。

「私が申しあげたのは、休暇で連隊を離れたまま戻るのを忘れてしまった者とか、ケガが治って半年以上もたっているのに、軍に戻らず畑仕事をしている者のことですよ。そういう人たちは何千人もいるそうですからね」

これには私も、そうね、とうっかり声を出しそうになった。

そう、戦争に行っているのは、タールトン兄弟やアシュレのような南部の大農園の息子たちばかりじゃない。

小作農たちの息子も、いっぱい出征しているのだ。彼らは家族からのたどたどしい文面の手紙を受けとる。

「南軍の兵站部に、仔豚を全部とられました」

「みんな空腹をかかえ、干し豆だけで食いつないでます」

この手紙を読んだ彼らは、故郷に帰り身を隠す。そして力ずくで軍に連れ戻そうとする憲兵に抵抗するのだ。

彼らはいつのまにかこの戦争のことを、

「貧乏人が戦う金持ちの戦争」

って言っているらしい。

でも彼らにも愛国心があるから、畑を耕し、植え付けを終え、家を修理する頃合いを見はからって、軍から手紙が届く。

「今までのことは不問にするから戻ってきなさい」

レットの言っている脱走兵というのは、こういう人のことなんだ。だけど表現がどぎつ過ぎる。その場はすっかり気まずい雰囲気になってしまった。

ミード先生がまた口を開く。

「バトラー船長、わが軍と北軍の、兵士の数の違いは問題ではありません。一人の南部人は、一ダースの北軍に匹敵するんですから」

女性たちは深く頷いた。そう、これはもう信仰みたいなもの。

「戦争が始まったばかりの頃は、確かにそうでしたね」

レットはさらりと言う。

「たぶん今でもそうでしょう。銃に込める弾丸と、足に履(は)く靴と、腹に入れる食べ物さえあればの話ですがね、ねえ、大尉」

その大尉が黙りこくると、ミード先生が突然、大声をあげた。

「我らが南部連合軍は靴がなくても戦ってきたんだ！　食わずとも勝利をおさめてきたんだ！　だから今度もまた勝つ！　いいか、ジョンストン将軍が敗れることは絶対にありえん。あの州境の山塞は、言ってみればテルモピュライなんだ」

テルモピュライって何のこと？　まるっきりわからない。レットが口元をゆがめ、笑いをこらえたまま尋ねる。

「しかし先生、テルモピュライでは、守る兵士が全滅しているのではありませんか」

「君は私を馬鹿にしているのか！」

先生はついに怒鳴り声をあげた。

「とんでもない。それは誤解というものです。私は古代史の知識が乏しいものですから、ご教示たまわりたいだけなんです」

これって完璧に馬鹿にしている。

ミード先生はもうレットを無視して、大声でこうわめいた。

「北軍がこれ以上ジョージアに入り込むのを、わが軍は絶対に許さない。あと一戦軽く交えれば、彼らを追いはらうことが出来るんだ」

ピティ叔母さんは、もうおろおろして泣き出しそう。レットを夕食に招けば、こうなることはわかっていた。いいえ、招いたんじゃない。あの男がボンボンの箱を片方の手に勝手にやってきたんだもの。

でもレットって、どうしてこんなに人を怒らせることばかりするのかしら。私だってミード先生の言葉に「本当かな」と思うことがある。だけど南部人の心を持っていたら、信じるしかないじゃないの。

何度も言うとおり、私たちが希望を持つ方法はただひとつ。勝つっていうこと、戦争はすぐに終わる、っていうことを信じることだけなんだもの。

「スカーレット、お願いよ、早くピアノを弾いて。歌を歌って」

叔母さんはこの場を何とか取りつくろおうとおろおろしている。

メラニーがピアノの前に座った。私は流行の歌を歌い出す。

「死んだ者と死にゆく者が横たわる
白しっくいの壁の病室に
銃剣、爆弾、弾丸に傷ついた
誰かの恋人が運ばれてくる

誰かの愛しい人
こんなにも若く、勇ましい人生
もうじき墓場の土の下に行く
優しく青ざめた顔
今もなお残る少年の日の輝き」

その時、ファニー・エルシングが、真青な顔になり小声で言った。

「お願い、他の歌にして」

そうだったわ。彼女の若い恋人も戦地で亡くなっているんだもの。

私はとっさに別の歌を歌おうとした。だけど不吉な言葉が何ひとつないものなんか思いつかない。この頃の流行歌はみんな戦争に結びついているのだもの。

その時、レットがさっと立ち上がった。ウェイドをファニーの膝にあずける。

「《ケンタッキーのわが家》にしたら？」

そうだった。フォスターがつくった十年ぐらい前の歌だけど、あれなら悲しむ人はいない。

私が歌い始めると、レットの声がそれに重なった。見事なバスだった。歌がこんなにうまいなんて。艶やかな太い声だ。

「重き荷を運ぶのもあと数日
軽くはならない荷だけれど
よろめきながら道を行くのもあと数日
懐かしいケンタッキーのわが家よ
おやすみ」

みんなも耳を傾けている。このケンタッキーという言葉を、私はタラに置き換えて心の中で歌った。

「懐かしいタラのわが家よ
おやすみなさい
私はここにいるわ　愛する人を待ちながら
まだ帰らない　その人が帰ってくるまで
その人の奥さんと待つわ」

テルモピュライっていうのは、古代ギリシャにあったすごく狭くて険しい要塞。ここでスパルタ軍はペルシャ軍に負けたんだって。

これを教えてくれたのはメラニー。彼女は本が大好きだから、何でもよく知っている。

そして私たちのテルモピュライは、よく踏ん張ってくれた。渓谷を抜けてアトランタに向かおうとする、北軍のシャーマン軍を追いはらってくれたんだ。

だけど北軍はすぐに作戦を練り直した。半円を描くようにして、後ろから迫ったんだ。

北軍は十八マイル（二十九キロメートル）もジョージア州に入ってきた。鉄道を守ろうと、南軍はじりじりと後退していく。

そしてその前方には、たくさんの避難民がいた。みんなアトランタをめざして逃げてきた。

大人も子どももいっぱいいる。列車で、歩いて、馬車で、見たこともないほど大勢の人たちが、アトランタをめざしてやってきた。途中は、住む人を失った邸（やしき）や、うち捨てられた農園ばっかりだったんですって。

ニュー・ホープ・チャーチでの死闘は十一日間も続いた。北軍はすべて撃退されたのだ。それなのに再びじりじりと迂回作戦をとってくるから、南軍の兵士は退却するしかない。

アトランタの駅は、毎日列車で運ばれてくる死傷者で溢れかえった。あまりにも大人数なので、ケガ人は無人の商店の床や、倉庫の中に寝かされた。すべてのホテル、下宿屋、そして個人のうちにも彼らは収容された。

私たちの住む家も例外じゃなかった。

「うちは女ばかりで、妊婦もいるのよ」

叔母さんは抵抗したけれど、結局は引き受けてしまった。メリウェザー夫人やミード夫人たちに逆らえるはずないもの。

メラニーはお腹を上手に隠して、ケガをした兵士たちの看病をした。料理をしスープを飲ませ、洗濯をして包帯を巻き直した。

うち中、兵士たちのうめき声と、血と膿のにおい。こんなところで眠れるはずもない。もう、たくさん、っていう感じ。

私たちは南部連合の強さを今もまるっきり疑ってないけど、ジョンストン将軍には本当にうんざりだ。

将軍は三週間で六十五マイル（百五キロメートル）も追い込まれてしまっている。激しい戦闘のあったニュー・ホープ・チャーチは、アトランタとたった三十五マイル（五十六キロメートル）しか離れていない。

どうして北軍を食いとめることが出来ないの。戦闘に勝利しても、後退ばっかりしている将軍のことを、年寄りたちは「馬鹿将軍」と言い出した。自分たちならもっとましな作戦が展開出来るんですって。

　私たちの希望はケネソー山よ。ここは難攻不落の山。人力で重い砲台も備えたと聞いて、私たちはどれだけほっとしただろう。この山がある限り、北軍得意の迂回作戦もしかけられない。問題はアトランタから、たった二十二マイル（三十五キロメートル）しか離れていないってことだけ。

　午前七時っていうとんでもない時間だった。メリウェザー夫人の馬車がうちの前で停まったんだ。そして黒人のレヴィじいやがやってきて私に言った。

「すぐに仕度をして病院に行ってください」

　私は全然気が進まなかった。大きな声じゃ言えないけど、昨夜義勇隊のパーティーで夜明けまで踊っていた。だからもうくたくた。戦争が激しくなっても、こういう〝お楽しみ〟は、まだいくつか開かれていた。

「いやあ、どうしてもいらしてくださいと、メリウェザー奥さまからの伝言です。ファニーさまも、ボンネル家のお嬢さまたちも、いらっしゃいますから」

　本当に、二人は馬車の後ろの方であくびをしながら私を待っていた。

「もー、どうしてこんなに早く、叩き起こされなきゃいけないのよ」

　私はぶつぶつ言いながら、いちばん古くていちばんボロボロのキャラコのドレスを着た。いわば私の病院での仕事着。

　プリシーが、なかなかうまく背中のボタンをとめてくれなくて、それにもすごく腹が立っていた。本当に馬鹿な役立たず。こんなに早く病院に行かされる身にもなってほしい。負傷兵の介護なんてもううんざり。そう、お母さまから来た手紙のことを、今日メリウェザー夫人に話すつもりだった。お母さまは私のことを心配して、そろそろ帰ってらっしゃいと言ってくれている。

そう、タラに帰ることを、どうしてもっと早く思いつかなかったんだろう。アシュレに会いたいばっかりに、ずっとアトランタにとどまったけれども、彼は捕虜となっていつ帰ってくるかわからない。そのためにアトランタにいて、こんなに介護をやらされるのはまっぴら。

タラに帰って、娘時代に戻ったように、気がねなく暮らしたい。おいしいものを食べて、お母さまに甘えて暮らすの……。

けれどもメリウェザー夫人は、私の話を最後まで聞いていなかった。眉がぐーんとつり上がり、

「もうそんな馬鹿げた話を、私に聞かせないで頂戴。スカーレット・ハミルトン」

フルネームで言われてドキリとした。そういえば私、もうスカーレット・オハラじゃなくなっているんだ。

「お母さまには今日私から手紙を書いて、どんなにあなたが必要なのかをお話しするわ。きっとわかってくださって、こちらに残れとおっしゃるはずよ。さあ、エプロンをつけて、急いでミード先生のところに行きなさい。包帯巻きの人手が足りないのよ」

私は黙って席を立った。心の中ではアッカンベーをしていた。ふん、おいぼれ婆さん、いつまで若い娘たちを顎で使うつもり。私はあなたの召使いじゃないのよ。

私は病室に入っていった。そこには死にかけた負傷兵がいっぱい。

ああ、あの頃はよかったわ、って本当に思う。アトランタに来てすぐの頃、運ばれてくる兵士は、たいてい軽傷でしかもハンサムでいいうちの人たちばっかりだった。彼らからどれだけ告白されたかしら。私がこんなに若い未亡人と知って、彼らの目の色が変わったもの。

それなのに今の負傷兵ときたら、生きることに必死で、少しも私に興味を示さない。口を開いても、

「今、戦況はどうなってますか」

って、あえぎあえぎ聞くだけ。でも口をきけるだけでもまだましで、多くの男たちは、敗血症や壊疽、腸チフス、肺炎であっという間に静かに死んでいく……。

その日は本当に暑くて、開けはなした窓から蠅が群れになって入ってくる。あたりは悪臭と苦痛に満ちた声。

私はミード先生の横で、洗面器を手に持ち立っている。このあいだまでメラニーがしていた役割だったのに、妊娠したため私にまわってきたってわけ。こんなのってある？

もう最悪の気分。吐かないように必死でこらえているけど、胸の奥がむかむかしてくる。手術室では切断手術が行われてる。私はそれに立ち会わなきゃならないんだ。

クロロホルムはもうほとんど底をついているから、最悪の切断手術にしか使われない。男たちは生きたままずたずたにされる。その痕を消毒したくても、キニーネもヨードチンキもまるっきりない。

男たちは恐怖に顔をひきつらせながら、先生の診断を待っている。そして宣告。

「気の毒だが、その手は切るしかないな。そこに赤い筋が見えるだろう。切断するしかないんだよ」

そして悲鳴。もがく。押さえつける。気絶する。そして切断。その繰り返し。どうにかならない方がヘン。

午後になった。

もう私は耐えきれなかった。午後になれば列車でまた負傷兵たちが運ばれてくる。そうしたら、たぶん夜まで働かされるだろう。食事も抜きで。

こんなの、もうまっぴら！

私はメリウェザー夫人が隣りの部屋にいるのをいいことに、エプロンをはずし病院を抜け出した。

大急ぎで歩きながら、綺麗(きれい)な空気を吸い込んだ。あのおぞましい病院のにおいといったら……。もう二度と戻りたくはないわ。

だけど街角に立つと、これからどうしていいのかわからない。ピティ叔母さんの家に帰るしかないけど、きっと大変なことになるだろう。私は病院の仕事が嫌で、ほっぽり出したということになる。確かにそのとおりなんだけど。

いったいどうしたらいいの……。口に出して言ってみたら、ますます自分がみじめになった。

「スカーレット」

私を呼ぶ声に顔をあげる。びっくりだ。レット・バトラーが、馬車でやってきたんだもの。

「まるでくず拾いの子どもだな」

私のキャラコのドレスを見て笑った。そうよ、いちばんボロいドレス。ところどころシミや汚れがあって、大きなつぎも。腋のところには汗じみもあるはず。私はいちばんみっともない格好を見られて、カッとしてしまった。

「あなたとは口をききたくないの。でも手を貸して。私を乗せてよ。どこかに連れていってよ。私はもう病院には絶対に戻らない。たとえしばり首にされてもね」

たぶんしばり首にされなくても、私はアトランタ中の人からつまはじきにされるだろう。それでもいい。私はあの切断場には二度と戻りたくはなかった。

不安から怒りは最高潮になっていく。私をこんなめにあわせるすべてのものに対して。

「私が戦争を始めたわけじゃないのに、どうして死ぬまで働かされなきゃいけないの。どうして毎日毎日、病院でつらい思いをしなきゃいけないのッ！」

「おやおや、癇癪かい」

レットはおかしくてたまらない、という風に言った。

「南部への忠誠心はどうなってるの」

「いいから乗せなさいよ」

金切り声をあげた。レットはひらりと席から降りた。口惜しいけどこの男、どうして一分の隙もない格好をしているんだろう。体にぴったり合った上着とズボンは上質な新品だ。ほつれや破れがない服なんて、今のアトランタではまず見ることは出来ない。

レットは私を抱き上げ、ひらりと席に座らせた。そして隣りに乗り込み、馬の手綱を握った。彼と私の体はぴったり触れ合い、体温が伝わってくる。大きな体の筋肉から伝わってくる熱さ。病人やケガ人しか見ていない私にとって、それはとても新鮮だった。

世の中にこんなにはつらつとした健康な男がいるなんて。それがレットなのは、とってもしゃくだけど。

「君は辛抱が足りないな」

レットは舌を鳴らして馬に合図する。栗毛の馬は軽やかに走り出した。

「兵士たちと一晩中踊りあかして、バラやらリボンなんか差し出していたくせに、この戦争のためには、命を投げ出してもいいわ、とかなんとか言っていたくせに、二人か三人の腕に包帯を巻いて、二、三匹のしらみをとる段になると逃げ出すんだな」

「もう何も言わないで。それよりもっと飛ばしてよ。メリウェザー夫人の旦那さんが私を見つけたら、もうおしまいなんだから」

レットが鞭をくれると、雌馬は走りを速め、ファイブ・ポインツを駆け抜け、街を二分する線路を横切った。列車はもう到着していて、照りつける太陽の下、負傷兵たちは運搬用の馬車や幌馬車に乗せられている。だけどその光景を見ても、私の心は少しも痛まなかった。それよりも病院を抜け出せた、という喜びの方がずっと強かったんだもの。

馬車で走りながら、レットはちょっと信じられないような話をした。もうじき州兵も義勇兵も、ジョンストン将軍のために駆り出されるっていうんだ。ということは、お年寄りも、十六歳になったばかりのフィル・ミードも戦争に行かなきゃいけなくなるっていうこと？

「あなたはどうするの、レット」

そんな質問をするとはと、レットは笑った。

「僕は軍服を着ないし、剣もふりまわさないよ。そんなことはウエストポイントでさんざんやってきたからな」

そういえばこの人、アメリカ一の名門陸軍士官学校にいたんだと思い出した。

そして私はあっと声をあげる。通りの先に赤い土埃がもうもうと上がり、こちらに向かって近づいてくる。たくさんの人間は百人もいただろうか。でも兵士じゃない。黒人たちだ。みんな太い声で讃美歌を歌っている。みんな肩につるはしやシャベルをかついでいるのはどうして。レットが路肩に馬車を停めたので、私は彼らをじっくり眺めることが出来た。

百人ぐらいの黒人？　いったい何のためにここを行進しているの？

その瞬間、最前列で歌っている男が目に入った。ぴかぴかと黒く輝く肌の大男、そして声ものすごく大きい。

「ビッグ・サム！」

私は大声をあげた。するとサムも私に気づいた。そしてシャベルを置いて、こっちにやってこようとした。

「なんてこった、スカーレットお嬢さまだ。ほら、イライジャ、アポスル、プロフェット、スカーレットお嬢さまがいらっしゃる」

私は他の黒人は顔を知っているぐらいだけど、ビッグ・サムならよく知っている。農園のリーダー格で、お父さまの右腕だ。だけどタラにいるはずの彼らが、どうしてここにいるの？

列が乱れて、あわてて士官が走ってきた。

「お前ら、列に戻れ、ほら、戻るんだ。おはようございます、ミセス・ハミルトン。いったい何をなさっているんですか。こいつらに勝手なことをさせないようにしてください。全く朝から、ずっと手を焼かされているんですから」

よく知っている士官だったので、私は思いきりエクボをつくった。

「ランドル大尉、どうか叱(しか)らないでやって。みんな実家(うち)の者なんです。だから私に声をかけるのは当然だわ。どう、みんな元気にしている?」

私はみんなと順番に握手した。四人は大喜び。私みたいに若くて綺麗(きれい)な女主人がいることが自慢でたまらないみたいだ。他の黒人たちはぽかんと見ている。そう、タラみたいに、主人が使用人を大切にして、親しくつき合っているところは、めったにあるもんじゃないわ。

「タラからこんなに離れたところで何をしているの。逃げ出したのね? そうに決まってるわ。逃げてもすぐにつかまるのに。それがわからないの?」

私が軽口を叩くと、男たちは真白い歯を見せて大喜び。サムが答える。

「誰も逃げちゃいませんよ。こちらに送られてきたんです」

「だからどうして」

「北軍が攻めてきた時に、白人の旦那方が隠れる穴を掘るためですよ」

「それってどういうことなの」

今度は大尉に尋ねた。サムの言うことはまるでわからない。

「なに、単純な話ですよ。アトランタの防衛を強化するために、もっと広範囲に壕(ごう)を掘らなきゃいけないんです。だけど前線から人手は来ない。だから各農園から、力のある黒人たちを集めて作業にあたらせることにしたんです」

えっ、と私は息を呑(の)んだ。だってこの一年のうちに、砲弾を撃つための土の砦(とりで)が街を完全に取り囲んでいる。それなのにもっと射撃壕をつくらなきゃいけないなんて。

「なにしろ軍がまた後退すれば、今度はアトランタ市内まで戻ってきてしまいますからね」

その言葉を口にして、大尉はしまった、という顔になった。後退って、敵もやってくるってこと。

「もちろん、さらなる後退などありませんが、ケネソー山の防衛線は難攻不落ですからね」

その時、私は思い出した。

ケネソー山とアトランタとは、二十二マイルしか離れていないって。

二十二マイル、二十二マイル……。鉄道で行けばほんのひとっとび。一時間ぐらいの距離。

実は北軍は、すぐそこまで来ているっていうこと?

「ミセス・ハミルトン。どうかご心配なく。万が一の備えをおこたらないのが、我らの将軍ですからね。さあ、お前たちもご主人さまにお別れしろ。もう出発するぞ」

私は胸がいっぱいになった。目の前の黒人は、タラにつながる大切な人たちなんだもの。ここで別れるのは悲しかった。

「みんな、病気とか、ケガとか、何か困ったことがあったらすぐに知らせて。私はピーチツリー通りの先のハミルトン家に住んでいるから。ちょっと待って――」

私は手提げバッグの中をまさぐった。だけど一セントも入っていない。

「レット、小銭をいくらか頂戴」

多めに握らせてくれた。

「はい、ビッグ・サム。これでみんなで煙草(タバコ)でも買いなさい。それとお行儀よくしてランドル大尉のおっしゃることをよく聞くのよ」

また列は出来て、赤い土埃が舞い上がった。ビッグ・サムの素晴らしい声が聞こえる。

——行け、モーゼ、はるかエジプトの地に。

そしてファラオに告げよ

わが民を解放させよと

埃の中のその歌声が、私にはとても不吉なものに聞こえた。

二十二マイル

二十二マイル

誰かの声が混じって歌っているような気がした。

19

私にとって、戦争というのは、ピカピカの軍服、凱旋する兵士たちと、花束を捧げる娘、そして勝利のパーティーだったんじゃないかと思う。

だけど本物の戦争はまるで違っていた。飢えとつぎのあたったみすぼらしい服、そして病院の血と膿のにおい。不安と恐怖で、心が折れそうになるっていうこと。

その日私は、生まれて初めて戦争の音を聞いた。朝の早い時間に、ケネソー山での大砲の音が聞こえてきたんだ。そう大きな音じゃない。低い小さな音だった。遠い雷の音、と思えば思えないこともない。

私たちは気にするまいと思った。北軍がすぐ近くまで迫っていることを、必死に考えまいとしたんだ。

ふつうの生活をして、あの音が聞こえないふりをした。聞こえてるけど。

ジョンストン将軍はいったい何をしているの⁉

まさかこのままじりじりと退却をするんじゃないでしょうね。食いとめるだけじゃなくて、早く早く北軍を追っぱらって。そうでないと奴らは本当にアトランタに入ってきてしまうかもしれない。

それは灰色に曇った日で、途中からは雨になった。私たちはピーチツリー通りに集って出征する義勇兵を見送った。

ねえ、信じられる？　この義勇兵には、ヘンリー叔父さんと、メリウェザー夫人のお義父さんが加わっている。ヘンリー叔父さんはメキシコ戦争に行った、もう六十近いお爺さんだ。タラにいるお父さまよりも年寄りがいっぱいだ。

こぬか雨の中、老人たちは行進する。先頭にいるのは、グランパ・メリウェザーだ。見憶えのあるチェックのショールは、よく夫人がしているもの。それを肩に巻いて微笑んでいる。そして私たちに向かってにこっとしながら敬礼した。

「おじいさまったら、激しい雨にうたれたらそれでおしまいよ。死んじゃうわ」

メイベルはわっと泣き出した。意地の悪い本当に嫌な娘だけど、私はすっかり彼女に同情してしまった。

そして老人の後は少年たちが行進する。どの子もみんな十六歳を超えているようには見えない。その中にフィル・ミードもいた。ミード先生のたった一人残された息子は、

「十六になったら、絶対に戦争に行く」

と言い張っていたけれど、ついに実行したわけだ。

グレーのふちなし帽は雨にうたれて、黒いオンドリの羽根飾りはぐったりと横になっている。胸に斜めにかけた白いストラップもびしょ濡れ、でも戦死したお兄さんの、形見のサーベルと大型銃を誇らしげに身につけている。

ミード夫人は本当に気の毒だった。息子が通り過ぎるまで、気丈に手を振っていたが、姿が

見えなくなるとへなへなと力が抜け、私の肩に頭をもたせかけたほどだもの。

私は気づいたんだ。銃を持ってたのは、フィルぐらいだって。他の人たちはみんな丸腰。武器を持っていない。せいぜいが旧式の火をつける銃だった。だってライフル銃や弾薬はもう南部にはないんだもの。

でもみんなは、すぐに北軍を倒して、銃を奪えばいいと考えている。

そんなこと本当に出来るの？

ジョンストン将軍は一万人の兵士を失っている。それなのにもう一万人の兵士を欲しがっているんですって……。

そして私は信じられないものを見た。それは馬に乗ったウィルクスのおじさま！　そう、アシュレのお父さまよ。

どうして、どうしてなの。おじさまだってアシュレと同じぐらい戦争が嫌いだったはずよ。ウィルクス家の人々は、ヨーロッパの本と絵をこよなく愛する人たちだった。戦争に行く人たちじゃない。ましてやそのお年で。

そしてこの馬といったら。イチゴ色の艶々（つやつや）した雌馬（めうま）は、そう、ネリーだ。双児（ふたご）のママ、タールトン夫人の宝物じゃないの。どちらも故郷の大切なものたち。それがどうしてアトランタにいるの。

びっくりして立ちつくす私に気づくと、おじさまは笑いながら、馬から降りた。

「スカーレット、会いたいと思ってたんだ」

「ウィルクスのおじさま、どうしてなの！」

「ご両親や妹さんたちから、山ほど伝言を預かってきたんだが、もう時間がなくてね。今朝ここに着いたばかりなのに、見てのとおりすぐに追いたてられてしまったんだ」

「ウィルクスのおじさま！」

私の声は悲鳴のようになった。

「おじさま、行かないで。おじさまがどうして行かなきゃいけないの」

おじさまの手をとった。本を読んだり、乗馬しか知らないこの手で、どうして銃を持つことが出来るの。ウィルクスさんは私の手を握りかえした。穏やかな優しい微笑み、オークス屋敷で見たままの。

「ああ、そうか。私が年をとり過ぎていると思っているんだな。確かに歩いて行軍するには年をとり過ぎているが、馬に乗ったり、射撃ならまだまだいけるさ。タールトン夫人が、親切にネリーを貸してくれたからね。この馬に何も起きなければいいんだが。もし何かあったら夫人に合わせる顔がない。あの人の手元に残っているのは、このネリーだけなんだからね」

私は三人の息子と、大切な馬たちを失ったタールトン夫人のことを思った。

「お父さんもお母さんも、そして妹さんたちもみんな元気にしているよ。君に安心してくれとのことだった。そうだ、君のお父さんも、もう少しで一緒に来るところだったんだよ」

おじさまは何かを思い出して声をたてて笑った。

「まさか、お父さまが戦争に行くはずはないわ」

「いや、行こうとしていたのは本当なんだ。もう居ても立ってもおられん、と言ってね。馬に乗りさえすれば自分でも戦地に行けると言い張ったんだ。そうしたらお母さんが条件をつけた。

馬であの柵を飛び越えられたら、軍隊に入ってもいいってね。お安い御用だ、ってジェラルドは言った。いつもこっそりと、あの柵を越えていたからね。ところが、信じられるかい。柵の前に来たら、馬が急にぴたっと止まった。そしてジェラルドは馬の頭を越えてふっとんだ。あれでよく首の骨を折らなかったもんだよ。だけど君が知ってるとおり、ジェラルドはとても頑固だ。一度言い出したらきかない。もう一度トライしたんだ。だけど信じられないことに、ジェラルドは三回飛ばされた。そして君のお母さんとポークに支えられて、ベッドに行くはめになった。ジェラルドは僕にこう言った。女房が馬に入れ知恵したんだってね」

おじさまはまた大声を出して笑い、私は心からホッとした。よかった、お父さまは戦争に行かないんだ。

「娘たちはメイコンのバー家に避難させたし、屋敷はジェラルドが管理してくれるそうだ。もう思い残すことはないよ。さて、そろそろ行かないと。スカーレット、その可愛い顔にキスをさせてもらえるかな」

私は頰を差し出した。苦しくて苦しくて胸が詰まりそう。郡きっての知識人で、ちょっと堅苦しいところがあったウィルクスさんだけど、このまま戦争に行くなんて。もしかすると、私のお義父さんになった人なのに。おじさまは最後に尋ねた。

「メラニーは元気にしているかい」

「ええ、とても元気です」

私はおじさまの目が、アシュレにとてもよく似ていることに気づいた。その灰色の目が見つめているのは、どこか遠いところ。

「初孫の顔を見たかったんだがな。ではさようなら、マイ・ディア」

おじさまはネリーに飛び乗った。その後を黒人の従者が従う。おじさまの美しい銀髪は雨に濡れていた。

さようなら。なんて真に迫った言葉。おじさまは死を覚悟しているんだ。でもまだダメ。おじさまは死んじゃダメ。アシュレも絶対にダメ。神さま、この二人だけは絶対に死なさないでと、私は神さまに祈った。

グランパ・メリウェザーや、フィル・ミードのことは祈らなかった。人数が多いと、効果が薄れるような気がしたから。


ジョンストン将軍は踏んばった。五月はじめから六月半ばにかけて、南部連合軍がなんとか攻撃に持ちこたえるにつれて、私たちにまた希望が生まれたんだ。

アトランタは熱狂に包まれた。あちらでもこちらでもパーティーやダンスの会が開かれた。食べ物やお酒はなくても、私たちは夢中で踊り続けた。

そう、つらいことは見ないようにして、好ましい楽しいことだけを信じたがるのが、私たち南部人の気性。いいのか悪いのかわからないけど、とにかくみんな、ひとときの夢に酔っていた。

前線から兵士がやってきて、一晩の宿を頼もうものなら、必ず夕食がふるまわれ、乏しい食料をやりくりした皿がいくつも並んだ。そしてその後はダンスが待っている。街には若い男がいなくなっていたので、娘たちが彼らをちやほやする。

アトランタは、さまざまな人でごったがえしていた。

親戚や友だちを訪問してくる人、避難民、入院中の兵士の家族。そしてびっくりすることには、どこからか若い美人の集団もやってきていた。もちろんちゃんとした家の娘たち。

他の州には、もう十六歳以下か、六十歳以上の男しか残っていないから、夫を探しにアトランタにやってくるわけ。

「こんな恥知らずの女たちが、このアトランタでのさばっているなんて」

ピティ叔母さんはかんかんだ。私もどうかと思う。パーティーにしょっちゅう顔を出すので、やり方が見えすいている。

だけど十六歳の女の子の頬の色といったら。何もしなくてもバラ色に輝いている。二回裏返して着ているドレスだって、つぎのあたった靴だって、あの笑顔で帳消しになる。

私はレットのおかげで、まだ新しく綺麗(きれい)なドレスを着ていたけれども、男の人たちの視線は、私を通り過ぎて彼女たちの方に行くようになった。

いつもは考えたことがないけど、私は子持ちの十九歳のおばさんなんだ。誰か私のことを彼らにささやくらしい。

「すごい美人だけど、結構年いってるよ。それにもう子どもがいるんだ」

口惜(くや)しい。ウェイドなんてこの頃ちっともかまってやってない。もともと母親だなんて気持ちはあんまりない。だってたった一週間の結婚生活で出来た子どもなんだもの。生まれた時はキツネにつままれたような気分だったっけ。

だからウェイドは私にあんまりなついていない。いつも召使いかメラニーのところにべったりいる。

でも何のかんのいっても私は人気者。このところとても忙しい。昼間は病院で介護の仕事をしている。そう、いったんはむかついて逃げ帰った私だけれど、ここのところはおとなしく病院に通っているんだ。そして夜は、いろんなところのパーティーに誘われる。

どこのおうちも、前線から何らかの理由で這い出してきた兵士を大歓迎していたからだ。バンジョーやヴァイオリンが演奏されて、ダンスの足音と笑い声で満たされる。みんなピアノを囲み、いろんな歌を歌った。

こういう時って、ふつうならあり得ないぐらい、人の心は昂っていく。兵士たちは、扇の陰でくっくっと笑う娘たちをじっと見つめ、そして甘い言葉をささやくんだ。待っていてほしい。いいえ、待てないわと。

みんなすごい勢いで結婚していった。ヒステリックな華やぎと興奮で、おかしくなっていたんだもの。

毎日結婚式が行われ、借り着の花嫁の傍には、つぎのあたったズボンをはいた花婿。

私はどうして冷ややかな目で見ていたんだろう。自分がプロポーズされない対象でいたから？　それだけじゃない。

みんなにはあの音が聞こえないのかと不思議に思ったんだ。そう遠くないところで砲弾の音がする。この花嫁たちは、いったいいつ未亡人になるんだろう。

ケネソー山の防衛線は確かに難攻不落だった。敵のシャーマン将軍さえそう認めた。そして彼は作戦を変えたんだ。ずっと大きく人員の配置を広げて、山の両側からアトランタに攻め入ろうとした。これは成功して、ジョンストン将軍は、後方を守るために前の陣地を捨てなくてはいけなくなった。

私たちが難攻不落だと信じ込んでいた、熱狂と幸福に満ちた二十五日間は終わった。たった二十五日の平和だった。その間、何人の花嫁が生まれたんだろう。

北軍は次第にアトランタに近づいてくる。彼らのいるところは、街からたった五マイル（八キロメートル）。五マイルよ。信じられる？

北軍の将軍はアトランタからすぐの町を占領して鉄道を分断した。これでもう、私たちのところには、軍需品はもちろん、食べ物も何ひとつ届かないことになる。

そして大砲の音が、今度ははっきり大きく聞こえ始めた。銃声も砲台を動かす音も。

戦争がこんな近くまでやってきていたなんて！

だけど何時間もの間、戦況はまるでわからなかった。そして午後になってから、負傷兵がばらばらと現れ始めた。一人で来る人もいるし、仲間に支えられている人たちもいる。

退却が始まったんだ。

私たちの住むうちは、街の北側にあるので、負傷兵が最初にたどりつくところになった。一人、また一人と兵士はやってきて、庭の芝生にへたりこむ。そして、水を、水をとあえぐのだ。

私たちは必死で彼らのめんどうをみた。皆で手分けして、水を入れたバケツと包帯を持ち太陽の下に立った。血を見ると失神するピティ叔母さんも、一生懸命働き続けた。お腹の大きいメラニーも、もう気にすることなく外に出ていた。

包帯はすぐになくなったから、シーツやタオルを裂いて使った。

「スカーレット、お願い。私のベッドのシーツをはがして」

そう言ったとたん、メラニーは気絶してしまった。だから無理しなくてもいいと言ったのにと、私は舌うちしたい気分になる。プリシーに手伝ってもらって、メラニーを台所のテーブルの上に運んだ。そこしか場所がなかったからだ。

だってベッドやソファはおろか、庭の芝生を埋めつくすように兵士たちが倒れていた。ピーターじいやが馬車で兵士たちを病院に運んだが、とても間に合うもんじゃない。

夕方になった。戦場からケガや病気の兵士を乗せる専用馬車がやってきた。そしてピティ叔母さんの家の前で停まる。

「水を。水をください」

私は水を入れたひしゃくを渡す。

「いったいどうなっているの。北軍はどこまで来ているんですか」

「確かなことは何もわかりません。まだ何とも言えないんです」

この逃げてくる兵士を見れば、退却していることは一目瞭然なのに。

夜がやってきた。とても蒸し暑い夜だった。埃がひどくて私の鼻の穴はふさがったまま。何度も袖でぬぐった。ラベンダー色のキャラコのドレスは、朝着替えたばかりなのに血と埃ですっかり汚れている。

何だか悪い夢をみているみたい。

倒れている兵士の中には、私の知っている男の子たちが何人かいた。そう、ジョージアのいろんな屋敷でダンスをした男の子たち。私に愛をささやいた男の子たち。彼らは私を見るととても喜んだ。微笑みかけ、何か喋ろうとしたけれども不可能だった。専用馬車で運ばれてきた兵士は、たいてい死にかけていたから。

病院でたくさんの兵士を見ていたけれども数が違う。悲しさがまるで違う。血まみれになった顔には、蚊やブヨが群がっていた。

どさりと何人も置かれたケガ人の山の中に、私はとても仲のよかった男の子を見つけた。頭を銃で撃たれ、かろうじて生きている状態だった。でも上には六人がかぶさっていた。彼だけひっぱり出すことは出来ない。ごめんなさいと私は泣いた。

そして蒸し暑いなか、雨が降り出した。翌日、退却しているのははっきりした。何千人もの兵士が街に流れ込んできたからだ。彼らはケガ人ではない。破れた戦旗を雨の中にはためかせ、きちんと隊列を組んできた。

私たちは通りに出て拍手と声援で迎える。たとえ負けて逃れてきても、南部の兵士なんだもの。

義勇隊の老人と子どもたちの中に、私はフィル・ミードを見つけた。硝酸や垢で顔が真黒になっていた。そしてヘンリー叔父さんの姿も。足をひきずっていた。帽子もかぶらず古ぼけた布を身にまとっていた。グランパ・メリウェザーも、裸足で砲車の上に乗っている。だけど、だけど、ウィルクスおじさまの姿は、どう目をこらしても見つけることは出来なかった……。

私たちは帰ってきた兵士を迎えて、覚悟を決めたんだ。もう最悪のことは起こらない。退却は退却として次のことを考えるしかないんだ。それは、アトランタは絶対に渡さないということ。どんなことをしてもこの街は守り抜くということ。

だけど私たちは、いつのまにか北軍に囲まれていた。アトランタには砲弾の雨が降りそそいだ。建物の屋根は吹きとんで、道には大きな穴があいた。地下室に逃げながらも私はぼんやりしていた。とても現実のこととは思えない。なにか長い嫌な夢をみているみたいだった。

やがて、女性や老人や子どもが、アトランタを脱出し始めた。だけどこの街の二大婆(ばあ)さん、メリウェザー夫人とエルシング夫人は、断固として街にとどまると宣言した。自分たちは病院にいて、最後まで傷ついた兵士を介護する義務があるからなんだそうだ。

北軍なんて少しも怖くはない。もし彼らに命令されても家を出ていったりするもんですか、と誇らし気に言ったけれど、娘のメイベルと赤ん坊はメイコンに逃がしている。

ミード夫人も英雄的なところを見せた。列車で避難しろというミード先生の命令に、初めてさからったんだって。夫には私が必要だし、フィルがこの街のどこかの塹壕(ざんごう)にいる以上、その傍についていたいというのだ。

ピティ叔母さんは、真先に荷物を送り出した一人だ。あたり前のことだと思い、誰も非難する人はいない。北軍がやってきたら、心臓マヒで死んでしまうかもね。

「私はメイコンの、いとこのバー夫人のところに泊まるわ。あなたとメラニーもいらっしゃい」

私は断った。誰がメイコンの、しかもバー夫人のところに行くもんですか。まだ娘時代、郡のすべての男の子にちやほやされていた頃、バー夫人の息子のウィリーとキスしているところを見つけられた。それ以来ずっと「手の早い娘」とか呼ばれてたんだもの。誰があんな意地の

悪いおばさんのところへ行くもんか。だけど、

「私はタラに帰るから。メラニーは叔母さまと一緒にメイコンに行けばいいわ」

と言ったとたんメラニーは、わーっと泣き崩れた。そして私の手をとってお願い、お願いと繰り返す。

「ねえ、タラに帰ったりしないで。私を一人にしないで。赤ちゃんを産む時、あなたが傍にいなかったら、私はきっと死んでしまうわ」

そりゃ、世界一頼りにならない女、ピティ叔母さんじゃ不安になるのも無理はない。だけど、身重(みおも)のメラニーのめんどうをみるのってどうなのよ。私だって早く自由になって、安全な親元に帰りたい。

そうしたらメラニーは、強烈なひと言を私に浴びせた。私をしばりつけるための、呪文のような言葉。

「だってあなたはアシュレに約束したわよね、私のめんどうをずっとみるって。あなたに頼んだってアシュレは私に言ったもの。確かに言ったのよ」

この女、大嫌い。本当にずるいと私は思った。アシュレの名前を出せば、私がなすすべもないのを知っているのだ。仕方なく私は答える。

「じゃあ、一緒にタラに帰りましょう」

ええ、そうさせてとメラニーは手を叩(たた)いた。

「あなたのお母さまは本当に優しい方だもの。よかった。赤ちゃんを産む時にも安心だわ」

だけど往診に来たミード先生はものすごく怒った。そもそも病院は戦場のようになっている

というのに、ピティ叔母さんが勝手に呼び出したのだ。メラニーがひどくとり乱しているという理由で。

きっぱりと言われた。

「早産でもない限り、私をもう呼ばないでくれ」

「それに移動するなんて論外だ。私は責任を持てないよ。列車は混んでいるしどうなるかわからない。負傷兵や物資の輸送が最優先だから、乗客はいつ森の中に降ろされるかわからないよ。その体で何かあったらどうするんだ」

「でもスカーレットと一緒にタラに行くなら大丈夫でしょう」

「馬車だともっとダメだよ。体にさわるからね。しかもあのあたりにもう医者は一人もいない。フォンテイン先生は軍に入ってしまったんだからね」

フォンテイン先生というのは、タラの近くで開業していたお医者さん。軍医になっていたんだ。

ミード先生は、医者独特の視線で、メラニーの少女のような体と大きくふくらんだお腹を見た。

「列車だろうと馬車だろうと、とにかく移動を認めるわけにはいかないよ。君だって列車や馬車の中での出産は嫌だろう」

あんまりの言葉に、私や叔母さんはおし黙り、メラニーは真青になった。

「この街に残りなさい。出産は私がみてあげよう。ここはそんなに危険ではないよ。北軍は近づいても、すぐに追いはらわれるはずだ。さあ、ピティ、君はすぐにメイコンに出発して、若い二人はここに残していきなさい」

「若い二人だけで？　誰が責任をとるのよ」

叔母さんが金切り声をあげた。

「二人とも結婚してるじゃないか。それに二軒先にはうちの家内がいる。ピティ、今は戦争中だ。責任がどうの、付き添い人がどうのと言ってる時じゃない」

叔母さんはぷりぷりして、ミード先生を見送らなかった。私一人だけ立つと、先生は玄関ポーチのところで立っていた。私を待っていたんだ。

「君には率直に話そう」

先生の顎髭の白髪は、この一ヶ月でいっきに増えている。

「君なら顔を赤らめずに聞いてくれるだろう。メラニーがよそに行くなんてとんでもない話だ。あの体で移動に耐えられるはずはない。たとえ最高の環境が整っていても難産になるはずだ。出産の時には、おそらくひっぱり出す鉗子が必要になるに違いない。だから無知な産婆に手を出させたくないんだよ。本来は、こういう体の女性は子どもを産むべきじゃないいんだ」

そう、アシュレの子をね。私はちらっと思った。メラニーはアシュレの子を産むべきじゃないのよ。それはもともと私の役目だったんだから。メラニーには気の毒だけど、私と息子のウエイドだけでタラに帰るつもり。まるっきり気がきかないけど、ウェイドの子守り役のプリシーもいるし何とかなるはず。メラニーのために、こんな危険なところにいるのはまっぴらだった。

「スカーレット、本当に頼むよ」

先生がじっと私の目をのぞき込むので、何か気づいたのかとちょっとひやっとしてしまった。

「君が家に帰るなんて話はもう聞きたくない。赤ん坊が生まれるまではメラニーについていてあげなさい。怖くはないだろう」

「ええ、もちろん」

私はしっかりと嘘(うそ)をついた。

もうじき北軍がやってくるかもしれないんだ。怖くないはずはない。だけど先生はじめこの街に残っている人たちは、まだ希望を捨てないから困ってしまう。この街を守る南部連合が必ずや、彼らを追いはらってくれるだろうと信じている。

「君はなんて勇敢なんだ」

先生は私の肩を軽く叩いた。

「もし何かあったら家内がいるし、ピティが使用人を全部連れていったら、うちのベッツィをよこして料理をさせよう」

「あの、先生、最終的にお産はいつになるんですか」

「五週間後だが、初産(ういざん)の時ははっきりしたことが言えないんだよ。この砲撃のショックで、いつ生まれてもおかしくない」

その前になんとかタラに帰らなくっちゃと、私は胸の中で算段をする。

だけど思わぬことが起こった。ピティ叔母さんはわんわん泣きながらメイコンに旅立った。ピーターじいやと料理女(クッキー)を連れて。

その出発前に、急に愛国心を募らせ、馬車と馬を病院に寄付してしまったんだ。

馬車なしで、タラにいったいどうやって帰ったらいいの。そして私は、この街にメラニーと息子、プリシーだけで残されたんだ。

20

ミード先生の嘘（うそ）つき。

いくら北軍（ヤンキー）が迫ってきても、南部連合の兵士たちがすぐに追っぱらってくれると言った。それなのにまもなく、彼らの攻撃が始まった。街の防衛線がどんどん突破されていく。

すごい砲弾の音。私は耳をふさいでしゃがみこんだ。

ヒューッという前触れの音がすると、私はメラニーの部屋に飛び込んだ。そしてベッドに寝ているメラニーをしっかり抱き、

「キャーッ」

と二人で悲鳴をあげた。

メラニーをしっかり抱き締めながら、私は彼女の汗のにおいをかぐ。本当に腹が立ってくる。この女さえいなければ、私は皆と一緒に地下室に逃げ込めるのに。

ミード先生からメラニーは、流産の危険があると言われていた。移動はもちろん、絶対に歩いてはいけないんだって。だから私は自分だけ逃げるわけにいかず、こうして傍（そば）にいなきゃいけないわけ。

「ありがとう、スカーレット！」

やがて攻撃が終わると、メラニーがあえぎあえぎ言う。

「今、赤ちゃんがお腹の中でバタバタ暴れたのよ！」

その言葉を聞いて、私はぞっとしてしまった。砲弾で体がこなごなになるのはおそろしいけれど、赤ん坊が生まれるのはもっとおそろしい。自分の時は、痛さのあまりギャーギャー泣き叫んでいるうち、お母さまとマミイがすべてうまくやってくれたっていう感じ。

生まれた子はそんなに可愛くなくて、母になった喜びより、これですべて終わった、という安堵の方がずっと大きかった。もう二度と子どもなんか産まないつもりだ。

でもメラニーのお産が始まったらどうしたらいいんだろう。砲弾にあたって、こなごなになることを考えると、体が寒くなるぐらい怖いけれど、メラニーのお産のことを考えるともっと怖い。

他人の脚の間から、血だらけの赤ん坊をひっぱり出すなんて、とても私には出来そうもない。本当にぞっとする。ミード先生が間に合ったらいいけれど、砲弾が降る中、先生を呼びに行かなきゃならなくなったらどうしよう。そのことを想像すると、メラニーなんか死んでほしいとさえ思ってしまった。本当に。

だってメラニーがいるおかげで、私はタラに帰ることはおろか、地下室に逃げることだって出来ないんだから。こんな足手まといの人間を、どうして私が世話をしなきゃいけないの。

プリシーだって砲弾が飛び交う中、ミード先生へのお使いに行くぐらいだったら、殴り殺される方を選ぶだろう。

ああ、赤ん坊が生まれる時に絶対にいたくない。いったい私はどうしたらいいの……。

そのことをつぶやいたら、意外にもプリシーはこんなことを言うのだ。

「スカーレットさま、何の心配もいりませんよ。私はお産のことは何でも知っていますよ。なにしろうちのお母さんは産婆でしたからね。母さんは私も産婆にするつもりだったぐらいです。だから私にまかせてください」

プリシーは、お父さまの従者ポークの娘。私より三つぐらい年下だけど、こんなに頼もしいとは思ってもみなかった。おかげでだいぶ気が楽になった。

だったら一日も早く、メラニーには子どもを産んでほしい。そうしたらメラニーはプリシーに押しつけて、私は一人さっさとタラに帰るつもり。砲弾の音ひとつしない、あの静かなタラへ、お母さまのいるわが家へ。そう、お母さまが近くにいてくれさえすれば、私はどんなことが起きても安心していられるはず。

もともとはアシュレに会いたいばかりに、このアトランタにやってきたんだけれど、もうこりごり。一日も早く、お母さまのいるタラに帰ろう。その後私は、ベッドの中で決心した。

明日になったら、メラニーにこう告げるんだ。私はもうこんな危険なところにいられない。息子を連れてタラに帰るの。いいことを思いついたの。あなたはミード先生のところにいさせてもらえばいいじゃないの。ミード先生は、あなたを取り上げたぐらいの昔からの仲。ミード夫人もあなたのことを娘のように可愛がっている。そうよ、ミード家にいるのがいちばん安心じゃないの……。

そしてメラニーをミード家に預け、私は息子とプリシーを連れて、すぐに列車でタラに向かう。

そう、明日メラニーに告げれば、あさってはタラにいられるんだわ。お母さまは、大変だったわねと、しっかりと抱き締めてくれるはず。そうしたら昼間からベッドに寝ころんでうとうとしよう。ここアトランタでは、夜もぐっすり眠れなかったんだから。起きたら、マミイがつくってくれたパンケーキに、メイプルシロップをたっぷりかけて食べる。食べたらまたお昼寝をするんだ。タラでは人手がたっぷりあるから、息子のウェイドもまかせとけばいいんだし……。

そうよ、私は明日になったら、メラニーに宣言する。

「仲よしごっこはもうこれまで。私は死にたくないの。だからもうタラに帰るわ」

だけどその後、アシュレの姿が目に浮かんだ。その言葉まではっきりと思い出すことが出来た。

──僕の代わりにメラニーのめんどうをみてくれないかい──

アシュレは生きているんだろうか。捕虜になったところまではわかっているけれど、その後の消息はわからない。

でもたとえ生きていなくてもアシュレを失望させたくなかった。もしもアシュレが無事に帰ってきたら、メラニーを見捨てて逃げ出した私のことをどう思うだろうか……。そんなことを考えると、私はメラニーにタラに帰るとは言えなくなってしまう。そして一日、また一日と日はたっていくんだ。

お母さまからはしょっちゅう手紙が届く。

「愛する娘」

という書き出しで、どんなに私のことを心配しているか書いてある。ああ、タラに帰りたい。でも何かが、それはアシュレに決まっているんだけれど、私をこの地にしばりつけている。私はお母さまに心配しないで、と書いた。

「アトランタの包囲戦はもうじき終わるわ。それにメラニーが難産になりそうで私はついていてあげたいの」

お母さまはしぶしぶ承知したけれど、ウェイドとプリシーはタラに帰すようにと言ってきた。それもいいけど、と私は思った。プリシーはふだんはまるで役に立たない。砲撃が始まると、地下室に耳をふさいで閉じこもっている。ウェイドときたら、情けなくなるぐらいおびえている。砲撃の間はもちろん、終わっても私にしがみついているほどだ。恐怖のあまり声もたてない。ただぶるぶる震えてしがみついている。四歳なのに夜も一人で眠れない。無理にベッドに行かせると、北軍がつかまえにくるとしくしく泣いている。

この声を聞くと本当にいらいらした。私は確かに母親だけど、その前にお母さまの娘なんだ。泣きたいのはこっちなのにと思う。

そんなわけでプリシーをつけて、ウェイドをタラに帰すことにした。だけどプリシーには言いわたした。

「一晩寝たらすぐに帰ってくるのよ。お産に間に合うようにね」

プリシーはぷうっと頬をふくらませた。彼女の父親は、お父さまの従者のポークだから、タラでは特別扱いでぬくぬく暮らしていたはず。そのまま向こうにいたいって顔に書いてある。

「本当に一晩だけよ。そのまま帰ってこなかったら承知しないわよ」

ところが大変なことが起こった。二人をタラに行かせる用意をしている最中、北軍がさらに南下したんだ。アトランタとジョーンズボロの間の線路沿いで、小競(こぜ)り合いが続いているんだって。

もしウェイドとプリシーが乗っている列車が北軍に襲われたら、と思うと私は青くなった。北軍は本当に残酷で、女性と子どもにもひどいことをする、というのはみんな知っているからだ。

びくびくして可愛気のない子だけど、やっぱり死なせるわけにはいかない。仕方なく私はウェイドをこのままアトランタに置いておくことにした。

砲撃は毎日続いているけれど、この街の人たちはそれに慣れてきた、っていうのも本当。北軍に包囲されるという最悪のことが起こったら、もうこれ以上悪いことが起こるはずはない、ってみんな奇妙に楽天的になっていたんだ。

実際にはそんなにひどいことは起こらなかった。生活はいつもどおり続けられていたし、みんな何とか平穏な風を装っている。

火山の上にいるのはわかっているが、噴火が起こるまでは何もしようがない。今から心配しても仕方ないし、もしかすると噴火は起こらないかもしれないじゃないか。私たちは無理やりそう思い込もうとしていたんだ。

目の前に砲弾が降ってくるし、食べ物は乏しくなるばかり。人って悲惨な状態が長く続くと、そのことについて深く考えることをやめてしまう。これは夢じゃないかってぼんやりと日を過ごす。

だってそうでしょう。このあいだまでレースたっぷりのドレスを着て、男の子たちとダンスをしていた私が、じゃがいもの芽をとり、黄ばんだシーツを洗っているし、スイカズラやつるバラしか見なかった私の目の前には、砲弾で壊れた家と、バラバラになった人間や馬の死体がある。

ぼんやりしなければ、とても受け入れられる光景ではなかった。

夜になると哀れな兵士たちがよく門の前に立っていた。そして水と食料をくれと頼むのだ。

「相棒を病院に連れていくところですが、もう持ちそうもないんです。ここで預かっていただけませんか」

「マダム、水とパンを……」

そうよ、こんなの本当にあることじゃない。私は夢をみてるのよ。水を汲んで食べ物を与え、傷口をしばって、死んでいく人の汚れた顔を拭いてあげた。そうよ、こんなひどいことが私の身に起こるわけがないわ。

そして七月も終わりのある晩、うちのドアをノックしたのは、ヘンリー・ハミルトン叔父さんよ。丸々していたピンク色の頬はブルドッグのように醜くたるんでいる。長い白髪は汚れきって、しらみがわんさかたかっていた。裸足同然。

変わっていないのは、怒りっぽい性格だけ。

「わしのようなおいぼれが銃を抱えて出ていくとは、全くなんて馬鹿げた戦争なんだ」

ぷりぷりしている。でもほんの少し楽しそうなのはどうして？　メラニーが後から言うには、若者と同じように扱われて、役立っているのが嬉しいんじゃないかしらって。

「わしらの部隊は明日の朝、出ていくことになった」

「えっ、どこに」

私とメラニーはびっくりして尋ねた。今さらどこに行って戦争をするの。

「まあ、だいたい察しはつく。南だよ。朝になったらジョーンズボロに向かうんだ」

向こうで大きな戦闘が始まるというんだ。

「北軍はあの鉄道を奪うつもりなんだ。そうなったらアトランタはおしまいだな」

「まさか、ヘンリー叔父さま、そんなことが起こるはずないわよね！」

私とメラニーが同時に叫ぶと、叔父さんはニヤッと笑った。

「このわしがいるんだから、とられるはずはないだろう。しかし厳しい戦いになるだろうな。南部の鉄道は全部北軍に押さえられてしまった。それだけじゃない。道路もほとんどだ。今やアトランタは袋に入れられていて、その口紐(くちひも)がジョーンズボロの鉄道だ。つまり北軍たちは、あそこの口紐を締めて、わしらを袋のネズミにしようという魂胆なんだ。だからあの鉄道は絶対に渡すわけにはいかない。わしは、明日の朝ここを出ていく」

叔父さんは私たちに別れの挨拶(あいさつ)をしにきたんだわ。叔父さんはきっと帰ってこないだろう。

私は不意にレット・バトラーの言葉を思い出した。

「男というのは戦争が大好き」

こんなみじめなありさまになっても、叔父さんは戦争が好きなんだ。それならそれで仕方ないかもしれない……。そうしたら、

「しばらく会えないから、お前たちの顔を見ておかなくてはならない。それとスカーレットが

お前のそばにちゃんといてくれるか、確かめておこうと思ってな、メラニー」

だって。まるで私の心の中を見透かしていたみたい。私はぞっとしてしまった。それなのにメラニーは、

「もちろんそばにいてくれるわ」

嬉しそうに言った。なんだか二人でしめし合わせていたみたい。

「ところでスカーレット、ありあわせのものでいいから、弁当をつくってくれないか」

私は台所に立って、トウモロコシパンを一つとリンゴをいくつかナプキンに包んだ。するとヘンリー叔父さんも私の後ろに立った。きっと身重（みおも）のメラニーに聞かせたくないことがあるに違いない。私も聞きたいことがある。

「ねえ、叔父さま、本当にそんなに深刻な戦況なの？」

「深刻かだって？　何を今頃、間の抜けたことを言ってるんだ。もう後はないんだぞ」

「ねえ、北軍はタラにも攻めてくるの？」

「全くなあ……」

叔父さんはため息をついた。

「女っていうのは、どんな時にも自分の身のまわりのことしか考えられんのだなあ」

だけどちょっと優しく、

「もちろん来やしないよ。タラは鉄道から五マイルも離れているんだからな。北軍が狙っているのは鉄道だ。農園じゃない」

それから急に真剣な顔になった。

「今夜わざわざ立ち寄ったのは、別れの挨拶のためだけじゃない。実はメラニーに直接伝えたかったんだが、どうしても出来なかった。だからあんたから言ってくれ」

衝撃で倒れそうになった。

「アシュレが⁉　あの人が死んだの⁉」

「おい、おい。泥につかって壕の中にいるわしに、アシュレのことがわかるわけがなかろう」

叔父さんはつっけんどんに言った。まさか私の動揺ぶりに何か感じたわけじゃないでしょうね。

「違う。その父親の話だ。ジョン・ウィルクスが亡くなったんだ」

やっぱり。私はお弁当を持ったままぺたんと椅子に座り込んだ。最後に見たおじさまの姿。馬のネリーに乗っていた。私にキスをしてくれたウィルクスおじさま……。

ヘンリー叔父さんは金時計をとり出した。ウィルクスおじさまの形見だとすぐにわかった。私は泣くことも出来ない。あの美しいオークス屋敷の主。素敵な銀髪のおじさま……。

「勇敢な男だったよ。メラニーにそう言っておいてくれ。ウィルクスの娘たちにも手紙を書いてくれ。あの年のわりには戦いぶりが見事だったから、それで狙われた。馬もろとも直撃されたんだ。あの馬は、可哀想だが、わしがこの手で撃ち殺したよ。本当にいい馬だったが」

タールトン夫人の宝物だったネリー。砲撃にやられ、これ以上苦しまないようにと叔父さんは撃ったんだ。

「タールトンの奥さんにも、あんたから手紙を書いた方がいいだろう」

私は頷いた。タールトンさんは、これですべての息子と馬を失ってしまった。どちらもうんと大切にしていたのに。

「さあ、弁当を包んでくれ。わしはもう行かなきゃならん。スカーレット、そう嘆くことはないよ。若い者と同じように戦って死ぬ。年寄りの死に方としちゃ最高じゃないか」

「いいえ、死んではいけなかったわ。ウィルクスさんは戦争に行くべきじゃなかったの。孫の顔を見て、ベッドで安らかに死ぬべきだったの。おじさまはどうして戦争に行ったの？ 連邦脱退には最後まで反対していたし、戦争なんか大嫌いだったのよ」

「そんなことは誰にもわからん」

叔父さんは不機嫌そうに鼻をかんだ。

「わしがこんな年になって、喜んで北軍の銃の的になってると思ってるのか。だがこのご時世、どんな年寄りだって選択の余地はないんだ。南部の紳士ならばな。さあ、スカーレット、別れのキスをしてくれ。わしのことは心配いらん。この戦争を無事に生き抜いてみせる」

私は汗と垢(あか)にまみれた、叔父さんの頬にキスをした。

ウィルクスさんの死を、メラニーに知らせるのは明日にしようと決めた。泣かない日は、一日でも多い方がいい。


ヘンリー叔父さんが予言したとおり、北軍はジョーンズボロに向かった。そして街の四マイル（六・四キロメートル）南で鉄道の分断に成功したけれど、南部の騎兵隊は北軍を追いはらい、工作隊が破壊された箇所を直したんだって。この炎天下に必死にやりとげた工作隊のことを、私はとても誇りに思う。

この戦いから三日後、お父さまから手紙が来た。タラは無事だったって。戦闘の音は聞いたけど、北軍は見なかったって。それから手紙の最後に、キャリーンが腸チフスにかかったと書いてあった。でもたいしたことがないから心配しなくてもいいと手紙は結ばれていた。

今となっては、鉄道がいつやられるかはわからない。お前とウェイドは帰ってこなくてよかった。どうかもうしばらくはアトランタにとどまっていなさいと、命令口調だった。

少しほっとした私は、その手紙を胸元に入れ玄関ポーチに座った。とても静かな夜だった。ライフルの音ひとつしない。

まるでこの世界に私ひとりしかいないみたい。とても寂しかった。誰かそばにいてほしい。あのメリウェザー夫人でも構わないとさえ思った。でも夫人は病院で夜勤だし、ミード夫人は前線から帰ってきたフィルにつきっきりだ。そしてメラニーは眠っている。

あんなにうるさいほどやってきた兵士もこの頃は誰も来ない。歩ける男はすべて駆り出され、塹壕(ざんごう)に入っているか、ジョーンズボロ近くの森で、北軍に追いかけまわされているかのどちらかなんだもの。

静まりかえったアトランタの街。目を閉じればタラにいるような気分になれた。戦争が終われば、また元の暮らしに戻れるのかしら。いいえ、それは無理。絶対に無理。だってみんな死んでしまったんだもの。

私とじゃれ合って育ってきたタールトン家の双児。そして兄のトーマスとボイド。四人とも死んでしまった。四人も。もう二度とタラの並木道を、はしゃぎながら馬で駆けてくる双児を見ることは出来ない。

それからレイフォード・カルヴァート。ダンスの名人だったのに、もう私とは踊れない。それから私を争ったマンロー家の息子たち、小柄だけどハンサムなジョー・フォンテイン……。そして、そして、

「ああ、アシュレ……」

私はすすり泣いた。こんなにたくさんの人たちが死んでいるのに、アシュレだけが生きているとは思えなかった。

ああ、アシュレ、あなたまでいなくなって、私はどうやって生きていけばいいんだろ……。私は顔を手で覆って思う存分泣いた。メラニーの前では泣けなかったのに、一人ぼっちの今、いくらでも涙が出てくる。

その時、表門から誰かがやってくる音がした。私はあわてて涙をぬぐった。

もう顔を見るのもイヤ、と思っていたけれど、彼の顔を見てホッとした。真白いリネンのシャツといい、血色のいい顔といい、彼だけには戦争の影がなかった。ずうっとずうっと変わらない。変わらない、っていうことがこんなに素敵な、大きな力を持っていたなんて。

やってくるのはレット・バトラーだった。いつものつば広の帽子をかぶり、馬に乗ってやってきた。会うのは、私が病院の仕事を投げ出したあの日以来。

彼は本当に驚いたように私を見た。

「メイコンに避難していなかったのか！　ミス・ピティが避難したって聞いてたから、当然君も一緒に逃げたと思っていた。家にあかりが見えたんで、召使いが残っているかと思って寄ったんだ。それなのに君がいるじゃないか。どうして逃げなかったんだ？」

「メラニーがいるからよ」

私はふてくされて答えた。ちょっと甘えてみたかったのかもしれない。

「あの人、もうすぐ生まれるんで、今はとても避難出来る状態じゃないの」

「なんてことだ！」

彼は本当に驚いていた。臨月が近いなんて独身の男性に向かって言うべきことじゃないけど、彼はすべて理解していた。

「まさか、ウィルクス夫人はここにいるんじゃないだろうな」

「いるわ」

彼はやれやれとポーチの階段に腰をおろした。そして煙草（タバコ）入れから葉巻を一本取り出す。アトランタではまず見ることのない上等の葉巻。平和ないいにおいがした。

「おかしな話だなあ。こんな奇妙な話は聞いたことがない」

「そうかしら。だって仕方ないでしょう。あの人は私の義理の妹だし、他に頼る人がいないんだもの」

私はいつものようにそっけなく答える。

「僕は前から気づいていたよ。君はウィルクス夫人にうんざりしている。鈍感でくだらない女だと思っているだろう。だから彼女によく、つんけんして小馬鹿にしたような態度をとる。それなのに、こんな危険な時に彼女に付き添うって、とてもおかしなことじゃないか」

「だから言ったでしょ。彼女は死んだ私の夫の妹なのよ」

「っていうよりも、アシュレ・ウィルクスの妻だからじゃないのか」

私はぱっと立ち上がった。本当にこの男、ひっぱたいてやりたい。

「なんて失礼なこと言うの！　たとえポーチでも、あなたなんか家にあげるんじゃなかったわ」

「まあ、座れよ。座って気持ちを落ち着けろよ」

レットは急に優しくなり、私の手をとった。その時、どうしてかわからないけれど、私の中で抑えていた大きなものがどっと爆発した。私は声をたてて泣き始めたんだ。

「私だってタラに帰りたい……。お母さまのところに帰りたいのよ……。でも手紙が来たの。北軍が家の近くまで来ているし、妹が腸チフスにかかってるって。だから今は帰ってくるなって。私は、私は……」

「もう泣くな。タラより、アトランタの方がずっと安心だよ」

レットは私の手をしっかりと握って言った。

「北軍は君に何もしないだろうが、腸チフスはそうはいかないからね」

「北軍が何もしないですって。そんなの嘘に決まってる」

私はもう泣くのをやめて、レットを睨(にら)みつけた。

「よくもよくも、そんな嘘つけるわね」

「マイ・ディア・ガール、よくお聞き。北軍は悪魔じゃない。いろんなことを言われているが、我々南部人とほとんど同じだよ。もちろんちょっと行儀は悪くて、言葉遣いはひどいがね」

「でも北軍が攻めてきたら――」

その後はとても言えることじゃない。だけど私がいちばん恐れていること。

「君をレイプするっていうこと？　それはないと思うよ。もちろんしたくなるとは思うけど」

「そんな汚らわしいこと言うなら、すぐにここを出てって！」

私はもう一回立ち上がった。本当にこの男ったら、どうしてそんなことを言えるんだろう。この男は絶対に皆が言うとおり南部紳士じゃない。

「僕に腹を立てたって仕方ないだろう。お上品に育てられた南部の淑女たちは、みんなそのことを心配しているはずさ。あのメリウェザー夫人と同年齢のご婦人さえもね」

私は黙った。ここ最近、私たちがひそひそ話をするのはそのことばっかりだったんだもの。

「でも僕はついていた。この家にはピティさんもいない。君ひとりでいるところに来るなんて……」

レットが私の手のひらにキスをする。なんて男なの。保護者が誰もいなくなったこのうちで、私に告白しようとしている。この三年、私のことをさんざんからかったり、皮肉を口にしてきたけど、やっぱり私のことを愛してるんじゃないの。もちろんつっぱねてやる。私はあなたの妹にしかなれませんわ、とか言ってやろう。私は楽しい期待でドキドキしてきた。

「スカーレット、君は僕が好きだろう。そうだろう」

ちょっと意外なはじまりだけど、まあいいか。

「そうね、時々はね」

私はつんとして答えた。

「あなたがならず者みたいにふるまわない時はね」

彼は笑った。

「いや、君が僕を好きなのは、僕がならず者だからさ」

手首近くにキスをする。私は心臓が破れそう。手にキスされているだけなのに、どうしてこんなにうなじから震えてくるの。

レットは耳に唇を寄せてきた。葉巻のにおいと共に、強い男の人の体臭を感じた。

「それでも君は僕のことが好きだ。どうだい、僕を愛することが出来るか」

「それは無理ね」

やっとの思いで口にした。

「その礼儀作法をあらためない限りはね」

「まだそんな憎まれ口を叩くのかい。僕は君が大好きだ。だけど愛しているわけじゃない。君は魅力的だから愛しても不思議じゃないけど、君はなにしろ現実主義で抜け目がない。おそらくそれはアイルランドの農民だった祖先からひき継いだものだろうがね」

なんなの、この男！　私のことを侮辱している。愛してない、の次は、アイルランドの農民だなんて。怒りのあまり、言葉が出てこない。

彼はキスをするまでに私に身を寄せてきた。

「君が僕を好きなのは、似た者同士だからだよ。もしかするとアシュレ・ウィルクス君は墓に入っているかもしれない。だけど君は彼の思い出を後生大事にしている。それでも君の心の中に、僕が入る余地はあるんだよ。スカーレット、嘘をつくな。いい子ぶるのはやめるんだ。僕は本当のことを言おう。君を初めて見た時、あのウィルクス家のパーティーで、君が哀れなチャーリー・ハミルトンをたぶらかしているのを見た時から、ずっと君が欲しかった。僕はこんなに女性を求めたことはない。こんなに待ったこともな」

ひねくれた男だけど、やっぱり私にプロポーズしているじゃないの。私は態勢を立て直した。

「ミスター・バトラー、あなたは私に結婚を申し込んでいらっしゃるのね」

「まさか、とんでもない。僕はつくづく結婚に向かない男なんだろうな。それは前に言ったはずだよ」

〝ディア・ガール〟と彼は言った。

「君の知性に敬意を表し、誘惑だの告白だのは省略しよう。ずばり言う、僕の愛人になってくれ」

愛人！　私は叫んだ。南部のレディのこの私に愛人になれですって！

「愛人、愛人ですって！　愛人なんてベッドの上のことにはげんで、ガキをぞろぞろ産むのが仕事じゃないの！　ふざけんな！」

私はいったい何を言ってるの。こんな汚い言葉を、いくら汚い男相手でも口にするなんて。レットは笑っている。

「スカーレット、だから僕は君が好きなんだ。君ほど正直な女はいない。他の女なら、失神するところだったけどね」

もう二度とここに来ないで、と私はわめいた。

「今度こそきっと許さない。くだらないキャンディだのリボンだのを抱えてやってきても私は許さない。お父さまに言いつけるわ。そしたら、あなた、お父さまに殺されるわよ」

殺されるわよ、と私は力を込めて発音した。レットは大げさにお辞儀をする。ランプの光の中で口髭の下の歯が見えた。この男は笑っているのだ！
ああ、口惜しい。誰かこの男を本当に殺してほしいと私は心から思った。

21

砲弾の音が絶えなかった、死ぬほど暑い八月。

その夏が終わろうとした頃、アトランタの街は不意に静かになった。攻撃がぴたりとやんだんだ。

いったい何があったの。

私たちは通りに出ては顔を見合わせた。だけど答える人は誰もいない。新聞なんか、インクや紙がなくなってとっくに発行されなくなったんだもの。

北軍(ヤンキー)との交渉がうまくいっている。いや、もうじき大攻撃が始まるんだとか、みんな噂(うわさ)にとびつき、またそれで不安になった。

私たちは少しでもいい知らせが聞きたくて、軍の本部に押しかけていったけれど、何の知らせもない。電信局も鉄道駅も、ぴたりと押し黙ったままだ。

街はひっそりと静まりかえっている。数えてみると、アトランタが包囲されてから三十日がたとうとしていた。たった一ヶ月。

今やアトランタは、守りのための赤土の壕(ごう)にぐるりと囲まれている。そして病院に向かう、ケガをした兵を乗せた馬車の列。そこいらにころがっている死体を、無造作に埋めていく男たち……。

少し前まで私たちは南部の勝利を疑わなかったのに。そう、ほんの四ヶ月前に、北軍はドルトンを南下してきたのだ。

南下、南下……。北軍がどんどん私たちの土地を踏み荒らしに来るなんて、私は想像も出来なかった。

私がハンサムな士官たちと、小川の岸辺でピクニックした村、ピーチツリー・クリークやユトイ・クリークは、戦場となっているらしい。

みんなの緊張が極限に達した頃、やっと知らせが届いた。北軍のシャーマン将軍は、アトランタの最後に残った一辺を押さえ込もうとしているという。ジョーンズボロで鉄道を攻撃し始めたんだ！　これを何とか阻止しようと、何千人という南部兵士が、街の近くの塹壕から出てきて集結した。そしてジョーンズボロに向けて移動し始めたという。アトランタが急に静かになったのはこういうわけなんだ。

だけどこの不気味な静寂。

どうしてジョーンズボロなの？

不安のあまり大声を出してしまいそう。タラとジョーンズボロはとても近い。

どうしてジョーンズボロを狙わなきゃいけないの。鉄道を攻撃するにしても、他にも場所はあるはずなのに。

もう一週間もタラからの手紙は来ない。最後のお父さまの手紙には、末の妹のキャリーンが腸チフスにかかったと書いてあった。何も心配しなくてもいい、と書いてあったけれど、回復したという手紙はまだ来ていない。

　ああ、心配で心配でたまらない。これだったら、メラニーが何と言おうと、包囲戦が始まる前にタラに帰っておけばよかった……。

　そうこうするうち、信じられないような噂が流れてきた。ジョーンズボロから北軍は追いはらわれたんですって。だけど、駅を焼き、電線を切断し、線路を三マイル（五キロメートル）も破壊して逃げたっていう。工作隊が死にものぐるいで修復しているんだけど、北軍たちは枕木をはがして焚き火をして、もぎとったレールをそこにくべたって！　信じられない。北軍って何て野蛮な奴らなの。

　でもジョーンズボロから北軍がいなくなったと聞いてひと安心。しかもお父さまからの手紙が届いた。フッド将軍の使いに来た人に、お父さまが手紙をことづけたんだ。こんな無茶をして届けられる手紙って……。

　私は膝をがくがくさせながら封を開けた。キャリーンが死にかけているんじゃないかしら。必死で目を走らせる。なぜって今、南部では紙がものすごく不足しているから、お父さまからの手紙は、このあいだ私が送った便せんの行間に書かれているんだもの。

「愛する娘よ。お前のお母さんと妹たちが腸チフスにかかった。病状はとても悪いが、最善を祈ろう。絶対に帰ってきてはいけないよ。お前とウェイドを危険にさらすことは出来ない。母さんから、お前のことを愛していると。そして母さんのために祈ってほしいと」

　私は階段をかけ上がり、自分の部屋に入った。ベッドのそばにひざまずいて、心から祈った。こんなに真剣に祈ったことはない。

マリアさま、どうかお母さまをお助けください。お母さまを救ってくだされば、私はきっといい娘になります。お願い、どうか助けて。

次の週もずうっと私は手紙を待った。馬のひづめの音が聞こえるたびに、びくっとしてドアに走った。

どうして手紙が来ないの。ここからたった二十五マイル（四十キロメートル）しか離れていないのに。

タラ、わが家！　アシンメトリーの白い屋敷。窓には白いカーテンがひるがえり、芝生にはクローバー、玄関の階段には、小さな黒人の少年がいて、花壇に入りこもうとするアヒルや七面鳥を追いはらっている。輝く太陽の下、赤い土の畑にはずうっと続く白い綿花。ああ、タラ、私の大切な大切なわが家。

それなのに帰ることが出来ないなんて。

ああ、いまいましいメラニー。そう思ったのは千度めだ。

どうしてピティ叔母さんと一緒にメイコンに行かなかったの。自分の親戚のうちでしょう。それなのに、血もつながっていないのに、どうして私にべったりくっついてくるのよ。あの人がメイコンに行ってくれれば私はタラに帰れたのに。

ああ、お母さま、お母さま、どうか死なないで。どうして赤ん坊は生まれないの。もういや、こんな危険なところでだらだら過ごすのは。

そうだわ、今日ミード先生に会って、出産を早める方法がないかきいてみよう。赤ん坊さえ生まれれば、私はウェイドを連れてタラに帰れる。特別のコネを使って護衛をつけてもらおう……。

でも難産になるってミード先生は言ってた。それってメラニーが死ぬってこと？　もしメラニーが死んだら、アシュレはどうなるの？　いいえ、そんなことを考えちゃダメ。どっちみちアシュレは死んでいるのよ。

でも、もしアシュレは生きていて、メラニーが難産で死んだら……。ダメ、なんておそろしいことを考えるの。毎日祈っているでしょう、お母さまを救ってくれれば、私はきっといい娘でいるって。

ああ、私はここを抜け出したいの。このままここにいたら、私は頭がヘンになるかも。かつては大好きだった街、アトランタ。活気があって素敵なものに溢（あふ）れていた。でももうイヤ。この不気味な静寂の中には、恐怖しかない。砲弾のやかましさの方がまだ救いがあった。

そう、街に残っているわずかな兵士は、もう負けが決まったレースを無理やり走らされている競技者みたい。やつれて疲れ果てている。

そう、私たちはとうに知っていた。メイコンの鉄道が陥落すれば、アトランタも陥落するだろうっていうこと。

九月一日の朝、私は目を覚ました。それは昨夜からずっと続いていた恐怖心のせいだった。でもどうしてこんなに怖がっているのかよくわからない。寝起きでぼんやりしているから。

そう、戦闘よ、戦闘。昨日どこかで大きな戦闘があったんだわ。それでどっちが勝ったんだっけ？

私は目をこすりながら身を起こした。早い時間なのに、あたりはもう蒸し暑かった。真昼になれば、目に痛いほどの青空が広がり、太陽が容赦なく照りつけるはず。

でもまだ家の前の道は静かだった、荷車が行き交うこともない。近所の家から、黒人たちののんびりした声や、朝食の仕度の音が聞こえることもない。だってこのあたりの人たちは、ミード夫人とメリウェザー夫人を除いて全員メイコンに避難していたから。商店や事務所だって、ほとんどは錠をおろし、ドアや窓に板をうちつけていた。そこにいた人たちは、ライフル銃を持ってどこかに行ってしまった。

私は確かな予感を持って窓から、赤く乾いた道を見つめた。

遠くから音が聞こえた。近づいてくる嵐の最初の遠雷のように、かすかでいて重々しい音だった。

雨かしら、と最初は思った。違う、雨じゃない。

「大砲だわ！」

心臓が破れそう。窓から身を乗り出し、どちらの方向から聞こえてくるんだろうと耳をすませた。だけど音は遠過ぎて、どこから聞こえてくるのかわからなかった。

神さま、南ではありませんように。ディケーターとかピーチツリー・クリークの、とっくに戦場になっているところからでありますように。

でも音は南から聞こえてくる。っていうことはタラの方向よ。シャーマン将軍の何千っていう兵隊が、すぐそこにいるんだ。

ああ、でもタラにいたい。北軍がいようといまいと、そんなことは構わない。胸騒ぎでもう息が苦しい。タラに帰りたいのよ、お母さまの傍(そば)にいたいのよ。

私はナイトガウンの裾(すそ)をもつれさせながら歩きまわった。不安で不安でそうしなくてはいられなかった。

そのうち、階下から食器の触れ合う音が聞こえた。プリシーが朝食の仕度をしているんだ。プリシーったら、もの悲しい声で黒人霊歌を歌ってる。

「すぐにこの世の苦しみは終わる。神のみもとに帰るんだ……」

私は腹が立った。ガウンを着て階段上から叫んだ。

「朝っぱらから、そんな辛気くさい歌歌わないでよ！」

「はい、奥さま」

私は自分がちょっと恥ずかしくなった。黒人の少女にあたるなんて、お母さまが見たら何て言うかしら。

メラニーの寝室へ行き、ドアを少しだけ開けた。メラニーはベッドに横たわっていた。目のまわりには黒いくまが出来ていて、ハート形の顔はむくんでいた。そしてきゃしゃな体は醜くふくらんで、お腹はぷっくりふくれていた。この姿をひと目アシュレに見せられればいいのにって、私は意地悪いことを考えた。一瞬だけど。

妊婦は何人も見ているけど、みんな上手にお腹を隠していた。こんなぶざまなはらみ女は見たことがない。

ふうーんって感じで私はのぞいていたんだけど、その時メラニーが目を開けた。そして微笑(ほほえ)む。私はこの微笑みが大嫌い。やわらかくて温かい微笑。これが嫌いっていう私って、本当に性格が悪いことになる。

「スカーレット、中に入って」

そう言いながら、ぎこちなく体を動かして横向きの姿勢になった。

「陽が出てからずっと目を覚ましていたの。あなたにお願いしたいことがあるの」

もうこれ以上、私にものを頼まないで。あなたのために、私はどれだけの犠牲をはらっていると思ってるのよ。私はこう叫びたかったけれど、なぜか黙って近づいていった。もうじき母親になる女特有の、力強い静けさみたいなものが、私をおとなしくさせたんだと思う。

「今、大砲の音を聞いたわ。ジョーンズボロの方だったんでしょう？」

ええ、とだけ答えた。

「スカーレット、あなたは本当によくしてくれたわ。本当の姉妹だってこんなにはよくしてくれないと思うの。あなたを愛してるわ」

やめてよ、私を愛してるなんて。何も気づいていないの？　本当に馬鹿な女。

「それでね、スカーレット、私ずうっと考えていたんだけど、あなたにお願いしたいことがあるの」

メラニーは私の手をぎゅっと握った。熱い汗ばんだ手。

「もし私が死んだら、この子をひきとってもらえないかしら」

メラニーの目は大きく見開かれている。くまがあるから凄みさえあった。

「いいでしょう？」

やめてよ、こんな頼み方。私だっていつ死ぬかわからない時に。不安になるばっかりじゃないの。

「馬鹿言わないでよ」

私は怒鳴った。

「あなたが死ぬわけないじゃないの。最初のお産の時は誰だってそう思うものなの。私だってそうだったわ」

「いいえ、そんなことないはずよ。だってあなたは何ごとも怖れないもの。あのね、私は死ぬのは怖くないのよ。でもこのお腹の子を残していくのはとても不安なの。もしアシュレが……」

そこで言葉を切った。もしアシュレが生きていたら、と言おうとしたに違いない。

「スカーレット、約束して。もし私が死んだらこの子をひきとって育ててくれるって。そうすれば不安がなくなるわ。ねえ、スカーレット、約束して。もし男の子だったら、アシュレみたいに育てて頂戴。もし女の子だったら……」

そこでちょっとためらったのを私は聞き逃さない。

「あなたみたいな女の子にしてほしいの」

「やめてよ、もう！」

私は怒鳴った。

「こんな大変な時に、あなたまで死ぬだのなんだの言わないで頂戴よ！」

「わかったわ、スカーレット。でも約束してね、今のこと。実はね、今日じゃないかと思うの。きっと今日だわ。私にはわかるの」

今日、出産するっていうこと？　やめてよ、そんなこと。

「だったらもっと早く私を呼べばよかったじゃないの。わかったわ、今プリシーにミード先生を呼びに行ってもらう」

「いいのよ、スカーレット。ミード先生がどんなにお忙しいか、あなただってわかっているでしょう。そのかわりミード夫人に来ていただけないかと頼んで。そうすれば先生に来てもらう時がわかるかもしれない」

メラニーは大変な難産になる、その言葉を思い出して私はぞっとした。

「どうしていつも、人のことばっかり考えるのよ。あなただって病院の人たちに負けないぐらいお医者さんを必要としているのよ。今すぐミード先生を呼びに行かせるわ」

「やめて、お願いよ。お産って丸一日かかるんでしょう。気の毒な兵隊さんがみんな先生を必要としている時に、何時間もここにひき止めておくわけにいかないもの。いざという時にだけ来ていただきたいの。だからミード夫人を」

「わかったわ」

私は立ち上がった。

何も怖れない人、ってメラニーは言ったけど、私はお産が本当に怖かった。だってミード先生は言った。メラニーは産道がとても狭いので、ひっぱり出さなきゃいけないだろうって。赤ん坊をひっぱり出すですって。そんなことが出来ると思う？　そうよ、一刻も早くミード先生を呼ばなきゃ。

街はしんと静まりかえっている。もう逃げてくる負傷兵もいないんだからあたり前だ。

その誰もいない赤茶けた道を、プリシーがのろのろと歩いてくる。全くこんな時に。いったい何をしていたの。

「ミード夫人は、いつここに来るのよ」

思いきり睨(にら)んでやった。

「お留守でした」

「じゃ、いつ帰ってくるのよ」

「それがあー」

もったいをつけてる。これから重大なことを話す合図。この子にはいつもいらいらさせられる。

「あそこの料理女(クッキー)が言うにはー、今朝早く知らせが来たそうでーす。フィル坊ちゃまが撃たれたって。それでタルボットじいやとベッツィを連れて、馬車で坊ちゃまをひきとりに行ったって。フィル坊ちゃまのケガはひどくって、当分はお帰りにならないだろうってぇー」

私はもう少しでプリシーをぶってしまいそうになった。この子は悪い話を、どうしてこう嬉しそうに長ったらしく喋(しゃべ)るんだろう。

「じゃあ、メリウェザー夫人のところへすぐ行きなさい。夫人が来られないなら、ばあやを寄こしてほしいって。ほら、急いでいくのよ」

「あそこもお留守でしたよー、スカーレットさま。あそこのばあやと、ちょっと世間話しようと寄ったら、鍵がかかってました。きっとみんな、病院に行ってるんじゃないですかねー」

ああ、腹が立つ。思いきりこの子をぶったら少しは気分がすっきりするだろうけど、召使いの子どもに、そんなことをするのは、お母さまからいちばんいけないことと言われていた。もう頭の中が混乱している。この街に残っているのは誰なの？　私たちを助けてくれそうなのは誰なの？

大嫌いで苦手だけど、エルシング夫人のところに頼みに行くしかないわ。

「すべてを丁寧に話すのよ。どうかここに来てくださいって。メラニーのお産がもうじき始まるって」

「はーい、スカーレットさま」

ゆっくり歩き始める。この子、私をからかっているんじゃないだろうか。

「このろま、急ぐのよ！」

プリシーが出かけてから、メラニーは本当に苦しみ出した。声を必死で抑えているのがわかる。

どうするのよ、もうじきお産が始まる。すごい難産の。私は一人じゃ出来ない。絶対に。

一時間も過ぎた頃、やっとプリシーが帰ってきた。やっぱりこの子、どっかイカれてる！　スカートの裾をつまんで、頭をそらし、お祭りにでも行くみたいに気取って歩いてきた。なんて遅いの！

お母さまも見ていないし、この小娘、いつか鞭（むち）でうってやると私は歯ぎしりした。

「エルシングの奥さまも、病院だそうでーす。午前の列車で、ケガをした兵隊さんがいっぱい運ばれてきたそうです。料理女は病院に持っていくスープをいっぱいつくってましたー。料理女が言うには……」

「もう料理女の話はどうでもいい！」

いつか絶対に鞭でうってやる。

「綺麗なエプロンをつけて、すぐに病院に行きなさい。手紙をミード先生に渡すのよ。とにかく誰かお医者さんに来てもらうんだから」

そして力を込めてこう言った。

「今みたいなスピードで行って帰ってきたら、生きたまんま皮をひんむいてやるからね」

私は仕方なくメラニーの寝室に入り、手を握ってやった。

「もうすぐミード先生が来るから頑張るのよ」

苦痛にゆがんだ顔でメラニーは頷いた。本当に不思議。こんな生きるか死ぬかという時に、どうしてメラニーといなきゃいけないんだろう。大嫌い。いつもウザいと思ってる。それなのにどうして二人、誰もが逃げた街で、手を握り合っているんだろう。死んでくれたら嬉しいぐらいなのに。

死ぬ？　そう今日、メラニーは本当に死んでしまうかもしれない。大変な難産になるとミード先生は言っていたっけ……。

それにしてもプリシーは遅い。もう一時間たっている。通りを見た。駆け足でやってくる姿が見えた。皮をひんむく、という言葉がきいたのかも。私を見たらおびえた顔をした。悪い知らせだ。

「病院で聞きました。今、ジョーンズボロで戦ってます。ああ、スカーレットさま。あんなに近いタラはどうなるんですか。私の父さんや母さんは……。ああ神さま！」

「黙りなさい！」

私は手をあげた。

「それよりお医者さんはどうしたの⁉」

「誰もいなかったんです。メリウェザーの奥さまとエルシングの奥さまが、ミード先生は貨車のいちばん後ろにいるって教えてくれて。でも会えませんでした」

「それで他の医者は」

「こんなに大勢の兵士が死にかけてるのに、お産のことなんかで邪魔をするな、馬鹿やろう、って言われました」

私は彼女を殴るかわりに自分の帽子をとった。

「プリシー、よく聞きなさい。私はこれから病院に行ってミード先生を呼んでくるから。お前はメラニーの傍にいてあげなさい」

「そろそろ生まれるんですか、スカーレットさま」

「さあ、はっきりしないけど、お前ならわかるんじゃないの」

私は大股(おおまた)で外に出た。今日はいつにも増して暑い。陽ざしはぎらぎらと、こめかみのあたりまで差してきた。めまいがしそう。指先は冷たいのに、体中から汗が流れてきた。初めて味わう恐怖。砲弾が落ちてくる時も怖かったけど、今のそれはまるで違う。

敵はすぐそこにいる。そしてこの街をめざしてやってくる。なのにまだ赤ん坊は生まれない。私は逃げることも出来ないのだ。

街の中心部が近くなり、私はびっくりした。死んだようなうちの界隈と違い、あたりは殺気だった人たちで溢れていた。まるで蟻塚が壊れたみたい。パニックに陥った黒人たちがあたりを駆けまわり、家々のポーチでは、誰にもかまってもらえない白人の子どもたちが泣いている。通りは負傷兵をいっぱい積んだ運搬馬車や軍用の荷馬車、旅行カバンや家財道具が満載の馬車でごったがえしていた。

知り合いのボンネル家の前では、エイモスじいやが馬車馬の頭を押さえて立っていた。私を見て目を丸くする。

「まだいらしたんですか、スカーレットさま。私たちはもう行きますよ。奥さまは今、荷づくりをなさってます」

「行くって、どこに行くの」

「そりゃわかりません。とにかくどこかですよ。北軍が攻めてくるんだから」

はっきりとそれを聞いたのは初めてだった。

北軍が攻めてくる。私は礼拝堂の陰でひと休みして息を整えた。心臓の音がどくどくはっきりと聞こえる。とにかく落ち着かなきゃ。このままでは気絶してしまうわ。でもいったいどこに逃げればいいの。森に隠れるのはどう？　でもメラニーには絶対無理。お産をするところなんだもの。

落ち着いて、スカーレット。今、いちばん大切なことは、安全にお産をすませること。メラニーが身二つになること。

私は向こうからやってくる人混みをかきわけ病院に向かった。白人も黒人も、みんな逃げようと必死だ。すごい形相になっている。

駅前の広場では、負傷兵の運搬馬車が何台も停まり、舞い上がる土埃の向こうに、医師たちと衛生兵たちがあわただしく動きまわっている。よかった。これならばすぐにミード先生を見つけられるだろう。

アトランタホテルの角を曲がった。私はああっと声をあげる。土埃の中、容赦なく照りつける太陽の下、何百人もの負傷兵が横たわっている。車庫の中ばかりか、線路や歩道にいたるまで、列をなしてぎっしりと並べられている。介護されている人は誰もいない。もうまるっきり動かない人もいて、その上を蠅が群れをなして飛んでいるのを私は見た。

汗と血と体臭、それから排泄物のにおいが、熱波の中に立ち上っていた。

負傷兵なら病院でも見たし、叔母さんのうちの芝生でも、私は何人も介護した。でもこの人たちは違う。ほったらかしにされている。助ける人はほとんどいない。

これがこの世の地獄っていうの？　急げ、と誰かが叫んでいる。急げ、急げ、北軍がもうじきやってくると。

私はスカートの裾をたくし上げて、彼らの間をすり抜けようとした。しかし誰かにつかまった。スカートをひっぱられる。

「お嬢さん、水を。お願いだ、水をくれ。頼むから水をくれ」

私は必死でスカートをひき離した。死んだ人はまたいで歩いた。

「水を……、水を……」とつぶやく人もまたいで歩いた。

早くミード先生を見つけないと、頭がおかしくなりそう。先生、いったいどこにいるの。私は声を限りに叫んだ。

「ミード先生、ミード先生はいらっしゃいませんか」

一人の男性が一団から離れ、こちらの方にやってきた。ミード先生だ。上着を脱ぎ、両袖を肩までまくりあげている。シャツもズボンも、頬髭（ほおひげ）もみんな血で汚れていた。やり場のない怒りで目がぎらついている。それでも穏やかな声で私に言った。

「ありがたい、来てくれたのか。猫の手も借りたいところだったんだ」

「先生、すぐ来てください。メラニーに赤ちゃんが生まれそうなんです」

先生はきょとんと私を見た。言っている意味がわからないという風に。

「メラニーの痛みの間隔が早くなっているんです。先生、早く来てください」

「赤ん坊、なんてことだ」

先生は大声をあげた。そして憎しみと怒りで顔をゆがめた。それは私に向けられたものでないことはすぐにわかる。こんな場所と時に、そんなことが起こり得ることに対する怒りだったんだ。

「頭がどうかしているのか。ここにいるケガ人たちを置いていけるわけがないだろう。何百人も死にかけているんだ。誰か女性に手を貸してもらえ。うちの家内に頼むがいい」

私はミード夫人が来られない理由を話そうとしてやめた。十六歳のフィルが撃たれたなんて言えるわけがない。

「先生がおっしゃったんです。すごい難産になると。先生が来なければメラニーは死んでしまうわ」

先生は私の手を乱暴にふりはらった。

「死ぬ？　ああ、みんな死んでしまう。包帯はない、薬もない。モルヒネもクロロホルムもない。みんなここで死んでいくんだ。くそっ、北軍どもめ」

私は震え始めた。お願い、先生。メラニーが死んでしまう。死んでしまう……。

私の顔を見て先生は言った。

「わかった、努力はしよう。ここにいる者たちの手当てがすんだらな。努力はするよ。さあ、走って帰りなさい。赤ん坊を取り上げるのはそんなに大変なことじゃない。ただ臍の緒を切ればいいだけだ」

その時伝令がやってきて、先生はその場を離れた。私のことはもちろん、メラニーと赤ん坊のことも頭から消えたのがわかった。

私は歩き始めた。

何とかしなきゃ。もう頼れる人は誰もいない。何とかしなきゃ。赤ん坊を取り上げ、メラニーと逃げるのよ。そう、急ぐのよ。

22

――北軍（ヤンキー）がやってくる――

私の頭の中で、その言葉が繰り返しずっと鳴り響いている。

息が苦しい。でも早く家に帰らなきゃ。

私はファイブ・ポインツの人混みの中に飛び込んだけれど、狭い歩道は立っていることも出来ないくらい。車道を歩くしかなかった。

兵士たちの長い列が行く。数えきれないくらい。千人？　ううん、そんなんじゃない。数千人はいる。みんな埃（ほこり）にまみれ、疲れきって表情をなくしている。痩（や）せたラバが運んでいるのは砲台だ。何度も鞭（むち）でうたれて今にも倒れそう。キャンバス地の幌（ほろ）が破れたままの軍用馬車が、揺れながら走っている。

やっとわかった。これは退却する兵士なんだわ。

退却！　退却！　私たちの南部連合軍は敵から完全に逃げようとしている。この街を通って。ということは、このアトランタに北軍がやってくるっていうことじゃないの。

あっけにとられているうちに、私は兵士に押され、人がひしめいている歩道に戻った。安いコーンウイスキーのにおいがぷんと鼻をついた。ディケーター通りの近くには、派手に着飾った女たちがいた。みんな酔っぱらっている。その中心にいるのがベル・ワトリングだわ。汚らわしい娼婦だから誰も相手にしなかった。それなのにメラニーは、あの女から南部への寄付を受け取ったんだっけ。

「あの人だって、国を思う権利はあるのよ」

みたいなことをメラニーは言ってたけど、あの女たちは次にやってくる北軍をお客にするつもりなんだ。ふん、最低の女たち。酔っぱらったベル・ワトリングは、やっぱり酔っぱらいの片方の腕がない兵士にしがみついて笑ってる。

人をかきわけ、必死で歩いた。ファイブ・ポインツから一ブロック先まで進むと、やっと人が減ったので、スカートをたくし上げて走り出した。

走って、走ってウェズリー礼拝堂までたどりついた。息が苦しくて、めまいがする。もう吐きそう。階段に座り込んで、両手で顔を覆った。息が楽になるのを待つ。はあ、はあと自分の息遣いが聞こえる。

ずうっとこうしていたい。もう二度と動きたくない。私には出来っこないもの。誰も頼りになる人がいない。助けてくれる友人や知り合いはみんな逃げてしまった。いつだって手足となって働いてくれた黒人も、今は誰もいない。私はひとりぼっちだ。

ああ、うちに帰りたい。お母さまに会えたら。マミイの太く黒光りする腕に抱かれ、

「大丈夫です、お嬢さま。もう心配することは何もありません」

と言ってほしい。

どのくらい時間がたったんだろう。やっと立ち上がった。責任感からじゃない。家に帰らな

きゃ仕方ないじゃないの、っていう諦(あきら)めからだ。

ピティ叔母さんのうちに戻ると、ウェイドが扉を開け閉めして遊んでいた。私を見たとたん、わっと泣き出す。

私は怒鳴った。

「静かにしなさい。静かにしないとお尻ぶつわよ。裏庭に行って泥んこ遊びでもしなさい」

「ボク、お腹が空いたんだ」

ウェイドは指をくわえて泣きじゃくる。本当にうるさいんだから。腹が立ってきた。私はこれからしなきゃいけないことがいっぱいあるのよ。

「とにかく裏庭に行きなさい。そこから動かないの。いいわね」

ウェイドは泣きながら向こうへ歩いていった。

家の中に入ると、二階の開いたドアから、メラニーの低いうめき声が聞こえてくる。プリシーが二段飛ばしで階段をかけおりてきた。

「ミード先生は来るんですか？」

「いいえ、来られないのよ。もし来られなかったら、お前が赤ん坊を取り上げるしかないわね」

プリシーはぽかんとしている。私の言ったことが理解出来ないというように。

「そのアホ面(づら)、やめなさいよ」

「でもスカーレットさま」

プリシーは後ずさりしていく。

「スカーレットさま、あたし、お産のことなんか何も知らないんです。お産の時は、お母さんが絶対に近寄らせてくれなかったんです」

怒りで目の前が赤くちかちかした。こんな小娘を信じた私が馬鹿だった。産婆もする母親を見ていたって。お産のことなら何でも知っている、という言葉をどうして鵜呑みにしたんだろう……。

こんな時に、北軍がもうじきやってくる時に……。ああ……。

気づいたら、プリシーを思いきりぶっていた。私は奴隷に手を上げたことはいっぺんだってない。お母さまからきつく言われていたからだ。それなのに一度だけじゃなく、二度も三度もぶった。思いきり。

プリシーはすごい叫び声をあげる。痛みよりも、私の表情がすさまじかったからに違いない。この声が届いたのか、二階のうめき声がいったんやんで、メラニーのかぼそい声がした。

「スカーレット……帰ってきてるの？　お願い来て頂戴。お願い……」

今行くわ、と応えながら、ウェイドを産んだ時、お母さまやマミイがしてくれたことを、全部思い出そうとした。

でも無理。あの時は痛さで泣き叫んでいた。何も憶えてない。憶えてないわ。でも、思い出そうと必死になると、いくつかのことが甦ってくる。私は威厳を持ってプリシーに命じた。

「台所のコンロに火をおこして、やかんにお湯を煮たてておきなさい。家中のありったけのタオルを持ってきて。それからハサミもね。見つからない、なんて言わせないわよ。そんなことを言ったらお前の頭を熱湯につけてやる。さあ、急ぎなさい」

これは私のためにも効果的だった。私は階段をのぼりながら覚悟を決めた。他には誰もいない。私と役立たずのプリシーとで赤ん坊を取り上げるのよ。私たち二人で。

こんなに長い午後はなかった。そしてこんなに暑い午後も。

私が払っても払っても、蠅はしつこく群がってきた。汗ばんだ顔に張りついてくるのだ。

「脚の方もお願い……」

メラニーが声を出す。蠅は彼女の湿った脚も狙ってくるのだ。

陽よけはすべておろしているので、部屋は薄暗かった。部屋の中はオーブンに入ったみたい。私のドレスは、ぐっしょりと肌にべたついてきた。プリシーもやっぱり汗まみれで、部屋の隅でうずくまっている。外に出すと逃げそうなので、私がそこにいなさいと脅したのだ。

メラニーはベッドの上でたえず体をよじっていた。シーツは汗で変色していたけど、取り換える余裕なんてもちろんない。

やがて身もだえし始めた。最初のうちは叫ぶのをこらえようと、傷がつくほど唇を噛みしめていたので、私はこう言ってやった。

「メラニー、叫びたければ叫んでもいいのよ。どうせ私たち以外は誰も聞いていないんだから」

これが励みになったのか、それとも絶望をもたらしたのか、私にはわからない。だけどメラニーはうめき始め、時々金切り声をあげるようになった。

そのおそろしいことといったら……。私は耳をふさぎたくなった。メラニーみたいにつつましい女もこんな声をあげるなんて。この先どんなことが待っているっていうの。そういえばピティ叔母さんが話していたっけ。二日間お産で苦しんだ女性が、結局自分も子どもも死んでしまったって。

体の弱いメラニーが、同じようなことになったらどうしたらいいんだろう。私はもう二度とアシュレに顔を合わせられない。いや、アシュレだってとうに死んでいるかもしれない。ああ、メラニー、とにかく頑張って。早く早く子どもを産んで。お願い。もうじき北軍は、この街にやってくるのよ。

メラニーは私の手を握りたがったけれど、骨が折れそうなほどすごい力を込めるので、タオルを代用した。長いタオルを二枚結びつけ、一方をベッドの脚にゆわえつけた。そしてもう一方で結び目をつくり、メラニーに持たせることにした。

彼女ったら、それに力の限りしがみついた。まるで命綱にすがるみたい。ぴんと張るほどひっぱったり、ゆるめたかと思うと、次の瞬間引きちぎるかと思うほど力を込める。

「スカーレット、何か話して。お願いよ……」

私はぺらぺらと話し始める。そうでもしなきゃ、こちらの頭もおかしくなりそうだもの。

「メラニー、憶えてる？　オークス屋敷でのバーベキューパーティー。あの前にみんないったんお昼寝したでしょ。そう、寝室のベッドに、みんなドレスを脱いで並んで眠るのよ。あそこでお喋り(しゃべ)したり、秘密をうちあけ合うから、そのうるさいことといったらないわ。あなたの義理の妹だけど、インディアったら、よくこんな噂話(うわさ)が出来るって思ったぐらいよ。だから私はね、いつもひとりで隅のソファで……」

途中でウェイドがやってきて、お腹が空いたとまた泣くので、頭がおかしくなりそう。私はプリシーに言って、朝ご飯の残りのコーンブレッドを食べさせた。

「その後で、ミード先生を呼んできて。メラニーのお産がそろそろ始まりそうだって」

あえぎながらも、メラニーが深いため息をもらしたのがわかった。やっぱりすごく安心したに違いない。

プリシーが出ていってから、また長い長い時間がたった。そしてひさしの間からの光が、太陽が落ち始める橙色(だいだいいろ)に変わる頃、プリシーは帰ってきた。

「ミード先生は、兵隊さんたちと一緒に出発したみたいです」

「何ですって」

「それから、撃たれたフィル坊ちゃまが亡くなったみたいです」

ミード先生の末息子だ。たった十六歳だったのに。

「それからミード先生の奥さまにも会えませんでした。坊ちゃまの体を清めて、お墓に入れる準備をしてるそうです。それが終わったら、すぐに先生を追ってここを出ていくって……」

その時、メラニーが目を大きく見開いた。

「ねえ、北軍が来るの？」

「いいえ」

私はきっぱりと答えた。

「この子が嘘(うそ)ばっかりつくの、知ってるでしょ」

「はい、そうです。あたしは嘘ばっかりついてます」

プリシーはとっさに頷いたが、これでかえって、北軍が来ることが本当だとわかってしまった。

メラニーは枕に顔を埋めた。

「かわいそうな赤ちゃん……かわいそうな私の赤ちゃん」

というくぐもった声がした。

「ああ、スカーレット。もうこんなところにいてはダメ。ウェイドを連れて早く逃げるのよ」

それはさっきまで、私が考えていたことだった。なのに私は、大きな声でメラニーを叱りつけていた。

「バカなことを言わないでよ。あなたを置いて出ていけるわけがないでしょ！」

「置いていっていいのよ。どうせ私は死ぬんだもの」

それを言うのがやっとだった。メラニーはギャーッという大絶叫をあげたのだ。

「大丈夫」

と肩を抱いて私ははっとした。どうして私は気づかなかったんだろう。シーツの下の方がぐっしょり濡れているのを、汗のせいだと思っていた。違うこれは。

「奥さま、破水が始まりました。もうすぐです」

私の出産の時の、マミイの声が甦った。そう、もう後もどりは出来ない。

「さあ、メラニー、脚を開きなさい。赤ん坊が出てくるのよ」

メラニーにもう恥ずかしがっている余裕はない。女の人のあそこを初めて見た。その間から濡れた髪を持ったものが見え隠れしている。両手でそれをつかんだ。ぐにゃりとしたものをひっぱり出そうとした。

メラニーは人間のものとは思えない声をあげた。うまくつかめない。力を入れてやっとつかんだ。

「さあ、力を込めて！」

お母さまの声と私の声が一緒になる。


よろよろと階段をおりた。まるでお婆さんのように、手すりにつかまり一段一段おりていった。そしてドアを開けて外に出た。階段のいちばん上にへたり込んで座った。だけど座ることも出来なくなって、すぐに横たわった。疲れている、なんていう状態じゃない。体中に鉛を入れられたみたいだ。

私はメラニーの股の間から赤ん坊をひっぱり出し、臍の緒をハサミで切った。ああ、あんなおそろしいことを私がしたなんて、まるで実感がない。悪夢のような時間だった。怖かった私は、とても乱暴にすべてのことを行った。メラニーは、あまりの苦痛にものすごい声をあげ続けていた。もし私があんなことをされたら、間違いなく死んでいたはず。だけどメラニーは耐えた。そして本当に弱々しい声で、

「ありがとう……」

と言ったんだ。そしてすぐに眠りに落ちた。信じられる？　死にそうな目にあったのに、メラニーはぐっすりと眠ってるんだ。

赤ん坊は男の子。本当にちっちゃくて、ミューミューと仔猫みたいな声で泣いた。今プリシ

ーが産湯につからせてる。お産にはまるで役に立たなかったが、これだけはちゃんとやってる。怖かった。本当に怖かった。自分が産む時も恐怖しかなかったお産を、どうしてやってのけたんだろう。両手を見た。さっき洗ったけど、まだ少し血がついている。

ぜいぜい息をしているうちに、涙がぽたぽたこぼれ落ちた。そして声を出して泣いたんだ。こうして心と頭を空っぽにした後、のろのろと立ち上がった。

今って何時なの？　まだ宵の口なの？　それとも真夜中なの？

その時、道の遠くから大勢の人たちが歩いてくる音を聞いた。兵士たちがやってくる。南軍の兵士だ。何人いるかわからない。たくし上げていたスカートをおろし近づいていった。一人に話しかける。

「行ってしまうんですか。私たちを置いていくんですか」

兵士は帽子をとった。闇の中で案外若い男の声がした。

「そうです、奥さん、そうなんです。我々が戦場に残っていた最後の部隊です。ここから北に一マイル（一・六キロメートル）のところにいました」

一マイルですって。本当に目と鼻の先じゃないの。

「それじゃ、北軍はそこまで来ているのね？」

「ええ、北軍はもうすぐやってきます」

そして男は去っていった。闇の中に遠ざかっていく足音は、

北軍が来る

北軍が来る

ってリズムを刻んでいるみたい。

いつのまにかプリシーがすぐそばにいた。

「北軍が来るんですか?」

私に身を寄せてきた。

「ああ、スカーレットさま。みんな殺されてしまいます。あいつら、女でも腹に銃剣をつき刺すんですよ」

「お黙り!」

またひっぱたいてやりたくなった。北軍はお前たちを自由にしたいから戦っているんだって。こう言ってやりたいけど、こんな馬鹿なチビにわかるはずはない。

北軍がもうじきやってくる! 本当にどうしたらいいの? みんなこの街から逃げ出したんだ。それなのに私は幼い子どもと、生まれたばかりの赤ん坊とその母親を抱えている。助けてくれる人は誰もいない……。

ちょっと待ってよ。私は思わず声に出していた。レット・バトラーがいるじゃないの。大嫌いな男だけど、力もお金もたっぷりある。頭もいい。北軍とも何かつながりがあるみたい。どうして彼のことを思い出さなかったんだろう。メラニーのお産に気をとられて、男の人をまるっきり近づけなかった。助けてくれるのはミード先生は別として、この街の有力者のおばさんたちだと考えていた。でも、レットがいたじゃないの。困った時には、信じられないような力を発揮するあの男。うさんくさくて、失礼な男だけど、確か立派な馬と馬車を持っていたはず。どうしてすぐに思いつかなかったんだろう。そうよ、あの男がいるじゃないの。

「プリシー、バトラー船長がいるところは知っているわね。アトランタホテルよ。今すぐ行ってきなさい。そしてこちらの事情を話すのよ。赤ん坊もいてすごく困ってる。逃げ出すことが出来ないって。わかった？　さあ、行きなさい」

「そんな！　スカーレットさま」

プリシーは拒否する時の癖で身をよじらせた。

「一人きりで暗いところを行くのはおっかないです。もし北軍につかまったらどうするんですか」

「今通った兵隊さんたちにくっついていけば大丈夫よ。さ、急ぎなさい」

「スカーレットさま。もしバトラー船長がホテルにいなかったらどうしたらいいんですか」

「ホテルにいなかったら？」

一瞬言葉に詰まった。

「どこに行ったかホテルの誰かにきくのよ。ホテルにいなかったら……、ディケーター通りの酒場に行って探しなさい。ベル・ワトリングの店よ」

「でもおー」

プリシーは身をくねくねさせる。

「スカーレットさま、酒場だの、売女だの、そんなところに行ったら、お母さんに鞭でうたれてしまいますよ」

「早く行くのよ。言うことを聞かないなら、またぶつわよ。入るのがイヤだったら、店の外に立って、船長ーって呼ぶのよ。さっ、行きなさい。それともお前、売りとばされたいの？　さっ、行きなさい。行くのよ」

怒鳴らないと、こちらが泣きたくなってくる。

ランプを持って台所に入った。昨夜から、ほんのひと口のひき割りトウモロコシ以外食べていない。フライパンに、ウェイドの残したコーンブレッドがあったので、それをがつがつ食べた。

もう二階に戻るのは絶対にイヤ。死んだってイヤ。メラニーや赤ん坊が死にかけたって、私の知ったことじゃないわ。私はあの人の股の間に手をつっ込んで、赤ん坊を取り上げてあげたんだ。この私が！

もうそれだけのことをしたから充分じゃないだろうか。ブレッドのかけらを持って外のポーチに出た。それをゆっくりと嚙む。塩気がなくてまるでおいしくなかったけど、とにかく食べなくっちゃ。こんな風に外の空気を吸いながらものを食べていると、少しはさっきまでの恐怖が薄れていくような気がする。

だけど本当の恐怖はこれからだっていうことを思い知らされる。

木々の上にかすかな光が見えた。あれは何なの？　見つめているうちに、光はどんどん大きく明るくなってきた。そして突然、木々の上に巨大な炎があがった。

立ち上がる。心臓がぱくぱくした。

ついにやってきたんだ、北軍が！　そして街を焼こうとしている。私の目の前で炎はどんどん大きくなり広がっているではないか。あちらの街並はブロックごと、炎に包まれ始めた。熱風が巻き起こる。煙のにおいを運んでくる。

私は二階に駆け上がって窓を開けた。炎の方向を眺める。炎は、黒煙を巻き上げながらこっちに進んできた。あの炎がピーチツリー通りを走り、こっちにやってくるには、あとどのくらい？　もう時間がない。すぐ、そこに、ほら、すぐそこにやってきている。

そして炎と一緒に北軍が迫ってくる。アトランタの北にあるこの家は真先にやられる。

あとどのくらい？　あとどのくらい？　どこに逃げればいいの？

パニックのあまり、体がぐらぐらしてきた。やっとのことで窓枠につかまった。

これからどうしたらいいの？　落ち着いて考えなきゃ、考えなきゃ！　だけど何も考えることが出来ない。怖い、逃げなきゃ。でも、どうやって。怖い、怖い。ただそれだけ。

その時、耳をつんざくような爆音が響きわたった。今まで聞いたどんな音よりもすさまじい音。炎が窓を垂直に走る。また爆音がとどろいて大地が揺れた。頭の上の窓ガラスが割れて、破片が私めがけて落ちてきた。

地獄だわ。地獄が始まるのよ。

その時隣りの部屋から、メラニーの弱々しい声がした。でも知ったことじゃない。もう誰のことも考えられない……。

階段を二段飛ばしで上ってくる音がする。プリシーだわ。金切り声をあげながら私の腕にとびついた。だけど今の私にはふりほどく気力さえない。

「スカーレットさま、味方の兵隊さんです！」

わめき出した。

「南軍が工場や、軍の倉庫を焼いてるんです。北軍に渡さないために。大砲の弾と火薬を載せた貨車を七十両も爆発させたそうです」

私は力を込めて、プリシーの腕をふりほどいた。っていうことはまだ北軍は来ていないっていうことよね。まだ間に合うってことよね。

プリシーのおびえきった顔を見ているうちに、私はだんだん落ち着いてきた。そうよ、逃げるのよ、今すぐ。

「だけど船長はおっしゃいました。スカーレットさまに、どんなことをしても、馬を一頭盗んできてやるから心配するなって。だからすぐに帰って準備をしろ、って。その時、すごい音がして私が道にへたり込んだら、船長が言ったんです。あれは味方が爆弾を取られないためにやってるから安心しろって」

プリシーにしては、正確な情報を知っていると思ったら、そういうことだったんだわ。

「じゃあ、船長は馬を連れてきてくれるのね？」

「そう言いました」

安心したあまり、そこに座り込みそうになった。もし馬がどこかにあるなら、レットはきっと手に入れるだろう。そういう男なんだ。

大きく深呼吸した。さあ、こうしてはいられないわ、逃げるんだ。

「ウェイドを起こして服を着せて。それから全員の服をまとめて小さなトランクに入れて。赤ちゃんを包む大きなタオルも。赤ちゃんの荷物もまとめて。それから、ここを出ることをメラニーには言わないで」

さあ、やるわよ。台所に入って、叔母さんが持っていかなかった高価な磁器と銀器を布でくるんで持った。だけど手が震(ふる)えて、何枚も食器を割ってしまった。その音が大きくて、こんなことをしている自分に腹が立ってきた。

花模様の食器を大切に持っていってどうするの。やめた、やめた。今の私がしなきゃいけないことは、ここでレットを待つことだけ。

とりあえず椅子に腰かけた。そして机につっぷしてまだ続く爆発音を聞かないようにした。味方がしていることだとわかったので、前よりは怖くない……。

どのくらい待っただろう。何時間も何時間もそうしていたような気がする。

ようやくゆっくりとやってくる馬のひづめの音が聞こえた。頭がカッとする。どうしてもっと早く来ないの。どうしてこんなにゆっくりとしかやってこないの。

でも「レット！」と呼びながら玄関のドアを開けた。小さな荷馬車からゆっくり降りてくる人影がぼんやりと見えた。ランプをかざすと、その光の中にレットの姿が浮かび上がった。あいかわらず服装はきちんとしていて、白い麻の上着とズボンにひだのあるシャツ。つば広のパナマ帽は斜めに粋にかぶっていて、これからガーデンパーティーに行く人みたい。だけど上着のポケットは、弾薬でふくれ上がっていた。

「やあ、久しぶりだね」

信じられないことに、彼は酔っていてしかも楽しそうだ。

ゆったりとした口調で帽子をとった。

「いい天気じゃないか。君が旅に出ると聞いたんでね」

「こんな時に軽口を叩いたら、一生あなたを許さないから」

自分の声が震えているのがはっきりわかる。

「まさか怖がってるわけじゃないよね」

驚いたふりをしてニヤッと笑う。なんて男なの！

「ええ、怖いわよ！　死ぬほど怖いわよ！　もし神さまがあなたに、羊ぐらいのデリカシーを与えたら、あなただって怖がったはずよ。でも、もうこんなことをあなたと言い合う時間はないわ。ここを出なきゃいけないの」

「どうぞ、ご自由にマダム。でもどこに行こうとしているのかな？　僕がここに来たのは、ほんの好奇心からだよ。だって北軍は四方を囲んでいる。北にも南にも、西にも東にも行けない。この街から出る道で、北軍が押さえていないのはたった一本だけだ。だけどそこは南軍が退却している。軍を追いかけて街道を行けば、間違いなく馬を取り上げられてしまうぞ。たいした馬じゃないが、盗むのは大変だったんだぞ！」

私は彼の言葉を聞いていなかった。考えていたことはただ一つだけ。

「うちに帰るの」

「うち？　タラに帰るっていうのか」

「そうよ、帰る、絶対に。お母さまのところに」

「馬鹿を言うな。あっちには行けない。たとえ北軍に出くわさなくても、森には北や南からの脱走兵がうじゃうじゃといる。それに南軍の多くが、ジョーンズボロから退却中だ。すぐに馬を取り上げられる。うちに帰るなんて正気の沙汰じゃないぞ」

「でも、帰るの！　お母さまに会いたいの！　止めようとしたら殺すわよ！　私、うちに帰るの！」

わーっと涙が出た。泣きじゃくりながらレットの胸をこぶしで叩いた。

「絶対に帰るんだから！　お母さまのとこに帰るんだから！」

気づいたらレットの腕の中にいた。彼は両手で私の髪を撫（な）でてくれている。

私の涙と汗でぐちゃぐちゃの顔は、レットのぱりっと糊（のり）のきいた、白いシャツに埋まっていた。ブランデーと煙草（タバコ）と馬のにおいがするシャツ。私はぐすっぐすっとしゃくり上げた。優しく静かな声がした。

「泣くな、ダーリン。おうちに帰してあげるよ。勇敢なお嬢さん、だから泣くんじゃない」

本当に優しい声だった。

23

家に帰りたい、お母さまに会いたいって、ずっと泣きじゃくる私を、レットはしばらく抱き締めていてくれた。

ポケットからハンカチを取り出し、私の涙を拭いてくれた。その後、

「さあ、いい子だから鼻をかめ」

だって。でも私は子ども扱いされてとても嬉しかった。やっと救われた気持ちになった。だから素直に鼻をかんだ。男の人の前でこんなことをしたことはないけど仕方ない。

「これからどうすればいいかを教えてくれ、ウィルクス夫人は子どもを産んだばっかりなんだろう。じゃあ、あの荷馬車で揺られるのは危険だな。君のうちまでは二十五マイル（四十キロメートル）はあるだろう」

私は頷く。そう、メラニーが今、大きな枷となっているんだ。

「ミード夫人に預けるのがいいだろう」

「ミード夫人はいないの。みんな留守にしているわ」

息子のフィルが撃たれて死んでしまったから。でもそんなことを告げる余裕はもうなかった。

「仕方ない。荷馬車に乗せよう。それからあの頭の弱い小娘はどうしてるんだ」

プリシーのことだ。

「二階でトランクを詰めてるの」

「トランクだって！」

彼は大きな声をあげた。

「あの荷馬車にトランクを載せられるもんか。小さくてボロいときてる。何もしなくても車輪がはずれそうなんだ。あの馬鹿な小娘を呼んで、うちの中でいちばん小さい羽根布団だけを持ってこいって言うんだ」

でもまだ体が動かない。さっきまで絶望と疲れの中、ぼんやりとしていたんだもの。

「おい、おい、どうした。君は怖いものなしの、勇ましいのが取り柄の女だろう」

なんて憎たらしいことを言うの。レットを睨みつけたとたん、ようやく私の中に力がわいてきた。

私は黙ってランプを持ち、階段を先に進んだ。子ども部屋に入ると、ウェイドはプリシーの胸に抱かれて、ちょうど着替えの最中だった。私にさんざん叱られたので、べそをかいている。私は息子の小さな羽根布団に目をつけた。

「これを荷馬車に積んで。トランクはいいわ。これだけでいいの」

それからメラニーの寝室に入った。メラニーはシーツを顎まで引き上げて静かに眠っていた。目にくまが出来て、頬はこけていたけれども、とても穏やかに眠っていた。気配で目を開ける。自分のベッドの傍に、レットが立っていてもまるで驚いてはいなかった。ここに彼がいるのは当然、というように静かに微笑んだ。

「みんなでうちに帰るのよ、メラニー」

私はささやいた。

「北軍(ヤンキー)が来るの。だからレットに連れていってもらうの。他に方法はないわ」

メラニーは頷こうとしてかすかに頭を動かし、赤ん坊の方を指さした。その子は、さっき私がひっぱり出したばかり。メラニーよりも大きな枷になっている。だけど死なせるわけにはいかない。私は厚手のタオル二枚でその子をくるんだ。

「ウィルクス夫人……」

レットはメラニーに、まるで別人のような声を出した。

「なるべくお体にさわらないようにしますから、私の首に手をまわしてください」

メラニーはそうしようとしたけれど、まるで力は入らなかった。レットは身をかがめ、左腕をメラニーの肩の下に、もう一方の腕を膝(ひざ)の下に差し入れ、そっと抱き上げた。メラニーは声をあげなかったけれど、顔は真青になった。夫やお医者さん以外の男性に、抱かれることに耐えようとしているのだ。

部屋を出ようとした時、メラニーが弱々しく、顔を壁の方に向けた。

「どうしましたか」

レットが優しく尋ねた。

「お願い……。チャールズを」

そこにはチャールズの銀板写真と、形見の剣があった。冗談じゃないわよ。いくら自分の大切な兄さんだからって、逃げる最中にこんなものを運ばされるなんて。

「お願い、剣と写真を」

メラニーは必死だ。仕方なく、私は壁から二つをはずした。ランプのあかりで銀板写真をちらっと見た。大きな褐色の目がこちらを見ているみたい。私の夫だった男。たった数回だけベッドを共にし、自分にそっくりの男の子を私に遺していった。でもまるで記憶がない。ほとんど何も思い出せない……。

その時、腕に抱いた赤ん坊が、ふにゃーっと猫の鳴くような声をあげた。これはアシュレの子どもなんだわ。

私はまるっきり憶えていない男の子どもを産んで、メラニーはアシュレの子どもを産んだ。こんなことってある？　私とアシュレの子どもの方がずっと生まれてくるのにふさわしいのに。だけどそんなことを考えてる場合じゃない。私は階段を上がってきたプリシーに赤ん坊を渡し、玄関でボンネットをかぶった。

本当に馬鹿みたい。必死で逃げなきゃいけないっていうのに、外出の時に欠かせない帽子をかぶった。まるで必要じゃなかった、って気づくのはそのすぐ後だ。

玄関の前の荷馬車には、もうメラニーが横たわっていた。その横にはおびえきっているウェイドと、タオルにくるまれた赤ん坊がいた。プリシーも乗り込んで赤ん坊を腕に抱いた。

「さあ、出発だ」

レットは鞭をあてた。

荷馬車はとても小さく、荷台を囲う板も低かった。車輪は内側に傾き、一回転しただけではずれてしまいそう。それよりもっとみすぼらしいのが馬だ。痩せ細った小さな馬は、がっくりと頭を垂れ、背中は傷や鞍ずれで赤い皮膚が見えた。ぜいぜいと荒い息をしている。

私はタールトン夫人の馬たちを思い出した。夫人が息子たちよりも大切にしていた、艶々とした毛並の見事な馬たち。しかし息子たちと同じように、みんな戦場で死んでしまったんだ……。

「たいした馬じゃなくて悪いな」

レットがニヤッと笑った。

「馬車をひいているうちに死んでしまいそうだよ。だけどこの馬しか盗めなかったんだ。この馬を盗むために、撃ち殺されかけた僕の冒険談を、いつか君に話してあげよう」

私は彼の傍に座っている。さっきひょいと乗せられたのだ。力強くあっという間に。

馬は歩き始めた。

もう何も怖くない。この男が横にいれば、北軍も爆音も火も。


本当にひどい馬だ。歩みが遅くのろのろとピーチツリーから西側に向かっていく。

轍だらけの小道に入ると、荷馬車は激しく揺れて、メラニーが押し殺したようなうめき声をもらした。お産したばかりの体に、本当にこたえるんだろう。

両側の家々は、もう誰もいないことがわかる。白い柵が墓石のように整然と光っていた。生いしげった葉の間から、赤い光が差し込んでくる。煙のにおいはどんどん強くなった。街の中心部の混乱している様子が、気配から伝わってきた。叫ぶ声、重い軍用荷馬車が立てるにぶい車輪の音、規則正しい行進の足音も聞こえてきた。

レットが馬の頭をぐいとひっぱって、別の通りに入った時、耳をつんざく爆音がした。あたりの光景が震える。西側に巨大な火柱と煙が上がった。

「きっと最後の爆薬を載せた貨車を、爆発させたんだな」

レットの声は冷静だ。

「どうして朝のうちに移動させないんだ。もっと遠くで火をつければいいのに。時間はたっぷりあったのに。さて、まずいことになったぞ。街の中心を迂回すれば、火事を避けて無事に街の南西に出られると思ったんだが、これじゃマリエッタ通りを横切らなきゃならない。今の爆発は、おそらくあの通りだろう」

「それって、どういうこと。まさか火の中を通るんじゃないでしょうね!?」

「急げば間に合うかもしれない」

レットは荷馬車から飛びおり、どこかの庭の暗闇に消えた。戻ってきた時には小枝を手にしていて、それで馬の傷だらけの背中を容赦なく打ちすえた。馬は苦しそうに速歩になった。荷馬車はがくんと前に揺れて、乗っていたみんなは投げ出された。まるでポップコーンがはじけたみたいに。赤ん坊は泣き叫び、プリシーとウェイドは荷台の側板に体を打ちつけた。二人とも大きな悲鳴をあげたけど、メラニーは声も出さなかった。もしかすると気絶してるのかもしれない。

マリエッタ通りが近づくにつれて、木は少なくなっていった。建物の上まで高くあがる炎が、通りや家々を昼間みたいに明るく照らし出していた。

闇の百倍もおそろしい明るさ! ぬめぬめとした光が、あたりを地獄に通じる道みたいに見せている。どうしてこんなにまぶしいの。地獄ってこんなにまぶしいものなんだ……。怖くて怖くて、どうしていいのかわからない。炎の熱さをこんなに頬に感じているのに、寒くて体が震えている。

私はレットに身を寄せ、必死に腕をつかんだ。顔を見上げる。もうこの男しか頼る人はいない。何か言って。励まして。大丈夫だよと私に言って頂戴。

レットの浅黒い横顔は、炎を背景にくっきりと浮かび上がっている。こちらを見る。レットの目に恐怖がまるでないことにびっくりした。この地獄を楽しんでいるかのようだ。目がキラキラしている。

「これで」

彼はベルトに差したピストルに手をかけた。

「これからいろんな奴が、この馬車を奪おうとするだろう。その時は白人だろうと黒人だろうと、とにかく撃て。ただしパニックのあまり、このおいぼれ馬を撃ったりするなよ」

「私、ピストルなら持ってるわ」

小声で言った。

「え、どこで手に入れたんだ」

「チャールズ。私の夫が持っていたもの」

「おお、なんと。君は夫を持っていたことがあるのか」

レットはくすくす笑った。全くなんて男なの。こんな時にふざけるなんて。

「じゃあ、どうして私に息子がいると思うのよ。さあ、急いで！」

「息子をつくる方法はいくらでもあるさ。夫がいなくても……」

「もう黙って。そして急いでくれない」

　マリエッタ通りにさしかかった時、レットは不意に手綱（たづな）をひいた。そこは倉庫の陰でまだ火の手がまわっていなかった。

「兵士だ」

　通りを兵士たちが進んでくる。思い思いの格好でライフル銃を持ち、頭を垂れていた。疲労のあまり急ぐことも出来ず、背中も丸まっていた。みんなボロボロの軍服を着て、両側の燃えさかる木材にも、もうもうと立ちこめる煙にも目をとめようとしない。多くの者が裸足（はだし）で無言で歩いている。あまりにも静かなので、規則正しい足音が響いてこなかったら、幽霊の集団だと思ったかもしれない。

「よく見ておけ」

　レットが低い声で言った。

「南軍の大義が退却するさまを、しっかりとこの目で見た、と孫たちに話してやれるからな」

　なんてひどいことを言う男なの！　確かにみすぼらしい人たちかもしれない。だけど私たち南部の兵士なんだ。それなのに逃げる身の上で、彼らをあざ笑うなんて許せない。

　私は久しぶりに死んだチャールズのことを思った。それからもちろんアシュレも。私のまわりにいつもたむろしていた、タールトン家の双児（ふたご）や、その他たくさんの男の子たち。南部の男たちの、必ず勝つという傲慢（ごうまん）さや無知は、かなり私をうんざりさせた。でもそれはいっときのこと。この兵士たちは、こんなにひどい格好になるまで、南部の土地と私たちを守ろうとしてくれたんだ。

そうよ、あなたみたいに白い上着を着て、逃げようとする男とは違うんだから！

私は、助けて、一緒に逃げて、とすがったことをすっかり忘れ、レットを激しく憎悪した。

こんな男、大っ嫌い。

その時、近くで木材が焼け落ちる大きな音がした。荷馬車の上の、倉庫の屋根を火の舌がなめていく。次の瞬間、炎が高くあがった。さっきとは比べものにならないほどの、熱い煙が鼻を覆（おお）い息が出来ない。

レットは馬の背に、力いっぱい小枝を叩（たた）きつけた。おいぼれ馬は必死で走り出す。荷馬車は激しく揺れながらマリエッタ通りを走り抜けようとした。行く手に炎のトンネルが見える。荷馬車はそこにつっ込んだ。一ダースの太陽ほどのまぶしい光。熱い！　熱いわ！　私の体は燃えてるんじゃないかしら。燃えていく、燃えていく……。そして私は死ぬんだと思ったら、不意に薄闇の中にいた。

脇道に入り、また別の脇道に入り、狭い小道から小道へと曲がりくねって進む。やがて炎は遠ざかり、道は真暗になった。街から私たちは脱出したんだ。

「ああ、レット……」

さっきまで本当に憎たらしい男だと思っていたが、今は感謝しかない。

「あなたがいてくれなかったら、私たち、どうなっていたか」

彼は私の方を見た。そこにはもう嘲笑（ちょうしょう）や皮肉はない。ただ怒りだけがあった。そしてレットは沈黙している。聞こえてくるのは、赤ん坊の弱々しい泣き声や、プリシーの時々鼻をすする音だけだ。

　やがてレットは荷馬車で何度か直角に曲がった。すると今までよりもずっと広くて平らな道に出た。向こうに森が影のように続いている。

「もう街の外に出た」

　レットはそっけなく言った。

「ここはラフ・アンド・レディに向かう本道だ」

「急いでよ。止まらないで」

「馬にひと息つかせてやらなければな」

　荷馬車を止めた。また沈黙。どうして。急いでよ。早く私のうちに。

「スカーレット、君はまだこのいかれた計画をやりとげるつもりでいるのかい？」

「どういう意味」

「タラに帰るのを諦めてないのか。しかしそれは無理だ。君とタラとの間には、リー将軍の騎兵隊と北軍がいて戦ってるんだぞ」

　それってどういうことなの？　だからあなたがうまく立ちまわって、私たちをタラに連れて帰ってくれるんでしょう。

「ええ、そうよ。私はタラに帰るの。だから早く馬車を出してよ。急いでるの。お願いよ」

「ちょっと待ってくれよ。この道を通ってジョーンズボロには行けない。線路をたどるのも無理だ。このあたり、あちこちで戦闘があったんだ。他の道を知らないか？　細い馬車道とか、私道とか。ラフ・アンド・レディやジョーンズボロを通らずにタラに行ける道を知らないか」

「知ってるわ！」

ああ、よかった。そういうことなのね。

「ラフ・アンド・レディの近くまで行けば、本道からそれて何マイルか遠まわりするけど、荷馬車用の道があるわ。よくお父さまと遠乗りに出かけた道よ。マッキントッシュさんの農園の近くに出るの。タラからほんの一マイルのところよ」

「よし、君はたぶん無事に通過出来るだろう。リー将軍が午後いっぱい、あそこで退却の援護をしていたから、北軍はまだ来ていないだろう。たぶん君は通り抜けられる。リー将軍の配下に馬を取り上げられなければね」

「私が⁉」

思わず叫んだ。

「私が？　私が通り抜けるの？」

「そうだ、君がやる」

ノーと言わせない厳しい声だった。

「でもレット、あなたが――、あなたが、私たちを連れていってくれるはずじゃないの」

「いや、僕はここでお別れだ」

私の頭はどうかしてしまったの？　でもレットは今確かに言った、お別れだと。

「お別れって、どういうことよ。どこに行くつもりなの？」

「軍に入るんだよ、お嬢さん」

白い歯が見えた。冗談よね。でもどうしてこんな時に冗談を言うの。レットが軍に入るなんて、あんなに馬鹿にしていた軍隊じゃないの。

「もう絞め殺すわよ、こんな時に。さあ、冗談をやめて早く行きましょう」

「冗談じゃないよ、お嬢さん。僕のこの気高い精神を、もっと感動をもって受け止めてくれよ。いったい君の愛国心はどうした？　我らの輝かしき大義への愛はどうなってる？」

愛国心？　大義？　もちろん本気で言ってるわけじゃないわよね。私たちをこんな暗い道に置き去りにするつもり？　まさかね。死にかけている女と、生まれたての赤ん坊。そしてアホな小娘とおびえている幼児。この私たちを置いてきぼりにする気なの？

「レット、冗談はやめてよ」

私はレットの腕をつかんだ。腕をつかんだ私の手は、今、驚きと怒りの涙をぬぐったばかり。レットはその手首にキスをした。

「最後まで身勝手な女だな。そうじゃないか、お嬢さん。わが身の安全が第一で、気高き我らの南部連合のことはまるで頭にないんだからな。この土壇場の、最後の最後にきてのおれの登場で、わが軍がどれだけ励まされるか考えてもみろよ」

「からかってるのね」

私はわっと泣いた。

「どうしてこんな真似(まね)が出来るの。どうして私を置き去りにするの」

「どうしてって言われてもなあ」

レットはのんびりとした声で笑った。

「南部人特有の感傷病にかかったかもしれない。さっき少年も交じって退却する兵隊を見ていたら、ふっとそんな気になったんだ。もしかすると、自分を恥じてるのかもしれない」

「恥じてるですって？」

私は叫んだ。

「あなたはもっと恥ずかしいことをしようとしているのよ！　こんなところで無力な私たちを見捨てようとしているのッ。かよわい女たちを置き去りにしようとしているの！」

「君がかよわいだって。とんでもない」

レットは大げさに驚いてみせた。

「君みたいに身勝手で強い人間は見たことがない。万が一、北軍が君をつかまえたら、とんでもないことになるはずさ」

レットは突然荷馬車から降り、こう命じた。

「降りろ」

何なのよ、これ。どうして私に命令するの。言うことを聞かなかったら、すごい力で私の両脇に手を差し入れた。乱暴に下におろす。そしてずるずると私をひきずっていった。荷馬車から少し離れたところで、私たちは向かい合う。土や砂利が靴の中に入り込んで痛い。だけど暑い夏の闇がまわりを包んで、私は今起こっていることが現実とは信じられない。

「わかってくれとか、許してくれと言うつもりはない。君がどう思おうと、もうどうでもいいんだ。なにしろおれ自身が、どうしてこんなドン・キホーテ的な精神が残ってたんだと困惑してるんだ。だけどとにかく、おれはこれから戦争に行く」

レットは不意に笑い出した。どうして、いったいどうして、こんなことになるの？　私はあっけにとられたまま。

「スカーレット、愛してるよ」

レットの力強い手が、私の腕をつかんだ。

「先月のあの夜、ポーチでつい憎まれ口を叩いたが、おれは君を愛してるんだ。本当に」

どうしてこんな時に、置き去りにする女に愛の告白をするのかまるでわからない。

「おれたちは似た者同士だ。どっちも裏切り者で、自分勝手な悪党だ。自分の身が安全なら、世界が滅んだっていいと思ってる」

レットは静かに私を抱き締めた。太ももの硬い筋肉が体にあたる。私の胸に彼の上着のボタンが押しつけられて、きゅっと痛い。私は置き去りにされる恐怖と怒り、そして彼に抱かれる心地よさに、頭の中がごっちゃになっている。何も考えられない。ただぼうーっとしている。

「スカーレット、愛国者になってくれ。死に向かう戦士に美しい思い出をくれ。キスを許してくれるだろう」

その前に彼はもう唇を押しつけている。口髭(くちひげ)ごと、唇が強くあたる。体中が熱くなる。こんなキスは初めて。チャールズや、他の男の子たちとしたキスとはまるで違う。現実の世界が、ふうーっと遠ざかるようなキス。

しかもレットの唇は、私の唇からずうーっと下りていって、喉(のど)をすべっていく。こんなキスってある？　私は声も出せず、体をのけぞらせた。彼の唇は胸元のカメオのところまで行く……。

「可愛いよ」

彼はささやいた。

「なんて可愛いんだ……」

私はあまりの心地よさに、へなへなとくずれ落ちそうになった。このまま地面に倒れても構わないと思った瞬間、ウェイドの叫ぶ声がした。

「ママー、怖いよー」

バラ色に溶けかかった私の脳味噌に、さっと冷たい正気が走った。

この男、本当に私たちを置いていくつもりなんだ。そしてこれまでの駄賃に、私にキスをした。それもものすごくイヤらしい、男の欲望むき出しのキス。

「この人でなし！」

思わず声が出た。

「下劣で、臆病で、いやらしくて、傲慢なサイテーの男！」

もっと罵(ののし)ってやりたいけど言葉が浮かばない。だから私は腕を振り上げた。残っている力のすべてを込めて平手打ちを食らわせた。

「やれやれ」

レットはつぶやき、私たちはまた闇の中で向かい合う。

「やっぱりそうだったわ。みんなが言うとおりだった。あなたは紳士じゃないわ」

レットはかすかに笑ってる。私のいらつきは頂点に達した。

「行きなさいよ、今すぐ！　急いで頂戴。もう二度とあなたとは会わない。北軍の砲弾に直撃されればいいんだわ。それでこっぱみじんになればいい気味」

「オッケー、そこまででいい。おれが国のために身を捧(ささ)げた時、君が後悔して泣いてくれることを祈ってるよ」

レットは笑いながら向きを変え、荷馬車の方に歩いていった。そしてうって変わった礼儀正しい声。

「ミセス・ウィルクス、大丈夫ですか」

プリシーが答えている。

「バトラー船長、メラニーさまはとっくの昔に気を失ってます」

「だったらその方がいい。意識があったら苦痛に耐えられないだろう。ほら、プリシー、頑張っているほうびにこれをやろう。今以上に馬鹿になるなよ」

プリシーに硬貨を渡している。

「はい、ありがとうございます」

レットがこちらを見ていると思ったけれど、私は振り返らなかった。やがて彼の足音が遠ざかっていく。

「じゃ、さようならスカーレット」

しばらく気配がしたけれど、何も聞こえなくなった。

私は荷馬車に戻った。膝ががくがく震えていた。本当に彼なしで、私は旅を続けられるんだろうか。

木々の間から朝の光が差し込み、私は目を覚ました。窮屈な姿勢で眠っていたので体がこわばり、とっさにどこにいるかわからなかった。

半身を起こそうとして、ウェイドの頭にぶつかった。私の顔の前にはメラニーの素足があり、プリシーとウェイドの間には小さな小さな赤ん坊が眠っていた。

その瞬間、すべてを思い出した。

果てしなく続く夜、轍と大きな石ころだらけの真暗な道を、ただひたすら荷馬車で揺られて進んだこと。両側の深い溝に荷馬車の車輪がはまりこんでしまった時に、私とプリシーとで火事場の馬鹿力で持ち上げたこと。兵士が近づいてくる物音がすると、敵か味方かわからないまま、嫌がる馬を木立ちに追いたてた。今思い出しても怖くて震える。咳(せき)やくしゃみ、赤ん坊の泣き声、ウェイドのぐずる声にびくびくした。

闇の中、騎兵隊と軽砲がすぐそばを通り過ぎていったこともある。兵士たちのすえたにおいを感じたぐらいに。

やっとラフ・アンド・レディに近づくと野営のあとの焚(た)き火がいくつか燃えていた。リー将軍の最後の部隊が残していったものだ。

あれほど何度も馬を走らせた道だったのに、それが見つけられず一人すすり泣いた。ようやく見つけた時は、馬がもう動かなくなった。プリシーと二人がかりでひっぱっても、立ち上がろうともしなかった。

仕方なく馬から馬具をはずした。ボロ馬は、もう限界だったんだ。ぐったりして荷台によじのぼり痛む脚を伸ばした時、弱々しい声が聞こえた。

「スカーレット、お水を少しもらえる？　お願いよ……」

私は「水はないわ」と答え、そのまま眠り込んでしまったんだ。

そして今、朝が来た。世界は相変わらず穏やかで、あたりの空気と緑は輝いていた。空腹と疲れで体が痛い。痙攣している。この私が、いつも上等の羽根布団の上で眠っている私が、野良仕事を終えた奴隷のように板の上で眠っている。

やっと起き上がった時、メラニーの姿が目にとまり、ぎょっとした。真白い顔をして目を閉じている。死んでしまったんだわ。やつれはてたお婆さんみたいな顔に、髪がかかっている。だけどすーっと呼吸した。生きてた。ほっとした。やっぱりここで死なれるのは嫌だもの。

私は片方の手を目の上にかざし、あたりを見わたした。目の前に砂と砂利が敷かれた私道が延びている。

まあ、ここはマロリー家じゃないの？　よく知っているおうち。だけど農園は死の静けさに包まれていた。芝生が、車輪や人の足でさんざん踏み荒らされていた。そして私のよく知っている古風な白い邸宅はなく、黒焦げの二本の煙突だけがあった。

北軍にやられたんだ。マロリー家がこうなっているということは、タラも焼かれているの？今は何も考えてはいけない。私はそう決心した。考えたらまたおびえてしまうもの。

「起きなさい、プリシー」

私は怒鳴った。

「さあ、井戸に行って水を汲むわよ」

「だけどスカーレットさま、誰かが死んでるかもしれません。幽霊が出るかもしれませんよ」

「荷馬車から降りないなら、私がお前を幽霊にしてやるわ。さあ、水を汲むのよ。馬にも持っていかなきゃ。もしかすると死んでるかもしれないけど、とにかく水をやるのよ」
力はわいてこない。だけど何かを始めなきゃ。

24

つき抜けるような青空を見上げた。

タラまではあとせいぜい十五マイル（二十四キロメートル）ぐらいなはず。うちの馬に乗ればあっという間の距離だけど、このおいぼれ馬なら丸一日かかるだろう。

私はヒッコリーの枝を、容赦なく背中に打ちおろしたけど、のろのろ一歩ずつ歩くだけ。仕方ない。さっきは倒れていたのを、水を飲ませてまた立たせた。

歩いた方がずっと早い。だけど荷台には、メラニーと赤ん坊が眠っている。とんでもないお荷物だ。

息子のウェイドとプリシーだけだったら、てくてく歩いていけたかもしれなかった。だけど息もたえだえのメラニーと、気味の悪いほどおとなしい赤ん坊をここに置いていくわけにはいかない。私は後ろを振り返った。ぎらぎらと照りつける九月の太陽の陽(ひ)ざしで、荷台をちゃんと見ることが出来ないぐらい。

ボンネットを脱いで、プリシーの方に投げた。

「メラニーにかけてあげて」

だって仕方ない。横たわっている身に、この陽ざしは耐えられないはずだ。そのかわり私は、タラに到着する頃には、肌がボロボロになっているはず。

この私が、帽子やヴェールなしで陽なたに出るなんて！　手袋をはめずに手綱を握ったことだって一度もない。白く美しい肌はレディの証と、ずうっと言い聞かされて育ってきたんだもの。

それなのに帽子もなく、ばさばさの髪のまま、こうしておんぼろ荷馬車を操っている。お母さまが見たら、きっと驚いて声も出ないに違いないわ。

お母さま……お母さま……。私のタラは本当に残っているの？　皆は無事でいるの……。

だって昨夜のアトランタ脱出以来、私は生きている人間に一度も出会っていない。道の両端には、死んだ兵士、死んだ馬、死んだラバが横たわっているだけ。

遠くで牛が鳴くこともない。それどころか鳥の鳴き声もしない。聞こえてくるのは、疲れきったこのおいぼれ馬が歩く音と、時たま聞こえてくる、猫みたいな声。メラニーの赤ん坊が弱々しい声で泣いてるんだ。

どうやらまだ生きてるらしい。よかった、とも私は思わない。

早く、早く、タラに帰りたい。

お母さまに抱きついて、わっと泣こう。お母さまはこう言うだろう。

「さあ、静かになさい。もう大丈夫よ」

そして召使いたちにてきぱきと指示をして、メラニーと赤ん坊のめんどうをみるだろう。

「お母さま……お母さま……」

いつのまにかつぶやいていた。

夕闇が迫る頃、ついに本道に入った。ここからタラまでは一マイルだ。

マッキントッシュの家の地所のはじまりを示す、バイカウツギの生け垣がぼんやりと黒い影を浮かびあがらせている。

屋敷はすぐそこだ。だけど真暗だった。屋敷にも奴隷小屋にもあかりはまるっきりついていない。二本の高い煙突が巨大な墓石のようにそびえたっていた。二階はといえば……焼かれて真黒になっていて窓がぽっかりと壁に穴を開けている。

「こんにちはー」

私は叫んだ。声の限りに。

「こんにちはー、誰かいませんか⁉」

やめてくださいよと、プリシーがしがみついてきた。

「何が起こるかわかりませんよ」

本当だ。幽霊が出てきそうだと、迷信なんかまるで信じない私でも思った。

へなへなと座り込む。この焼けただれた屋敷はタラなのかもしれない。タラはここからすぐのところ、同じ道沿いにある。北軍はもちろん立ち寄ったはずだ。

タラもここと同じ目にあっているに決まっている。

お母さまは？　お父さまは？　妹たちはどうなってるの……。

ああ……と絶望のあまり、思わず声をもらした。タラへ帰りさえすれば、すべては大丈夫だと思っていたのに！

その時だ、近くの草むらから不意に音が聞こえた。私の絶望は、たちまち恐怖へと変わった。

「ギャーッ！」

大声をあげたのはプリシーだ。荷台につっぷしてしまった。

「幽霊だ、幽霊が出たー！」

「お黙り」

私はゆっくりと向きを変え、小枝の鞭でプリシーの背を叩いた。

「お黙りったら！　この馬鹿娘」

その声に牛の鳴き声がかぶさった。赤と白の大きな牛が草むらから出てきたのだ。

「何よ、これ」

「マッキントッシュさんとこの牛じゃないですか。北軍にとられないように森に放したんですよ」

「じゃあ、連れていくわ。その赤ん坊のミルクがとれるわ」

「スカーレットさま、どうやって連れていくんですか。牛なんか連れていけませんよ。それに最近乳しぼりをしていない牛は役に立ちません。あんなに乳が張って、はじけそうになってます。だからこんなにつらそうに鳴いてたんです」

「そんなに牛に詳しいなら、おまえがペティコート脱いで、それを引き裂いてあの牛をつなぎなさいよ」

「スカーレットさま、私はもう一ヶ月もペティコートをはいてません。もしはいていても牛をつなぐなんて無理です。牛なんて触ったこともないしぃ……」

もうこんな馬鹿娘につき合ってはいられない。私は自分のスカートをまくり上げた。レースの縁取りのついたペティコートは、私の最後の美しいもの。破れても汚れてもいなかった。そう、このリネンとレースは、最後の封鎖破りでレットが持ってきたもの。一週間もかけて、私がペティコートに仕立てた。ブラウスにすることも出来たけど、あえて下着にした。だって、それが残された私の誇りのような気がしたからだ。

だけど口にくわえて、思いきり力を込めた。ぴりっと裂けていく。何度も同じことをして、やがて細長い布を何枚かつくった。最後にそれを結んで紐(ひも)をつくった。布をいじったら指のまめがつぶれて血が出ていた。

「これを牛の角にかけるのよ」

「牛はおっかないです。私は家働きの黒人(ニガー)で、野働きじゃないんですから」

「お前はただの黒人(ニガー)よ」

怒鳴りつける。

「お父さまがお前を買ったのは一生の不覚だったわね」

本当にそう。お父さま付きのポークの、妻と子が別々に住んでいるのは可哀そうだといって、ウィルクス家からディルシーとプリシーを買ったんだわ。

「この腕がまたちゃんと使えるようになったら、さんざんこの鞭で叩いてやるからね！」

睨(にら)みつけてから、私は深い自己嫌悪にかられた。召使いのことを黒人(ニガー)と呼ぶのを、お母さまは絶対に許さなかったからだ。それと、召使いを鞭で叩いたりするのも。

私は御者台(ぎょしゃだい)に戻ろうとしたけれど、疲れがひど過ぎてめまいを起こしてしまった。しばらく体を支え、はあはあと息をする。

メラニーの声がした。

「スカーレット、もううち（ホーム）についたの」

わが家（ホーム）。その言葉を聞いたとたん、私の目からぽろぽろと涙がこぼれた。目の前には、焼け落ちたマッキントッシュ家の屋敷が見える。

わが家。もうそんなものは存在しないのよ。ここにあるのは、焼け跡と死ばかりなのよ。


でも私は進んだ。

わが家が待っているとはこれっぽっちも思ってなかったのに、それでも馬を歩かせなければならなかった。だってそこにとどまることは死ぬことを意味しているんだもの。

死ぬか、進むか。

だったら進むしかないでしょう。

ついに坂の下までやってきた。

かつてタールトン兄弟が、毎日のように馬で駆けてきた坂。そして私もギャロップで上がっていった坂。

ひと息で家につく道。なだらかなはずだったのに、こんなに急だなんて。この倒れそうなおいぼれ馬で、とてものぼっていけるはずはない。

私は地面に降り、馬の勒（くつわ）をとった。

「降りなさい、プリシー。ウェイドも連れてくるのよ。お前がだっこしてもいいし、自分で歩かせてもいいわ。赤ちゃんはメラニーの隣りに寝かせなさい」

ウェイドは泣き始めた。

「暗くて、怖いよー。いやだよー」

おまけにプリシーまで、荷台から降りようとしない。

「スカーレットさま、私、歩けません。足にまめが出来てすごく痛いんです。私とウェイド坊ちゃまなら、そう重くないし……」

「降りなさい。さもないとひきずりおろすわよ。それともここに置いておこうか。一人ぼっちでね」

あたりは薄暗い。私は泣きじゃくるウェイドとプリシーを連れて歩き始めた。

「男の子でしょ。泣くのをやめなさいよ。さもないとひっぱたくわよ」

どうして子どもなんかこの世にいるんだろう。うるさくって泣いてばかり。何の役にも立ちはしない。おまけにまわりがいつもちやほやしてくれるものと思ってるから、わがままなことを言う。

どうして子どもなんか生まれるんだろう。

そもそも、どうしてチャールズ・ハミルトンと結婚したの。

どうして、どうして、私はこんなにお腹を空かせて、こんなつらい目にあってるの……。

「スカーレットさま」

プリシーが私の腕をつかんだ。

「タラに行くのはやめましょう。あそこには誰もいませんよ。みんなどっかに逃げちゃったはずです。もしかしたらみんな、死んじゃったかも。私の母さんもみんな」

それはたった今、私が考えていたことだった。

「お黙り！」

私は大声をあげる。かっとして、私の腕に食い込むプリシーの指をふりはらった。

「だったら、お前はずっとここに座ってなさい」

「そんな。嫌です」

「だったら黙りなさい」

馬のよだれが、私の手にかかる。馬は一歩一歩、坂を歩いていく。

馬だってわかるんだ。

進むか、ここにとどまって死ぬか。

ついに坂をのぼりきった。目の前にタラのオークが現れた。

わが家！　私は必死であかりを探した。だけど何も見つからない。

やっぱりないんだわ。なくなってしまった。タラ、わが家はあとかたもなく消えたんだ……。

だけどもう一回だけ目をこらした。ヒマラヤスギの枝がたけだけしく繋っている先に、タラの白い煉瓦(れんが)が見えたような気がした。これは錯覚なの⁉　本当にあるの？

もう一度見る。暗くなった向こうに確かにタラの家が立っていた。

わが家、わが家！　白い壁も、ベランダもそのまま。窓にはカーテンがひるがえっている。

嘘(うそ)でしょ！　タラが無事だなんて、すぐそこのマッキントッシュ家は焼きはらわれていたのに。

私はさらに進む。その瞬間、影のような輪郭がはっきりとした形をとった。闇の向こうに確かに白い壁が見える。煤で汚れてもいない。タラは無事だった。

だけど疲れ過ぎていた私は、走り寄ることも出来ず、のろのろと最後の数歩を歩いた。

人影が現れた。誰かがいる。

ああ！　私は歓喜の声をあげた。だけど何か変。おかしい。あたりは不気味な静けさに包まれたままだ。人影は動こうとはしない。

誰なの？　何なのよ、これ。私が帰ってきたのよ。

人影はやがてゆっくりと動き始め、階段をおりてくる。ぎこちなく、ゆっくりと。

「お父さまなの？」

あまりの違和感に、私は大きな声も出せない。かすれた声でささやいた。

「お父さまなの？　私、スカーレットよ。スカーレットが帰ってきたのよ」

お父さまは黙ったまま、こちらにやってきた。まるで夢遊病の人みたい。しばらく呆然と私のことを見つめ、私の肩に手を置いた。その手がぶるぶると震えている。

「スカーレットなのか……」

「そうよ、お父さま」

抱きつこうとしてやめた。私の知っているお父さまじゃない。活気に溢れたお父さまじゃなくて、ウェイドみたいなただおびえている目。

どうしたの？　いったい何があったの？　恐怖で足が凍りついたみたい。質問することさえ出来ないんだ。ただじっとそこに立っていた。

荷馬車から赤ん坊の泣き声が聞こえた。お父さまはそっちを見る。ほんのちょっとだったけれど、人間らしさが戻ったみたいだった。

「メラニーと赤ちゃんよ。一緒に連れてきたの」

「メラニーか……」

お父さまはつぶやいた。

「メラニー、今日からここがあんたのうちだ。ウィルクス家のオークス屋敷は焼けてしまった。今日から一緒にここで暮らしなさい」

お父さまがやっとまともな言葉を発したので、私もようやく現実に戻った。メラニーと赤ちゃんを一刻も早くやわらかなベッドに寝かせないと。

「運んであげて。メラニーは自分では歩けないの」

その時、私たちに気づいたんだろう。玄関ホールから足音が聞こえ、人影が現れた。ポークだ。ポーク、ポーク！

「スカーレットさま、スカーレットさま！」

私はポークの腕を強くつかんだ。このうちの使用人たちをたばねているとても大切な人。ポークは目をうるませた。

「スカーレットさま、無事にお帰りになられて……」

プリシーも父親を見てわっと泣き出した。ウェイドまでつられてべそをかく。

「ボク、喉がからから。お腹も空いてるよー」

私はてきぱきと指示をした。

「ポーク、メラニーが赤ちゃんと荷馬車の中にいるの。あなた、二階まで運んで頂戴。プリシー、ウェイドを中に連れていって。水を飲ませてあげなさい。マミイはどこ？　私が呼んでいると伝えて」

そしてすべてが動き始めた。ポークは荷馬車からメラニーを運び出した。メラニーはぐったりして、ポークの肩に頭をもたせかけている。プリシーは赤ん坊を抱き、空いている手でウェイドの手をひいていった。

私はお父さまと向かい合った。大切なことを質問しなきゃ。最後の手紙では妹たちがチフスにかかったって書かれていたけど……。

「みんなはよくなったの？　お父さま」

「娘たちはよくなってきている」

沈黙があった。「娘たちは」ってどういう意味なの。ある考えが不意に浮かんできた。静まりかえっているタラ。真先にとび出してくる人がいない。怖い。でも聞かないわけにはいかない。

「お母さまは？」

「母さんは昨日死んだ」

意味がわからない。そんなはずはないわ。わが家。わが家にたどりついたんだもの、お母さまがいないはずはないわ。奥の小さな仕事部屋。あそこに行けば、ライティングデスクの前に座っているお母さまがいるはずよ。私を見つけたら、顔をあげてにっこりと笑ってくれるはず。甘い香りと衣ずれの音をさせて。

「まさか……。そんなこと信じられないわ……」

「いや、母さんは昨日死んだ。母さんは昨日死んでしまったんだ……」

お父さまは同じことを繰り返している。そうよね、お父さまは戦争のショックで、ちょっとおかしくなってるんだわ。お母さまが死ぬわけなんてないわ。きっとこのうちのどこかで寝ているんだわ。

ポークがまたおりてきた。そうよ、ポークならまともなことを教えてくれるわ。でもすぐには聞けなかった。

「ポーク、どうしてうち中真暗なの？　ろうそくを持ってきて」

「ろうそくは奴(やつ)らがみんな持っていきました。もう一本しか残ってません。それももうじき燃え尽きてしまいます。マミイは豚の脂にぼろ布をさしてあかりにしていますよ、キャリーンさまとスエレンさまの看病をするためです」

ポークはお母さまのことを言わなかった。私は不安で立っているのもやっとだ。

「じゃ、その残った一本を持ってきて」

私は言った。

「お母さまのお部屋に」

ポークはなぜかぐずぐずしている。私もその方が都合がよかった。矢継ぎ早に質問をしていく。

「ポーク、使用人は何人ぐらい残っているの？」

「スカーレットさま、くだらないクズどもはみんな逃げてしまいました。北軍と一緒に行った奴もいますし」

「それで何人残ってるのよ!?」

私は苛立(いらだ)って声をあげた。

「私がおります、スカーレットさま。それとマミイも。マミイは一日中お嬢さま方の看病をしております。それからディルシーも。その三人でございます」

農作業の者も入れて、百人はいた使用人が今は三人しかいないなんて。疲れで首がずきずきする。我慢しなきゃ。震えたりうわずったりしてはいけない。

落ち着け。落ち着くのよ、スカーレット。手をひとふりすれば、十人の召使いがとんでくるようにふるまうの。

「ポーク、お腹が空いて死にそうなの。何か食べるものはある?」

「食料は奴らがみんな持っていきました」

「菜園があるじゃない」

「奴らが馬を放ちました」

めちゃくちゃにしたってことらしい。

「丘のサツマイモ畑も?」

ポークの厚ぼったい唇に笑みが浮かんだ。

「スカーレットさま、イモのことをすっかり忘れていましたよ。北軍どもはサツマイモをつくらないから、きっとただの根っこだと思ったはずです」

「もうじき月がのぼるわ。いくつか掘ってきて焼いて頂戴。それからひき割りトウモロコシは？　干し豆は？　鶏肉はあるの？」

「ありません。奴ら、ここで食べきれなかった鶏肉は鞍にくくりつけて持っていきました」

奴ら、奴ら、奴ら。もうこれ以上聞きたくないわ。

「スカーレットさま。マミイが床下に埋めておいたリンゴが少しあります。今日はそれを食べました」

「じゃあ、サツマイモを掘りに行く前に、それを持ってきて。それからポーク……」

ちょっとためらった。この家でそんなことを頼むことに。

「私、疲れて気が遠くなりそうなの。地下にワインはある？　ブラックベリーワインでもいいから持ってきてくれない」

「いや、スカーレットさま、奴らは真先にあそこに行きましたから」

「ワインもないのね……」

ひと口だけでも飲めたら。このくらくらしそうな疲れと空腹を癒やしてくれるはずだったのに。だけど私はあることを思いついた。

「ポーク、お父さまが埋めたコーンウイスキーは？　オーク樽に詰めて葡萄棚の下に埋めたでしょう」

ポークはまた微笑んだ。それは私への敬意に溢れていた。

「スカーレットさまは本当に記憶力がすごい。あの樽のことはすっかり忘れておりましたよ。だけどあれは、埋めてまだ一年しかたっていないし、ウイスキーはレディが召し上がるものではありません」

なんて頭でっかちなの。この期に及んでレディの飲み物なんて。

「このレディとお父さまにはウイスキーがお似合いなのよ。ポーク、急いであれを掘り出して。それからグラス二つと、ミントと砂糖を持ってきて。混ぜてジューレップをつくるわ」

「スカーレットさま」

ポークは今度は私をちょっと馬鹿にした目で見た。

「スカーレットさま、タラにはもうずっと砂糖なんてありませんよ。ミントは奴らの馬が食い尽くしてしまったし、グラスもみんな奴らに叩き割られました」

もうイヤだ、イヤだ。もう一回「奴ら」と口にしたら、私は金切り声をあげるからね。

「じゃあ、いいわ。ウイスキーを急いで持ってきて。さあ、早く。そのままで飲むわ」

ポークが仕方なく体の向きを変えた。そのとたん、ウイスキーよりも大切なことをいくつか思い出した。

「ああ、そうだ、馬と牛を連れてきたのよ。牛はすぐにでも乳しぼりをしてやらなきゃいけないわ。それから馬具をはずして、馬に水を飲ませてあげて。マミイに乳しぼりを頼んで、メラニーの赤ん坊に沸かして飲ませてやって頂戴。そうでなきゃ、赤ん坊が飢え死にしてしまうわ」

「あの、メラニーさまではダメなんですか……」

男が口にする話題ではないので、ポークは言いよどんだ。

「メラニーはお乳が出ないのよ」

お母さまが聞いたら失神しそうなことを、私はさらっと言った。

「それならスカーレットさま。メラニーさまのお子さまの世話は、うちのディルシーにまかせてください。うちのディルシーも子どもを産んだばかりなので、二人分は充分に出ますから」

「えっ、お前のところにも赤ちゃんが生まれたの？」

どうして戦争のさなかに、赤ん坊をつくったりするんだろう。私には信じられないわ。

「はい、丸々太った大きな男の子で」

ポークは嬉しそう。あのプリシーに弟が出来たってわけだ。

「じゃあ、メラニーはディルシーにまかせるわ。マミイには牛の世話を頼んで。それからあの可哀想な馬を小屋に入れるようにって」

「馬小屋はありません。北軍が薪（まき）にして使いましたから」

「もうこれ以上、奴らがしたことを言わなくていいわよっ！」

私はついに癇癪（かんしゃく）を起こした。

「ポーク、二人に赤ん坊と馬の世話を頼んだら、お前はすぐにウイスキーとサツマイモを掘りに行ってよ」

「でもスカーレットさま。あかりがないとイモは掘れません」

「薪を使えばいいでしょう！」

「薪はありません。奴らが……」

「それを何とかしなさいよ！　とにかく掘ってきて。今すぐに、急いで」

私の剣幕におそれをなして、ポークは出ていった。大切なことを忘れてたわ。たった一本残ったろうそくを持ってきてもらうことに。

私はお父さまと二人とり残された。怖れていた時間がやってきたことを知った。でもすぐにはきけない。

「どうしてタラは焼けなかったの？」

質問の意味がわからないみたいに、しばらく間があった。

「奴らはこの家を本部に使ったんだ」

このわが家を？　まさかね。お母さまが住んでいるこの場所に、北軍が入り込んでいたなんて。

「そうだ。奴らがやってくる前、川向こうのウィルクスのオークス屋敷から煙が上がるのが見えたんだ。あそこの娘たちは使用人と一緒に、メイコンに避難していたから心配はいらなかった。うちもメイコンに逃げたかったが、娘たちの具合がひどく悪くなった。そのうちに母さんも。だから行けなかった。黒人たちは煙を見て逃げ出した。荷馬車もラバも盗んでいった。だがどうすることも出来ない。娘二人と……、母さんの三人を動かすことは無理だったからな」

「ええ、そうよね」

お母さまのことは言わせてはいけない。どうか言わないで。話題を変えて、お父さま……。

「北軍どもはジョーンズボロに向かうところだった。川を通ってやってきた。何千人も何千人もやってきた。大砲も何千とあった。わしは玄関ポーチで奴らに向き合った」

お父さまがそんなことをしたなんて。胸がいっぱいになった。そうよ、お父さまはずっと勇敢だったもの。

「出ていけと奴らは言った。この家を焼くと。出ていかないと、わしが中にいるままで火をつけると言ったんだ。だからわしは言った。この家には病人がいる。腸チフスで動かすことは出来ん。三人の瀕死の女ごと、家を焼くなら焼けとわしは言った。すると若い士官が……、彼は紳士だったよ」

「北軍が紳士ですって。何を言ってるの？　お父さま」

「いや、紳士だった。軍医を連れて戻ってきてくれたんだよ。その医者が娘たちを診てくれた。母さんも」

「何ですって。北軍をお母さまの寝室に入れたの？」

お父さまはそれには答えない。

「医者は親切に手当てをしてくれた。そのうえ確かに病人がいると報告してくれて、それでタラは焼かれなかったんだ。そのかわり、何とかという将軍と部下が群れをなしてやってきた。病室以外の部屋は全部占拠された。そして兵士どもは……」

目が慣れてくると、お父さまの顔が無精髭でいっぱいなのがわかった。顎の肉もたるんでいる。気力をふり絞って、という感じでお父さまはまた話し始めた。

「兵士は家のまわりの、いたるところで野営したんだ。トウモロコシ畑にも、牧草地にもいた。夜には千の焚き火が燃えていた。奴らは馬小屋も納屋も、燻製所も全部壊して薪にした。牛も豚も鶏も放した。わしの七面鳥まで……」

お父さまが大切にしていたあの七面鳥。食べられてしまったんだ。

「奴らはいろんなものを奪っていった。絵も家具も、食器も」

「銀器は？」

「たぶんマミイとポークが井戸に隠したと思う。わしは娘たちと母さんと一緒に階上にいたから、奴らとはほとんど顔を合わさなかったよ。一番よく会ったのは例の若い軍医だ。本当に親切な男だった。毎晩様子を見に来てくれた。去っていく時、薬も置いていってくれた。そしてこう言ったんだ。娘たちはきっとよくなるだろうと。だが、母さんは、母さんはとても弱っていると言ってた。弱り過ぎていて持ちこたえられないだろうと」

そしてまた黙った。

それってどういうことなの。

お母さまはやっぱり駄目だったということなの。本当に持ちこたえられなかったっていうことなの。

教えて、お父さま。

でもやっぱりまだ言わないで頂戴。今夜はまだ言わないで。私は疲れて疲れて倒れそう。もし本当のことを聞いたら、そのまま死んでしまうかもしれない。

25

私はウイスキーを飲んだ。

ひしゃくにすくって、ぐびぐびと飲んだ。お母さまがいたら、絶対に許されないことだっただろう。

だけどお母さまはもういない。もう死んでしまった……。いいえ、そんなこと嘘よね、嘘だわ。でもお父さまは確かに言った。お母さまは死んだと。何よりもここに現れないじゃないの……。お母さまはどこ？　本当に死んだの？

私は混乱して頭がおかしくなりそう。だからまたひしゃくにすくって、ウイスキーを飲んだ。うちでつくって畑に埋めておいたウイスキーは、ものすごくきつい。喉が熱くなった。でも止まらない。もう一杯ひしゃくにすくって飲む。先に酔っぱらったお父さまは、さっき寝室に入ってしまった。

私はかぼそい蠟燭を持って、妹たちの部屋に向かった。ドアを開けたとたん、ものすごい悪臭が襲ってきた。くらくらするぐらい。窓を閉めきっているから、体臭と薬のにおいがこもっているのだ。それよりも豚の脂を燃やすにおいがすごい。いくら蠟燭が不足しているからって、この地獄のようなにおいは何なの……。

私は窓を開けた。病人にはよくないかもしれないけど、そんなこと知ったこっちゃない。窓を閉めたままなら、私は絶対にここにはいられないもの。

キャリーンとスエレンは痩せ細って真青な顔をしていた。目は閉じたまま。何かつぶやいている。そんなに仲がよくない妹たちだったけれど、死と闘っている様子はやっぱり心が締めつけられた。私は傍の椅子に座り、ずっと二人を眺めていた。痩せた顔は骸骨みたいだ。

部屋の隅には空っぽのベッドがあった。猫脚のこのフランス風ベッドは、お母さまが使っていたもの。でもお母さまはここに寝ていない。どうして……。

私はぼーっと二人の妹を見つめた。ウイスキーの酔いがまわってきたみたい。妹の顔がうんと大きくなって迫ってきたり、小さく遠ざかったりする。何なの、これ……。

やっとわが家にたどり着いたというのに、私は正気をなくしている。だってお父さまが、いきなりお母さまが死んだ、なんて言うから。そんなはずないわ。お母さまはどこにいるの？そうよ、早く出てきて。お母さまの膝に顔を埋めて、どんなつらい目にあったか聞いてもらいたい……。お母さまに、よくやりましたね、と言ってもらいたい。

音がしてふり向いた。ディルシーが入ってきたんだ。胸元にメラニーの赤ん坊を抱いている。赤ん坊はディルシーの黒い乳房にむしゃぶりついているじゃないの。まるで母猫に抱かれた仔猫みたい。安心しきった様子は、この家で私が初めて見た温かい光景だった。

私はよろよろと立ち上がって、ディルシーの腕に手をかけた。

「残ってくれたのね。ありがとう、ディルシー」

「どうして私がクズどもと逃げたりするもんですか。スカーレットさま、お父さまはご親切に私と娘のプリシーを買ってくださったし、お母さまにはとてもよくしていただきました」

ネイティブ・アメリカンの血が流れていて、とても綺麗で賢いディルシー。どうしてこんなしっかりした女から、あんなバカな娘が生まれたんだろう。プリシーのせいで、腹が立つことばかりだった。

私はやっかいなことをいちどきに思い出した。

「赤ちゃんはちゃんとお乳を飲んでるのね、よかったわ。メラニーの具合はどう？」

「この子は大丈夫です。ただお腹が空いていただけです。メラニーさまのこともご安心ください。ただとてもお疲れになっているだけです。私がウイスキーをちょっと差し上げたら、ぐっすりおやすみになりました」

メラニーがウイスキーを飲んだなんて信じられないけど、まあよかった。赤ん坊も無事だった。でもこの後は何をしたらいいんだろう。ああ、頭がくらくらする。押し寄せてくる目の前の問題をひとつひとつ解決しなきゃ。でもそれはもう少し後にしよう。

やがて井戸水を汲み上げる音が聞こえてきた。マミイだ。

「お嬢さま方の体を拭くために、ああして水を汲みに行ってるんですよ」

ディルシーは私がそうするように言ったので、やっと椅子に腰をおろした。赤ん坊はもうたっぷりとお乳を飲んだはずなのに、乳首をはずすとぐずり出した。仕方ない。生まれてから一度もお乳を貰ってなかったんだもの。ディルシーはやさしくまた赤ん坊にお乳を吸わせ両手であやしていた。何もなかったみたいな平和な光景だった。

信じられないぐらい静かな夜で、水を汲み上げる音はまるで子守歌みたいだった。ぎーこ、ぎーこと規則正しい音が耳に届く。

ああ、早く横になりたい。コルセットをはずして、喉を締めつけている衿をゆるめたい。砂や砂利がこびりついた靴を脱ぎたい。私がそうしなかったのは、マミイにだらしない姿を見せたくなかったから。

そして汲み上げる音が止まった。もうじきマミイがやってくる。階段を上がるみしみしという音が近づいてきた。

マミイの重たい体で、二階の廊下が揺れる。ドアが開いた。木のバケツを両手に持ったマミイ！　私を見てにっこりと笑った。私はその広い胸に突進した。このあったかい大きな胸。これこそがタラ。私のうち。

マミイもしっかりと受け止めてくれた。

「私のお嬢さまが帰ってらした！　スカーレットさま、よくご無事で」

「マミイ！」

それなのにマミイは、すぐ絶望的な言葉を口にするではないか。

「ああ、スカーレットさま。エレンさまがお亡くなりになったんです。いったいどうしたらいいんでしょうか。ああ、私もいっそ一緒にお墓に入ってしまえばよかったのに。エレンさまなしでは、とてもやっていけません」

そんなことを言うのはやめてと、私はマミイのしわだらけの顔を撫でた。どうしていいのかわからないのはこの私なのに！

だけどその瞬間、マミイはいつものマミイに戻っているではないか。

「お嬢さま、なんですか、この手は」

私の血まめだらけの手をつかんだ。

「いつも申し上げてたじゃありませんか。貴婦人は手を見ればわかるって。それにお顔も陽灼けしてますよ。まあ、なんてこと」

可哀想なマミイ。こんな目にあったというのに世間からずれている。戦争と死が自分の目の前を通り過ぎていくのを見ていたはずなのに。

それどころではないと、私は威厳を持って尋ねた。

「ねぇ、マミイ、あなたの口からお母さまのことを話して頂戴」

お父さまの脈絡のない話を聞くのは耐えられなかった。だけどマミイにとっては、とても残酷な質問だったようだ。すぐには答えず、私に急に背を向けた。泣いているんだ。泣きながらバケツをベッドの傍に運んだ。そしてキャリーンとスエレンの寝巻きを脱がせた。キャリーンの着ているナイトガウンは、清潔だったけどボロボロだった。スエレンの着ていた古ぼけたネグリジェは、褐色のリネンに、アイリッシュレースがふんだんにあしらわれていた。二人の妹は、ものすごく痩せていて、見るのも怖いくらい。だけどちゃんと体を拭いてもらい、洗たくした寝巻きを着せてもらっている。マミイがどれだけ心を尽くして看病してくれていたかよくわかる。

マミイは静かに泣きながら、妹たちの首や腕を拭いていった。

「スカーレットさま、エレンさまを殺したのはスラッタリー家の連中ですよ」

プア・ホワイトと呼ばれる人たち。そこの娘は、確か結婚しないまま子どもを産んだんだわ。

結局は死産だったけど、そのお産を手伝ったのはお母さまだった。

「あんな人間のクズどもに、何かしてやってもいいことはないと、私は口を酸っぱくして申し上げたものです。それなのにエレンさまはおやさしいうえに、ご自分の信念をお持ちでした。困っている人がいると、見過ごせなかったんですよ」

「スラッタリーがどうしたの」

「今年の流行り病にかかったんです。あの父親のいない子を産んだエミーが病気になって、母親がエレンさまに泣きついてきたんです。あつかましくって、何かあればいつもそうなんです。エレンさまは本当にお忙しくていらしたのに、それなのに出かけていってエミーを看病しておやりになったんです。エレンさまはずうっとお元気がなかった。何しろ収穫したものはみんな南軍が持っていってしまうから、召し上がるものがありませんでした。もともとエレンさまは小食でいらっしゃいますから、体力がそんなにおありになりません。だからあんなところに行くなって、何度も何度も私は申し上げたんですよ。だけどエレンさまは耳を貸してはくださいませんでした。エミーがよくなり始めた頃、キャリーンさまが腸チフスにかかったんです。次にスエレンさまが倒れて、エレンさまはお二人の看病をずっとされてました……」

マミイは流れる涙をエプロンで拭った。私の脚は震えてくる。お母さまはここにいないだけだとずっと思い込もうとしていた。だけどマミイが言うなら、やっぱり本当なんだ。お母さまは死んだんだ……。

「近くでは戦いが始まるし、北軍が川を渡ってきて、野働きの者たちはみんな逃げ出しました。私は本当に頭がおかしくなりそうでしたが、エレンさまはご立派でした。決して取り乱すことはなかったんです。でもお嬢さま方のことが心配で、まるで幽霊みたいにやつれてしまわれました。あの時は薬も何もなくて、エレンさまは旦那さまを決してこの部屋にはお入れになりませんでした。でも、私とディルシーだけは、前にチフスをやったことがあるんで入ってこられました。エレンさまはろくに食べ物もない中、お嬢さま方を必死で看病され……そして最後はご自分が……」

　そこでマミイは顔をおおった。

「あの親切な北軍のお医者さんでさえ、手のほどこしようがなかったんですよ。最後は私が話しかけても誰だかわかりませんでした」

「ありがとう、マミイ」

私は両手をマミイの膝の上に置いた。灰色になったエプロンが、マミイの苦労をもの語っていた。

「それで最期に、お母さまは私のことを何かおっしゃった？　私の名を呼んでくれたの」

「いいえ、何もおっしゃいませんでした。どなたの名前も……」

がっかりした。その時だ。ディルシーが赤ん坊を揺らしながらはっきりと言ったんだ。

「いいえ、お呼びになりました。最期にどなたかを」

「お前は黙っておいで！」

マミイは怖ろしい見幕でディルシーを睨んだ。

「いえ、ディルシー、話して頂戴」

私はきっぱりと言った。なぜかわからないけれど、どうしても聞いておかなければと思ったんだ。

「あれは北軍の兵士どもが、綿花を小屋から転がしていった夜です。ジョージアでいちばん大きな焚き火をするってわめいてました。火が燃え上がって、あたりが昼のように明るくなりました。この部屋にもあかりが百個ついたようでした。その時エレンさまは目を覚まされ、何度か大きな声でおっしゃいました。フィリップ、フィリップ、フィリップって」

私は少し後ずさりした。お母さまが死ぬ間際に叫んだのは、私でもお父さまの名でもなかった。フィリップっていう男の人の名前。お母さまにとって、いったいどんな人なんだろう。ああ、わからない。わからないわ。

気がつくと、私は自分の部屋のベッドに横たわっていた。酔っぱらった私の服を、マミイとディルシーが脱がしてくれたみたいだ。

あたりに月の光が射しこんでいる。シーツはかびくさかったけれど、やわらかいベッドに横たわっている。このことは私をどんなに安らかにしてくれただろう。

でも眠れない。私はいろんなことを考える。朝になったらいろんなことをしなくっちゃ。

オークス屋敷とマッキントッシュ屋敷に行って、荒れた菜園に何か残っていないか探そう。川沿いの沼地に、迷い込んだ豚や鶏がいないか見てみよう。ジョーンズボロかラヴジョイにお母さまの宝石を売りに行くのは？　あの町なら、何か食べるものを売っているかもしれない……。

そうよ、私はお母さまの代わりをしなきゃ。タラのみんなを食べさせなきゃいけないんだ。

ああ、いろんなことを考えているととても眠れそうもない。体は限界を超えて、眠ろう、休もうとしているのに、頭は冴えるばかりだ。お母さまが最期に呼んだ男の人は、いったい誰なんだろう。

恋人？　まさかね。お母さまは十五歳で四十過ぎたお父さまと結婚した。その前に恋人がいるはずはないわ。

でも、もしかすると……。ああ、わからない。こんなことを考えるのはいけないとはわかっているけれど、私はそんなことがあってもいいかなあ、とちらっと思い始めてる。たとえ恋人じゃなくても、お母さまが好きになった男の人がいたのなら、それはとても素敵なことじゃないだろうか。ずうっと私たちの世話と家事に追われていたお母さまに、ちょっとでも甘やかな思い出があったとしたら……。

ああ、なんだか眠くなってきた。そう、私は夢をみていたんだ。火の中を逃げてきたこともみんな夢。このまま眠れば、朝になってお母さまが起こしてくれる。やさしく肩を揺らして。

「さあ、私の可愛い娘、起きなさい」

と言ってくれるはず……。

そして再び唐突に私は目を覚ました。ものすごい吐き気と共に。ウイスキーのせいで二日酔いみたいだ。手のひらのまめがつぶれてとても痛い。陽灼けで顔がひりひりしている。

今まで私が迎えたなかで、最低の朝だった。

胃がむかむかして、つわりの時みたいだった。朝ごはんにふかしたサツマイモが出たけど、そのにおいにむっとしてしまった。

お父さまはずっとそわそわしている。扉の方を見て落ち着かない。私に言った。

「母さんを待とう。母さんは遅いな」

私はぎょっとしてお父さまを見上げた。その後ろにマミイが立っている。かすかに首を横に振った。黙っていなさい、という合図だ。

嘘でしょう！　こんなことってある？　お父さまがボケてしまったなんて！　昨夜話した時には、ちゃんとつじつまが合っていたじゃないの。これってショックで起こった一時的なものなの？

今後のことをお父さまと相談するつもりだったのに、どうすればいいだろう。

私は何も食べずにダイニングルームを出た。頭のねじがゆるんだお父さまと、とても一緒にいられない。

裏のポーチに行くと、ポークが階段に座ってピーナッツの殻を割っていた。裸足（はだし）で古びた野良着をまとっていた。使用人たちのたばね役で、お父さま付きの従者だったポークは、いつもぱりっと糊（のり）のきいた白いシャツに上着を着ていた。それなのにこんなみじめな格好をしているなんて。

私は後ろめたい気持ちを隠すために、次々と彼に質問した。

「あのおいぼれ馬はどうなった？　牛は大丈夫？　ちゃんと乳が出るわよね」

ポークは答えた。

「スカーレットさま。馬は死にました。バケツの水の中に頭をつっ込んで。牛は昨晩子どもを産みました。だからあんなにメエメエ鳴いていたんですよ。仔牛はすぐに育って乳を出します。

お嬢さま方に必要なミルクやバターをつくってくれますよ」

「他の家畜はどうなっているの」

「全部北軍に盗られました。年とった牝豚とその仔豚が残っているだけです。それも北軍が来る前に沼地に隠しましたが、どこに行ったかはわかりません」

「まあ、いいわ。お前とプリシーで、すぐにつかまえに行って頂戴」

ポークは目を丸くしてこちらを見た。

「スカーレットさま。豚をつかまえるなんて、野働きの者がすることです。私は生まれてこのかた、お屋敷仕事しかしたことがありません」

私はカッと体が熱くなった。野働きの者の仕事なんて言って、拒否が出来ると思ってるの！

「いいから豚をつかまえて。それが出来ないなら、野働きの者たちがそうしたようにここを出ていけばいいわ」

「ここを出ていけとおっしゃるんですか⁉」

ポークの目がうるんでいる。でも私の知ったこっちゃないわ。そうよ、私はいらいらしているのよ。どうしようもないくらいに。

「スカーレットさま、ここを出てどこへ行けとおっしゃるんですか」

「そんなこと私は知らないわよ。働く気のない者はタラにはいらない。働く気がないなら、北軍にでもついていくことね。皆にもそう伝えて頂戴」

「承知いたしました」

ポークは慇懃に答えたが、その顔は、

「エレンさまがいたならば」

と語っていた。

「それでトウモロコシや綿花はどうなっているの」

「トウモロコシですか。連中は自分たちの馬を畑に放して、さんざん食べさせました。そして残ったものはすべて持っていきました。綿花畑も、砲車やら荷馬車を引きまわされてひどいありさまです」

「もう収穫は出来ないってこと?」

「ただひとつ、川沿いの数エーカーだけは気づかれずに残っています。わざわざ荒らすほどでもなかったのかもしれません。ほんのわずかの収穫しか出来ないところですから」

野働きが全員逃げ出してしまった今、綿花を摘む者なんか誰もいないのだから、それでいいのかもしれない。

「ポーク、オークス屋敷やマッキントッシュ家の菜園に、何か残っていないか見に行ってきてくれない」

「スカーレットさま、とんでもない。今、タラから出る者なんか一人もいませんよ。北軍につかまったらどうなるか」

「でもディルシーにマッキントッシュ屋敷に行ってもらうわ。何か食べるものが見つかるかもしれない。私はオークス屋敷を見てくるわ」

「北軍やたちの悪い奴隷があのへんに潜んでいるかもしれない。お嬢さま一人で行くなんてとんでもないです」

「マミイは妹たちの看病をしてるし、お前とプリシーは豚をつかまえに行くんだから、私が一人で行くしかないじゃないの」

　私はマミイが使っている陽よけ用の帽子をかぶった。清潔だけど野暮ったい麦わら帽子。私はふとレットがプレゼントしてくれたパリ製の帽子を思い出した。私の瞳の色と同じ緑のボンネットには、羽根がいっぱいついていたっけ。あれをかぶっていたのは、ついこのあいだのことだなんて誰が信じられる？

　樫（かし）でつくった大きなかごを持った。頭が痛い。一歩一歩が脳天に響いてくる。荒れた綿花畑をずんずん歩いていく。川辺への赤い道は灼けつくようだった。日陰をつくる木は一本もない。舞い上がる土煙（つちけむり）が、鼻にも喉にも入り込んでくる。

　道の真中には、馬が重い砲車を引きずっていった跡が、深い溝となって残っていた。道の両端や畑には、兵隊たちが残していったものがいっぱいころがっていた。水筒にボタン、北軍の青い軍帽、履（は）き古した靴下や、ボロきれ……。ここにも戦争が通っていったんだ。

　やがて杉に囲まれたオハラ家の墓所が見えてきた。私はそっちを見ないようにした。あそこには新しい墓があって、お母さまが眠っている。やっと実感が出来たけど、まだ祈る気にはなれなかった。

　スラッタリー家の小さな焼け跡もあった。住民はどうしたんだろう。みんな焼け死んでしまっていたらいい気味なのに。タラの奴隷監督とのあいだに、私生児を産んだあの汚らわしいエミーさえいなければ、お母さまは今も無事でいられたのに。口惜（くや）しくて口惜しくて、私は血が出るほど下唇を嚙（か）んだ。

やがて長い坂道をくだりきり、川を渡った。もうじきオークス屋敷に着く。

土手にのぼる。そして私は大きな声をあげた。

オークス屋敷の名の由来の、十二本の樫(トゥエルヴ・オークス)の木はまだそこに立っていた。炎によって茶色に変色して。

白い円柱が連なり、かつて郡でいちばん美しい邸宅といわれていたオークス屋敷は跡かたもなかった。すすけた礎石に黒こげの残骸。半分焼けた長い円柱が芝生の上に横たわっていた。

ここが私をいつもやさしく迎えてくれたあの優雅な屋敷だなんて。いつか女主人になることを夢みていたこともあったっけ。

そう、あの日、この屋敷で行なわれたパーティーで、私の運命は変わったのだ。婚約するアシュレとメラニーの姿を見て、私は破れかぶれになった。そして屋敷の廊下で、チャールズ・ハミルトンのプロポーズを受けたんだわ。

「ああ、アシュレ……」

私は天をあおいだ。

「いっそあなたが死んでくれた方がいいわ。こんなありさまをあなたに見せたくないわ」

だけどこのまま泣いてはいられない。つらいとか、悲しいという気持ちにひたるのは明日にしよう。とにかく今は食べるものを探さなくては。

薔薇園(ばらえん)の脇を通り裏道を抜けた。燻製所(くんせいじょ)や納屋もすべて焼きはらわれていた。馬小屋にはヒヨコ一羽いない。菜園もタラと同じだった。すべて馬に踏みつぶされていた。

私は小屋が立ち並ぶ一角に向かう。ここはウィルクス家の野働きの奴隷が住んでいたところ。

「誰かいるの?」

と声をかけたが、返事はなかった。みんな逃亡したか、北軍についていったのだろう。その時私は思い出した。ウィルクス家では、奴隷たち一人一人に、小さな畑を与えていたことをだ。きっと北軍もそこは荒らしていないはずだ。

柵の中に入ってみる。私の勘はあたっていた。あまりにも疲れ過ぎていて、嬉しいと感じる余裕もなかったけれど。

干からびてはいたけど、まだ枯れてはいない蕪やキャベツ、変色してるけど食べられるライ豆やいんげん豆を見つけた。私はしゃがみ込んで、指で土を掘った。

別の畑では二十日大根が植えられていた。大根を見たとたん、激しい空腹が私を襲った。朝から何も食べていなかったし、きりりと辛い二十日大根を舌が欲していた。私はろくに泥もぬぐわず、それをがりりと囓った。暑さのために大根は古く饐えていた。無理に呑み込んだため、空っぽの胃が逆流を起こした。私は草の上につっぷして、しばらくだらだらと吐いた。吐き続けていると目がまわってきた。

私はそのまま草の上に倒れた。草も木々もぐるぐるとまわっている。土はふんわりとやわらかくて、半分気絶している私を受け止めてくれた。

この私が、スカーレット・オハラが、こんな風に吐いて倒れているなんて……。この屋敷のパーティーでも、いつも私は主役だった。ここのうちの娘たちなんか目じゃなかった。この郡の若い男は、私と一曲踊ることに心血を注いだ。たくさんの目くばせ、たくさんの告白、たくさんの懇願……。ドレスを着て踊っていた私。誰よりも綺麗と言われたスカーレット・オハラ。

その私が、こんな腐った二十日大根を泥のまま囓って、ずっと吐き続けている。体が動かない。なのに、世界中の誰もそのことを知らず、気にとめていないんだ。いや、知ったとしても、誰も構ってくれるはずはない。誰も彼も生きることで精いっぱいなんだ。

これからどうやって食べていけばいいの？　頭がおかしくなったお父さまと、病人が二人。産後すぐの女と生まれたての赤ん坊を、どうやって食べさせればいいの。なのにお母さまはいないんだ。私一人だけ。私一人で生きていかなくては。

今まで嫌なこと、困ったことはずっと先おくりにしていた。ゆっくりと後から考えればいいと思っていた。だけどもう、結論を出さなきゃいけないんだ。目の前の現実をちゃんと受け止めなくては。

私は立ち上がった。少しふらふらしたけど、ちゃんと立てた。もうここで、レースとシフォンのドレスを着て、くるくると踊っていたことは忘れるんだ。今の自分を見よう。ボロっちい服を着て、真赤に陽灼けしている女、それが私。でも生きている。生きていかなきゃならないのなら、たくさんのことを捨てなくては。そうよ、私しかいないの。この世でもう私を守ってくれるのは、私、スカーレット・オハラだけなの。

私は最後にもう一度オークス屋敷の焼け跡を見つめた。そしてさようなら、と言った。もう私は過去をふり返らない。昔のプライドなんてどうでもいい。

私はタラに向かって歩き出した。野菜を入れたかごが肩に食い込むけど、構わなかった。これだけの野菜があれば、五日間はみんなで食べられる。その喜びの方が大きかった。

私は天に向かって声を発した。それは祈りじゃない。決意というものだった。

「神さま、見ていてください。私は北軍なんかに負けません。必ず生き抜いてみせます。そしてこの戦いが終わったら、私はもう二度と飢えはしません。そのために盗みや殺しを犯すことになっても。神さま、見ていてください。私はもう二度と飢えません」

26

家にたどり着いて二週間が経った。

奇妙で静かな生活がずっと続いている。

外で戦争が行なわれているなんて嘘みたい。それどころか、近所の人たちが生きているのか死んでいるのかもわからないんだもの。あのおいぼれ馬は、ここにたどり着いたとたん死んでしまった。だから様子を見に行くなんて無理。この暑い最中、赤い道をずうっと歩く元気なんて私にはもうなかった。

とにかく食べるものを探して、うちの中や近くの畑を這いずりまわり、三人の病人のめんどうをみる毎日。なんだか夢の中をふわふわ歩いているみたい。音がほとんど聞こえないのも夢と同じだ。

私は時々、何か聞こえてきやしないかと耳を澄ませることがあった。

並んでいる黒人の小屋から聞こえてくる、子どもたちのかん高い笑い声。一日の仕事を終えて、畑から戻ってくる荷馬車のきしむ音。お父さまが草原を駆け抜けていく時の、馬のひづめの音。馬車が近づいてくる音がして、近所の誰かしらがやってくる。午後のお茶の時間が始まる。

だけどもう何も聞こえてきやしない。

　この屋敷の中だけが世界みたい。思い出が時々押し寄せてくる。私はそれをふりはらおうと必死になる。

　思い出がこんなに苦痛を伴うものだなんて、今まで知らなかった。それは精神的なものじゃない。空腹でこんなにつらい時に、食べ物を思い出すと胃がキューッて痛くなる。

　毎朝目がちゃんと覚めるまでのまどろみの中、私は塩漬けの豚肉を焼くにおいや、焼きたてのロールパンのにおいを確かに感じた。そして、はっとして起き上がるんだ。

　それをきっかけに、タラの食卓が次々と甦る。

　夕暮れ、食卓に蠟燭がともされる。ロールパンはもちろん、トウモロコシのマフィン、ワッフル、すべて一食のためにたっぷりと焼かれたもの。テーブルには豚のもも肉、揚げた鶏肉が並び、ケールが玉虫色の肉の脂の中で泳いでいる。

　野菜だっていっぱい。花模様の大皿の上には、いんげん豆が山のように盛られ、揚げたカボチャにオクラのシチュー、濃厚なクリームソースで煮たにんじん……。

　デザートはいつも三種類用意されていた。チョコレートのスポンジケーキに、ブランマンジェ、甘いホイップクリームをのせたパウンドケーキ……。

　太るのが嫌で、私はいつも手を出さなかった。するとマミイの声が飛ぶ。

「スカーレットさま、小鳥だってもっと食べますよ。さあ、このケーキをひと口でいいから召し上がってください。そうしないと、ひなびた枯れ枝みたいになりますよ」

　私の声もする。

「うるさいわねー、私はもうお腹いっぱいなの。もうひと口だって入らないわ……」

ああ、あの食卓のことを思い出すと、私は悲しくてつらくって、お腹を押さえながら泣いてしまう。

甘いケーキが食べたい。ロールパンが食べたい。

毎日口にするものといえば、ちょっぴりのリンゴとサツマイモ、ゆでたピーナッツと牛乳だけ。

息子のウェイドはいつもベソをかいている。

「僕、おイモ嫌い。ウェイド、お腹空いたよ……」

大人たちも愚痴を言うから腹が立つ。

ディルシーは、

「スカーレットさま、もっと何か食べさせていただかないと、二人分どころか一人分のお乳も出ません」

「スカーレットさま、これじゃ体がふらふらで薪割り(まきわ)が出来ません」

とポーク。

「お嬢さま、マミイだってまともなものを食べたいんです」

マミイが食べ物のことを口にしたのにはびっくりした。そういえば、ピカピカの黒い綺麗(きれい)な肌は輝きを失っていたし、大きな体は確かにしなびて見えた。

お父さまでさえ、私に文句を言う。

「わしは毎日毎日、イモを食わなければいけないのか」

ただ一人、メラニーだけは何も言わなかった。その顔はどんどん痩せて青白くなっていくのに、スープ一杯欲しがろうとはしない。

「私はお腹は空いていないわ。私の分をディルシーにあげて頂戴。赤ちゃんにお乳をあげてもらわないといけないんだもの。私は病人だからお腹は空かないわ」

こういうのって、ものすごくいらつく！　言い返すことが出来ない言葉って、本当はものすごくずるいと思う。

お父さまも使用人たちも、そしてウェイドもメラニーにべったりだ。メラニーのことを何ていい人だって慕っている。必死にこの家を支えて、食べ物を確保しようとしている私は、いつも怒鳴ってる悪い人、ということになる。これってものすごくおかしいと思わない？

息子のウェイドがまとわりついてきても、私はいつも叱る。だって遊んでやる余裕なんてないんだもの。

「あっちに行ってらっしゃい！」

「そのキーキー声、何とかならないの⁉」

そのたびに、ウェイドの目に私への恐怖がありありと浮かぶようになった。あの逃避行のショックが、ちっちゃな彼にしっかりと残っているのはわかる。それまではアトランタの屋敷で、ハミルトン家のたった一人の跡取りということで、私以外の皆にちやほやされ大切にされていた。それがあの日、ガタガタの荷馬車で逃げまどい、母親の私から、

「いい、声をたてたら北軍につかまって、すぐに殺されてしまうのよ」

って脅かされ続けてきたんだ。

いつのまにかウェイドは、母親の私のことを本当に怖がって、メラニーにべったりになった。いつもメラニーの寝室に入りびたっている。

　メラニーは子どもにすごくやさしい。ベッドの中から面白い昔話をし、歌を教える。そして頭を撫で、あなたはとてもいい子とささやくのだ。今やウェイドは、メラニーのことを崇拝していた。何かといえば寝室に駆け込む。

　私はもともと子どもなんか好きでもなかったし、ウェイドに構ってやっていたわけじゃない。だけどウェイドがメラニーに甘えているのを見ると、なぜか嫉妬して腹が立った。

　ある日のこと、ついに私は爆発した。

「お前って子は、病気で寝ている叔母ちゃまのベッドで、どすんどすんして遊ぶなんて、いったいどういうつもりなの。さあ、庭に行って遊んでらっしゃい。もう二度とベッドの上で遊んではいけませんよ」

「スカーレット、いいのよ、いいの。私なら少しも構わないわ。体がよくなるまで、そのくらいのことしか出来ないんだもの。お願いよ、ウェイドのめんどうをみさせて」

「馬鹿なこと言わないでよ」

　目に涙をためているメラニーに私は怒鳴った。ついでに嫌味も。

「本当ならもっと早くよくならなきゃいけない人のベッドで、どすんどすん遊んでるのよ。いいはずないじゃないの。いい？　ウェイド、同じようなことをしたら、ただじゃおかないからね」

　ウェイドは泣きながら走っていき、ドアの外にいたマミイは、大きなわざとらしいため息をついた。

みんなが私のことを暴君だと思っている。だけど他にどうすればいいのよ？

お母さまはいつも言っていた。

「淑女はいつも優雅に女らしく、決して大きな声を出してはいけません。それから目下の者たち、特に黒人に対しては、やさしく毅然と接するのですよ」

でもそんなことをしていたら、うちの者が餓死してしまう。だから私は厳しくしなきゃいけないの。

それからあんまり大きな声じゃ言えないけど、怒鳴ったり、命令したりするのは、私の唯一のうさ晴らし。

「スカーレットさまは、すっかり変わられた」

ってマミイは言うけど、これが本当の私なのかもしれない。

私は今、みんなにつらくあたっているかもしれないけど、私だってつらい。毎日、何マイルも歩いていろんなところの菜園から食べるものを探し、牛の乳しぼりだってしてる。このスカーレットがよ！

それにひきかえ、メラニーはベッドに寝ているだけじゃない。一日も早く畑仕事を手伝ってもらいたいのに。寝たままで、やさしい言葉を口にするだけなら、私だって出来るわ。

それから妹たちのだらしないことといったら！

スエレンも、下の妹のキャリーンも、この頃やっと起き上がれるようになった。妹たちは腸チフスで生死の境をさまよっている間に、世間がまるで変わってしまったことが理解出来ていない。お母さまが亡くなり、百人の奴隷も逃げていった。このうちには食べるものが何もないっていうことに。

だから私の命令に、キャリーンはぽかんとした顔をする。

「お姉さまったら、私に薪割りなんて出来るはずがないじゃないの。手が荒れちゃうわ」

「私の手を見てごらんなさい。あなたもこうなるまでやるのよ」

ふんと笑って、まめだらけの硬くなった手を見せた。

「私たちにこんなことを言うなんてひどいわ」

スエレンの目が吊り上がった。

「私たちに意地悪して。ああ、お母さまがいらしたら言いつけるのに。お母さまがいたら、絶対に許さなかったわ。私たちに薪割りをさせるなんて」

こういう妹たちを見て、私はかなりサディスティックな気持ちになったのかも。のほほんと、まるっきり苦労知らずに生きてきた妹たちを、もっとつらい目にあわせてやりたい。病気がすっかり回復したら、私と同じ仕事をさせてやる。薪割りに乳しぼり、シーツ洗い。そう、かつては妹たちも私も、奴隷の仕事と信じて疑わなかったことをね。

それからこんなことも言いたい。

「お母さまの教えなんて、何の役にも立たなかったのよ。善良だとか、やさしいなんて、こんな世の中で、何の価値もないのよ。それより乳しぼりのやり方でも教えてくれた方が、どれだけ助かったか」

お母さまを否定する日が来るなんて。何てひどい娘。でも同じ苦しみを妹たちにも味わわせてやりたい。

もうすっかりこの世は変わってしまったことを、とことん骨身にこたえさせたい……。

私は自分でもすごく嫌な人間になっていくのがわかった。心がささくれ立ってどうしようもない。人をとことん追いつめていって、それが楽しいなんて、お母さまが見ていたら何て言うだろう。

だけど仕方ない。お母さまはマナーにかなった上品な食べ方は教えてくれたけれど、食べ物をどう手に入れるかは教えてくれなかったんだもの。私はまるで動物のように猛々しくなって、どこかに蕪の一本も落ちていないだろうかと目を光らせている。

でも畑から戻る時、私は深呼吸する。故郷があるという喜びに胸が震える。タラの白い屋敷の後ろには、緑の草原が広がっている。農園は赤い大地。血の色のような土だけれども、それがどんなに豊饒でやさしいものか私は知っている。奇跡のように緑の葉を茂らせ、白い綿花を咲かせるんだ。そして赤い色は、その都度、ガーネット色や煉瓦色に変わる。

世界中探しても、こんな美しく素晴らしいところはないだろう。

あのアトランタから逃げ帰った日から、私はお父さまの言葉が理解出来るようになった。そう、結婚する前、まだ何も考えていなかったお馬鹿さんの私に、お父さまはこう言ったんだ。

「土地こそ、世の中で唯一、戦う価値のあるものなんだ。なぜって、土地だけは永遠に続くものだからな」

あの時私は、何もわかってはいなかった。だけど今は何の疑いもなく、そうだ、って言うわ。本当にそう思うわ。

この赤い大地は私そのもの。私たち一族の生きてきた証。私はどこにも行きはしない。このタラを守り抜いてみせる。私は誓うわ。あの二十日大根を吐いてから、私は誓ってばっかりだ。だけど誓いって、自分を奮い立たせること。そうでもしなきゃ、私はこの過酷さに耐えられそうもなかった。

静かに繭の中に閉じこもり、ひもじさと闘っているような生活も変化を迎えようとしていた。私の足に出来た一番大きなまめが化膿してふくれ上がってしまった。靴を履くことも出来ず、かかとを引きずって歩くしかなかった。

真赤に腫れ上がった足の指を見ると、不安でたまらなくなってくる。もしこれが兵士の傷のように壊死してしまったらどうしたらいいの。診てもらえる医者もいない。これで命を奪われたら……まさかね。まだ私は死にたくなんかない。十九歳で壊疽で死んだら、私が可哀想過ぎるわ。それにもし私がいなくなったら、誰がタラを守るんだろう。

お父さまはもう完全に正気をなくしていた。昼間から夢みているようにぼんやりしている。何を聞いても、

「お前の好きなようにしなさい」

このあいだは、

「母さんに相談すればいいじゃないか」

と真顔で言うから、ぞっとしてしまった。

その朝もタラはしんと静まり返っていた。

みんなが揃(そろ)って、沼地に豚をつかまえに行ったからだ。北軍が来た時、とっさに放した豚だ。うまくいけば、今夜はソテーした豚肉が食べられるだろう。

お父さまでさえ張りきって、ポークの腕に片方の手をあずけてずんずん歩いている。

うちに残っているのは、病人と赤ん坊と子どもだけ。

スエレンとキャリーンは、泣き疲れて眠っている。お母さまのことを思い出しては泣き、元気になったら私にこき使われることがわかって泣いているんだ。現実ということがまるっきりわかっていない二人。

お気楽なのはメラニーで、つぎはぎだらけのシーツにくるまれ、二人の赤ん坊の間に横たわっていた。右手には、ふわふわした亜麻色の髪の赤ん坊と、左手には黒い肌のディルシーの赤ん坊を抱いてとても満ち足りた表情。ベッドの足元にはウェイドが座って、じっとおとぎ話を聞いている。

こんな聖母子像には、いつもうんざりだけど、とりあえず赤ん坊がギャーギャー泣かないのはいいかもね。

私は二階の寝室を開けはなして、窓辺に座った。スカートを膝(ひざ)までたくし上げる。ものすごくお行儀が悪いけど仕方ない。足が本当に痛いんだもの。時々バケツの中に足を入れて冷やす。そのたびに刺すように痛くて、キャッと顔をしかめた。

こんな時に足が化膿するなんて。あののろまな連中にまかせておいて、本当に豚はつかまるんだろうか。私がいたならば、ずんずん歩いていって、あっという間につかまえてみせるのに……。

でももし、豚をつかまえてきても、どうしたらいいんだろう。食べてしまえば、後に育つ仔豚はいない。生きていかなきゃいけないし、毎日食べているので、食料は底をついてくる。私が隣りの菜園からとってきたクズ野菜さえ底をついてしまうだろう。

干しえんどう豆、小麦粉、米を何とか手に入れなくては。それに、来年も生き抜くためには、春に蒔くトウモロコシと、綿花の種だって必要だ。それをいったいどこで手に入れて、どうやって支払えばいいんだろう。

このあいだ、お父さまの上着のポケットと倉庫の中身を調べさせてもらった。南部連合の国債の束があったけど、こんなものもう何の価値もない。現金が三千ドル。これも南部連合紙幣。みんなで一回ご飯を食べられるかどうか。

私の考えはどんどん悪い方に行く。

もしお金があったとしても、食べ物が買えたとしても、どうやって町まで行けばいいの？

ああ、神さまはどうしてあのおいぼれ馬を死なせたんだろう。レットが盗んできた、あのみすぼらしい老馬。あんなのだって、いるのといないのとじゃ大違いだった。

今さら思い出したってどうしようもないけど、うちの牧場で元気に跳ねまわっていた馬たち。つやつやした毛並みの美しい馬たちが、一頭でも残っていてくれたら！　私専用の小さな牝馬でも、妹たちのポニーでも、お父さま自慢の大きな種馬でもよかった。アホでのろまなロバでも、いたらどんなにマシだったか。

でも、いいわ。もうなくしてしまったものを、くよくよ考えたってどうしようもない。足が治ったら、歩いてジョーンズボロまで行ってこよう。たとえ北軍が町を焼き尽くしていたとしても、少しぐらいは食べ物が手に入るはず。

ウェイドの顔が唐突に浮かぶ。甘ったれでどうしようもない息子だけど、やつれていつも泣いている。サツマイモは嫌いだよー、鶏や豚の肉汁かけご飯がいいと泣いている。ああ、いらいらする。お腹を空かせて泣いている子どもの顔ほど、私をいらつかせるものはなかった。私を責めているみたい。いや、本当に責めているんだろう。本当に何とかしなきゃ……。泣くまいと思って歯をぐっと食いしばった。泣いたって、誰も助けてはくれないんだもの。このタラの屋敷は、誰からも見捨てられてひっそりとしている。

その時、私は速歩（はやあし）でやってくる馬のひづめの音を聞いた。まさかね？　私の空耳よね。しょっちゅうお母さまの衣（きぬ）ずれの音を聞くのと一緒よね。

いいえ、確かにこれはひづめの音。いつのまにかスピードを落としている。タールトン兄弟の誰か？　戦死したというのは誤報で、私に会いに来てくれたんだわ。

顔を上げてよく見ようとした。恐怖で心臓が止まりそう。そこにいたのは、北軍の騎兵だった。

私はとっさにカーテンのかげに隠れた。見つからないようにして男を眺める。

ずんぐりとしたむさくるしい男だった。伸び放題の黒い顎髭（あごひげ）を、だらしなくボタンをはずした軍服の上にだらりと垂らしていた。

青い軍帽のひさしの下から、しばらく屋敷を見渡している。そしてゆっくりと馬から降り、つなぎ柱に手綱（たづな）をかけた。その時、私に呼吸が戻り、どくどくと心臓が音をたて始めた。

北軍だ！　北軍がやってきた！　いちばん怖（おそ）れていたことが起こった。病気の女たちと赤ん坊しかいないこの屋敷に。

北軍。この世でいちばん残酷でおぞましいやつら。前にピティ叔母さんが、声を潜めて話してくれたことがある。

北軍はまず女を襲う。そして自分の欲望を満足させると、喉を切り裂き屋敷に火を放つ。泣き叫ぶ子どもにも容赦はしない。銃剣で平気で突き刺していく……。

逃げなきゃ。隠れなきゃ。早くベッドの下にもぐるか、クローゼットに入るかだ。それか裏階段を降り、悲鳴をあげながら沼地に逃げるかだわ。

だけどそうするうちにも、男はこちらに近づいてくる。男が足音を忍ばせて玄関ホールに入ってくるのがわかった。これではもう逃げ道がない。

怖ろしさのあまり体が凍りついている。動くことが出来ない。男が部屋から部屋へと移動していくのがわかる。足音はどんどん大胆に大きくなっていく。男はついにダイニングルームに入った。もうじき台所に入るんだわ。

台所！　そのとたん、恐怖が怒りに変わった。だってかまどには、二つの鍋が並んでいる。大切な大切な食べ物。一つの鍋にはリンゴが煮てあって、もう一つの鍋には、クズ野菜を煮込んだものが。クズ野菜っていっても、私がオークス屋敷や、マッキントッシュ家の菜園から見つけてきた大事なもの。二人分に満たないものを、いつも九人で分け合って食べている。

私はお腹がぺこぺこで、ついつまみ食いをしたくなるけれども、みんなが沼地から帰ってくるのをじっと待っている。この大切な大切な食べ物を、この北軍の男は食べようっていうの？

一度は大勢で襲ってきて、わが家の食料を、豚や鶏の類まですべて奪い去った。その後また戻ってきて、ほんの少し、生きるためにやっと集めたわずかなものまで盗むなんて。猛烈な怒りとひもじさはごっちゃになって、私は気がへんになりそう。

私が知らない時にやってきた北軍はともかく、この北軍は許さない。絶対に。

裸足（はだし）になってすばやくチェストに走った。いちばん上の引き出しを開ける。そこには拳銃があった。死んだチャールズが肌身離さず持ち歩きながら、一度も使うことがなかった最新式の銃。私は弾の込め方を知っていた。なぜって、少し前、北軍に襲われた時のために、メラニーと一緒に習ったんだ。

弾は軍刀の、革の箱の中にしまってある。私は震えることなくそれを銃に込めた。さっと二階の廊下に飛び出し、銃をスカートの襞（ひだ）の中に隠した。そして手すりで体を支えながら階段を降りた。

「誰だ？」

男の声が、こんなに近くに聞こえる。階段の途中で足を止めた。耳の奥で血がごうごうと鳴っている。

「動くな。さもないと撃つぞ」

そして私は男の姿をはっきりと見た。男はダイニングルームの戸口で左手に拳銃を構え、右手に〝戦利品〟をつかんでいた。金の指ぬきがキラリと光った。小さな紫檀（したん）の裁縫箱も見える。お母さまが毎日使っていらした裁縫箱。

「その箱にさわらないで。その汚らしい手でさわるな」

私は怒鳴ろうとしたけど、喉が凍りついて声が出てこない。だけど怯（おび）えていたわけじゃない。

銃はずっと握ったままだ。

男は私を見て目を丸くした。殺気立った男の顔が急に柔和なものに変わった。警戒心が一気に解け、はっきりとこちらをなめている笑みに変わった。

「なるほど、住民がいたわけだ」

男はニヤニヤしながら銃をホルスターにおさめた。そして近づいてくる。

「お嬢ちゃん、一人かな。いやあ、驚いたな。こんな美人がまだ残っていたとはな」

私は男に拳銃をつき出し、銃口を向けた。引き金を引いた。全くためらいなく。銃声が耳をつんざき、衝撃で体がよろめいた。

男はばたりとあおむけに倒れた。勢いで家具が揺れるほど強く。男の手から裁縫箱がころげ落ち中身が散らばった。

私は階段を駆けおり、男のかたわらに立った。鼻があった場所に、血まみれの穴が開いていた。ガラス玉のような目は火薬でこげていた。顔から一筋、頭から一筋、血がじわじわと出てきて、やがて大量に流れ出した。

男は死んでいた。そう、死んでるわ！　病院や逃げる途中で、イヤ、というぐらい死体を見てきたけど、この死体は違う。私が殺した死体。そう、私は人殺しをしたんだ。

まさかね。でも本当。私は今、北軍兵(ヤンキー)を殺したんだ。だけどこの充実感は何なの？　まるっきり後悔もしていないし、怯えてもいない。それどころか、体中に活気がわき上がる。私はお母さまとタラの仕返しをしたのよ。私はやった。

そして私は二階から歩いてくるひそやかな音に気づいた。メラニーが立ち止まり、また歩くを繰り返しながら階段を降りてくる。ネグリジェ代わりの、着古したボロボロのシュミーズ姿で。

　私は見た。メラニーの手にしっかりとチャールズの軍刀が握られているのを。

　メラニーの見開かれた目は、まず男をとらえ、さらに大きくなった。そして銃を持つ私を見る。その目に歓喜と賞賛が溢（あふ）れていた。

　ああ、そうよ。私は思った。メラニーも私と一緒。私と同じことをしようとしたんだわ。

「スカーレット、スカーレット、どうしたの？」

　妹たちの力のない声と、

「叔母ちゃま、叔母ちゃま」

　ウェイドの叫び声がした。メラニーはさっと自分の唇に指をあてた。しっ、黙って、という合図だ。

「大丈夫よ。なんて弱虫なの、あなたたち」

　メラニーは声をはずませる。

「スカーレットが、今、チャールズの拳銃のさびを拭（ぬぐ）おうとして暴発させてしまったんですって。脅かして悪かったわ。でもウェイド、あなたのママがパパの銃を撃ったの。大きくなったら、あなたにも撃たせてくれるって！」

　メラニーの機転に私はすっかり感心してしまった。さっきまでベッドに弱々しく横たわっていたのに。それどころか、私に近づいてきてささやく。

「スカーレット、どこかに運び出して埋めないと。仲間がいるかもしれないわよ」

「二階の窓から見た時は他に誰もいなかったわ。たぶん脱走兵よ」

「でも誰にも知られない方がいい。召使いたちがどこかで話すかもしれないし、そうなったら北軍があなたをつかまえに来るかもしれないわ。皆が沼地から帰る前に早くしなきゃ」

「庭の隅の葡萄棚の下に埋めるわ。あそこなら、ポークがウイスキーの樽を掘り起こしたばっかりで土がやわらかいもの」

「そうね、じゃあ、二人で一本ずつ足を持って引きずっていきましょう」

さっきからメラニーには驚かされっぱなしだ。全然驚いてもいないし、怖がってもいない。毅然として次にやるべきことを口にする。私はメラニーに感心したのが口惜しくって、ついぶっきらぼうになる。

「その体じゃ、猫一匹運ぶのも無理よ。あなたはベッドに戻って。そうしなきゃ死ぬわよ。それでも手伝うっていうなら、私があなたを二階まで担いでいくわ」

メラニーの青白い顔がほころんだ。彼女の笑顔を見たのなんて何年ぶりだろう。

「スカーレット！　あなたはなんてやさしいの」

私の頬にさっとキスをした。あっけにとられている私に、メラニーはこう言う。

「あなたが運んでくれている間に、私はこの床の血を全部拭いておくわ。ねえ、この男の背嚢を調べるのはいけないことかしら？　何か食べ物を持っているかもしれないわ」

本当にそうだ。どうしてそのことに気づかなかったんだろう。

「そうね、私はポケットを見るわ」

やっと吐き気を感じ始めた。だけどメラニーの手前、私は身をかがめて、手早く軍服の残りのボタンをはずした。機械的にポケットの中をまさぐる。ぶ厚い財布が出てきた。

「信じられないわ。メラニー、これ全部お金よ。ほら、見て」

しかもすべて北部連邦政府発行の紙幣だった。これで食べ物が買える。お腹いっぱい食べられる。

メラニーは背嚢からコーヒーの小さな包み、軍用の堅パンを取り出した。続いて出てきたのは、小粒の真珠をあしらった金の額ぶち、ガーネットのブローチ、ダイヤの指輪やイヤリングなどだ。

「スカーレット、やっぱり泥棒だったのね」

「あたり前じゃないの。この男は盗みにうちにやってきたんだもの」

「よかった。あなたが殺してくれて」

信じられる？　メラニーは微笑みながらこう言ったんだ。私たち二人は死体を前に、なぜか手を握り合った。メラニーとこんな風に結ばれるのはしゃくだけど、本当に私たちは心がひとつになったんだ。

27

不思議だ。

私は人を殺したことを少しも後悔していない。恐怖を感じることもなければ、良心が咎（とが）めることもなかった。

死体はさっさと葡萄棚（ぶどうだな）の下に埋め、その上に蔓（つる）を這（は）わせた柱を包丁で切ってばらまいた。それでおしまい。幽霊なんて、私は少しも信じていないんだもの。だから夜だってぐっすり眠った。血だらけになった男の顔を思い出して、うなされる、なんてこともなかった。

これが一ヶ月前だったら、決して出来なかったと思う。ためらいなく北軍兵（ヤンキー）を殺すなんてことは。だけどアトランタ脱出の時に、私は地獄を見ている。あれを経験したからこそ、人殺しだって平気で出来たんだ。

私は前向きに考えることにした。北軍兵を殺したせいで、私は元気な馬を手に入れることが出来た。この馬を使えば、近所の人たちがどうしているのか知ることが出来るはず。

この郡に残っているのは、私たちだけなんだろうか。あとの人たちはどうしているの？　みんなメイコンに避難してしまったの？

オークス屋敷とマッキントッシュ屋敷が焼かれて廃墟（はいきょ）のようになっていたのを、私はこの目で見た。クズ白人のスラッタリー家の掘立小屋でさえ、焼きはらわれていた。だから他のうちだって同じような目にあっているかもしれない。それを知るのはとても怖かった。だけどやっぱり本当のことを知りたい。

本心を言うと、私はとても孤独を感じ始めていたんだ。この世の中には私の家族だけしかいないんじゃないかっていう不安。よその人に誰も会わないっていうのはとてもつらい。あたりは静か過ぎて、生きて音を出しているのは鳥ぐらいだ。しかも私はうちの中の誰からも怖れられ、嫌われていた。暴君にならなくては皆を食べさせていけない、っていうことに誰も気づいてくれない。

とにかく私はとてもさみしかったんだ。

だから私は靴を履けるぐらいに足が回復した日、フォンテイン家をめざした。フォンテイン家は代々医者をしている。わが家のかかりつけの老先生は、軍に入ったって前にお父さまに聞いたけれど、もう帰っているかもしれない。メラニーを診てもらわなきゃ。メラニーは日ごとに青白く弱っているようで、私はとても心配しているのだ。

私は北軍兵が残していった馬にまたがった。思いのほかうまく操れ、私は何年ぶりかに野原を走った。馬に乗るのって、なんて気持ちがいいんだろう。風を感じるので、陽ざしも気にならない。

フォンテイン家をめざして走る。ずっとこう言い聞かせながら。

「スカーレット、屋敷が焼け落ちていても、決して落胆しないこと。もし何もなくても、クズ野菜ぐらいはまわりにあるはずだから。それをとってくればいいのよ」

だけど信じられる？　ミモザの木々の真中に、ちゃんとフォンテイン家はあったの！　崩れたりもしていない。色褪せた黄色い漆喰の屋敷はそのまんま。

そしてフォンテイン家の皆に、キスと歓声で迎えられた時、私は嬉しくて嬉しくて涙がこぼれそうになった。

フォンテイン家の皆っていっても、女性が三人と、おむつがとれたばかりの坊やが一人。

フォンテイン夫人はもう七十代、夫の老先生は、お父さまの言うとおり、騎兵隊に入ってまだ戻ってこないんですって。

「本当に愚かな年寄りですよ。いくら若いつもりでももう七十三で、豚がノミにやられるように体中がリウマチにやられているんですよ」

夫人は皮肉たっぷりに唇をゆがめたけど、目は誇りで輝いていた。典型的な南部のレディだ。平和な時、私はこの夫人がおっかなくて大嫌いだったけど、こうしてみるとなんて強くて立派な女性かと思う。だから他の二人のお嫁さんも、逃げることなく、弱音を口にせず従ってるんだわ。

お嫁さんといっても、息子さんの奥さんは五十代。やっぱりお医者さんだった息子は、戦地で病死している。それどころかお孫さんも戦死。そのお嫁さんがサリーでまだ二十歳。坊やはサリーの子どもっていうわけ。他の二人の孫も出征したきり行方がわからず、つまりこの家は、血のつながらない三世代の女が暮らしているんだ。

この屋敷もタラと同じように、静寂に包まれていた。なぜって四人の内働きの女以外、奴隷たちはみんな逃げ出していたから。

「あなたたちがタラに残っていたのを知らずにいたなんて！　私としたことが、どうして訪ねていかなかったのかしら。タラも焼きはらわれて、みんなメイコンに逃げたと思っていたのよ。まさかあなたが戻っているなんて、夢にも思わなかったわ」

息子のお嫁さんが興奮して喋るのを、夫人が遮る。

「何しろ、オハラ家の奴隷が目玉をひんむいて、タラが焼かれるって叫んでここに逃げてきたんですからね」

「うちの奴隷がですか」

「それにあの晩、タラの方から炎があがって、何時間も空が赤く染まっていたわ。おかげでうちの愚かな奴隷たちがみんな怯えて逃げ出したぐらいよ。屋敷じゃなかったら、あれは何を焼かれていたの？　スカーレット」

「綿花を全部。十五万ドル分です」

口惜しくって唇を噛んだ。

「屋敷を焼かれなかっただけ感謝なさい」

夫人は顎を杖にのせ、おごそかに言った。

「綿花はまたいつでも育てられるけれど、家はそうはいきませんからね。ところで、綿花はもう摘み始めたの？」

「いいえ」

私は首を横に振る。

「ほとんど荒らされてしまっているんですよ。どのみち野働きの奴隷もいないし、摘む者がいません」

「摘む者がいません、ですって！」

　夫人が大声をあげた。

「スカーレット、あなたのその可愛いお手々はどうなってるの？　妹たちの手は？」

　冗談でしょ、と私はむっとした。

「まさか、私に綿花を摘めとおっしゃっているわけじゃありませんよね。野働きの奴隷みたいに？　クズ白人のスラッタリー家の女たちと同じことをしろとおっしゃるの？」

「クズ白人ですって⁉　これだから、今どきの娘は甘やかされたお嬢ちゃんだというんですよ。いいこと、スカーレット。私が若い頃、父親が全財産を失ったの。だから奴隷が買えるまで、私は野働きだって何だってしました。鍬で畑を耕したし、綿花も摘んだ。今だって必要があれば同じことをするわ。現にもうそれをしなきゃいけない時が来ている。それなのに、よくもまあ、あんたは、クズ白人だなんて言えたもんだわね」

「まあ、まあ、お義母さま」

　息子のお嫁さんが、あわててとりなした。

「それは遠い昔の話でしょう。今とは違いますよ。時代は変わったんですよ」

「変わるもんですか。そこになすべき仕事がある限り変わりはしません」

　夫人はまっすぐにこちらを見た。

「今の言葉を、あなたのお母さまがお聞きになったら、さぞかし恥ずかしいと思われるでしょうね。汗水たらして働いたらクズ白人になる、っていう言葉をね」

夫人はお母さまが死んだことを知らない。やかまし屋の夫人だけど、お母さまのことだけは認めていた。この郡でエレンだけは合格だと言っていた。今、ここで話すべきじゃないわ。みんな驚いて泣き出してしまうに違いない。

私はあわてて話題を変えた。

「夫人、タールトン家やカルヴァート家の人たちはどうしたんですか？　やっぱり家を焼かれてメイコンへ行ったんですか？」

「タールトン家はうちと同じで、北軍に見つからずに済んだのよ。街道から離れているから。でもカルヴァート家は、家畜も鶏も盗まれてしまったのよ。奴隷たちも解放だって言われて、北軍(ヤンキー)と一緒に行ってしまったの」

サリーの説明に、夫人がふんと鼻を鳴らした。

「奴隷の女たちは、どうせ絹のドレスと金のイヤリングをやるとでも言われたんでしょう。北軍のやりそうなことでしょう。キャスリン・カルヴァートの話じゃ、騎兵の何人かは黒人女を鞍(くら)のうしろに乗せていったとか。連中から与えてもらえるのは、せいぜいが混血の赤ん坊だけだっていうのにね。しかも北部人(ヤンキー)が父親なら、かけ合わせたって価値は知れてるわ」

「お義母さま、やめてくださいよ」

息子のお嫁さんが必死で止める。戦争前だったら、こんな話題、何人かの女が卒倒したり、卒倒するふりをしたはず。

「いいのよ、ここに嫁入り前の娘がいるわけじゃなし、それに混血児なんて、今に始まった話じゃないでしょう」

「あの、どうしてカルヴァート家は、焼かれずに済んだんですか」

私はあわてて質問した。

「あそこの二番めの女房と、北部出身の奴隷監督が頼み込んだからに決まってるじゃないの」

カルヴァート夫人が、後妻になってからもう二十年になるのに、夫人の中ではいつまでも二番めの女房なんだ。カルヴァート夫人は、いつもこのあたりの人たちからは浮いていた。北部出身で子どもの家庭教師をしていた時に見初められ、金持ちの後妻になったのが、夫人には気に入らない。

「『わたくしたちは、北部連邦政府の忠実な支持者です』って言ったらしいわ」

夫人は北部訛りを真似て、細くかん高い声を出した。

「キャスリンに聞いた話では……」

キャスリンというのは、カルヴァート家の先妻の娘だ。

「カルヴァート家の人間は、全員北部出身だと触れまわったそうよ。夫人の夫はウィルダネスで戦死したっていうのに。息子たちも、それぞれ戦ってるわ。あんな屈辱を味わうぐらいなら、屋敷を焼かれた方がずっとましだってキャスリンは言ってましたよ。ああ、北部人なんかを妻に迎えるからこんなことになるのよ。プライドっていうものがまるでないんだからね」

だけど私は、カルヴァート夫人の気持ちがわかるような気がした。屋敷を守るためだったら私も同じことをしたわ、この私は、もう人殺しだってしてるし……。

「ところでスカーレット、タラは、どうして焼かれずに済んだの」

突然の質問に、本当に焦った。

「さっさとおっしゃい、スカーレット」

でもやっぱり本当のことは言えない。

「それが……、私が帰ってきたのは、撤退の翌日で、北軍はもういなくなっていました。父が言うには、妹たちが重い腸チフスで、どこにも逃げられない状態で、それで家を焼かないよう頼んだって」

「まあ、北軍にそんな良識があったなんて初めて知ったわ」

夫人がぴしゃりと言う。

「それで、スエレンとキャリーンの具合はどうなの？」

「ええ、あの、もう大丈夫です。だいぶよくなってますので。ただ、ひどくやつれていて……」

夫人の目はすごく鋭くて、私はもうこれ以上答えをごまかせそうになかった。

「エレンはどうしているの？」と聞かれたら、本当のことを言ってしまいそう。だからとっさに、最後にしようと考えていたお願いごとをした。

「あの、何か、食べ物を分けていただくことは出来ないでしょうか。まるでイナゴの襲来みたいに、北軍に何もかも持っていかれたんです。でも、こちらも厳しい状況でしたら、はっきりおっしゃってください……」

「ポークを荷馬車で寄こしなさい。私たちの持っているものを二等分しましょう。米と挽(ひ)いたトウモロコシ、ハム、それに鶏肉(とりにく)もいくらかあるわ」

「まあ、いくらなんでも、そんなにいただくわけには」

「いいからお黙りなさい。何のための隣人ですか」

「本当にありがとうございます。こんなにご親切にしていただいて、どうしたらいいか……」

それから私は、とってつけたように、

「でも、もう帰らないと。うちの者が心配しますから」

と、頭を下げた。これ以上、夫人の視線に耐えられそうもなかったからだ。

その時、夫人がいきなり立ち上がって私の腕をつかんだ。それから二人のお嫁さんに命じた。

「あなたたちはここに残っていなさい」

それから私の方に向かって、

「私はあなたと話があるのよ。階段を降りるのを手伝ってくれるわね、スカーレット」

私は夫人に従って、裏のポーチに向かった。

「さあ、本当のことをおっしゃい」

夫人が私の顔をのぞき込んだ。

「いったいタラで何があったの？　何を隠しているの？」

厳しいけれどやさしさがにじんでいた。私はこの人になら、本当のことを打ち明けてもいいと思った。

「母が死にました」

しばらく沈黙があった。

「北軍に殺されたの？」

「いいえ、腸チフスで。私が帰る前の日です」

夫人の喉がごくりと鳴った。

「それでお父さまはどうしているの？」

「父は……もう昔の父じゃないんです」

「それはどういうこと？　はっきり言いなさい。病気なの？」

「母が死んだショックで……様子がおかしくなって……」

「もうわかったわ。気が触れたってことね」

ずばり言われてほっとした。夫人はなんて思いやりがある人なの。私が泣かないように、わざと同情の言葉をかけない。昔のアホ娘の頃だったら、私はこういうことに気づかなかったと思う。

「父は母が死んだことさえわかっていないんです。ああ、おばさま、あんな父を見るのは耐えられません。何時間も母を待っているんです。そうかと思うと、突然飛び上がって墓地に行くんです。そして私に何度も、『スカーレット、妻が死んでしまった。お前のお母さんが死んでしまった』って言うんですよ。ああ、フォンテイン先生がいてくださったら。お父さまを診てもらえたのに。それにメラニーにもお医者さまがいるんです。赤ちゃんを産んでから、どんどん痩せるばかりなんです」

「メラニーですって？」

夫人は本当に驚いたように私を見つめた。

「メラニー……、赤ちゃん？　彼女も一緒なの？」

「はい」

信じられないわと、夫人は首を横に振った。

「どうしてあの子が、あなたと一緒にいるの？　どうして自分の叔母さんや親戚と一緒にメイコンに逃げなかったの？　いくら夫の妹だからって、あなたはメラニーのことを好きじゃなかったでしょう。さあ、すべて話して頂戴（ちょうだい）」

私がメラニーを嫌っていたことまでお見通しなんだ。全部話さなきゃ。

「でも長くなると思うんです。こんな風に立ち話をして大丈夫ですか」

「私なら平気よ。うちの嫁たちの前で話してごらんなさい。きっとめそめそ泣いて、あなたをつらい気持ちにさせてしまうわ。いいから、ここで話しなさい」

私は語り始めた。あのうだるように暑いアトランタの午後。赤ん坊をたった一人で取り上げたこと。もう戦火はそこまで迫っていた。よぼよぼの馬で脱出を図ったものの、火薬庫が爆発して、火の中を走った。途中のレットの裏切り。不安と空腹の中で見つめた朝陽（あさひ）。道に転がる人間や馬の死骸（しがい）……。

「でもタラに帰りさえすれば、あとは母が何とかしてくれる。重荷をみんな下ろせる。すべてをまかせればいい、と思ったんです。それがタラに着いたとたん……、本当の最悪ってこういうことだとわかりました」

沈黙があった。私は夫人が慰（なぐさ）めてくれるか、抱き締めてくれると思っていた。だけどそのどちらでもなかった。すごく長い長い沈黙……。そして夫人は話し始めた。ものすごくやさしい口調。夫人が孫に対してだって、そんなやさしく語るのを聞いたことはない。

「スカーレット、女がその身に起こる最悪を知るのは、とても不幸なことよ。最悪なことと向き合ったら最後、もう二度と本気で怖れることは出来なくなるから。そして女が怖れを失う、っていうのはとても不幸なことなの」

むずかしい言い方だったけど、私にはわかった。そう、私は何も怖れなくなっているのだから。平気で男を撃ち殺したんだから。

「私になんか何もわからないと思っているでしょう。田舎で暮らしている婆さんなんか、何も知りはしないと思っているはずよ。でも私は、怖れを失うということがわかるの。私はね、あなたの年の頃、クリーク族の反乱を経験したの」

反乱の話なら聞いたことがある。先住民たちが、大変な反乱を起こしたんだ。彼らにはイギリス軍がついていたから、戦いは長引いたって。でもずっと昔の話。

私の心がわかったわけじゃないのに、

「そう、ずうーっと昔のことよ。もう五十年前のこと」

夫人は続けた。

「私は今のあなたと同じぐらいの年よ。藪の中に逃げ込んだ私は、そこで身を潜めて一部始終を見ていたの。自分の家が焼かれ、兄や姉たちが先住民に頭の皮を剝がされるのを見ていたわ。家を焼く炎で、どうか見つかりませんようにって祈りながら。そして母が引きずられてきたの。私が隠れていた藪から、ほんの二十フィート（六メートル）先で殺され、頭の皮を剝がされた。先住民の一人が、母の頭蓋骨めがけて、まさかりをふりおろした。それをすべて、お母さん子の私は見ていたのよ」

そこでひと息ついた。

「翌朝、近くの集落をめざして私は歩いた。三十マイル（四十八キロメートル）の道のりを、三日三晩かけて歩いたのよ。先住民たちの目をかいくぐってね。助かってからも、私は皆から気が触れた娘と思われていたわ。そんな時に夫のフォンテインと出会ったの。彼が私のめんどうをみて正気に戻してくれたのよ。その時から、私は誰も、何も怖れなくなった。私の人生に起こりうる最悪のことを知ってしまったから。何も怖れないことが、どれほどの幸せを遠ざけてきたかわからないわ。私は怖い、冷たい女だと皆に思われてきたの。神さまはね、女を臆病で弱いものとしてつくられた。そうして生きる方がずっと幸せよ。怖れを知らない女は、とっても不自然で奇妙なの。スカーレット、怖ろしいと思えるものをとっておきなさい。心から愛せるものだけでなく」

途中から、心の中で私は、違う、違う、って叫んでいた。怖れを知らない女が不幸だなんて、どうしてそんなことが言えるの。五十年も前の女たちならそうかもしれないけど、今はそんなやわなことを言ったら生きていけない。臆病な女は幸せになれるからって、臆病のふりをしなきゃいけないってこと？　フォンテイン夫人は、話のわかる人だと思ったけどそうじゃない。ずうーっと大昔の価値観を持ったまんまだ。自分の大きな不幸を、女の不幸とすり替えている。

でも私はもちろん反論したりしない。夫人は私のために昔のことを打ち明けてくれたってわかるから。やっぱりいい人だと思う。でもいい人だから、正しいことを言うとは限らない。

「さあ、帰りなさい、スカーレット。おうちの人たちが心配するわ。午後にでもポークを荷馬車で寄こしなさい。それから重荷を下ろせる日が来るなんて思わないことね。私にはわかるわ。そんな日は一生来ないのよ」

その年は十一月になるまで夏のような日があった。暖かな日々は、タラにとっても明るい日だった。

そう、ひもじい最悪の日は脱したのよ。今、私たちには元気な馬があった。這うようにして歩かなくても、どこにでも馬に乗って行くことが出来た。朝食には目玉焼きが出たし、サツマイモとピーナッツと干しリンゴだけの夕食に、焼いたハムが添えられることも。沼地の母豚もようやくつかまって仔豚(こぶた)を産んだ。今は母仔(おやこ)で鼻を鳴らしている。その鳴き声は、私たちをどんなに幸せな気持ちにしてくれることか。いずれ冬になったら、おいしい豚肉になってくれるんだもの。

北軍に襲われなかったフォンテイン家と、タールトン家の人たちは、自分たちの持つ食料を惜しみなく分けてくれた。一ペニーだって受け取らずに。

「スカーレット、隣人同士の助け合いは南部の伝統ですからね」

フォンテイン夫人は言った。来年タラ農園が収穫するようになったら、現物で返してくれればいいと。本当に有難かった。近所の人たちがちゃんと生きていて、話が出来るって、どれほど私の心を慰めてくれただろう。フォンテイン夫人は、時々けむったい時もあるけれど、いつも毅然(きぜん)としていて私たちを助けてくれる。

毎朝、目を覚ますたびに、私は青い空と暖かな陽ざしを神さまに感謝した。雨やくもり空じゃなくて本当によかった。綿花もすくすく育って、小屋に高く積み上げられた。私たちの大切な綿花！

最初のうちフォンテイン夫人から「甘ったれ」と叱られても、私は自分で綿花を摘む気はなかった。だって私はオハラ家のお嬢さまなのよ。綿を自分で摘むなんて、クズ白人のぼさぼさ髪のスラッタリー家の女たちと同じになること。冗談じゃないわ。

だから私とメラニー、妹たちは家の中で働き、奴隷たちを畑に出せばいいと考えていた。ところがどうだろう。みんなとんでもなく抵抗するのだ。ポークもマミイもプリシーも、野良仕事なんてとんでもないと言い出した。自分たちは屋敷勤めの人間で、野良仕事の奴隷とは違うということらしい。

びっくりしたのはマミイで、激しく反抗した。

「私はあなたのお母さまのご実家の、立派なお屋敷で生まれ、大奥さまの寝室で育ったんですよ。寝るのは大奥さまのベッドの足元でした」

野良に出る奴隷じゃない、っていう誇りが、マミイやポークを支えていたのはわかるけど今はそれどころじゃない。私は文句を無視してみんなを畑に送った。だけどポークとマミイは愚痴ばっかり言って、まるっきり仕事が進まない。結局マミイは台所に戻し、ポークは獣の罠作りや魚捕りに行かせることにした。猟師の真似ごとをするのはいいらしい。

次に妹二人とメラニーを畑に行かせたけどこれもうまくいかなかった。メラニーは暑い陽ざしの下、一生懸命働いたかと思うとすぐに意識を失い、そのまま一週間寝込んでしまった。

妹のスエレンは嫌がって仏頂面になり、そして自分も失神するふりをした。私は頭にきて、水を頭にぶっかけてやった。そうしたらスエレンは、目を吊り上げてきっぱりと拒絶した。

「私は奴隷じゃないのよ！　何を言われたって絶対に畑なんかで働かないわ。こんなことを友だちに知られたら、どうしてくれるの？　万一、ケネディさんに知られたら私は恥ずかしい」

ケネディっていうのは、スエレンの恋人の中年男。出征して生きているのか死んでいるのかよくわからないけど、スエレンはすっかり婚約者気取りだ。馬鹿馬鹿しいったらありゃしない。

「スカーレット、私が手伝うから。私がスエレンの分まで働くから」

末の妹のキャリーンは本当にいい子だ。スエレンとは大違い。十五歳の花のつぼみのような女の子。私はこの子がどんなに傷ついているか見て見ないふりをしている。初恋のブレント・タールトンが戦死し、お母さまが亡くなったからか、キャリーンは口数が少なくなり、ぼんやりするようになった。自分の世界が大きく変わったことに心がついていかないんだ。とてもナイーブなやさしい女の子。キャリーンはまだ体力が戻っていない。一時間も綿を運ぶだけでふらふらだ。だから畑に出なくてもいいわと私は言った。

そして結局、私は綿畑に立った。強いひりひりする陽ざしの下、一日中働いた。かがみ続けたせいで痛む腰を押さえ、ちくちくとしたサヤで手を傷だらけにした。私はスエレンの気力と体力と、キャリーンのやさしさを持った妹が欲しいと心から思った。

手伝ってくれるのはディルシーとプリシーだけ。でもあのプリシーが役立つはずはない。だらだらと仕事をし、やれ足が痛いの、疲れただの文句ばかり言い、しまいには母親に綿花の茎で叩かれた。

ディルシー！　ディルシーこそタラの宝だった。今までマミイだと思ってたけど違う。彼女は、まるで機械のように黙々と働き続けた。疲れを訴えない。体中が悲鳴をあげ、手も皮が赤くむけていても。

「ディルシー、今にまたいい時代が来ても、お前がしてくれたことを決して忘れないわ。本当によくやってくれているもの」

ディルシーはこういう時、白い歯を見せてニヤッと笑うことも、もじもじすることもない。ネイティブ・アメリカンの血を引く彼女は、ブロンズ色の肌をしてとても威厳があった。いつも静かな口調だ。

「スカーレットさま、ありがとうございます。ですが私は、旦那さまや奥さまに本当によくしていただきました。旦那さまは、私が悲しまないようにプリシーも一緒に買ってくださいました。私には先住民族の血が流れています。私たちは恩を忘れることのない民族です。プリシーのことは本当に申しわけありません。あの子は父親の気質を受け継いでいます。父親は全くいい加減な男ですから」

ポークは確かに使えない男だ。だから女主人の私が、毎日こうして畑に立つ。体はくたくただし、肌も髪もひどいことになっている。それでも綿花が少しずつ摘み取られ、小屋に移されるにつれて、私の心ははずんでいった。そう、綿花には何か人を元気づけ、落ち着かせるものがある。

この家は綿花によって富を築いてきた。南部全体が綿花によって栄えてきた。一日の終わり、疲れきって大地に沈む夕陽(ゆうひ)を見る時、私の中に満ち足りた喜びがわき上がる。この赤い大地さえあれば、タラも南部もきっともう一度立ち上がることが出来るはず。

もちろん、女三人で細々と摘んだ綿花は、タラの全盛期の何百分の一にもならないが、それでもちょっとしたものだった。南部連合紙幣が何枚かは手に入るはず。来年の春には軍に徴集されていた、ビッグ・サムや野働きの奴隷を返してもらおう。それが無理なら、北軍兵の財布にあった金で、フォンテイン家の奴隷を一人か二人買うつもりだ。

そう、来年の春。きっと戦争が終わり、いい時代が戻ってくる。南部が勝とうと負けようと、時代はきっとよくなるはず。

戦争さえ終わったら、奴隷を使ってまた畑を耕そう。ああ、戦争さえ終わったら、収穫の日を信じて綿花を育てていけるわ。

私は本当に久しぶりに「希望」というものを感じた。摘み取った綿花があり、馬があり、食料があって、少しだけどちゃんと貯えもある。そう、最悪の日々は脱したんだ。

その私の喜びは、十一月のはじめまで続いた。

28

誰かがわめきながら、駆けてくる音がする。速いひづめの音と、金切り声で私を呼ぶ声がする。

「スカーレット！　スカーレット！」

サリーの声だ。さっきジョーンズボロに行く途中、フォンテイン家に寄ってお喋(しゃべ)りしてきたばかり。

フォンテイン家の嫁サリーは、三時間前に会った時と別人みたいだ。髪をふり乱し、目が吊(つ)り上がっている。すごい勢いで馬車道を駆けてきて、玄関につっ込む寸前で止まった。

そして家の中から出てきた私たちに向かい、こう叫んだ。

「北軍(ヤンキー)が来るわ！　見たのよ！　街道の先に。北軍が、北軍が来るのよ」

そしてきびすを返し、裏庭を抜けていった。出かける途中で見かけ、うちに帰る前に、私たちに知らせてくれたんだ。

一瞬沈黙があった。皆、声を出すことも出来ない。やがてスエレンとキャリーンが、互いの手をとって泣き始めた。

そう、北軍がレイプや拷問(ごうもん)をするって、誰でも知っていること。家を焼き、すべてを持ち去り、時には住民を殺していく。

ずっと怖れていたことがついに起きたのだ。

このあいだタラが焼かれなかったのは、たまたまお母さまや妹たちがチフスで床についていたから。お父さまが、

「焼くならわしと病人ごと焼け」

と北軍の士官にすごんでみせたからだわ。

だけど今、ここにいるのは、痩せてはいるけれど健康な人間ばかり。おそらくひどいことをするに決まっている。

その時、荷馬車につないでいた馬が目に入った。たった一頭の私の馬。そう、一人で来た泥棒の脱走兵を殺して手に入れたんだ。

この馬だけじゃない。冬が来たら大切な食料になるはずだった豚までとられてしまう。せっかくフォンテイン家の人たちがくれた鶏もアヒルも、それから貯蔵庫にある瓶詰めのリンゴやサツマイモも。小麦やえんどう豆も。

北軍の連中は、再び私たちから根こそぎ奪い、再び飢えさせるんだ。

私の中に、あの二十日大根を囓った日が甦る。よその家の菜園を掘って見つけた、大根をむさぼり食べた。そして私はこう誓ったんだ。

「私はもう飢えない！　どんなことをしてもやつらに負けない」

思わず声に出したらしい。みんなはぎょっとして私を見た。

「沼よ！」

黒人の召使いたちに命じた。

「豚を沼に運んでいきなさい。ポーク、お前とプリシーとで、早く豚を外に追い出すのよ、それから……」

今度は妹たちに向かって言った。

「スエレン、キャリーンと、バスケットに詰められるだけの食料を詰め込んで森に逃げなさい」

もし北軍が私を襲ったとしても仕方ない。歯を食いしばって耐えてみせる。だけど結婚していない妹たちは可哀想。特に末っ子のキャリーンはね。たった十五歳なんだもの。

私の頭はめまぐるしく回転する。

「マミイ、銀食器をもう一度井戸に沈めるのよ。早くして。それからポーク、お父さまを連れていくのよ。どこでもいいから連れていって。お父さま、早くポークについていって頂戴。そうよ、ついていけばいいの」

壊れかけたお父さまの頭は、北軍の青い軍服を見たらどうなるかわからない。めちゃくちゃなことをして、もし射殺されたら……ああ、ぞっとする。

メラニーのスカートにしがみついて、ウェイドも泣き出した。いらいらするったらありゃしない。泣きたいのは私なんだから。それなのに、いつだって、皆、私が命令するのを待っている。

しっかりしなきゃ。スカーレット、冷静になるのよ。その時だ、メラニーが問うた。みんながおろおろしている中、一人落ち着いた静かな声で。

「スカーレット、私は何をすればいい？」

「牝牛と仔牛をお願い」

早口で言った。メラニーなら頼んで大丈夫、そう思った。

「昔の放牧場にいるわ。馬に乗って沼に追いたてて」

そのとたん、メラニーはウェイドをふりはらった。ちょっとびっくりするくらいに素早く、そして玄関の階段を降り、ひらりと馬に飛び乗った。手綱をしっかりと握る。その時、メラニーは大切なことを思い出したんだ。

「私の赤ちゃん！」

顔を引きつらせた。

「私の赤ちゃんが、北軍に殺されてしまうわ、お願い、あの子を連れてきて、抱いていくわ」

私は大声で応えた。

「行くのよ、とにかく行って！　牝牛をつかまえるの。私があの子を見るわ。私がアシュレの子を、やつらの手に渡すと思うの？　さあ、行って」

とっさに「あなたの子」じゃなく、「アシュレの子」と言ってしまった。きっと命がけで守る、と言うつもりだったんだろう。

私は泣きながらまとわりついてくるウェイドをじゃけんにふりはらい、二段飛びで玄関の階段を上がった。

みんな貯蔵庫に走ったり、怒鳴り合ったりしている。

私は寝室に入り、整理だんすのいちばん上を力まかせに開けた。裁縫箱に隠してあるダイヤの指輪とイヤリングを、急いで財布の中につっ込んだ。

これ、どこに隠そうか？　マットレスの中？　煙突の中？　胸の間に押し込もうか？　いいえ、それは絶対にダメ。もし北軍に見つかったら、裸にされて全身を調べられる。そんな目にあったら、私は死んでしまうだろう……。

恐怖が刻一刻と近づいてきた。廊下ではぱたぱた走りまわったり、すすり泣く音が聞こえてくる。スエレンの怒鳴り声。

「早くして。キャリーン、さあ、早く。これだけあれば充分よ。急いで」

裏庭ではキーキー、ぶうぶう鳴く声が聞こえる。マミイやポークが、もがく仔豚を必死でかかえているのだ。

その音も次第に遠ざかっていった。みんな沼や森に逃げたのだ。

私はメラニーの寝室に入り、ゆりかごの中をのぞき込んだ。赤ん坊はすやすやと寝入っていたけど、私が乱暴に抱き上げたので、目を覚まして泣き出した。

この子を連れて私も逃げようとしたけれど、赤ん坊の泣き声ですぐにつかまってしまうかも。いったいどうしたらいい？

その時、ある考えが頭に浮かんだ。宝石のいちばん安全な隠し場所だ。うぶ着の裾を持ち上げ、おむつとお尻の間に財布をつっ込んだ。違和感があるんだろう、赤ん坊はばたばた足を動かし泣きわめく。

「静かにしなさい」

赤ん坊の足の間の三角の布を急いで結んだ。覚悟が決まった。

「さあ、逃げるのよ」

泣きわめく赤ん坊を片方の手に抱き、もう一方の手は宝石箱をつかんだ。階段を降りる。

もう誰も残っていない屋敷はしんと静まり返っている。足ががくがくして動かなくなった。

自分で命じたくせに、皆を恨んだ。

みんな私を一人置いていったんだ。女をたった一人残して。誰も待っていてはくれないなんて……。

その時、小さな物音にびくりとしてふり返った。ウェイドが階段の手すりの下にうずくまっている。すっかり忘れていた。

ウェイドは涙も涸(か)れはてていて、何か訴えようとするのだが、口をぱくぱくするだけ。

「立ちなさい、ウェイド」

私はきつい声で言った、今は生きるか死ぬかという時なのよ。だけどウェイドは、階段を降りてくる私のスカートに、必死でしがみついてくる。この子が恐怖でどうにかなりそうなのは知っている。だけど甘やかしたりはしない。もうじき北軍がやってくる。

「見てわからないの！　お母さまは両手がふさがっている。自分で立って歩くのよ、ウェイド」

だけどウェイドはますます必死で、私のスカートにしがみつく。私はやっとの思いで一階に降りた。

愛着ある家具と、美しい色のラグマット。仕事部屋のドアが開いていて、お母さまが座っていた椅子と机が見えた。壁には、母方のお祖母(ばあ)さまの古い肖像画がかかっている。いかにもフランス人らしい、大きく胸の開いたドレス。冷たい微笑。どれもが私に別れを告げている。

「さようなら、さようなら、スカーレット・オハラ」

そう、もうじきこの屋敷は焼かれるんだ。これが最後に私が見るわが家なんだわ。もうじきこのタラは、あのオークス屋敷とマッキントッシュ屋敷のように、焼けただれて煙突が残るだけになるだろう。

「私はここを置き去りにはしないわ」

そうよ、私は声に出して言った。

「あなたたちを置き去りにするもんですか」

もし北軍がここを焼くというのなら、自分もろとも焼いてもらおう。だってこの家は私のすべてなんだもの。

そう決めると、恐怖が少しずつ遠ざかっていった。ただ硬く冷たいものだけが心に残る。揺らいでいたものが定まった。

なるようになれ。きっと私は耐えてみせる。そしてこの家を守っていく。

私の決心と呼応したように、やがて街道からたくさんの馬のひづめの音、軍刀が鞘(さや)の中で揺れる音が近づいてきた。

そうだわ、ウェイドを何とかしなきゃ。この子を私と一緒に死なせるわけにはいかない。私はありったけのやさしさを込め、不自然なほどやわらかい声で言った。

「手を放して、ウェイド。いい子だから。すぐに走って裏庭から出ていきなさい。沼まで行くの。そこにあなたの大好きなメラニー叔母ちゃまも、マミイも待っているわ。さあ、全力で走りなさい」

だけどもう遅かった。ウェイドはすべての感情をなくして、ぼんやりと私を見ているだけだ。ぴくりとも動かない。

「馬から降りろ」

北部訛りの上官らしい男の声がした。

私は階段の下に仁王立ちしていた。男たちは私を押しのけて階段をのぼり、玄関ポーチに家具を引きずり出し、銃剣やナイフでクッションを切り裂いた。中に金目のものが隠されていないか調べているのだ。

この男たち、兵士なんかじゃない。泥棒の集団だ。

怒りが大きくなり過ぎて、恐怖が消えてしまった。本当に、自分でもびっくりするくらい。指揮をとる軍曹は、がに股でごま塩頭の小男。へどが出るぐらい下品だった。まず私のところに来て、床の上にもスカートの上にも、ぺっぺっと唾を吐いた。噛み煙草をずっと頬ばっているからだ。

「その手にあるものを寄こせ」

宝石箱はどこかに隠すつもりで、すっかり忘れていたのだ。

「その指輪とイヤリングもだ」

お母さまの形見のガーネットのイヤリングと、チャールズからもらったサファイアの大きな婚約指輪を渡した。

「他に持っているものは？」

なめまわすように私を見る。一瞬、胸の中に手をつっ込まれるかと思った。

「それだけよ。女子どもは身ぐるみ剝がさずにはおかない決まりかしら」

憎まれ口をつい叩いたけど、声が震えていた。

「いや、オレはあんたの言葉を信じるよ」

彼は唾を吐いてその場を去っていった。

私は赤ん坊をあやしながら、足の間のふくらみを確かめる。メラニーが赤ん坊を産んでいてくれて、こんなに有難いと思ったことはなかった。

二階では家具が倒れる音。どかどかと靴を踏み鳴らす音が聞こえる。そして庭では殺戮が始まった。

持っていけるように、鶏やアヒルの首をたたき切っているのだ。すさまじい叫び声がした。その中に豚の声も混じっている。

プリシーはどれだけ役立たずなんだろう！　豚を置いて自分だけ逃げたんだ。

家の中で北軍兵たちはどかどかと走り、叫び、何もないぞと罵り声をあげている。ウェイドはぎゅっと私のスカートをつかんでいる。体が震えているのがわかった。

もう少し頑張るのよ。引きつけを起こしちゃダメよ……。

やがて男たちが盗んだものを持って、騒がしく階段を降りてきた。そのうちの一人が、チャールズの軍刀を持っている。すべて諦めたはずなのに、私は知らず知らずのうちに声をあげていた。

「あっ！」

それはウェイドのものだった。たった一つの父親の形見なんだ。昨年の誕生日に、皆の前で私がうやうやしく息子に渡した。ご馳走もふんだんにあり、ちょっとしたセレモニーだった。メラニーも兄のことを思い出して泣いていたっけ。そしてウェイドにキスをし、

「いつかお父さまのように、立派な軍人になるのよ」

と言った。本当はチャールズは、出征して早々に病気で死んだんだけど……。

「それは僕のだ！」

さっきまでひと言も発しなかったウェイドが、片方の手をつき出した。

「それは僕のものだ」

私もつい、

「それはダメ。絶対にダメ」

と口走ってしまった。

ダメだとー？　軍刀を持った背の低い兵士がにやりと笑う。とても嫌な笑い。北軍に逆らったりして、もしかすると私もウェイドも、この軍刀で切りつけられるかもしれない。だけどそうだとしても、この子が初めて必死で守ろうとしたものは、私が守ってあげなきゃいけないんだ。

「ダメも何もあるもんか。これは我々に歯向かう南部の軍刀だろう」

「違います。それはメキシコ戦争の時の軍刀よ。この子のお祖父さんの形見なの。だから返して。この刀はこの子のものよ。だから大尉さま、お願い」

軍曹だとわかってたけど、戻ってきたさっきの男に頭を下げた。

「大尉さま、この軍刀をこの子に返して」

「どれ、見せてみろ、ボブ」

背の低い兵士がしぶしぶ渡した。

「つかは純金製ですよ」

軍曹が手のひらでそれをころがし、陽の光にかざした。刻まれた銘を読む。

「ウィリアム・ハミルトン大佐殿へ。ブエナ・ビスタの戦いにおける武勲を讃えて。一八四七年　幕僚一同」

ほう、奥さん、と彼はつぶやいた。

「何を隠そう、この私もブエナ・ビスタの戦いに出征したんですよ」

「まあ、そうですの」

私はさも驚いたように言った。

「本当ですよ。いや、あれは激しい戦いだった。あれほどの激戦はまずこの戦争ではあり得ないでしょうなあ」

そんなことはないわ。あなただって一度、アトランタから脱出すればよかったのに。

「で、この軍刀はこの坊主のお祖父さんのものだと」

「はい、そうです」

「だったら、これは坊主のものだ」

軍曹はもう、宝石や金目のものを手にして、充分満足しているみたいだ。

「でも、つかは純金です」

背の低い兵士がなおも食いさがる。

「いいじゃないか。これを見るたびオレたちのことを思い出すだろう」

にやりと笑った。

私はお礼を言わずに軍刀を受けとる。殺されないことがわかったとたん、また憤りがわいてきた。自分のものを返されて、どうしてお礼を言わなきゃいけないの？

やがて二階や庭にいた兵士たちが、どやどやと玄関ホールに集まってきた。

「何か見つかったか」

「豚が一頭と、鶏とアヒルが数羽です」

「こちらもトウモロコシがいくらかと、サツマイモと豆だけでした。きっと街道で見かけたあの女が、触れまわったんでしょう」

「とにかく、この家にたいしたものはありませんでした、軍曹殿。もらうものはもらったし、さっさと次に行きましょう」

「燻製所の下は掘ったのか？　定番の隠し場所だぞ」

「ここには燻製所はありませんでした」

「それじゃ黒人小屋の下だな」

「何もありません。綿花が山積みになっていただけです。火をつけておきました」

頭をガーンと殴られたようになる。長く暑い日が甦った。照りつける強い陽ざし、怖ろしいほどの腰の痛み、灼けてひりひりした肩。でも綿花は消えてしまったんだ……。

「見事に何もないらしいね、奥さん」

「あなた方のお仲間が、既に一度いらしてますからね」

私は精いっぱいの皮肉を込めて言った。

「そうだ、確かに九月に来ている。忘れてた」

その男の手のひらには、お母さまの金の指ぬきがあった。お母さまの指と、その指ぬきが美しい刺繡(ししゅう)の表と裏を行き来するのを、何度見たことだろう。お母さまの大切な指ぬき。それがこんな薄汚い兵士のまめだらけの手で運ばれ、北に持ち去られるなんて。そして盗品だと知っても喜ぶ北部人(ヤンキー)の女の指にはめられるなんて。

でもこんな男たちに泣き顔を見せまいとうつむいたら、涙がゆっくりと頰を伝い、赤ん坊の頭にポタポタと落ちた。

その間に兵士たちは玄関に向かっていった。軍曹が荒々しい大きな声で号令をかけるのが聞こえる。

「出発!」

私は体中の力が抜け、しばらくそこに立ち尽くしていた。黒人小屋からゆらゆら煙が立ちのぼっていくのに気づいたのはしばらく経(た)ってからだ。

綿花が燃えてしまう。税金を払い、この冬を乗りきるために必死に摘んだ綿花が。だけど私に何が出来るっていうの? 女一人で綿花についた火を消せるわけがないもの。

そして私はもっと近くで火の気配を感じた。ホールから台所まで走る。赤ん坊は途中で置いた。

台所は煙で充満していた。一回飛び込んで後ずさりする。煙が目にしみ、とても入れなかったんだ。スカートをめくり上げて鼻をおおった。

ひどいわ！　思いどおりにいかなかった誰かが、かまどの薪を台所中にばらまいたのだ。乾ききった松材の床は、まるで水を吸うように炎を吸い込み、炎を噴き上げている。

「ああ、神さま、タラが、タラが燃えてしまう。ああ、神さま、助けて」

ラグマットをバケツの水にひたし、大きく息を吸い込んで、もう一度中に入った。よろめき、咳き込みながら、ラグマットで炎を叩き続けた。だけど火柱はどんどん高くなり、私のスカートにも火がついた。髪がこげるにおいがする。もうだめ、だめだわ。その時、薄れていく意識の中、視界の先にメラニーの姿が浮かび上がった。炎を足で踏み消し、何か黒っぽいもので床を叩いている。

苦しい……もう息が出来ない。私はもうダメ……。


目を開けた時、私はメラニーの膝の上に頭をのせていた。午後の陽ざしが顔に降りそそいでいる。手も顔も肩も、火傷してひりひりと痛い。

ここは裏のポーチだわ。だって黒人小屋がすぐそこにあるから。まだ黒い煙が立ちのぼっている。だけど台所は、台所は？　起き上がろうとすると、メラニーの静かな声が制した。

「ほら、じっとしていて。台所の火ならもう消えたわ」

私はほっとして目を閉じた。近くでは赤ん坊が何か言っている。ウェイドのしゃっくりも。よかった、あの子たち、ちゃんと生きていた。

「まさか、あなたが失神するなんて思ってもみなかったわ。だけど一日でこれだけのことがあったら無理ないけど。牛を森に逃がした後、すぐに引き返してきたの。あなたと赤ちゃんが屋敷に残っていると思ったら、生きた心地がしなかったから。その……北軍に、何かされなかった……？」

「レイプされたかどうかってこと？　それなら大丈夫よ」

もしされてたら、あなたはどうするつもりだったの？　慰めりゃ済むとでも思ってたの？　腹が立つけど怒鳴る元気はなかった。だけどメラニーの勇敢さにはびっくりだ。黒人たちは誰一人来てくれなかったのに、彼女だけが戻ってきて、台所の火を消し、私を救い出してくれたんだもの。

「でも、何もかも盗まれてしまったわ。綿花も焼かれて、何もかも失ってしまった……」

言葉に出すとまた泣いてしまいそう。

「それなのに、どうしてそんなに幸せそうな顔をしているの」

メラニーはふふっと微笑み、そして歌うように言った。

「あなたも無事で、赤ちゃんも元気。そして私たちには雨露をしのげる屋根があるじゃないの……」

メラニーは赤ん坊を揺らし始めた。

「この子ったら、あんな怖い目にあったのに、キャッキャッて笑っているわ。ねえ、もしかして北軍は、この子のおむつの替えまで持っていったりはしないわよね……。あら、この子のおむつの中には、何が入っているのかしら？」

メラニーは、赤ん坊のお尻に手をつっ込んで財布を見つけた。ぽかんと眺めていたけど、声を出して笑い出した。

「こんなこと、他の誰にも思いつかないわ。あなたって、最高にカッコいい私のお姉ちゃんよ」

それから私の首に抱きついて、頬にキスをした。やめてよ、と言うには私はあまりにも疲れていたのでされるままになっていた。

そして私は思った。

めんどうくさい女だけど、私が困った時に必ずいてくれるのは確かだわ。

だけどその後のことは、メラニーにも私にもどうすることも出来なかった。

寒い季節は突然やってきた。冷たい風が、家のいたるところから入ってくる。たくさんの兵士や馬が残した轍（わだち）の赤い道は、硬く凍りついた。

私たちがあんなに怖れていた冬が、牙（きば）をむいてやってきたんだ。私はフォンテイン家の老夫人と話したことを思い出す。アトランタから帰り、母が死んだことを知った私は人生の最悪を味わったと老夫人に告げたっけ。

だけど夫人は言った。「重荷を下ろせる日が来るなんて思わないことね」と。

本当にそのとおりだった。飢えと寒さを同時に私は味わっていなかったんだから。

兵士たちが二度めに襲ってくるまでは、タラにはささやかでも食料とお金があった。春まで乗りきるための綿花もあった。そして私たちよりも恵まれていてやさしい隣人もいた。それが今では、綿花も食料も消えてしまったのだ。

でもうちはまだマシな方。牝牛と仔牛がいたし、仔豚が何頭か残っていた。馬だって一頭いる。だけどご近所はひどいことになっていた。

タールトン家は、屋敷はもちろん、農園まですべて焼き尽くされた。夫人と四人の娘たちは、かつて奴隷監督が暮らしていた小屋に身を寄せ合って住んでいる。マンロー家は農園と屋敷に火をつけられたが、家族と奴隷たちとが力を合わせたおかげで、母屋の漆喰(しっくい)部分が残った。

カルヴァート家は、今回も北部出身の夫人と奴隷監督のおかげで、焼かれることはなかったが、あとには鶏一羽、トウモロコシの一穂すら残されることはなかった。

タラでも日ごとに食べ物の問題は深刻になっていった。ほとんどは畑に残っていたサツマイモやピーナッツくらい。最初のうちは、困っているご近所に分けていたんだけど、それどころではなくなった。

ポークが森でつかまえてくる、ウサギや袋ネズミ、ナマズも食べた。みんなが私を見る。痩せてギラギラした目で。

「スカーレット、何とかして。何か食べさせて」

私は命じた。

「仔牛をつぶすしかないわ」

仔牛は母牛からごくごくと乳を飲む。大量に。その牛乳は私たちにとってとても大切なものなんだ。

仔牛を屠(ほふ)った夜、母牛が子どもを捜して鳴いていたけれど仕方ない。私たちは新鮮な仔牛のお肉をお腹いっぱい晩ごはんに食べ、みんなお腹を壊した。

一度ポークに、食料を買いに行ってもらおうかと考えたことがあるけれど、もし北軍に見つかったら大変だ。馬を奪われ、お金だってとられてしまう。やつらが今どこにいるのか見当もつかなかった。一千マイル先かもしれないし、すぐ川向こうなのかもしれない。

一度私が馬に乗って、出かけようとしたけれど、家中の者から反対された。

ポークは食べ物を探しに出かけ、一晩中帰らないこともある。ネズミやウサギをとってくることもあるし、トウモロコシの穂やえんどう豆の袋を持って帰ることもあった。一度は森で見つけたと言って、オンドリを一羽かかえて持ってきたこともある。嘘(うそ)だわ、と思ったけど、私はあえて聞かなかった。ポークが盗みをしているのはわかっていた。だけどどうしようもない。このままだと、家中の者が餓死してしまうはずだもの。

みんながとうに寝静まった頃、ポークが私の寝室のドアを叩いた。銃弾がかすった脚をおどおどと差し出す。遠くの家の鶏小屋にしのび込んでやられたんだそうだ。

「そんなことしちゃダメじゃないの」

私は包帯を巻いてやりながら泣いてしまった。ポークには忠誠心がある。主人のためなら、どんなことでもするという強い思いだ。

ふだんだったら盗みは悪いことで、主人の私は鞭(むち)でうたなければならなかっただろう。だけど私は泣いて、ポークの肩をやさしく叩いた。

ポークはもう私たちの家族なんだ。

「気をつけてね。私は絶対にお前を失いたくないのよ。お前がいなくなったら、私たちはいったいどうしたらいいのかわからない。お前は本当によくやってくれている。いつかお金が手に入ったら、私はお前に大きな金時計を贈るわ。そこには聖書の言葉を刻んであげる。『素晴らしい私の忠実な僕（しもべ）よ。お前は本当によいことをした』って」

ポークは目を輝かせた。

「スカーレットさま、本当ですか。いつ、その金が手に入るんですか」

「まだよ。だけど必ず手に入れてみせる」

私は大きく頷（うなず）いた。

「いつかこの戦争が終わったら、きっと私は大金を手に入れるわ。もう二度と飢えも凍えもしない。戦争の前みたいに皆いい服を着て、毎日フライドチキンを食べるの」

昔の話をするのはこの家ではタブーだったけど、私は力を込めて繰り返した。

「もう二度と飢えも凍えもしないのよ」

私がきっとそうする。

29

暑く長い秋が終わったとたん、雨が降り始めた。

冷たい雨が毎日しとしとと降る。身震(ぶる)いするほどの寒さになった。暖炉の薪(まき)は湿って、くすぶるばかり。その日の朝食を最後に、牛乳以外の食べ物はすべて底をついた。サツマイモは食べ尽くしてしまったし、ポークのしかけた罠(わな)や釣り糸にも獲物はかからなかった。

明日はいよいよ仔豚(こぶた)を処理しなくては。口に入れるものは何もない。しかもウェイドが熱を出した。だけど薬もなければ、まわりにお医者がいるわけでもない。

私は看病をメラニーに頼んで、時々仮眠をとった。だけどお腹が空いて眠ることも出来ない。何度も何度も寝返りを打ち、悪いことばかり考えていた。

飢(う)えた家族を、これからも私が支えていくんだろうか。お父さまは呆(ほう)けて少しも役に立たない。私を助けてくれる人は誰もいなかった。

空腹のあまり目は冴(さ)えるけれど、疲れの方が大きくて時々まどろむこともあった。いつも同じ夢、悪夢といってもいいぐらい。

私は見知らぬ荒野に立っている。かざした自分の手も見えないほど、あたりは濃い霧におおわれている。足元はぐらぐらしている。私は道を見失い、途方に暮れている。寒さと恐怖。あたりに気配を感じる。だけど声が出ない。そして霧の中から、ぬっと手が出て私のスカートをひっぱる。私は地面に引きずり込まれそう。

私は逃げる。思いきり走る。霧の中を泣き叫びながら。湿った霧をつかんだが、何も得られない。

助けて！

絶望の声をあげると、メラニーの顔があった。私の肩を激しく揺さぶっている。

「大丈夫？　とても大きな声だったわ」

大丈夫って言ったけど、少しも大丈夫じゃなかった。私は何度でも同じ夢をみるようになって、しまいには眠るのが怖くなったんだもの。

鏡を見るたびにぞっとした。青白く痩せていった。昔は皆に、引き込まれそうと讃えられた緑色の瞳は、痩せて吊り上がってギラギラしている。まるでエサを必死で探す野良猫だ。仕方ない。今の私が考えているのは、食べ物のことだけだったんだもの。

クリスマスになった。思わぬお客がやってきた。食べ物を持ってきてくれる人ならいいんだけど。食べ物を探しに来た南軍の兵站部よ。小さな部隊の隊長はあのフランク・ケネディだ。そう、妹のスエレンの恋人。もう四十を過ぎたさえないおじさんだけど。

兵隊たちはみんなみすぼらしく、ひどい格好をしていた。腕が一本なかったり、片方の目がつぶれていたり、脚がおかしな感じで曲がっている。ケガをして前線からはずれた兵士だった。みんな北軍の捕虜から奪った青い外套を着ているから、一瞬彼らがやってきたと思い、逃げそうになったぐらい。

みんな髭をはやして、薄汚いなりをしていたけど、育ちのいい男たちだってすぐにわかった。タラに一晩泊まり、応接間で雑魚寝したけど、それもすごい贅沢だって。

みんなでクリスマス・イヴを過ごした。彼らは戦争の深刻な話を避け、とんでもないジョークで私たちを笑わせた。

「まるで昔に戻ったみたい。うちでしょっちゅうパーティーしてた頃みたい」

スエレンが嬉しそうに私にささやいた。スエレンも私に負けず劣らず、ボロを着てげっそり痩せているけど、顔は幸福そうにキラキラしてる。戦争で離ればなれになった恋人が、うちにいることに舞い上がってる。あんなおじさんだけど恋をしてるんだわ。信じられない。

夫以外の男の人は大の苦手のメラニーも、必死で彼らをもてなした。声をたてて笑い、彼らのジョークを面白がるから、私はびっくりした。彼らをもてなそうと必死なんだろう。南部のために働いている兵士たちに、なんとか素敵なクリスマス・イヴを過ごしてもらおうと、みんな一生懸命だ。

フンといまいましく思っていたのは、私だけだったかもしれない。

だって兵隊たちは、ものすごい勢いで食べるんだもの。クリスマス・イヴのために用意したわが家の夕食、干しえんどう豆と干しリンゴの煮込みとピーナッツに、人数分のトウモロコシと塩漬けの豚肉を出すはめになった。この半年で最高の食事だと皆大喜びだったけど、私は昨日さばいた仔豚の残りを差し出せと言われたらどうしようかと、やきもきしていた。それは貯蔵室に隠している。それから沼の囲いには、きょうだい豚がいるけど絶対に秘密だった。あれを持っていかれたら、私たちは冬を越せない。餓死してしまう。

軍の食料事情なんて知ったことじゃない。軍の男は軍が食べさせればいいんだもの。

私はふとフランク・ケネディの顔を見た。さっきまでずっとスエレンを見つめてたけど、今彼の視線は部屋中をさまよっていた。

私たちのみじめさに驚いているんだわ。お父さまはひと言も発することなく、子どものようにぼうっとしている。掠奪(りゃくだつ)された後の戸棚。めぼしいものを探すために切り裂(さ)かれたソファ。絵がすべてなくなっている壁。私たちの古いボロのドレス。小麦粉のずだ袋でつくった息子の半ズボンには、さぞかし驚いただろう。

私と目が合って、フランクはどぎまぎしている。

「仕方ないのよ」

私は目で言ってやった。

「蔑(さげす)んだり同情するならいくらでもしなさい。だけど私たちは、こうして生きていくしかないの」

すぐに彼は目を伏せた。そしてバツの悪さからか、急にお喋(しゃべ)りになった。

彼は戦況もよくわかっていたし、かつての南部の上流社会のたいていのメンバーと、友だちだったり親戚づき合いをしていた。

私がびっくりしたのは、北軍が撤退して南軍がアトランタを取り戻したということ。北軍が焼き尽くしていて、何の価値もなかったからだ。

「アトランタは、私たちが脱出した日に炎上したのよ。そう、南軍が火を放ったんだわ」

「とんでもない、ミス・スカーレット」

　フランクが大きな声をあげる。

「我々がどうして、自分たちの家族や同胞が暮らす街に火を放つんですか。あなたが見たのは倉庫であり、敵の手に渡すわけにいかなかった工場や弾薬です。シャーマン軍が街を占拠した時、家も商店も美しい街並みはちゃんと残っていました。そこにシャーマン将軍は自分たちの兵士を宿営させたんですよ」

「でも、そこに住んでいた人たちは？　まさか……殺されたりはしませんでしたよね」

「何人かはやられました……。ただ銃で殺されたんじゃありません」

　フランクの隣りに座っていた兵士が、ぞっとするような声で答えた。

「アトランタに駐留すると、シャーマンは市長に市民を一人残らず街から出すようにと命令しました。しかし出ようにも出られない年寄りや病人はたくさんいました。シャーマンは大嵐の中、何百人という人たちを無理やり街から追いたて、ラフ・アンド・レディ近郊の森に打ち捨てたんですよ。フッド将軍に引き取りに来いとほざいて、おかげで多くの人たちが肺炎にかかり亡くなりました」

「そんな！　何の抵抗も出来ない人たちを！」

　メラニーが悲鳴をあげた。

「そしてシャーマンは、十一月半ばまで兵を休ませ、撤退する時に街中に火を放ったんですよ。そしてアトランタ全体を焼け野原にしたんです」

「全体なんて、まさか」

メラニーは真青になった。アトランタは彼女が生まれ育った故郷なんだもの、ショックは大きい。私だってそう。初めて住んだ大好きな活気ある街。大勢の人が行き来して、立派な店やホテルが立ち並んでいたっけ。

私たちが顔色を変えたので、フランクはこれはまずいと思ったらしい。そこで黙りこくった。後で知ったんだけど、北軍は墓地を荒らしまわった。チャーリーやメラニーの両親も眠るハミルトン家の墓も。死体から装飾品を奪い、棺(ひつぎ)から金や銀のネームプレートを剝(は)がしていったんだって。その後、放り出された死体は……ああ、考えたくもない。

そして哀れだったのは、取り残された犬や猫たちで、みんな飢えて死んでいったんだ！

フランクはもちろん、夕食の席でそんなことは口にしなかった。レディを敬うことを知っている南部の男だもの。そして彼は私たちが喜びそうな素晴らしい知らせを口にした。

「焼け残った家がないわけではありませんよ。あなた方の叔母さまの、ミス・ピティの家はちゃんとあります。多少壊れてはいますが、無事に残っています」

「ええ、どうやって火を逃れたの？　信じられない」

あの夜、もう二度とこの家に入ることはないだろうと思って、私は鍵を閉めたんだ。

「あの家は煉瓦(れんが)づくりですし、アトランタでは唯一のスレート屋根ですから。火の粉(こ)が飛んできても大丈夫だったんです。街のはずれにありましたしね。もちろん宿営していた北軍にめちゃくちゃに荒らされています。連中は、マホガニーの階段の手すりさえ薪にしましたからね。でも、今も立派に建っていますよ。先週、メイコンでミス・ピティにお会いした時――」

「何ですって！」

私とメラニーは同時に叫んだ。

「叔母さまに会ったの？　叔母さまはお元気なんですか」

「ええ、お元気です。家がまだ残っていると聞いたら、すぐさまアトランタに帰るとおっしゃっていました。もっともあの家のじいや、ピーターの許しが出ればですが。実は多くのアトランタ市民が街に戻ってきているんです」

「信じられないわ。焼け跡になったアトランタにどうして。どこに住むっていうの？」

「ミス・スカーレット、彼らはテントや掘立小屋、丸太小屋をつくって寝泊まりしたり、わずかに焼け残った屋敷に、数家族で住んでいるんです。メイコンにいると危ない、っていう噂があるのも確かですが、それだけじゃない。アトランタ市民は本当に強いんです。今も誰もが家を建て直そうと、廃材集めに街中を奔走しています。ついおとといもメリウェザー夫人とミス・メイベル、ミード夫人にお会いしました」

よかった！　あの三人は無事だったんだわ。

「メリウェザー夫人は、古くから仕える黒人女と一緒に煉瓦を集めてました。ミード夫人はご主人が戻ってきたら、二人で丸太小屋を建てるつもりだとおっしゃっていました。アトランタに移り住んだ頃、まだマーサズヴィルと呼ばれていた頃は、丸太小屋に住んでいた。その頃を思えば全然どうということはないと。田舎育ちの私にはわかりませんが、アトランタの人たちは、本当に街への思い入れが強いんですよ」

「何よりも気骨があるんですよ」

メラニーが誇らし気に言った。

「ねえ、スカーレット、そうよね」

私も素直に頷いた。アトランタ、私の第二の故郷。歴史ある街でもなかったし、ここジョージア州の田舎みたいに、貴族趣味的なところもまるでない。粗削りでエネルギッシュな大好きな街。伝統や慣習にとらわれることもなくて、私自身のためにあるような街だった。だから北軍の襲来や焼き打ちぐらいではへこたれない。私はこの話を聞いて、体中に力がみなぎるのを感じた。

その時、メラニーが言った。

「ピティ叔母さまがアトランタに戻るなら、私たちも帰ってそばにいてあげないと。ねえ、スカーレット」

この女ってやっぱりアホで、家族じゃないと私は思った。状況がまるで見えてやしない。このタラを離れて、どうして私たちだけがアトランタに行けるの。

「そんなに戻りたければ、お一人でどうぞ。誰も止めやしないわ」

「まあ、そんな意味で言ったんじゃないのよ」

そのあわてたことといったら！

「私ったらなんて思いやりのないことを言ったのかしら。叔母さまのことは、きっとピーターじいやと料理女がめんどうをみてくれると思うわ」

「別にあなたがここにいる理由はどこにもないわ」

本当にそう思う。メラニーと赤ん坊、二人の食いぶちがなくなればどんなに楽になるだろう。

「私はあなたを置いていったりはしない。だいいち私はあなたがいないと、怖くて生きていけないもの」

おろおろしている。本当にめんどうくさいったらありゃしない。

「勝手にすればいいわ。私は何を言われてもアトランタには戻らないわ。どうせ二軒、三軒家が建ったところで、シャーマンがまた街に戻ってきて火をつけたら終わりよ」

「シャーマンは戻ってきませんよ」

フランクはつらそうに語り出した。

「彼の部隊はジョージア州を横断して、海岸地方へ進んだんです。今週サヴァンナが占領され、サウスカロライナを北上しています」

「サヴァンナが占領されたなんて……」

もうメラニーなんてどうでもいい。あの大きな歴史ある街が、北軍の手に落ちるなんて。

「男という男はすべて駆り出されました。が、あそこには街を守るだけの兵士はもういなかったんですよ」

私はすっかり気が滅入ってしまったけれど、メラニーはいつになく積極的に会話に加わってくる。

「メイコンにいらした時、インディア・ウィルクスとハニー・ウィルクスにお会いになりましたか。二人の妹のもとに何か、アシュレ・ウィルクスに関する情報は入ってこなかったでしょうか」

「ウィルクス夫人、そんな情報があれば、メイコンからまっすぐこちらに馬を走らせているに決まっているじゃないですか」

「そうですわね」

「だけど心配には及びません。音信が途絶えているのは収容所に入っているからです。それに北軍の捕虜収容所は我々のものほどひどいところではありません。なにしろ彼らは、豊富な食料を持っていますから」

「あなたは嘘をおっしゃってるわ。北軍につかまった捕虜は、みんなひもじくつらい思いをして、病気になっても医者にも診てもらえないんだわ。わかっているんです。アシュレは……」

「もうそれ以上言わないでよ！」

メラニーのヒステリックな言い方に、私はすっかり腹が立った。アシュレが死んだという確実な知らせがない限り、ずっと希望にすがっていられるのに。

気まずい沈黙の後、メラニーは立ち上がった。明るい口調で話題を変えた。

「皆さん、応接間にいらして。クリスマス・キャロルを歌いましょう。北軍もピアノだけは持っていけなかったんですもの」

みんなが歩き出す中、フランクだけがあとに残った。私の袖をひっぱる。

「ちょっとお話が……」

まさか豚を見つけたんじゃないでしょうね。あれはダメ。あの豚を持っていかれたら、私たちは全員飢え死にだもの。

「あの、ミス・スカーレット、実はお父さまにご相談したいことがあったのですが、どうもむずかしいようなので……」

呆けてしまったのはひと目でわかるもの。でもよかった。豚を寄こせ、ということではないらしい。

「でしたら私が代わりに。今は私がこの家の家長ですから」

「実は……」

フランクは赤っちゃけた髪をいじった。

「私は今日、お父さまにミス・スエレンをいただきたいとお願いしようと思って」

「えー、まだ結婚の申し込みをしていなかったの。つき合ってもう何年にもなるのに」

フランクは顔を真赤にした。おじさんが十代の少年のような表情になった。

「あの、彼女が承諾してくれるかどうか自信がなかったんです。私は彼女よりずっと年上ですし、タラにはハンサムな青年たちがたくさん集まっていましたからね」

バカじゃないの、この男。この屋敷につめかけていたたくさんの若い男は、みーんな私がめあてだったんだ。スエレンなんかに寄っていったのは、このおじさん一人だったはず。

「ありのままお話しします。ミス・スカーレット。私には今一セントのお金もありません。かつてはそれなりの財産を持っていましたが、入隊と同時にほとんどの土地は売りはらい、南部の国債に換えてしまいました。それも屋敷に火をつけられた時に、灰になってしまいました。無一文の私ですから、スエレンを支えられる日が来るまでは、無理に結婚しようとは思いません。が、彼女の愛情を心の支えにして、何とか今後生きていきたいと。真実の愛というものを勘定に入れていただければ、それだけは決してスエレンに不足を感じさせることはないと思います」

最後の言葉だけはちょっと胸を打たれた。

明日の命もわからない兵士が、全身全霊でスエレンを愛しているなんて……。それにしても、あんな性格の悪い女をどうして愛せるのか、不思議でたまらない。自分勝手で、年がら年中不満だらけ。本当にわからない。いずれにしてもスエレンが結婚してくれるのは大賛成だわ。いずれはこのうちを出ていってくれるんだし。どうかフランクが無事に帰ってきてくれますように。

「今夜彼女にプロポーズします」

「そうね、妹を呼んでくるわ」

私はすごくやさしく言った。どうぞどうぞ、二人で幸せに酔って頂戴。

「母の部屋を使って。あそこなら誰も入ってこないわ」

「ミス・スカーレット、本当にご親切にありがとうございます」

フランクは私の手を握った。私の手を握りながら、他の女のことを口にする男に初めて会った。まあ、いいけど。

そしてフランクは去りながらこんなことを言ったんだ。

「ミス・スカーレット、あなただけにはお話しします。戦争はもう長くは続かないでしょう。兵を補充しようにも、もう男はいません。脱走兵の数は急に増えています。そもそも兵士のための食料がないんです。みんな腹を空かせ、鉄道は寸断されている。新しいライフル銃はなく、爆弾も足りません。兵士の靴をつくる革さえない。つまりはそういうことです。終わりの時はもうそこまで来ているんですよ」

フランクの言ったことは本当だった。

次の年の四月、ジョンストン将軍がノースカロライナで降伏して戦争は終わった。

だけど二週間経っても、タラにその知らせは届かなかった。

私たちは生きるのに必死で、外で噂を聞くひまなんてなかった。近所の人たちも同じでお互い行き来しなかったからわかるはずはない。

春の種蒔きを一家総出でした。私はフランクの敗戦が近い、という情報を聞いてすぐにポークをメイコンに行かせたんだ。まだ陥落していないメイコンなら、食料があるかもしれないという私の目論見は見事あたって、ポークは荷馬車いっぱいに食べ物を詰め込んで帰ってきた。

鶏、ハム、塩漬けの豚肉、粗挽き粉の他にも綿花と野菜の種、生地やボタンもあった。これはもう奇跡というもの。間一髪で、北軍に見つかるのを逃れたという。ポークは用心に用心を重ね、脇道や細道、人がめったに通らない古い馬車道を通って帰ってきたんだ。その間、五週間というもの、私は生きた心地がしなかった。ポークは無事で帰ってきてくれたばかりでなく、お金もあんまり使っていない。途中で不用心な鶏小屋や燻製所を狙ったんだろう。本当は怒らなきゃいけないんだろうけど、私はただありがとうを繰り返した。それからポークの、長い間繰り返される自慢話もじっと我慢して聞いた。

そしてポークのおかげで、やっと私たちはふつうの生活を取り戻した。もうひもじさに夜うなされることはない。でもその忙しいことといったら……。

今年の綿花の種を蒔くためには、昨年のしおれた茎を引っこ抜かなくてはならない。その後、馬を畑中歩かせて耕した。菜園の作物を育て、豚や鶏のエサやり、牝牛の乳しぼり。北軍が燃やしていった何マイルにもわたる柵や囲いもつくり直していった。ウェイドにさえ、仕事を割りあてた。今まではハミルトン家の跡取りとして、ちやほやされていた甘ったれの彼だけど、今は小さなかごを持って、火をおこすための小枝を一生懸命拾っている。

郡の男たちの中で、真先に戦地から帰ってきたのはフォンテイン家の兄弟だった。彼らは家に帰る途中、一瞬だけタラに立ち寄り、私たちにキスをした。ぼうぼうの黒い顎髭にちょっとびっくりしたけれど。何もかも終わったと兄弟は言った。すべては過去のことだと。それで私たちは戦争に負けたことを知ったんだ。

メラニーとスエレン、キャリーンは、南部連合降伏の知らせを聞いたとたん、すうっと静かにうちの中に入った。私が兄弟を見送ってうちの中に入ると、三人はソファに座って泣いていた。みんな肩を震わせて。

どうして泣くんだろう。私は兄弟からすべてが終わったと聞いた瞬間、心の中で叫んだ。

「やった！」

もうこれで牝牛を盗まれずに済む。馬を奪われずに済む。井戸に沈めておいた銀食器を出して、ナイフとフォークで食事が出来るんだわ。もうこれからは命の危険を感じずに食料を探しに行けるんだ。

もう二度と馬のひづめの音に恐怖しなくてもいいんだ。ここで私は、自分が殺した北軍の脱走兵を思い出したけど、もう完全に忘れることにしよう。

玄関ホールに立って、メラニーや妹たちのすすり泣きを聞きながら、私はいろんなことを考えた。もっともっと綿花を育てよう。明日、ポークをメイコンにやって、種を買ってこさせよう。もう北軍に焼きはらわれることも、簡単に徴集されることもないわ。きっと秋には値段がはね上がるはず。

私は泣いている三人を無視して、ずんずんと仕事部屋に入った。そして残った現金でどれだけの綿花の種が買えるか、どれだけの収穫が期待出来るか考えてみた。

その時、ある予感に私は羽根ペンを落とした。

戦争が終わったっていうことは、アシュレが帰ってくる！　メラニーよりも先に私はそのことに気づいた。そう、アシュレよ、アシュレが帰ってくるんだわ。

メラニーはまだ泣いている。私は彼女よりも早くこの歓喜に酔った。

全くフランク・ケネディってどうかしている。こんなに性格の悪い女を本気で好きになるなんて。

戦争が終わってから、私とスエレンはずっと喧嘩(けんか)ばかりしている。もう北軍につかまる心配がないとわかったとたん、スエレンは近所に遊びに行きたがった。私にガミガミ叱(しか)られ、働くばかりの生活に嫌気がさし、たまには隣人のところにお喋りに行きたいと言い出したのだ。豊かで幸福だった自分が今は可哀想で可哀想で、まわりの同じような境遇の人たちを見て慰(なぐさ)めにしようとしたに違いない。

「馬はダメ」

私は怒鳴った。

「森から材木を運んで、畑を耕すためにいるの。あんたのお出かけのためにいるんじゃないの。

日曜日ぐらい休ませてやらないと。行きたいなら、自分の足で行きなさい」

スエレンはふくれて泣き、文句を言い続けた。そしてあのひと言を発したのだ。

「ああ、お母さまさえいてくれれば！」

約束だからね、と私は平手打ちをくれてやった。この言葉を口にしたら、ひっぱたくと私は宣言していたのだ。

スエレンは悲鳴をあげてベッドに倒れ込み、これ以降あまり不平を言わなくなった。当然だわ。

近所なんて行ったたって楽しいことは何もない。かつての大農園は、皆うちのように貧苦にあえいでいる。

いちばんましなのはフォンテイン家で、あのサリーが頑張っている。老夫人は、屋敷を守ろうと、皆の先頭に立って消火にあたったのがたたり、その日心臓発作で倒れたんだ。今も体調がよくない。

私はフォンテイン家を訪ねて、種トウモロコシを売ってほしいと頼んだ。無事に帰還した兄弟は、お金はいらないと笑った。明るくて気っぷのいいところは、昔のままで私はちょっと安心したけど、貧しさはうちと変わらない。

カルヴァート家のパインブルーム農園は悲惨だった。かつての私の仲よし、ケードは戦争から帰ったもののすっかり体を壊していた。彼の顔にははっきりと死相があらわれているのを私は見た。この屋敷は、北部出身の奴隷監督と後妻さんのおかげで、なんとか焼かれずに済んでいた。しかし中はすっかり荒れはてていて、私がダンスパーティーにしょっちゅう来ていた頃の面影はまるでない。しかも奴隷監督のヒルトンが、わがもの顔でふるまっていて、この私に対等な口をきくではないか。タラの娘、スカーレット・オハラに向かってよ。

後妻のカルヴァート夫人が、ヒルトンに気を遣っているから、ケードの妹たちも彼の前ではおどおどしている。私はすっかり腹を立ててしまった。

この二軒に懲（こ）りて、もうタールトン家に行くのはよそうと考えた。だって四人の兄弟は戦死し、屋敷は全焼している。残った姉妹と夫人は、使用人の小屋だったところに身を寄せ合うようにして暮らしている。こんなところに行く勇気があると思う？

だけどスエレンとキャリーンは、どうしても訪ねたいと私に頭を下げた。無事に帰ってきたタールトン氏におかえりなさいを言わなくてはと、メラニーにも説得されしぶしぶと出かけた。

それで四人でタールトン家へ出かけた日曜日の午後のことを、私はどれほど後悔したことだろう。

ここのうちのお祖父（じい）さまは、うちのお父さまと同じ。目がうつろなまま、ぼんやりと放牧地の柵に座っていた。ここは昔、素晴らしい馬たちが走りまわっていたところだ。タールトン家の馬といえば、それはそれは有名だったっけ。夫人がまるでわが子のように育てていたのだ。

「私のあの美しい馬たちがみんな死んでしまった。ああ、かわいそうなネリー！　せめてネリーだけでも生きていてくれたら」

夫人は嘆いた。ネリーはこの牧場でいちばんご自慢の馬だったのに、それさえ供出させられてしまったんだ。そう、アシュレのお父さまが戦場に出ていく時に。

小屋からは、戦場から帰ってきたジムおじさまや、四人の娘たちがわーっと出てきた。みんな明るくふるまっているけれど、それがとても不気味だった。みんな昔と同じようにしようと必死だ。だけど同じになるわけがないじゃないの。

あの底抜けに明るくて、ハンサムな四人の兄弟がいなくなってしまったんだ。私を取り合った愉快なおバカな双児（ふたご）たち。一人はキャリーンの恋人になったみたいだけど、私の結婚後だから仕方ないわ。

しばらくお喋りした後、私は一刻も早く帰りたかったけど、夕食をどうしてもと言われてしまった。豚の塩漬けと干しえんどう豆の煮込みを口にしながら、四人の娘たちはたえずジョークを言う。メラニーや妹たちもそれに応える。

私は見ていられなかった。あの背の高い四人の兄弟がすべて消えてしまった。他人の私でもつらくてつらくてたまらないのに、どうしてこんな楽しそうにお芝居をするの……。

やがて食事が終わると、キャリーンは夫人に何か耳打ちした。夫人は頷いて、彼女を外に連れていく。私とメラニーも仕方なく後に続いた。やがて墓地に向かっていることに気づいた。嫌だ、そんなところ。だけどもう引き返すわけにはいかなかった。

杉木立の下、二つの大理石の墓碑があった。まだ新しい。夫人が誇らし気に言った。

「先週買ったばかりなの。夫がメイコンに行って持ち帰ったの」

この人たちは間違ってるわ！　お墓にお金を出すなんて。それよりも明日のために種を蒔いて、畑を耕すことが大切でしょう。私はこんな風には生きない。他の二軒のように、死んだように生きない。私は生きていく。生きていくんだ。

30

昔からそうだったんだけど、この頃私は、思いついたことをすぐ口にしてしまう。

「メラニー、南部の娘たちは、これからどうなるのかしら」

「どういう意味？」

メラニーは眉をひそめる。

「だって結婚しようにも相手は誰もいないのよ。男性はみーんな死んでしまったのよ。南部中で、何千人っていう娘がオールドミスになって、そのまま死んでいくんだわ」

「子どもを持つことも出来ないまま……」

そう、メラニーにとって、それがいちばん重要なことなのよね。

その時、近くにいたスエレンがわっと泣き出した。あのクリスマス以来、フランク・ケネディから何の連絡もないのだ。郵便事情によるものかしら、それとももてあそばれたのかしら。いっそ戦死してくれれば、まだスエレンの誇りは保てるのにね。

キャリーンもそうだけど、恋人やフィアンセが死んだ、ということなら、世間はみんな同情してくれるけど、単に捨てられたんじゃね……。でもうるさいことといったら。

「泣くの、やめなさいよ。別にあなたのことを言ったわけじゃないわよ」

「スカーレットはいいわよ」

しゃくり上げた。

「もう結婚して、未亡人になって子どももいるんだから。そのうえ、他の男性からも言い寄られて。だけど私はどうなるのよ。どうしてオールドミスだなんて、私にあてつけがましく言うのよ！」

「別にあなたのことを言ったわけじゃないわよ。そうやってピイピイ泣く女が、私はいちばん嫌いなのよ。あんたの赤髭（あかひげ）おじさんなら、大丈夫。死んではいないわよ。必ず戻ってきてあんたと結婚してくれるわ。もっとも私だったら、あんなおじさんと結婚するぐらいなら、オールドミスの道を選ぶけどね」

「ひどいわ！」

ギャーギャー怒り出したスエレンの横で、キャリーンはしんとしている。この妹はもう現実の世界を生きていないみたい。戦死した初恋のブレント・タールトンのことばかり考えている。その顔は幸福そうで静かに満ち足りていて、私はスエレンよりもこちらの方がずっと心配になる。

「ああ、なんてつらいことかしら……」

メラニーがため息混じりに言う。

「あんな素晴らしい青年たちがみんないなくなって、南部はこれからどうなってしまうの。スカーレット、私たち頑張って息子を育てましょうね。彼らのような立派な青年にするためにね」

「いいえ……」

キャリーンがささやくように言った。

「誰もあの人たちの代わりは出来ないわ。もうあんな人たちは出てこないの」

そうかもしれない。ハンサムで楽しくて、勇気があった青年たち。私に恋してた青年たち。もういなくなって、それきりなんだわ……。

オールドミスになる運命を避けて、別の道を選んだ娘もいる。

そのことを話した時から、何日もしない夕暮れ、キャスリン・カルヴァートがタラにやってきた。

耳が垂れ、足を引きずった世にも哀れなラバに横乗りをしていた。

本人はラバよりももっと哀れな感じ。昔なら召使いしか着なかったような、色褪せたチェックの平織りのワンピースを着ていた。陽よけ帽の下の顔は、青白く険しかった。十も二十も年とったみたい。

彼女がこのあたりで、私の次ぐらいに人気があった娘だなんて信じられる？　もっともすごく離れた二番だったけど、とても可愛くて綺麗だった。

そう、私たちの最後の、いちばんいい思い出。開戦の日のウィルクス家のパーティーで、キャスリンは青いオーガンジーのドレスを着ていた。白いバラの花をサッシュにさして、小さな黒いベルベットの靴を履いていたっけ。キラキラして本当に愛らしかった。

それなのに今、彼女は怖い顔をしておばあさんみたい。北部出身の継母と、やっぱり北部から来た奴隷監督のおかげで、屋敷は焼かれずに済んだけど、中はボロボロになってとても住めない。戦地から戻ってきたお兄さんのケードは、すっかり体を壊して病人になってしまった。だけどこんなに変わっていいものかしら……。

「上から失礼するわ」

夕陽(ゆうひ)を背にラバに乗ったキャスリンが言った。

「私、結婚することになったから、そのことを伝えておこうと思って」

「何ですって！」

メラニーが手を叩(たた)いた。

「キャシー、おめでとう！　よかったわね」

「それでお相手は？　私たちも知ってる人？」

私の問いに、キャスリンが静かに答えた。

「ええ、相手はヒルトンよ」

「ヒルトン？」

「そう、ヒルトンよ。うちの奴隷監督だった男」

私は叫ぶことさえ出来なかった。

まさか、まさかね。いくら落ちぶれたといっても、大農園の令嬢が、よりにもよって使用人と結婚するなんて。

キャスリンは、メラニーの方を睨(にら)みつけている。

「泣いたら承知しないわよ、メラニー。あなたに泣かれたら、私は生きていられない」

メラニーは泣いたりしなかった。何も言わず、ラバの腹に置かれた、キャスリンの手づくりの不格好な靴をやさしく叩いた。昔はサテンやベルベットの靴にくるまれていた足。

「結婚式は明日よ。ジョーンズボロで。誰も招待はしないわ。じゃ、私は行くわね、知らせに来ただけだから」

　手綱（たづな）を持って去ろうとするキャスリンに、気づくとまた質問していた。

「ケードの具合はどうなの？」

「危篤（きとく）よ。せめて安らかに逝かせてあげたいと思ってるの。自分がいなくなった後、誰が妹のめんどうをみるのかずっと心配していたんですもの。継母と妹たちは明日北部に発つの。もう二度と戻ることはないわ」

　じゃあと、手を上げた。

　メラニーの目は涙で溢（あふ）れそうだった。背のびしてキャスリンにキスしようとする。キャスリンも身をかがめた。初めての素直なしぐさ。

　そして老いたラバは動き出した。

　その姿が見えなくなってから、メラニーは本格的に泣き始めた。

「ああ、可哀想なキャスリン……可哀想なケード……」

「馬鹿馬鹿しい」

　泣くなんてどうかしている。だって彼女はこうするしかなかったんだ。

「メラニー、だから言ったでしょう。南部の娘にはもう結婚しようにも相手がいないのよ」

「だからって無理に結婚することはないのよ。自分に釣り合う相手がいないなら、ずっと独身でいたって少しも恥ずかしいことはないわ。ピティ叔母さまを見て」

びっくりだ。メラニーはこういう差別的なことを考えていないと思っていた。奴隷監督と結婚、なんて、彼女には耐えられないことなんだ。

「ああ、こんなことになるくらいならキャスリンが死ぬのを見た方がよかったわ」

だって。何て馬鹿馬鹿しいの。キャスリンは生きるために結婚を選んだのよ。それと家族のために。

「ケードだって、妹がこんな目にあってどう思うのかしら。安らかに死んでいけるの？　ああ、カルヴァート家はもうおしまいよ。彼女が、あの人の子どもを産むなんて、どんな子になるか……」

そしていきなりこんなことを言う。

「スカーレット、急いでポークに馬の仕度をさせて。今なら間に合うわ。彼女を追いかける、そして私たちと一緒に暮らしましょう、ってキャスリンに言うわ」

やめてよと、私は叫んだ。何てことを言うのよ。あたり前みたいに、タラに迎え入れましょう、なんて。もう一人余計な人間に食べさせる気はまるでないわよ。

そう言いかけてやめた。メラニーがあまりにも悲痛な顔をしているんだもの。

そう、キャスリンの運命は南部の娘すべてのもの。キャスリンは自分、メラニーはそう考えているんだ。

「わかってあげなさいよ、キャスリンはプライドに懸けてここにはやってこない。私たちのお情けなんて絶対に受けないわ」

「そうね、確かにそうね……」

メラニーは素直に認めた。あっけないぐらい。それならば、最初から引き取るなんて言わなきゃいいのに。そもそもメラニー自身が、私のお情けにすがっているんじゃないの。病身で赤ん坊をかかえてる。

私は思った。メラニーみたいな人は、戦争があっても何にも変わらないんだわ。昔のまま同じことを考えている。お金があって食料もたんまり持っている時とまるっきり同じ。そして他の人に慈悲の心で接して、自己満足するんだわ。私は絶対にそんなのにつき合わない。

時代は変わったんだ。まず自分が生き抜いてみせる。他の人のことなんか考えたりするもんですか。

それなのに私は、多くの男たちを助けなきゃいけなくなったんだ。

平和が訪れた最初の年の夏は、ものすごく暑かった。そしてあんなに静かだったタラが、急に騒がしいことになったんだ。

数ヶ月間というもの、かかしみたいに痩せた男たちが、無精髭を生やし、裸足にボロをまとってタラをめざしてやってきた。みんな日陰の玄関の階段で休息をとり、食べ物と一夜の宿を求めた。歩いて家に帰ろうとする南部連合軍の兵士たちだった。

皆、もう残っているかいないかわからないわが家をめざし、気が遠くなるような道を歩いていくのだ。ほとんどが裸足で。ごく少数の運のいい者たちは馬やラバに乗っていたけど、それがひどく年老いている。痩せこけてよろよろしている。あれなら途中でへばってしまうのは間違いなかった。

でも皆不思議と明るい顔をしている。

家に帰ろう。家に帰ろう。

すべてが終わった。あとは始めるしかないという決意が皆を支えていたんだ。恨みごとを口にする者はほとんどいない。自分たちは立派に戦ったんだという誇りに満ちていた。

それはいいんだけど、シラミと赤痢にはうんざりだ。たいていの兵士が下痢に苦しんでいたし、体中をポリポリかきむしっていた。

「南部連合に、胃腸が丈夫な兵士は一人もいやしない」

マミイはかまどの前で汗だらけになって言った。黒いちごの根を煮出してつくる苦い煎じ薬は、お母さまがよくつくっていた特効薬、これは本当に効く。

「私に言わせりゃ、南部連合は北軍に負けたんじゃないね。自分たちの腹に負けたんだ。腹がぴーぴーで誰が戦争が出来るもんかね」

マミイは片っ端から彼らにこの薬を飲ませた。あまりにも苦いので、みんな顔をしかめながらもおとなしく飲んだ。誰もが故郷に、マミイみたいに口うるさくて親切な乳母や使用人がいたに違いない。

それからシラミに対しても、マミイは容赦なかった。

タラにたどり着いた兵士は、まず藪の茂みの奥に連れていかれ軍服を脱ぐように命じられた。それからたらいいっぱいの水と強力な灰汁製の石鹸で、体を洗わなくてはいけないんだ。その間、マミイは巨大な洗たく鍋で軍服を煮沸消毒した。

兵士には、体を隠すためにキルトや毛布をあてがった。

「兵士の皆さんにあんまりだわ」

メラニーやスエレンが抗議しても無駄だった。

「お嬢さまたちに、シラミをうつすわけにいかないからね」

マミイは寝室を使わせることにも反対したけれど、これは私が押しきった。毛足の長いベルベットの絨毯が敷かれた応接間を、雑魚寝用に開放したんだ。

おかげで数ヶ月後には、絨毯は擦り切れて、しまいにはげて、縦糸と横糸が見えてきた。

私はどうして、こんなに兵士たちにやさしかったんだろう。

もちろん南部のために、一生懸命戦ってきた人たち、というのがある。だけど心の中を占めていたいちばん大きなものは、アシュレが帰ってきたら、という思いだった。

アシュレもこんな風にして、ジョージアをめざして歩いてきているかもしれなかった。時々はほどこしを受けながら。

それなのにこのタラで、何もしなかったらどうだろう。ケチで人情がない、という噂が残ったら……。私はそれが怖かったのかもしれない。

私たちは誰もが熱心にアシュレのことを尋ねた。

「アシュレ・ウィルクスを知りませんか」

メラニーのいないところで、私は必死に聞きまくった。

「収容所で捕虜になっていたはずです。アシュレ・ウィルクス、金髪で背の高い男性よ」

スエレンはケネディのことを。だけど二人のことを知っている人は誰もいなかった。

みんなでメラニーを慰めた。私は自分に言い聞かせるように、

「収容所で死んだりしたら、北軍の従軍牧師から知らせが届くはずよ。大丈夫、きっとこっち

に向かっているのよ」

　裸足のアシュレを想像して私は泣きたくなった。他の兵士はいくらでもボロを着ていればいいわ。でも私のアシュレだけは絶対にダメ。立派な馬に乗り、ピカピカの軍服とブーツで帰ってきてほしい。

　六月になったある日、私はだんだんいらついていた。私の親切心にも食料にも限界がある。よろよろ歩いてくる兵士は、本当に途切れなかったんだもの。

そんな時に、ピーターじいや――ピティ叔母さんの大切な執事（しつじ）――が突然やってきた。私たちは大喜び、玄関で握手をして、お互いに質問をぶつけ合った。

だけどピーターじいやにはびっくりだ。私とメラニーに、一日も早くアトランタに帰ってきてほしいって言うのだから。叔母さんは、農園が大切だから帰れないという、メラニーからの手紙を読んで泣いているんですって。

「ピティさまがお一人では生きていけないことはよくご存知でしょう」

冗談じゃない。タラをほっぽり出して私がアトランタに帰れるわけがないでしょう。メラニーだけならともかく。

「問題は世間体が悪いっていうことなんです」

　とピーターじいや。

「ピティさまお一人では、世間にどういう風に見られるかわかりません。嫁入り前の淑女が、一人で暮らしていては悪い噂が立ちますからね」

　私とメラニーは、ついにたまりかねてうずくまった。おかしくておかしくて涙が出てきた。

六十歳も近い太っちょの叔母さんも、ピーターじいやにとっては「嫁入り前の淑女」なんだ。

　メラニーが涙をぬぐいながら言った。

「笑ったりしてごめんなさい。反省してるわ。でも許して、スカーレットも私も今はどうしても帰れないの。それにしても叔母さまは、あの骨だらけの馬に私たちを乗っけて帰らせるために、じいやをはるばるここに寄こしたの？」

　そのとたん、ピーターじいやがぽかんと口を開けた。いけない、という焦った表情。

「メラニーさま、私は本当にどうかしてました。ピティさまから言いつかったいちばん大切なことを忘れていました。あなたさまに手紙が届いているんです。ピティさまは郵便なんかあてにならないから、私がじかに届けるようにと」

「手紙、私に？　誰から」

「それが、ピティさまはこうおっしゃいました。『ピーター、くれぐれもメラニーを驚かせないように、そっと伝えて頂戴ね』と……」

　メラニーが立ち上がった。心臓をぎゅっと押さえながら。

「アシュレね！　アシュレが死んでしまったのね！」

「違います！　違いますよ」

　ピーターはかん高い声でわめいて、古びた上着のポケットをまさぐった。

「アシュレさまは生きておられます。ここにアシュレさまからの手紙が。もうじき帰ってこられるそうです……。あ、メラニーさま！　メラニーさま！」

　メラニーはあまりの衝撃に失神してしまったんだ。マミイがとっさに、メラニーの体を支えながら怒鳴った。

「全くなんて使えない野郎なんだよ。そっと伝える、もないもんだ。ポーク、メラニーさまの足を持っておくれ。キャリーンさま、頭を支えていただけますか」

ソファに寝かされたメラニーのまわりに、皆が集まり、水だ、枕だと大騒ぎになった。

その間私は、玄関から動くことが出来なかった。

アシュレが生きている。アシュレが帰ってくるんだ。

頭はそう叫んでいるのに、喜びや興奮もなく、心がしんと静かになっている。喜びと驚きがいっぺんに来ると、こんな風になるんだろうか。

ピーターじいやが機嫌をとるように私に伝える。

「メイコンのご親戚の、ウィリー・バーさまがピティさまのところに手紙を届けてくださったんです。ウィリーさまはアシュレさまと同じ収容所にいらっしゃいました。ウィリーさまは馬がありましたから、早々に到着されましたが、アシュレさまは歩いてお帰りだそうで……」

私はピーターじいやから手紙をひったくった。ピティ叔母さんの字で「メラニーへ」と書かれていたけれど、まるでためらうことはなかった。

薄汚れてしわくちゃの手紙。アシュレの字が目に飛び込んできた。

「ジョージア州・アトランタ、もしくはトゥエルヴ・オークス、もしくはジョーンズボロ、サラ・ジェーン・ハミルトン様方、ジョージ・アシュレ・ウィルクス夫人殿」

ウィルクス夫人、ウィルクス夫人。それはメラニーのこと。アシュレは手紙を出す時、メラニーにこう書くんだ。ウィルクス夫人、自分の妻へ。

私にこんなに強い嫉妬を与えた罰として、私は手紙を勝手に読んでもいいと思った。字が飛び込んでくる。

「愛する人よ、僕はもうすぐ君のもとに帰る」

涙が溢れて、もうそれ以上読むことが出来なかった。喜びで胸が張り裂けそう。

この手紙は私あてなの。そう、私への手紙。

「愛する人よ、僕はもうすぐ君のもとに帰る」

手紙を胸に抱き、ポーチの階段を駆け上がって廊下を抜けた。みんながせっせとメラニーの介抱をしている応接間の脇を走り、お母さまの仕事部屋に飛び込んだ。そしてドアを閉める。ソファにつっぷして泣いて、そして手紙にキスをした。何度も。

「愛する人よ、僕はもうすぐ君のもとに帰る」

アシュレは私のもとに帰ってくるんだ！

でも常識的に考えて、イリノイ州からジョージア州まで歩いて帰ってくるとしたら、少なくとも数週間かかる。へたをすると数ヶ月かかるかもしれない。

それでもタラに続く道に兵士が現れるたび、誰もが胸を高鳴らせた。

ちらりとでも軍服が見えると、みんな牧場、綿畑から飛んできた。手紙が届いてから一ヶ月は、おかげで仕事にならなかった。アシュレが帰ってきた時、家には誰かがいなくてはならなかったから。

最近メラニーは、やたらうきうきして鼻歌なんか歌ってる。こっそり肌の手入れをしているらしい。ウリからローションをつくっているのを私は知っている。使っていない枕や布団を干していくのを見た時、私は嫉妬のあまり目がくらみそうになった。どうしてアトランタの戦火から、メラニーを救い出したりしたんだろう。メラニーのことなんか、少しも好きではないのに……。

それにしてもアシュレは、なかなか帰ってこなかった。その代わり、兵士はいっぱいやってきたけど。

兵士は一人で来る時もあれば、何十人と連れ立って来る時もあった。みんながみんなお腹を空かしていた。私はうんざりして、これならイナゴの襲来の方がまだましだと思ったくらい。

南部人だということが、つくづく恨めしかった。南部には昔から旅人をもてなす伝統があった。身分の高い低いにかかわらず、必ず一夜の宿を貸し、食事を提供するのだ。馬にもたっぷりのエサと水を与える。

私にしてみれば、古い時代の慣習でもうとっくにそんなことは終わっている。それなのに兵士も家の者たちも、歓待したりされたりするのがあたり前だと思っているのだ。

兵士たちはタラの数ヶ月分の食料を、あっという間にたいらげた。今、うちには二、三ドルと金貨が二枚あるだけ。いったいどうして、この飢(う)えた男たちを食べさせなければいけないんだろう。

それなのにメラニーったら、自分の食べる量をほんの少し、スズメの涙ほどに減らしてでも、その分を兵士にまわすようにと私に頼んできた。

「いい加減にしてよ」

私は怒った。

「まだ半病人みたいなものなのに。もっと食べないとまた体を壊して、私たちが看病しなきゃならないのよ。あの人たちはどうせ空腹なんて慣れっこなんだから」

メラニーはじっと私を見つめる。その瞳の奥に、私への軽蔑がありありと浮かんでいた。

「スカーレット、どうか怒らないで。これがどれほど私の救いになっているか、あなたにはわからないわ。かわいそうな兵士の皆さんに、私の分をあげるたびに思うの。きっと北のどこかで、私のアシュレにも誰かが食べ物を分けてくれている。そして彼は私のもとに戻ってくるんだって」

私の中であのフレーズがリフレインする。

「愛する人よ、僕はもうすぐ君のもとに帰る」

仕方ないわ……。前よりもほんの少し兵士の食べ物をマシなものにした。

飢えてうちにたどり着く兵士も困るけれど、すぐに亡くなってしまう兵士はもっと困る。時々、玄関にどさっと病人が置かれることがあった。道端で倒れているのを、誰かが馬に乗せてくるんだ。

ウィル・ベンティンもそんな風にしてやってきた一人だ。ひどい肺炎を患っていて、片方の脚は膝(ひざ)から下がなくて、ものすごくちゃちな義足をつけていた。

ずっと意識がなかったのに、キャリーンが必死で看病したおかげで、彼は一命を取りとめた。そして回復するまでずっとうちにいることになった。骨と皮ばかりの青年が、私の大切な話し相手になったのは不思議だった。ウィルは下品な話し方はいっさいしなかったけれど、上流の出でないことはすぐにわかった。それでも彼の思慮深い言葉やふるまいは、どれほど私の心を救ってくれただろう。

私は彼に何でも打ち明けた。使用人たちにはたえず文句を言われること。妹のスエレンとはどうしても気が合わないこと。そしてついには、うちにやってきた北軍兵を撃ち殺したことまで話していた。するとウィルは微笑んでこう言ったんだ。

「それはお手柄でしたね」

私は本当に救われた気持ちになった。

家の中をよろよろとだが歩けるようになると、ウィルは裂いた樫の木でかごを編んだり、北軍に壊された家具を修理するようになった。木片で器用におもちゃをつくってくれるから、ウエイドもそばを離れない。

気づくとウィルは、家族の一員になっていた。ウィルが家の中にいて、ウェイドと二人の赤ん坊のめんどうをみてくれるので、みんなが安心して外に働きに出ることが出来たんだ。

ウィルが打ち明けてくれたところによると、彼は南ジョージアで小さな畑と、二人の奴隷を持っていたという。だけどその奴隷はとうに解放され、畑も荒れはててしまった。唯一の身寄りの妹は、何年も前に結婚して夫と一緒にテキサスに移り住んでいる。つまり天涯孤独の身の上なんだ。だけどそれを特段つらいとも思っていないみたい。自然に自分の運命を受け入れようとしていた。

自分も畑を耕していたウィルの指示は、本当に的確だった。雑草取りや土の掘り起こし、種蒔き、豚の飼育、私は何でも彼に相談した。するとすぐに答えが返ってくるのだ。

そう、考えてみると私はずっと一人で闘っていた。一度もやったことのない綿の栽培や畑づくりを、見よう見真似でやってきた。自分でもわからないから、皆を怒鳴りながら。だけど今はウィルが静かに私の話を聞いてくれて、こうしたらいいと励ましてくれるのだ。そして留守番だけでなく、いつのまにか帳簿付けや綿花を買いに来る業者との交渉、種の買い付けもやってくれるようになった。

「皆さんには本当によくしていただきました」

彼は言った。

「赤の他人の僕の命を救ってくれたんです。そしてたいへんなめんどうとご心配をおかけしました。もしお邪魔でなければ、せめてご恩の一部でもお返し出来るまで、こちらに残って仕事を手伝わせてくれませんか。ご恩のすべてはとてもお返ししきれません。命を救っていただいたんですから」

ウィルは決してでしゃばることもなく、私の重荷を引き受けようとしていた。

後にマミイは断言したものだ。

「あの男は神さまが遣わしてくれたんですよ」

本当。もしウィルがいなかったら、この半年を乗りきれなかったかもしれない。あのままだったら心が壊れてしまったに違いない。

ウィルは常に私に寄り添ってくれた。辛抱強く効率的に。片方の脚がなくても、ポークより速く歩くことが出来たし、動きは敏速だった。

牝牛の腸がねじれた時も、馬が原因不明の病気で死にかけた時も、ウィルが徹夜で動物たちを救ってくれた。朝、リンゴや野菜をちょっと積んで出かければ、夕方には種や布地や小麦粉に換えて帰ってくる。とんでもない交渉術の持ち主だった。


その日、私たちは馬を貸すことについて話し合っていた。まるで男同士のような会話。

その時、ウィルがふと顔を上げ、手でひさしをつくって馬車道を見た。

「また来ました。兵士です」

もう見慣れた光景だった。髭面（ひげづら）の男がゆっくり木立の中を歩いてくる。青い軍服と灰色の軍服がごちゃまぜになったボロをまとい、ぐったりと首を垂れ、足を引きずっている。私はつぶやく。

「あんまりお腹を空かせていないといいけど」

その時、傍らのメラニーが、ひぃーっと声をあげるのを見た。顔が真白になり、瞳が大きく見開かれた。いけない、失神する、と支えようとした時、メラニーは私の手をふりはらって階段を駆けおりた。

私は悟った。兵士が誰か。

私も続けて走っていこうとした。しかし誰かが私のスカートをつかんだ。ウィルだった。

「邪魔をしてはいけません」

「放して。バカ、放して。アシュレが帰ってきたのよ」

彼はスカートをつかんだ手をゆるめなかった。

「彼は彼女の夫です。違いますか」

どうして彼は、そんな強い力を持っていたんだろうか。

31

アシュレが戦争から帰ってきた。私のもとに。メラニーのところじゃない。私はずっとそう信じている。

聞いてほしい。私がどんなに用心深くふるまっているか。アシュレを迎え入れた時も、私は一族の女として以上の喜びを、そうあらわさなかったと思う。

頭がおかしくなったようにアシュレに抱きつき、キスを繰り返していたメラニーとは違い、私はアシュレとふつうのハグをし、キスは頰(ほお)に受けた。ちゃんと唇でキスをし合ったことがある私たちだったけれど、その時は親愛のキスだけ。

「スカーレット、ありがとう」

とアシュレは言った。

「メラニーと息子を君は守ってくれたんだね」

当然のことでしょ、と私は答えたけれども本当はこう言いたかった。ものすごく足手まといで、何度も置いていこうと思ったのよ。だけどあなたはいつか帰ってくる。あなたに不人情なひどい女だ、って思われたくないために、私はちゃんと頑張ったんだから。

だからちゃんとキスをしてほしい。

こんな儀礼的なやつじゃなくて、魂ごとぶっつけてくるようなキス。あなたは以前ちゃんと私にしてくれた。あなただってそうしたいはず。だけど仕方ない。私たちのまわりには皆がいる。そしてあなたの腕には、死んでも放すもんかというふうにぶらさがっているメラニーがいる……。

私はもっとずる賢くならなきゃ。これからひとつ屋根の下でアシュレと暮らす。そう、気持ちを隠すんだ。いつかその日がやってくるまで。

でもその日っていつなんだろう。何のためのいつ？　私にはわからない。わかっているのは、どうしようもないぐらいアシュレを愛しているということ。痩せて、髪が薄くなり、ボロをまとっていても、やっぱり私のアシュレは素敵だった。彼についていたノミだって愛しいぐらい。アシュレ、アシュレ、アシュレ……。どうか私の心を静めて。私に行動を起こさせないで。まだその時じゃないから。

だから私は、アシュレに対してそっけなくふるまった。事務的にこう伝えただけ。

「どうか体が元どおりになるまで、ゆっくりと休んで頂戴」

半月も経った頃、アシュレは畑に出たり、ちょっとした大工仕事をやってくれるようになった。だけどほとんど使えない。数ヶ月経った今も。

仕方ないかも。だってアシュレの綺麗な手は、本をめくったり美術品を撫でるためにあるんだもの。ウィルクス家の跡取りとして、ずっとヨーロッパを旅行していた彼。本当はロンドンに留学したかったのに、お父さまが許さなかったんだ。

もう焼けてしまったけど、オークス屋敷の図書室を思い出す。あそこは郡でいちばんの蔵書があると有名だった。多くは、アシュレがヨーロッパから持ってきたものだ。

薄暗い図書室で、本を読んでいるアシュレを見たことがある。家にいる時も、真白いカラーのシャツを着て、きちんと上着を羽織っていた。私は本なんか大嫌いだけど、本を読むアシュレは大好きだった。

アシュレはピアノもうまいし、ラテン語だって知ってる。だけどそれだけじゃない。乗馬や狩りだって、あの遊びまわってばかりのタールトン家のメンバーの誰よりもすごかった。

だけど今、よくわかった。アシュレは働くことにまるで向いていない。力仕事だけじゃない。経理や今年の作付けをどうするか、なんていうことも、アシュレは苦手だった。

「本当に君の役に立つことが出来ない。申しわけない」

と謝るアシュレに、私は首を横に振る。

「大丈夫よ。うちにはウィルがいるから」

そのウィルがジョーンズボロから帰ってきた。とても深刻そうな顔をしている。私にいきなり尋ねた。

「ミス・スカーレット、今、現金をいくら持ってますか」

「お金めあてに、私と結婚しようってわけ？」

私は時々、ウィルを相手につまらない冗談を言う。彼はそれをまじめにとって、それがおかしいから。

「いいえ、ただ知りたいだけです」

「金貨で十ドルあるけど。あの北軍兵(ヤンキー)からの残りよ」

うちにやってきた脱走兵を射殺したことを、ウィルには打ち明けていた。脱走兵の財布のお金をすっかりいただいたことも。

「なるほど。でもそれでは足りませんね」

「何に足りないの?」

「税金にです」

税金ですって!

「ウィル、何言ってるのよ。税金ならもうとっくに払ったじゃないの」

「しかし、連中はあれでは不足だと言い始めたんです」

「わからないわ。それってどういうことなの」

「あなたにこれ以上、ご苦労はかけたくなかったんですが……」

と、ウィルはジョーンズボロの役所での話を語り始めた。戦争の後、あの町では裏切り者の南部白人や共和党員、一攫千金を狙う北部からの渡り者たちがはびこり始めた。戦争を耐えぬいた南部の豊かな土地や農園、邸宅を狙って多くの者たちが暗躍しているんだ。

「あなたなら、ただちに撃ち殺すような連中です」

「そんなならず者と、うちとどういう関係があるのよ?」

ウィルは私にもわかりやすく説明を始めた。そうした薄汚い連中の一人が、タラを狙っているというのだ。タラが今でも綿花をたくさん収穫する大農園であるかのように設定して、役人をたきつけ、たくさんの税金をかけてきた。税金を払えないタラが、競売に出されるのを見越しているという。そうしたら安値で買い叩き、このタラの主人になるつもりなのだと。

「そんなこと、絶対に許さないわ。許すもんですか」

あまりのおぞましさに私は身震いした。

「そんな卑怯なことをするの、いったい誰なの？」

タラを狙う悪党なんて見当がつかない。狙う、っていうことはこのタラを知っているということよね？ うちにはそんな下品な人たちは出入りしていなかったし、親しい人たちは今、みんな誰もが貧窮にあえいでいる。

「僕は酒場のまわりをうろついて、それが誰なのか探ろうとしましたが、うまくいきませんでした。ですが、ミス・キャスリンと結婚した、あの嫌な男、ヒルトンは知っているようです。探りを入れた時、妙な笑い方をしていましたから」

大農園の娘だったキャスリンは、家族のため、もうすがる人がいないために、奴隷監督のヒルトンと結婚したんだ。信じられる？ お嬢さまとして、郡の社交界で生きてきたキャスリンが、使用人と結婚するなんて。それを聞いた時、メラニーなんて、卒倒するぐらいわんわん泣いてたけど、私は仕方ないと思った。だって生きるためには何でもしなきゃいけない。私たちは本当に貧しさと飢えの中にいるんだから、身分がどうの、なんて言っていられないんだもの。でも、自分たちのこととなったら話は別だ。いくら貧乏になったからといって、タラを売ることなんか出来ない。だいいち、税金ってどういうこと？ どうしてそんな不当な、北部が勝手につくった法律を守らなきゃいけないの？

考えてみると、私は外の世界のことを知らなかった。生きていくのに必死で、政府だとか、新しい法律なんて、まるっきり興味を持たなかった。もちろん、スキャラワグと呼ばれる、共和党に鞍替えして甘い汁を吸おうとしている南部人のことや、カーペット地の旅行カバンひとつでやってきて、ひと旗揚げようとしている北部人、〝カーペットバッガー〟のことも知っている。解放されて、目に余る行動をしている奴隷のことも。だけどまるでピンとこない。そういう人たちを見たこともなかったんだもの。

私はもともと政治の話が大嫌い。戦争前、男の人たちが南部連合がどうの、北部との交渉がどうの、という話題になるたびにいらついていた。お父さまが喋り出すと、聞いているふりをして明日のダンスパーティーのことを考えていたし、男の子たちが戦争が始まりそうだなんて話をし出すと、

「これ以上言ったら、私の近くに来させないわよ」

と怒ったっけ。

後でさすがの私もいろいろと勉強をした。

戦争に負けて、私たちジョージア州は、北部の連邦軍の統制下に置かれていたわけ。北軍兵が駐屯し、黒人解放局がすべてを牛耳ってた。この黒人解放局は、解放した大勢の黒人奴隷たちのめんどうをみるのが目的だったけど、たいしたことはしていない。彼らに職を与えるわけでもなく、単に食べ物をほどこし、過去の主人たちがいかにひどいかってことを吹き込むだけ。そしてたくさんの嘘をついて、黒人たちの歓心を買ったんだ。彼らに選挙権を与えるとまで言い出して。すぐに白人と黒人との結婚は認められ、旧主人の持っていた土地は分割して黒人たちに分け与えられるとか、すべての黒人に、四十エーカー（十六ヘクタール）の土地とラバ一頭が支給されるとか、絵空事を吹き込んだ。

さらに南部人と民主党は、策を練って奴隷制度を復活させようとしているとまで言いふらしたから、黒人たちは信じちゃったわけ。

その黒人解放局は、もはややりたい放題。自分たちに都合のいいように、どんどん法律をつくり替えていった。その支部長が、ジョナス・ウィルカーソン、助手がヒルトンだなんて笑っちゃう。どっちも白人のクズで、もとはといえば大農園の奴隷監督なんだから。

自分たちは、黒人の扱いに慣れているとか言って、立候補したんだろうか。

二人ともれっきとしたろくでなしじゃないの。

ジョナス・ウィルカーソンは、うちの使用人だったけど、近くの貧乏白人の娘を妊娠させた。怒ったお父さまが、ただちに解雇したんだわ。

あの二人のことを考えると、気分が悪くなってくる。どちらも最低の男たち。だけどウィルは、長いこと私に黙って、ジョーンズボロで会っていた。うちの物々交換が少しでも有利になるように頼んでいたんだ。

どうりで、彼が町に行くと、うちの綿花や野菜が、たくさんの小麦粉や生地に化けると思った。

だけどウィルは、うちの追徴税のことを聞いて、心底びっくりしたみたい。そして一刻も早く私に知らせようと、馬車を走らせジョーンズボロから帰ってきたというわけだ。

だけどそんなお金が、うちにあるわけがない。

「ああ、北部人なんて地獄に落ちてしまえばいいんだわ！」

私は叫んだ。

「私たちを打ち負かしたからって、財産のすべてを持っていったのよ。絨毯までひっぱがして、これ以上、私たちから何を奪おうっていうの⁉」

私は本当に世間知らずだった。戦争が終われば、少しずつ生活はよくなる。来年の収穫まで我慢すれば、きっといい方向に向かっていく、って信じていたんだもの。悪党どもによって、不当な税金がかけられるなんて、考えたこともなかった。

「あと、どのくらい税金を払えっていうの？」

「三百ドルです」

声も出ない。どうやってそんな大金をつくればいいんだろう。

「ああ、ウィル、その三百ドルがないと、このタラは競売にかけられるの？」

「そうです、ミス・スカーレット」

ウィルは何かを決心したように、いっきに喋り始めた。

「信じられない話ですが、あのカーペットバッガーやスキャラワグに選挙権があるのに、僕たち民主党員にはほとんど選挙権がないんです。この州の民主党員で、戦前、高額納税者だった人たちは投票出来ないんです」

「じゃあ、お父さまはダメだってことね」

「そうです、ご近所の方々は誰も投票出来ません。南部連合の官職にあった人も、将校として戦争に行った人も。地位がある人、知識がある人、財があった人は、すべて投票出来ない仕組みです」

ウィルは続ける。ヒルトンやジョナス・ウィルカーソン、貧乏白人のスラッタリー、昔は誰にも相手にされなかった連中がものごとを動かしている。そしてあいつらが、このタラを標的にして、追徴税を払わせようとしていると。

「わかったわ……」

私は言った。

「タラが素晴らしい農園だって皆が知っているはずよ。抵当に入れましょう。そうしたら、きっと税金を払うぐらいのお金は借りられるわ」

「ミス・スカーレット、あなたは決して馬鹿ではありませんが、時々馬鹿なことを口にしますね。いったい誰があなたに、お金を貸すっていうんですか。土地以外に、何も持っていない人たちばかりです。今、たっぷりお金を持っているのは、このタラを狙っている怪しい連中ばっかりです」

「ダイヤのイヤリングがあるわ」

「ミス・スカーレット」

いちいち悲しそうに呼ぶから腹が立つ。

「いったい誰が、あなたのイヤリングを買うお金を持っているんですか。明日のベーコンを買う金もないのに」

私たちはしばらく何も言わず、じっとうつむいていた。荒れて陽灼(ひや)けした私の手。タラを守ろうと必死で頑張ってきた手。だけどもう無理なのかもしれない……。

「どうしたらいいんでしょうか、ミス・スカーレット」

「わからないわ」

もうどうでもいいって感じ。だってどうやっても、三百ドルなんて大金をつくれるはずないんだもの。

「ウィル、お父さまには知らせないで。心配するから」

話したところで、もう理解出来ないし。

「もちろんです」

「誰か他の人に話した？」

「まさか、ミス・スカーレット。あなた以外誰にも話していませんよ」

「ミスター・ウィルクスに話してみるわ」

さりげなく私は言った。ウィルは黙って私を見ている。彼は私のすべてを見透かしているような気がした。そう、アシュレが帰ってきた時、駆け寄ろうとした私のスカートをつかんだのもやっぱりウィルだった。

「ウィルクスさんなら、果樹園で丸太を割ってます。さっき音が聞こえました。だけど彼だってお金はありませんよ。話したところで状況は同じです」

ウィルの口調には皮肉や非難はない。ただ事実を言っているだけ。でも私はちょっとむっとした。

「私が話したければ、話すのは自由じゃないの」

そう言い捨てて私は立ち上がった。でも果樹園に向かう時、私の足どりははずんでいた。アシュレが帰ってきてから、二人きりで会うのは初めてだ。いつも誰かが取り囲んでいたし、隣りにはべったりとメラニーが張りついていた。

メラニー……。私がいなければ、とっくにアトランタで赤ん坊と一緒に死んでいたくせに。

果樹園の葉の落ちた木の下を歩いた。霜が降りた草が私の足を容赦なく濡（ぬ）らす。

冷たい風が吹いてきた。ショールをしていった方がいいとウィルは言ったけれど、そんな余裕はなかった。一刻も早くアシュレに会いたかったから。

　斧の音が響いている。アシュレが沼地から引きずってきた丸太を割っているんだ。北軍（ヤンキー）が気楽に焼きはらった柵（さく）をつくり直すために。それはとてもつらい、時間のかかる仕事だった。

　風が枝を揺らすザクロの木立をぐるりとまわると、アシュレが斧に体をあずけ、手の甲で額の汗をぬぐっているのが見えた。南軍の軍服のズボンだけをはき、お父さまのお下がりのシャツを着ていた。それは裁判の日やパーティーの日のための、お父さまのよそゆき。優雅なひだがついている。だけどアシュレには丈が短過ぎた。ズボンとの間に隙間（すきま）が出来ている。上着は木の枝にかけてあった。

　私はアシュレに近づいていく。

　あの荘厳なオークス屋敷で王子さまのように暮らしていた、そのアシュレがボロをまとって、丸太を割っているなんて。私は愛しい気持ちと、運命に対する怒りとで胸がいっぱいになる。可哀想な、私の大切なアシュレ……。

　彼の体は最高級の黒ラシャとリネン以外のものをまとうためにあるんじゃない。彼の手は力仕事をするためにあるんじゃない。

　私の息子がずだ袋でつくった前垂れをしていようと、妹たちが古い擦（す）り切れた綿の服を着ていようと、ウィルが野働きの奴隷よりもひどい労働をしていようと、私は耐えることが出来た。

へっちゃらとは思わなかったけれど、仕方ないと見て見ぬふりをすることが出来た。でもアシュレはダメ。アシュレが丸太を割るのを見るくらいなら、自分で割った方がましだわ……。

アシュレは私に気づいてかすかに笑った。

「リンカーンも丸太割りからスタートしたというから。僕もいい線まで行くかもしれないね」

私は顔をしかめた。彼にこういう冗談は似合わない。少しも笑えなかったし、苛立ちさえ覚える。

私は手短にウィルから聞いたことを告げた。彼と二人きりでいるときめきを紛らわそうとそっけなく。

私はアシュレに期待していたんだろうか。彼なら解決してくれると。いいえ、そんなことはない。そんなことはないけれど、私を救ってくれる助言を私は待っていた。そう、助言でよかったんだ。アシュレは震えている私を見て、枝から上着をとり私の肩にかけてくれた。アシュレのにおいに包まれ、私は気が遠くなりそうになった。だけどごくふつうに続ける。

「そんなわけで、どこかでお金を工面しなきゃいけないのよ」

「でも、どこで」

「だからそれを相談しているんじゃないの」

彼にお金も社会的な力もないことは知っているけど、これではあまりにも頼りない。

「こっちに戻ってからもう何ヶ月にもなるけど、金を持っている人間の話なんか聞いたことがない。ただ一人、レット・バトラーを除いてはね」

その話は私も知っている。先週ピティ叔母さんからメラニーに届いた手紙によると、レットは馬車と二頭のぴかぴかした馬と、ポケットにグリーンバック紙幣をぎゅうぎゅうに詰め込んでアトランタに帰ってきたという。でも叔母さんに言わせると、どうもまともな方法で手に入れたのではないらしい。アトランタの他の住民たちも、レットが何百万ドルっていう南部連合政府の伝説の財源を持ち逃げしたと信じている。だけど今、レットの話をしてどうなるっていうの。

「もし、この世に本当のやくざ者がいるとしたら、間違いなく彼よ。そんなことより、私たちはいったいどうすればいいの」

アシュレは斧を置いて、私から視線をはずした。その遠いところを見ている目は、私には到底理解出来ないものだった。

「さあ、どうなるのかな……」

ぼんやりと答える。

「タラだけじゃなく、この南部に住む者たちは、いったいどうなるんだろう」

私は彼の肩を揺さぶってみたくなった。

「他の南部の住民なんて、知ったことじゃないわ。私はね、今、私たちタラに住む者たちのことを話してるんじゃないの！」

でも私は、口をつぐんだままずっとあらぬ方を見ているアシュレに、その答えを求めるのは無理だとわかってきた。そう、アシュレはだんだんむずかしいことを言い始めた。

「結局、行き着く先は同じなのかもしれない。文明が滅びるたび、やっぱり同じことが起こるんだ。知恵と勇気を持つ者だけが残り、持たざる者ははじき出される。愉快とは言えないが、少なくとも興味深い経験だよ。まさかゲッテルデンメルングをこの目で見ることになるとはね」

「は？」

「ゲッテルデンメルング……神々の黄昏さ。不幸にも南部人は自分たちを神だと思っていた」

「アシュレ、いいかげんにして！」

たまりかねて私は怒鳴った。

「いったいいつまでそこにつっ立って、わけのわかんないこと言ってんのよ。はじき出されるのは、この私たちじゃないの！」

彼ははっとしたようにこちらを見た。さっきまでどこかをさまよっていた目は、現実に戻って私の顔で留まった。アシュレは私の手をやさしくとって、手のひらを上に向けた。そこには絶対に見られたくなかったまめがあった。

「この手は、僕が知る限りいちばん美しい手だ」

そして手のひらにそっとキスをした。どうかそんなに見ないで。キスなんかしないで。

「この手はとても美しい。とても強い手だから。このまめのひとつひとつが、君の勇気と強さの証だ。この手は僕たちみんなのために荒れた。君のお父さんや妹たち、メラニー、赤ん坊、使用人たち、そして僕のために。わかっているよ、愛しい人。君が何を思っているか。地に足がつかない愚かな男が、またくだらないことを言っている。生きた人間が窮地に陥っている時に、神々がどうした、なんて言ってられないって。そうだろう」

私は頷いた。あたり前だ。やがて彼は、私の手を放した。

「君は助けを求めて僕のところに来た。でも僕は君を助けられない」

彼の視線は、斧や積み上げられた丸太に行く。

「僕は家をなくし財産をなくした。いつもあたり前にそこにあって、持っていることさえ気づかないでいたものを、すべてなくしてしまったんだ。今、僕はこの世界のどこにも居場所を見つけられない。僕の属していた世界はなくなってしまったんだから。僕は君を助けることは出来ないよ、スカーレット。僕は不器用で誠実な農民になるのがせいぜいだ。日を追うごとに、自分がいかにこの運命に無力かを思い知るんだ。スカーレット、僕の言ってることがわかるかい？」

わかるわ、と私は答えた。本当はよくわかっていなかったけれど、アシュレがこんな風に自分の心のうちをさらけ出してくれたのが嬉しかった。

「要するに、スカーレット、僕は臆病者なんだ」

「そんなことないったら」

私は首を横に激しく振る。

「どうして臆病者がゲティスバーグであんな戦いが出来るの。どうして将軍が――」

「それは勇気とは違う」

アシュレが遮（さえぎ）った。

「戦いはシャンパンみたいなものだ。英雄だけでなく、臆病者の頭も一瞬でしびれさせる。誰だって勇敢になる。勇敢にならなければ殺されるんだから。スカーレット、戦争が起こる前、人生は美しかった。うっとりするほど完璧だった。オークス屋敷に暮らす僕は、あの世界の住民であの世界の一部だった。今になって、僕が見ていたのは影絵だと気づいた。あの頃僕はそうでないものは寄せつけようとしなかったんだと。スカーレット、僕は君をも避けようとした。君は生命そのもので、臆病な僕は君より影と夢を選んだんだ」

「メラニーは？」

「メラニーは淡い淡い夢だ。僕の夢想の一部だ。もし戦争が起きていなかったら、僕は喜んでオークス屋敷に埋（うず）もれ、世の流れに加わることなく、傍観者のまま生涯を終えていただろう。だけど僕は今、妻子を養うために、この生身（なまみ）の人間が暮らす世界を渡っていかなくてはならない。スカーレット、君は人生の角（つの）をつかんでねじ伏せ、自分の言うことを聞かせる。でも僕みたいな男は、いったいどうしたらこの世界で生きていける？　僕は怖いんだ」

彼の言っていることはよくわからない。メラニーならわかるだろう。メラニーはいつも、詩や本や、夢や月の話をしているから。アシュレは急に口調を変えた。

「許してくれ、スカーレット。君にこんな話をしてもわかってもらえるはずはない。君はライオンのように勇ましくて、想像力というものを持ち合わせていない。僕はそれがまぶしいよ。君は現実を決して厭（いと）わず、僕のようにそこから逃げようとしない」

「逃げるですって！」

初めて共通の、理解し合える言葉を聞いた。逃げる。

「アシュレ、そんなことはないわ。私だって逃げたいの。何もかももううんざりよ」

私は大声をあげた。

「私はもうくたくたなの。もうこれ以上耐えるつもりはない。必死に食べ物をかき集め、お金を貯め、雑草を抜いて鍬を握り、綿花を摘んできた。でもアシュレ、南部は滅んだの。私たちに残されたものはない。だからアシュレ、逃げましょう」

初めて彼ははっきりと私の顔を見つめた。驚きのあまり、青い瞳は大きく見開かれている。

「もう家族なんてうんざり。ああ、アシュレ、逃げましょう。二人でメキシコへ。メキシコは将校を募集しているはず。きっと幸せになれる。私はあなたのために働くわ。アシュレ、あなたのためなら、何だって出来る」

そう、メキシコに逃げる。口に出してみると、これはずっと前から私が考えていた計画のような気がした。

アシュレは何か言いかけたけど、私はその隙を与えなかった。

「あなただって、わかっていたはずよ、あなたはメラニーのことなんか愛していない！」

そうよ、こうなったらすべて言ってしまおう。もう平静を装うお芝居なんてまっぴら。

「あなたが愛しているのは私なのよ。私にはわかる。それに今、あなたは言ったじゃない。メラニーはただの夢だって。メラニーなんて、あなたを幸せにしてあげられない。アシュレ、逃げましょう」

私は彼の手を握り、はっきりと言った。

「私なら、あなたを幸せにしてあげられる」


（下巻につづく）

読者のみなさまへ

本文には、現代の観点から見ると差別的とされる表現が含まれていますが、当時のアメリカ南部における奴隷制度や白人たちの人種差別・偏見を描いた原作『風と共に去りぬ』の執筆当時の時代状況と文学的価値に鑑み、敢えて原文を尊重した表現としました。

月刊誌『きらら』二〇一八年六月号～二〇二〇年十月号、
『WEBきらら』二〇二〇年十一月号～十二月号掲載。
なお、上巻は文庫『私はスカーレット』Ⅰ～Ⅳを一冊にまとめたものです。

林 真理子

1954年山梨県生まれ。日本大学藝術学部卒。82年『ルンルンを買っておうちに帰ろう』がベストセラーに。86年『最終便に間に合えば』『京都まで』で第94回直木賞、95年『白蓮れんれん』で第8回柴田錬三郎賞、98年『みんなの秘密』で第32回吉川英治文学賞を受賞。他に『葡萄が目にしみる』『ミカドの淑女』『美女入門』『ａｎｅｇｏ』『下流の宴』『西郷どん！』『愉楽にて』『小説８０５０』『李王家の縁談』『奇跡』『成熟スイッチ』など著書多数。２０２２年７月、日本大学理事長に就任。

翻訳協力　関口真理　土井拓子
編集　皆川裕子
編集協力　中島宏枝（風日舎）

私はスカーレット　上

２０２３年６月19日　初版第一刷発行

著者　林 真理子
発行者　石川和男
発行所　株式会社小学館
〒１０１－８００１
東京都千代田区一ツ橋２－３－１
編集　０３－３２３０－５７２０
販売　０３－５２８１－３５５５
ＤＴＰ　株式会社昭和ブライト
印刷所　萩原印刷株式会社
製本所　牧製本印刷株式会社

 ISBN 978-4-09-386677-4